YOUNG BOND™

Traduit de l'anglais par Julien Ramel

Titre original : *Double or Die*
Édition originale publiée par Penguin Books Ltd

Charlie Higson

Poker fatal

la jeunesse de James Bond

GALLIMARD JEUNESSE

À mon père

Mes plus vifs remerciements à Sandy Balfour et John Halpern pour m'avoir guidé pas à pas dans le monde des mots croisés et des énigmes, ainsi qu'à Simon Chaplin, au Royal College of Surgeons.

Une mécanique gourmande

Le cerveau humain est une machine formidable. Cent milliards de neurones engagés dans une même conversation *via* d'infinitésimales impulsions électriques, comme un feu d'artifice permanent explosant à l'infini dans la nuit de notre boîte crânienne.

La chose en elle-même pèse un peu moins de trois livres, soit environ deux pour cent du poids total. Pourtant, à elle seule, elle consomme un cinquième de l'oxygène disponible dans le flux sanguin. Une mécanique gourmande. Qui ne connaît rien d'autre que la position marche. Quand le sujet dort, elle, non. Elle est en veille. Assurant que les poumons se gonflent régulièrement, que le cœur bat, que le sang circule dans les veines. Sans elle, on ne peut rien faire. Ni rouler à bicyclette, ni lire un livre, ni rire à une blague. Elle peut stocker une vie entière de souvenirs.

Mais l'organe est également très fragile.

Alexis Fairburn avait parfaitement conscience de tout ça. Le canon appuyé sur sa tempe rendant même ces vérités cruellement douloureuses. Car, si le coup partait, tous ces précieux souvenirs, patiemment accumulés depuis bientôt trente-deux ans, sombreraient instantanément dans l'oubli.

La seconde suivante, ses poumons s'immobiliseraient, le cœur cesserait de battre, le sang se figerait dans ses artères. Et Alexis Fairburn ne serait plus.

Le revolver était un six-coups à canon ultracourt. L'archétype de l'arme de poing, pas très précis à distance, mais d'une efficacité mortelle dans les corps à corps où sa redoutable prise en main – en poing américain – pouvait se révéler dévastatrice.

Un apache, du nom de ces farouches voyous parisiens qui en avaient fait leur arme de prédilection au tournant du siècle dernier. Alexis Fairburn croyait même se souvenir que certains comportaient des lames rétractables, comme des baïonnettes miniatures, qui sortaient à la pointe du canon.

Parfois, il eût aimé se tromper.

L'idée lui traversa l'esprit une fois encore après que, les yeux fixés sur la bouche noire de l'arme, il eut entendu un petit clic métallique, suivi d'un frottement sec, et qu'un poinçon de dix centimètres, monté sur ressort, fut venu s'enclencher dans son cran d'arrêt.

Comme il eût aimé, dans ces moments-là, être un imbécile heureux, vivant dans l'ignorance béate des affres du monde, un être qui, au lieu de dédier sa vie à l'accumulation de connaissances et au développement de l'intellect aurait pris le temps de se fabriquer un corps. Oui, dans ces moments-là, il déplorait sincèrement de ne pas avoir de gros muscles et de bons réflexes. Si seulement il avait appris à désarmer un homme. Il aurait pu agripper le poignet de celui-ci et lui faire lâcher son revolver ou même, pourquoi pas, retourner l'arme contre lui. Il avait lu des choses là-dessus. Théoriquement, c'était tout à fait faisable, mais tristement hypothétique sur un plan pratique.

Il était trop faible pour ça. Trop timide. Trop maladroit.

Étonnamment, maintenant qu'il y pensait, il réalisait qu'il n'était pas mort de peur.

Intéressant.

Il aurait pensé qu'il serait terrorisé. Mais non. Il n'éprouvait qu'une profonde tristesse à l'idée que cette magnifique mécanique, qu'il avait mis tant d'années à parfaire, vivait là ses derniers instants.

– Inutile d'essayer de fuir, déclara celui qui tenait le revolver.

Pour la première fois, Fairburn regarda l'homme plutôt que l'arme. Il était grand et maigre, légèrement voûté, avec une grosse tête qui paraissait trop lourde pour ses épaules. Ses grands yeux noirs brillaient au fond de profondes orbites, ce qui, conjugué à sa peau extrêmement lisse, lui donnait l'air d'un mort vivant.

Le porte-flingue fantomatique n'était pas seul. Il avait un complice. Un homme plus jeune, aux traits avenants et au physique passe-partout, qui n'aurait pas paru déplacé derrière un comptoir de banque ou dans une étude notariale. Fairburn estima dans son intérêt de le prendre pour un rond-de-cuir plutôt que pour un assassin. Ça le rendait moins effrayant.

– Vous savez ce qui va se passer s'il appuie sur la gâchette ? demanda le rond-de-cuir, une pointe de menace dans la voix.

L'intimidation était parfaitement inutile – Fairburn ne sachant que trop bien ce qui se passerait. La détente actionnerait le chien du revolver, dont le percuteur, en retombant sur l'amorce de la cartouche, déclencherait la percussion, c'est-à-dire la petite explosion suite à laquelle la balle proprement dite serait expulsée de la chambre à une vitesse approximative de quinze mètres seconde. En traversant le canon, une rayure en forme de spire donnerait un mouvement giratoire au projectile, pour raffermir sa trajectoire avant que celui-ci n'explose de la bouche du canon, à moins de vingt centimètres du front de Fairburn.

La balle posséderait sans doute une tête creuse, antipersonnelle. Ainsi en heurtant l'os, elle s'écraserait, s'évaserait et forerait un trou dans son crâne en expulsant vers l'extérieur toutes les matières molles avec lesquelles elle entrerait en contact.

Dans un arbre, non loin, un oiseau pépia. À son chant, Fairburn reconnut un pinson. Il leva les yeux et le vit, posé sur une branche d'if. C'est la coutume en Grande-Bretagne. On plante des ifs et des cyprès dans les cimetières. Une habitude héritée des Romains, tout comme celle de déposer des fleurs sur les tombes.

Fairburn soupira à l'idée de toutes les informations futiles dont son cerveau était encombré.

– Qu'est-ce que tu regardes ? demanda le rond-de-cuir.

– Rien, répondit Fairburn. Désolé, j'étais ailleurs.

– Moi je te conseillerais plutôt de rester avec nous.

– Tout à fait, acquiesça Fairburn. Je vous prie de bien vouloir m'excuser. Mais… Puis-je vous demander ce que vous attendez de moi exactement ?

– On voudrait que vous nous accompagniez, m'sieur Fairburn.

Alors comme ça, ils connaissaient son nom. Il ne s'agissait donc pas d'une agression fortuite. Ils l'avaient suivi jusqu'ici. Mais que voulaient-ils ?

Fairburn se concentra, focalisant son attention sur le déroulement de la journée. Que s'était-il passé ? Qui avait-il croisé ? Qu'avait-il dit qui pourrait expliquer la présence de ces deux individus au beau milieu du cimetière de Highgate, l'un d'eux braquant un apache sur sa tête ?

Un samedi ordinaire, pourtant, qui n'avait en rien dérogé à la routine disciplinée qu'il s'était imposée toutes ces dernières semaines. La journée avait commencé par une visite à la salle de lecture du British Museum de Londres où il s'était rendu en voiture, dès le matin, depuis Windsor. Puis il avait déjeuné dans son restaurant préféré, dans le quartier de Fitzrovia, avant de finalement venir ici, dans ce cimetière, où il s'était attelé à la prise de relevés et de notes en vue d'un livre sur d'éminents scientifiques de l'ère victorienne, nombre d'entre eux inhumés ici même.

Il venait d'achever le décalque par frottage d'une inscription intéressante, qu'il avait repérée sur une stèle, quand ces deux fâcheux étaient apparus. Il n'avait pas apporté de papier ciré, aussi avait-il été contraint d'utiliser la lettre de son ami Ivar Peterson pour établir le relevé. Il avait toujours un éclat enfantin dans le regard quand il frottait la cire et qu'il voyait soudain apparaître l'inscription. Après l'avoir soigneusement pliée, il remettait la lettre de son ami dans la poche de son pantalon quand il avait avisé dans l'allée les deux hommes marchant vers lui à grands pas. Ils avaient esquissé un salut de la tête. L'instant suivant, l'horrible bouche du revolver s'était retrouvée sous son nez.

Peterson ! Mais bien sûr… Ça avait forcément un rapport avec lui, ou, plus précisément, avec ce qu'il disait dans sa lettre : le projet Nemesis.

Il réalisa soudain qu'il avait la lettre sous la main, cachée au fond de sa poche. Peut-être pourrait-il la jeter quelque part. Ce serait au moins un maigre indice de sa présence ici. Que quelqu'un la lise et il pourrait éventuellement l'aider.

« Crétin. »

Ça n'aurait aucun sens pour celui qui le lirait. À moins qu'il ne trouve la bonne personne, celle qui serait capable de comprendre ce que cela signifie.

Bien. Son esprit fonctionnait toujours. Il serra plus fort la feuille de papier, au creux de sa main.

– Nous allons vous accompagner à votre voiture, prévint l'employé. Dans le calme et la bonne humeur, comme de vieux amis. Ensuite, vous nous conduirez mon frère et moi jusqu'à notre destination. On vous indiquera le chemin. À chaque instant, vous aurez une arme braquée sur vous. Si vous ne suivez pas précisément nos instructions, nous n'hésiterons pas à vous abattre. Un de nos collègues nous suivra dans une autre voiture. Est-ce clair ?

– Parfaitement clair, répondit Fairburn, sans pour autant comprendre ce qui lui arrivait. Je ne sais toujours pas ce que vous attendez de moi !

– Vous n'avez pas besoin de le savoir pour l'instant, répondit l'affreux. Contentez-vous de marcher.

Fairburn fit un pas. Puis s'arrêta.

– Mon lacet, dit-il en regardant ses pieds.

– Refais-le, ordonna le rond-de-cuir.

– Merci, répondit Fairburn en s'agenouillant.

Profitant de cette diversion, il glissa précautionneusement la feuille de papier dans la jambe de son pantalon, la coinçant dans le pli du genou. S'il l'avait abandonnée là, c'eût été trop visible. Maintenant, il pouvait attendre qu'une occasion se présente.

– Bon pied bon œil, lança-t-il aussi gaiement qu'il le put, tout en se redressant.

Il balaya une dernière fois le cimetière des yeux, imprimant les images dans sa mémoire. Il s'arrêta sur les statues, les croix et les pierres tombales laissées à l'abandon entre les arbres, la plupart envahies par la végétation. Puis il se mit en route, en frottant sa jambe à un buisson. Ce faisant, il sentit le morceau de papier glisser le long de son mollet puis tomber par terre. Il ne baissa pas les yeux pour vérifier, mais il pria pour que le papier soit enfoui sous le feuillage, au bord de l'allée.

Pas grand-chose à quoi se raccrocher, mais c'est tout ce qu'il avait, son unique lueur d'espoir.

Son pouls s'accéléra. Il ressentit des picotements à la racine de ses cheveux.

Jusqu'ici, il avait vécu une existence morne et solitaire, dépourvue de tout danger, sans rien qui vienne rompre la monotone succession des jours. Là, il ressentait une émotion nouvelle, une excitation, et, dans un sens, il accueillait presque avec plaisir cette irruption de l'aléatoire dans sa vie.

Il avait encore son cerveau. À lui de l'utiliser pour échapper à ce coup du sort. Il gardait bon espoir. Pas une situation, aussi inextricable puisse-t-elle paraître, que l'intelligence ne pût démêler.

À condition, bien sûr, de garder sa cervelle à l'intérieur de sa tête.

1. Vendredi

1

Élucubrations à bord d'une Bamford & Martin

James Bond était assis sur le siège passager de sa Bamford & Martin, emmitouflé dans un épais manteau d'hiver, le visage masqué par une écharpe et les yeux protégés de lunettes d'aviateur. Son ami Perry Mandeville, dans le même appareil, tenait le volant.

Ils n'avaient pas pris la peine de mettre la capote aussi étaient-ils totalement exposés aux frimas de ce mois de décembre. Mais ils s'en moquaient. Ils filaient sur route ouverte et, malgré le vent glacial qui leur fouettait le visage, ils se sentaient insouciants et libres.

À la mort de son oncle, James avait hérité de la voiture qu'il gardait secrètement à côté de l'école. Perry avait toujours rêvé de la conduire sur route. James ne l'y avait jamais autorisé avant aujourd'hui.

Mais là, c'était une urgence.

Perry conduisait bien… et vite. James devait sans cesse lui rappeler de lever le pied. Certes, il y avait peu de trafic sur ces départementales, mais il convenait néanmoins de rester prudent. Ils ne voulaient pas se faire arrêter par la police, encore moins finir dans le fossé.

Et pour cause, puisque si Perry était bel et bien légèrement plus âgé que James, il n'avait pas encore dix-sept ans, l'âge minimal pour conduire. S'ils se faisaient pincer, ils seraient, au mieux, vertement corrigés et exclus d'Eton, au pire, jetés en prison.

James ne pensait pas à cela. Au contraire, il profitait pleinement de la montée d'adrénaline que lui procurait leur escapade. Car c'était dans ces moments-là qu'il se sentait revivre, quand le frisson du danger lui parcourait l'échine. Son quotidien à l'école lui paraissait morose et fade, mais maintenant que cet ennui était derrière lui, son humeur était au beau fixe.

Cela ne voulait pas dire pour autant qu'ils pouvaient se montrer désinvoltes. Lunettes, chapeaux et écharpes relevaient autant, sinon plus, du camouflage que d'un souci de confort. Ils avaient quitté Eton en laissant derrière eux suffisamment de mensonges pour que ceux-ci les rattrapent s'ils n'y prenaient garde.

Mentalement, James remonta le fil des événements qui l'avait conduit là.

C'était la fin des vacances d'été, quelques jours avant que James ne soit supposé retourner à Eton. Il s'était trouvé un petit boulot au Duck Inn, à Pett Bottom, le village où il vivait avec sa tante Charmian. De quoi gagner un peu d'argent de poche en faisant la plonge et en empilant les cageots de bouteilles vides dans l'arrière-cour du pub. Il était précisément en train de rouler sur le sol un fût de bière éclusé quand il avait avisé une voiture noire, filant dans la campagne.

Il se redressa et la suivit des yeux.

Le fond de l'air était frais, l'automne n'allait pas tarder à succéder à l'été. Il frissonna.

La voiture avait ralenti à l'approche du pub, avant de s'arrêter devant la cour. Derrière la vitre baissée, James reconnut aussitôt le visage familier de M. Merriot, son professeur principal à Eton. Il était accompagné de Claude Elliot, le nouveau proviseur. Tous deux avaient l'air soucieux. M. Merriot esquissa un sourire en ouvrant la porte.

– Montez, dit-il, ce qui eut pour effet de faire branler la pipe éteinte qu'il tenait entre ses dents. Savez-vous pourquoi nous sommes là ?

James acquiesça du chef avant de confier :

– Je m'attendais à cette visite, monsieur. À dire vrai, depuis notre conversation à Douvres.

En effet, plus tôt pendant les vacances d'été, James était parti en Sardaigne avec l'école, sous la houlette de deux enseignants dont l'un s'était avéré un dangereux criminel. Les deux professeurs avaient été tués et James lui-même avait failli perdre la vie. À peine le bateau arrivé à quai, James était allé trouver M. Merriot pour tout lui raconter. À l'époque, ce dernier lui avait conseillé de ne pas en souffler mot. Apparemment, le proviseur s'était déplacé en personne pour s'assurer que le secret serait bien gardé.

James s'assit entre les deux hommes, sur la banquette arrière, dans l'atmosphère douce et ouatée de la berline.

– Nous avons parlé de ce qui s'était passé en Sardaigne, dit le proviseur, un homme de grande taille, dont la calvitie ne lui avait laissé qu'une seule mèche tombant du sommet de son front sur des lunettes à monture métallique. Et nous pensons que le mieux serait que vous ne parliez pas de ces incidents. Ni à la maison, ni à l'école, ni… nulle part. Mieux vaut ne pas ébruiter le fait qu'un de nos enseignants était de la mauvaise graine.

James se tint coi, n'aspirant qu'à oublier toute cette regrettable affaire et retrouver sa petite vie de collégien.

– Nous nous en tiendrons à la version des faits que nous ont livrée les autorités locales, ajouta M. Merriot.

– C'est-à-dire ? demanda James.

– La thèse officielle, répondit Merriot en tirant machinalement sur sa pipe, est celle de l'accident. M. Cooper-ffrench et Haight ont péri dans l'inondation qui a suivi la rupture d'un barrage.

Il marqua une pause.

– Ils sont morts en héros.

James fit la grimace, mais acquiesça néanmoins.

– La vérité ne doit jamais sortir au grand jour, poursuivit le proviseur.

– Je comprends, répondit James, bien qu'il trouvât particulièrement injuste qu'on honore ainsi la mémoire d'un malfaisant.

Enfin, si cela lui permettait d'éviter les questions pressantes des autres élèves, les interviews des journalistes et les ragots dans les rues, il était tout disposé à s'en tenir à ce mensonge.

– Rassurez-vous. Je ne dirai rien.

– Dans ce cas, tout est bien qui finit bien, dit le proviseur, l'air soudain soulagé. Et… James ?

– Oui, monsieur ?

– Bien entendu, dorénavant j'attends de vous que vous meniez une existence sans histoire. Promettez-moi de vous tenir à l'écart du danger, de l'exaltation et des aventures à hauts risques.

– Promis, monsieur.

– Parfait, conclut le proviseur en lui donnant une tape amicale sur le genou. En espérant que nos routes ne se croisent plus de si tôt.

– Je le souhaite également, monsieur.

– Bien. Désirez-vous que nous vous fassions quérir une glace, ou quelque chose dans ce goût-là ?

– Non merci, monsieur. C'est très aimable à vous, mais il faut que j'y retourne.

– Bien sûr, bien sûr…

James ne pouvait s'empêcher de sourire quand il repensait à cette journée. Dans un premier temps, il avait parfaitement honoré sa promesse, se tenant à l'écart de toute frasque durant tout le premier trimestre. Puis le temps avait passé. Lentement. Peu à peu, les jours s'étaient faits plus courts et plus sombres. À la faveur de l'hiver naissant, le brouillard et la pluie avaient fait leur apparition. James avait vaillamment affronté les interminables leçons de latin, les redoutables interrogations de mathématiques ainsi que les subtiles expériences de physique. Il n'attendait plus que Noël, avec ses promesses de dinde rôtie, de chorales dans les rues et de cadeaux au pied du sapin.

Sans enthousiasme, il s'était glissé dans l'habit de l'élève modèle pendant tout ce temps. Et les efforts que cela lui avait demandés l'avaient pratiquement anéanti. Car, en dépit de ce qu'il avait affirmé au proviseur, il savait pertinemment que jamais, au grand jamais, il ne pourrait éternellement éviter les ennuis.

Maintenant, enfin, la soupape avait sauté. Il faisait ce qu'il aimait le plus au monde : prendre des risques, se mettre en danger, taquiner les limites.

Il revivait.

Car, à peine quatre jours plus tôt, tout avait changé et, une fois de plus, sa vie à Eton s'en était trouvée toute retournée.

Ce soir-là, James était dans sa chambre d'internat, à Eton. Il jouait aux cartes avec trois amis, Teddy Mackereth, Steven Costock-Ellis et Tommy Chong, le camarade chinois avec lequel il cantinait.

Comme d'habitude, Tommy gagnait. Il était passionné

par les cartes et affirmait que les Chinois étaient les meilleurs joueurs du monde. « Après tout, c'est normal, puisque ce sont eux qui les ont inventées », se plaisait-il à répéter.

Il faisait très froid dans la chambre. Les pensionnaires ne recevaient qu'un seau de charbon tous les deux jours et, aujourd'hui, c'était au tour de James d'avoir du feu. Mais le minuscule poêle peinait à réchauffer la pièce. Et les garçons portaient des mitaines pour jouer aux cartes.

Dans le couloir résonnaient les cris d'un petit groupe de braillards qui avaient improvisé une partie de foot avec le chapeau d'un de leurs camarades.

C'était une nouvelle année. James et ses amis n'étaient plus bizuts. Ils se sentaient affranchis, mûrs, et peinaient à croire qu'ils avaient pu être aussi timides, pusillanimes et impotents que les nouveaux qu'ils croisaient çà et là dans l'école.

Il y avait eu du changement à l'internat. Les anciens étaient partis, d'autres avaient pris leur place. Or, ces nouveaux seniors semblaient particulièrement désireux de rouler des biscotos devant les plus jeunes pour leur montrer qui était le chef. Ils avaient corrigé un nombre incalculable d'élèves et, par voie de conséquence, étaient copieusement haïs.

Reclus dans cette petite chambre à jouer aux cartes et à discuter, James et ses amis se sentaient à l'abri.

– Un jour, ton heure viendra. Et je te promets que tu y laisseras ta chemise, déclara James en jetant ses cartes sur la table tandis que Tommy ramassait avidement un petit tas de pièces.

– C'est pas possible, tu triches, ajouta Teddy Mackereth, amer.

– Pas du tout, répondit Tommy. C'est juste que je suis meilleur que vous, bande de gogos.

– Encore une donne ? proposa Costock-Ellis. Laisse-nous au moins une chance de nous refaire.

– Comme vous voulez, répondit Tommy.

– Un conseil, James, laisse tomber, dit un cinquième larron allongé sur le lit.

C'était l'autre copain de James, Pritpal Nandra, un fils de maharaja qui, aux cartes, avait préféré les mots croisés du *Times* de ce matin.

– Je ne suis pas du genre à laisser tomber, répondit James. Je vais le relancer jusqu'à le mettre sur la paille.

– J'ai bien peur que tu ne sois un vieillard à longue barbe blanche avant que cela ne se produise, répondit Pritpal, philosophe.

– Tu veux te joindre à nous, Prit ? demanda Tommy en battant les cartes.

– Non merci, je vais m'en tenir à mes mots croisés.

– Je ne vois vraiment pas ce que tu trouves d'intéressant là-dedans, lança James.

– Le challenge, répondit Pritpal. J'essaie de jouer au plus fin avec celui qui a imaginé la grille. Malheureusement, je crois bien que je suis bloqué.

– Fais voir ça, dit Costock-Ellis en lui arrachant le journal des mains.

Il examina un instant la feuille, puis, avec une moue dédaigneuse qui lui fit plisser le nez, commenta simplement :

– On n'y comprend rien.

– Vous êtes tous nuls, lança James en lui arrachant vivement le journal. Je vais vous montrer comment on fait.

Il baissa les yeux sur la grille. Pritpal en avait rempli presque la moitié et il avait biffé les définitions dont il avait trouvé la solution.

– Trois, vertical, en quatre lettres. Singe top secret. La première lettre est un A.

Il s'arrêta en fronçant les sourcils.

– Je ne comprends même pas où ils veulent en venir, alors comment je pourrais trouver la réponse ? Quelqu'un ici a-t-il déjà entendu parler d'un singe top secret ?

– King Kong, répondit Tommy. Il était secret avant qu'on le découvre sur l'île du Crâne.

– C'est exprès, dit Pritpal en reprenant son journal. Les définitions sont sibyllines à dessein. C'est comme percer un code secret, découvrir un message caché.

– Et sacrément bien caché avec ça, moqua Teddy Mackereth.

– Quoi qu'il en soit, ça me dépasse, avoua James. Je ne peux rien faire de plus compliqué que « petit mammifère volant en trois lettres, deuxième lettre "a", troisième "t" »[1].

– Rat, répondit Tommy en distribuant les cartes.

– Les rats ne volent pas, bougonna James.

– Si ! Si tu le jettes par la fenêtre. Il vole, expliqua Tommy en éclatant de rire.

– Ha, ha ! très drôle, moqua James.

– Ou alors « cat », embraya Teddy. S'il court après le rat qui est passé par la fenêtre.

– C'est vous qui allez passer par la fenêtre si vous n'arrêtez pas tout de suite vos blagues débiles, menaça James en regardant son jeu.

Il avait toujours été plutôt bon aux cartes. Mais, à Eton, son niveau s'était considérablement amélioré, en partie grâce aux confrontations – régulièrement en sa défaveur –, avec Tommy.

Ce soir-là, ils avaient déjà joué au poker, au vingt-et-un, au Black Maria, ainsi qu'à deux jeux chinois, le premier appelé Grand Deux et le second auquel Tommy avait donné un nom grossier.

1. Chauve-souris se dit *bat* en anglais. *N.d.T.*

Pour l'heure, ils étaient engagés dans une partie de rami à six pence la main.

– Vous saviez que le rami était un dérivé du mah-jong ? demanda Tommy en se prélassant sur sa chaise.

– Pas du tout, coupa Costock-Ellis. Qui t'a raconté ça ?

– Tu perds ton temps, répondit James. À écouter Tommy, les Chinois ont tout inventé.

– Pas faux, argua Tommy. Nous avons toujours été en avance de plusieurs siècles sur les Occidentaux. Papier-monnaie, poudre noire, jeux de cartes, cerfs-volants, j'en passe, tout cela a été inventé en Chine.

– Et puis le cricket tant que tu y es, railla Teddy Mackereth.

– Ah ! Un point pour toi, Teddy. Un jeu aussi saugrenu et insignifiant ne pouvait en effet sortir que du cerveau dérangé d'un Anglais.

– Oui, ben… Si ce jeu est chinois, pas étonnant que tu gagnes tout le temps, dit Teddy, dépité, en jetant ses cartes sur la petite table carrée. Si on jouait à autre chose…

– D'accord, concéda Tommy en ramassant les cartes. Je vais vous montrer un jeu de casino qui ressemble au vingt-et-un et qu'on appelle baccara ou encore *chemin de fer*.

– Terme français qui désigne le *railway*, dit Pritpal sans lever les yeux de son journal.

– Occupe-toi de tes mots croisés, le rembarra Costock-Ellis.

– Tu joues, Steven ? demanda Tommy.

– J'ai bien peur que non, répondit Costock-Ellis. Vous m'avez rincé. Pourquoi on partagerait pas l'argent en parts égales pour repartir à zéro ?

– Tu serais pas un peu communiste ? ironisa Tommy.

– Pff ! Je parie que tu ne sais même pas ce que le mot communiste signifie exactement.

– Détrompe-toi, répondit Tommy. J'ai pas mal lu sur la révolution russe et sur ces paysans pauvres, si indûment exploités par le tsar qu'ils ont fini par se révolter et le renverser. À bas les chefs ! Égalité pour tous ! Partageons les richesses pour qu'il n'y ait plus ni pauvres ni riches. – Il pouffa. – Ça ne pourrait jamais arriver en Chine.

Tommy n'avait pas fini sa phrase qu'un lourd silence s'était soudain abattu sur l'internat. Plus un seul écho de la bruyante partie de foot dans le couloir, plus un cri montant des chambres. Un silence dont tous avaient deviné la cause.

– Codrose ! s'étrangla James, donnant ainsi le signal d'une frénétique activité.

En effet, si le recteur d'internat ne pouvait empêcher les garçons de jouer aux cartes, en revanche, il prohibait fermement le fait d'intéresser les parties.

Heureusement, Teddy avait mis à profit les heures en atelier de menuiserie pour confectionner un faux plateau de table qui s'enchâssait parfaitement sur le plateau existant et était juste assez épais pour dissimuler les cartes et le pot.

En un éclair, les pièces disparurent. Autour de la table, les garçons affichaient un air de parfaite innocence.

On frappa brièvement à la porte et un visage connu apparut dans l'entrebâillement : Cecil Codrose, l'un des recteurs d'internat les plus détestés d'Eton. Il était petit, antipathique, avec un visage très pâle mangé par une barbe drue. Ses yeux, brillant d'une perpétuelle suspicion, étaient soulignés de lourdes poches bleutées et ses gros sourcils ne semblaient jamais devoir être autrement que froncés.

Il dévisagea les garçons les uns après les autres puis pénétra lentement dans la chambre.

James s'aperçut alors que le recteur n'était pas seul. Il était accompagné du proviseur, Claude Elliot.

Pritpal bondit du lit en même temps que les autres garçons se redressaient comme un seul homme. Légèrement mal à l'aise, tous attendirent la suite des événements, le doigt sur la couture du pantalon.

Les yeux de Codrose passèrent lentement de Teddy Mackereth à Costock-Ellis et de ce dernier à Tommy.

– Vous pouvez disposer, dit simplement le recteur.

Les trois garçons ne se le firent pas dire deux fois et quittèrent précipitamment la pièce non sans avoir marmonné quelques mots d'au revoir aux deux hommes.

James hésita sur le fait de savoir s'il devait rester ou partir. Il était dans une position peu commode puisque c'était sa chambre. Dans le même temps, bien que curieux d'apprendre ce que leur valait cette visite, il aurait bien aimé s'éclipser. Il se glissa discrètement vers la porte.

– Restez, l'arrêta Codrose. Ceci vous concerne aussi.

– Vraiment ? répliqua James, se figeant sur place.

– Une lettre est arrivée pour vous, Nandra, dit le recteur d'une voix aigre et sèche.

– Je vois, répondit Pritpal, visiblement troublé.

– Nous avons pris la liberté de l'ouvrir, ajouta Codrose en lui tendant une fine enveloppe blanche. Vous allez vite comprendre pourquoi.

Pritpal étudia l'enveloppe qui, pour lui être clairement adressée, ne portait pourtant ni timbre ni adresse.

– C'est arrivé cet après-midi, dans un pli qui m'était destiné, expliqua le proviseur. Alexis Fairburn en est l'auteur.

– Ah, s'exclama Pritpal, de plus en plus déconcerté.

– Vous avez certainement noté, poursuivit le proviseur, que monsieur Fairburn n'officie plus dans nos rangs depuis quelques semaines.

– En effet, convint Pritpal. J'ai remarqué son absence lors de mes deux dernières leçons de mathématiques. C'est Bloody Bill qui nous a fait cours à sa…

Il se figea, l'air paniqué.

– Je veux dire… monsieur Marsden, monsieur… Toutes mes excuses…

Codrose se racla la gorge, mais ne pipa mot.

– Et puis…, poursuivit Pritpal, soucieux de ne pas laisser s'installer un silence pesant, il a manqué la dernière réunion de la société des cruciverbistes. J'ai pensé qu'il était malade.

Le regard perdu dans la contemplation du portrait du roi ornant le mur de la chambre, le proviseur prit une profonde inspiration, qui fit siffler ses cloisons nasales, avant de déclarer :

– C'est la version des faits que nous avons tenté de faire passer. Mais la vérité est que M. Fairburn a quitté l'école.

– Ah ! s'exclama seulement Pritpal, sa bouille ronde tordue par une expression perplexe.

– C'est vous qui dirigez la société des cruciverbistes, n'est-ce pas ? demanda le proviseur.

– En effet, monsieur, c'est bien moi. Même si, en réalité, il serait plus exact de dire que c'est M. Fairburn qui s'en occupe. Sans lui nous n'aurions jamais…

– C'est en votre qualité de grand maître de la société des cruciverbistes que M. Fairburn vous a écrit, l'interrompit le proviseur.

– Vraiment ?

– Absolument. Dans sa lettre, il m'a demandé de bien vouloir vous remettre cette note.

– Je ne suis pas sûr de comprendre, monsieur…

– Moi non plus, répliqua le proviseur avec un sourire ambigu, dont Pritpal se demanda s'il était vraiment destiné à le mettre à l'aise. M. Fairburn ne nous a pas contactés depuis qu'il a disparu. Nous n'avons reçu qu'une seule lettre, et encore, très confuse. Il nous y fait part de sa volonté de démissionner. Une démarche singulière s'il en est puisqu'il n'y est fait mention d'aucun grief ni d'aucune motivation pour expliquer ce geste, qui, en outre, nous place dans un profond embarras car nous manquons d'enseignants. À l'en croire, il se trouverait dans l'incapacité de poursuivre ses cours à l'école, affirmant qu'on lui a fait une meilleure offre à Londres. Pour ma part, j'ai trouvé son argumentation très peu convaincante. Nous espérions que la lettre qui vous était adressée nous permettrait d'y voir plus clair, voilà pourquoi nous l'avons ouverte. À notre grand désespoir, celle-ci n'a fait qu'épaissir le mystère.

– Nous aimerions que vous la lisiez à haute voix, suggéra Codrose. Vous nous direz ensuite si vous y comprenez quelque chose.

2

Stevens et Oliver

Pritpal sortit la lettre de son enveloppe et la déplia.

– Mmh… Il n'y a pas l'adresse de l'expéditeur, dit-il. Ça commence simplement par *Alexis Fairburn, Londres*, et une date… *sept décembre 1934*… C'est une erreur. Nous ne sommes pas encore en *1934*.

– Cet homme a toujours été ailleurs, déclara dédaigneusement Codrose. La tête dans les nuages… jusqu'à en oublier quel jour de la semaine on est.

Il avait dit ça sur un ton laissant clairement entendre que pareille aberration était une chose dont lui personnellement était parfaitement incapable, dût-il vivre un million d'années.

– Poursuivez, poursuivez, dit le proviseur.

Pritpal avala sa salive et reprit :

– *Cher Pritpal*, commença-t-il d'une voix tremblante et timide. *Ce n'est pas tous les mardis qu'on rencontre sept jeunes garçons passionnés de mots croisés. Continuez à porter haut le flambeau ! La vaillante société des cruciverbistes peut très bien se passer de moi. Maintenant que je suis parti vers un autre horizon – comme je suis certain que vous l'a expliqué ce cher monsieur Elliot –, vous allez devoir résoudre seuls les énigmes qui vous sont posées.*

Pritpal marqua une pause et jeta un regard embarrassé au proviseur.

– Continuez, l'encouragea ce dernier.

– ... *résoudre seuls les énigmes qui vous sont posées. J'ai quitté Eton. De fait, je me prépare à quitter le pays. Ma prochaine grille sera la dernière car je serai parti avant le prochain bouclage.*

– Que veut-il dire par là ? marmonna Codrose.

– M. Fairburn est auteur de mots croisés pour le *Times*, monsieur, répondit obligeamment Pritpal.

– Vraiment ? s'exclama Codrose, surpris. Je l'ignorais. Pour ma part, je ne les fais jamais. Trop occupé pour ça.

– Voulez-vous que je continue ?

– S'il vous plaît, approuva le proviseur.

– *Vous voudrez bien m'excuser auprès des six autres membres de la société des cruciverbistes, Felix Dunkeswell, Percy Odcombe, Luc Oliver, Stephen Devere, le petit Speccy Stevens et, bien sûr, Iain Cummings.*

Pritpal s'arrêta un instant, l'air renfrogné, puis reprit sa lecture :

– *Je laisse derrière moi nombre de bons souvenirs. Comme vous le savez sûrement, j'ai moi-même étudié à Eton, quand j'étais jeune. Je me rappelle comme si c'était hier le jour où j'ai marqué l'essai de la victoire contre les Duffers, lors du tournoi annuel de Field Game, tout comme je n'oublierai jamais cette fête du quatre juin au cours de laquelle je barrai le* Callisto *pendant la parade des bateaux. Oui, je vais bien regretter la vieille maison. Beaucoup de choses vont me manquer, au premier rang desquelles, la société des cruciverbistes (cela va de soi) et, aussi, les leçons de latin, que je regretterai par-dessus tout. J'aime tant ces vieilles histoires de la Rome antique, comme cette liaison passionnée entre Néron et Cléopâtre. Vous devriez essayer de visiter la nécropole de Porta Alta un de ces jours, vous y verrez une magnifique statue le représentant, les yeux rivés sur les obélisques de sa belle.*

– Des obélisques ! s'ébroua Codrose. L'esprit de ce malheureux bat la campagne. De toute façon, il a toujours été bizarre.

– Je vous en prie, poursuivez, déclara le proviseur, insensible aux quolibets de Codrose.

– *Eton est un endroit à nul autre pareil, avec de somptueuses traditions. Je regretterai sans aucun doute de ne plus assister au jeu du mur, mais, peut-être qu'en lisant le célèbre poème éponyme de David Balfour, tout ceci me reviendra en mémoire, de façon aussi précise que si j'y étais…*

Sus ! Crions-nous, exaltés par l'odeur des grands pins !
Turgides d'excitation sous une pluie battante,
On s'écharpe, on pousse, on souffle. Ils sont revêches.
Valsent les minutes liées. On les presse.
Le corps couvert de boue, les yeux emplis de flammes.
En chemin, les coups pleuvent. Dieu, quelle bataille !
Au sommet du mur, on hue l'adversaire maudit.
Hâbleurs ! Scélérats ! Ils ont gagné la balle.
Un cri déchire l'air alors que le cuir nous échappe,
Elle a été tirée. Elle ira au fond de l'en-but.

Pour finir, je formulerai un souhait. Quoi que vous fassiez plus tard, n'abandonnez jamais les mots croisés. Rares sont ceux qui témoignent un intérêt aussi sincère que le vôtre pour cette gymnastique de l'esprit. Je pense par exemple au camarade avec qui vous cantinez, le coureur…

Pritpal s'arrêta de lire et, se tournant vers James, il ajouta :

– Je pense qu'il veut parler de toi.

– Avez-vous parlé de Bond à M. Fairburn ? demanda le proviseur.

– J'imagine que j'ai dû mentionner son nom, répliqua Pritpal. Mais je ne me souviens pas lui avoir jamais dit que James n'aimait pas les mots croisés.

– On n'en avait même jamais parlé avant ce soir, précisa James.

– Lisez la fin, je vous prie, demanda le proviseur.

– Hum… *Je pense au camarade avec qui vous cantinez, le coureur, qui ferait mieux d'accepter ce qu'il est et de mûrir un peu. Bien à vous, AF.*

Pritpal leva les yeux de la lettre et, durant une longue minute, un silence embarrassé régna dans la petite chambrée.

– Quelle lettre étrange ! dit finalement Pritpal.

– Je ne vous le fais pas dire, confirma le proviseur.

– J'ai bien peur qu'il n'ait plus toute sa tête, ajouta Codrose.

– En effet, cela expliquerait son comportement, convint le proviseur. Je présume qu'il a dû faire une sorte de dépression.

– Ce ne serait pas étonnant de sa part, ajouta Codrose d'un ton fielleux en reprenant la lettre des mains de Pritpal. Et, partant de là, je pense qu'il est préférable que je la garde par-devers moi.

Il étudia un instant la lettre manuscrite, marmonna quelques mots, puis leva un sourcil dubitatif.

– Parfaitement abscons, conclut-il enfin en remettant la lettre dans sa poche.

– Mes garçons, déclara le proviseur en jetant un bref coup d'œil à James. J'aimerais que tout ceci reste entre nous.

– Soyez sans crainte, répliqua Pritpal.

– Y a-t-il quoi que ce soit dans cette lettre qui fasse sens à vos yeux ? demanda Codrose.

– Dans l'immédiat, absolument rien, avoua Pritpal. Le plus étrange, c'est qu'il y est beaucoup question de sport…

Alors qu'il est de notoriété publique que je ne suis guère adepte des activités physiques.

– Pas plus que Fairburn, ajouta Codrose.

– Bien ! S'il vous venait une idée, je vous saurais gré de bien vouloir m'en informer, déclara le proviseur. En attendant, je vous souhaite bonne nuit à tous les deux.

Et ils sortirent.

– Qu'est-ce que tu penses de ça ? demanda Pritpal quand ils eurent refermé la porte.

– Une fois n'est pas coutume, je partage entièrement l'avis de la vieille bique, répondit James. « Parfaitement abscons ». Tu crois vraiment qu'il a perdu la boule ?

– Je ne sais pas, répondit Pritpal en s'asseyant sur le lit, l'air ailleurs. Mais plus j'y pense, plus j'en doute.

– Oh, arrête ! coupa James. Tu l'as dit toi-même. Quelle lettre étrange ! Tu sais à quoi ça me fait penser ?

– À quoi ?

– Aux mots croisés que tu étais en train de faire.

– Oui, c'est ça ! s'exclama Pritpal en se levant d'un bond. Je savais qu'il y avait quelque chose. Tu as tout à fait raison.

– Quand j'ai regardé ta grille de mots croisés tout à l'heure, poursuivit James, les phrases semblaient normales à première vue, pourtant elles étaient étranges, toutes légèrement absurdes. Ça avait un sens et, en même temps, ça n'en avait pas. Exactement comme cette lettre. Tout est faux là-dedans, même la date.

– Tout à fait d'accord avec toi. Et encore. Ça, c'était la faute la moins grave.

– Ah bon ? Et qu'est-ce qu'il y avait de pire ?

– Les noms des membres de la société des cruciverbistes. Codrose et le proviseur sont passés à côté. Normal. Je suis sûrement le seul qui pouvait remarquer, vu que nous n'établissons pas de liste de membres.

– Remarquer quoi ?

– Luc Oliver et Speccy Stevens.

– Eh ben ? demanda James, de plus en plus impatient.

– Aucun d'entre eux n'appartient à la société des cruciverbistes, répondit Pritpal. Et je serais même prêt à parier qu'ils n'existent pas du tout.

– Continue, tu commences à sérieusement m'intéresser, dit James en dévorant Pritpal des yeux.

– Je crois que cette lettre est codée, qu'elle contient un message secret. Pour un quidam, tout ça peut sembler normal. En revanche, quiconque connaît Eton remarquerait immédiatement les erreurs, même si, à mon avis, ce ne sont pas des erreurs, mais bien des clés.

– Drôlement élaboré comme puzzle ! Une lettre entière.

– C'est exactement le genre de chose que ferait Fairburn. Il a toujours fait montre d'un singulier sens de l'humour.

– Irait-il aussi loin que prétendre démissionner ? Car, si effectivement il s'agit d'une blague, je n'ai pas l'impression qu'elle soit du goût du proviseur.

– Fairburn n'est pas homme à fonctionner comme le tout-venant. Je ne serais pas étonné qu'il ait écrit cette lettre comme une sorte de test. Peut-être même qu'elle nous est directement destinée, comme une énigme : « Le mystère du professeur disparu. »

– Tu crois vraiment qu'il serait capable de faire une chose pareille ? demanda James avec un sourire.

– J'en suis persuadé. Comme je te l'ai dit, Fairburn est un excentrique notoire avec un faible prononcé pour les messages codés, les puzzles ou les problèmes mathématiques.

– Mmh, bougonna James en croisant les jambes et en tirant son pied vers la hanche. Supposons que ce soit bien une sorte de charade, par quoi on commence ?

– Par Luc Oliver et Speccy Stevens, à l'évidence. C'est

l'indice le plus clair, celui qui avait le plus de chances de me sauter aux yeux. Donc, nous devons commencer par là.

– Comment ? demanda James, d'un air interdit.

– Assieds-toi, répondit Pritpal, un rictus amusé aux lèvres et les yeux pétillants de malice. Je vais te montrer..

À ces mots, il se précipita vers la table et écrivit rapidement les deux noms sur un morceau de papier.

– Ils tranchaient avec le reste de la lettre, comme deux feux rouges clignotant au cœur de la nuit. Fairburn devait savoir que ce serait la première chose que je remarquerais. Ce sont les erreurs les plus flagrantes. Peut-être sont-elles aussi les plus faciles à déchiffrer.

– C'est-à-dire ? demanda James. Je te rappelle que je suis novice à ce jeu-là.

– Le cryptage le plus commun est l'anagramme. Tu sais ce qu'est une anagramme, tout de même ?

– Je ne suis pas complètement idiot, se défendit James. Une anagramme consiste à changer l'ordre des lettres d'un mot pour en faire un autre, comme *Same Hatred*, pour *Head Master*[1].

– Oui, ou *Death Smear*, ajouta aussitôt Pritpal.

Ils éclatèrent de rire.

James se plongea dans l'étude des lettres devant lui.

LUC OLIVER SPECCY STEVENS

Mentalement, il tenta de changer l'ordre des lettres et de les réorganiser autrement, en vain. Les possibilités semblaient infinies.

– De jambons ? lança Pritpal après un silence.

1. *Head Master* a été traduit par proviseur. *Same Hatred*: toujours la haine ; *Death Smear*: tache mortelle

– … ?

– Rien. Juste une anagramme de James Bond…

– Très malin… Mais ça ne nous aide pas à trouver la solution. Je ne sais même pas par où commencer…

– Ah, ah ! Tu y es !

– Vraiment ?

– Oui. La première chose à faire, face à un code ou à une énigme, quels qu'ils soient, c'est de déterminer un contexte.

– Euh… Je crois que tu vas devoir m'expliquer. Finalement, je suis peut-être vraiment crétin.

– Disons, par exemple, que je te donne les lettres « P-R-O-U-E-E » et que je te dise que c'est une anagramme. Tu vas chercher, chercher encore et, éventuellement, après une bonne prise de tête, tu vas tomber sur la solution.

– N'en sois pas si sûr, répliqua James en essayant de combiner les lettres.

– Bon, maintenant, supposons que je te dise que l'anagramme en question désigne un continent. Dans ce cas-là tu vas trouver tout de suite.

– Europe.

– Exactement. À cause du contexte. Prenons un autre exemple. Imaginons qu'il y ait une guerre et que nos forces interceptent un message codé émanant de l'ennemi, un message provenant d'une base aérienne. Dans ce cas, il ne serait pas vain de supposer que le message concerne les avions, les opérations aériennes et qu'il contienne des termes techniques comme le nombre d'avions engagés, leur nature, les conditions météo et des mots comme *brouillard* ou *nuage*. Les décrypteurs commenceront donc par établir une liste de termes probables qu'ils confronteront avec le message codé pour établir des correspondances. Ils chercheront des motifs, des répétitions, jusqu'à ce qu'ils trouvent un mot qui marche, car, une fois cette étape franchie, le reste tombera beaucoup plus facilement. D'où l'intérêt de savoir de quoi parle le message. Ça permet de savoir où chercher les premiers indices. Donc, de quoi parle la lettre de Fairburn ?

– Pour l'instant, on n'en sait rien.

– Erreur. On sait déjà qu'il s'agit d'un message codé. Alors ? On cherche quoi ?

– Des indices, tenta James avec le désagréable sentiment de patauger dans la semoule.

– Exact, répondit Pritpal, un sourire approbateur aux coins des lèvres. Maintenant, regarde à nouveau les lettres et dis-moi si tu trouves quelque indice.

James s'exécuta. La suite de lettres lui paraissait toujours aussi ténébreuse.

LUC OLIVER SPECCY STEVENS

– Prends le premier mot, l'encouragea Pritpal : *Luc.* Ça ne te semble pas bizarre ? Pourquoi Fairburn a-t-il choisi précisément celui-là ? Avec ces trois lettres ?

– J'en sais rien, répliqua James, de mauvaise humeur. Qu'est-ce que je suis supposé chercher ?

– Un indice, s'exclama Pritpal en abattant son doigt sur la feuille. Regarde !

– Regarde quoi... ? demanda James avant de comprendre.

Un large sourire sur le visage, il reprit :

– Change l'ordre des lettres de *Luc* et tu obtiens *clu.* Ajoute un « e » et tu obtiens *clue.* Ça saute aux yeux une fois que tu le sais.

– Et qu'est-ce qu'on fait avec une énigme ?

– On essaye de la résoudre..., répondit James tout en fabriquant mentalement le terme *solve* en prenant le « s » de *Speccy* et certaines lettres de *Oliver.*

Il fit part de son hypothèse à Pritpal.

– Génial ! s'exclama ce dernier. On a déjà deux mots possibles : *Solve clue.* « Résoudre une énigme », ou plus certainement une série d'énigmes.

James baissa les yeux sur les lettres restantes.

I R P C C Y S T E V E N

– Bien ! Ça nous fait déjà moins de lettres, se félicita Pritpal en tapotant le capuchon de son stylo contre ses dents. Mais ça se corse. Car je ne vois aucun mot qui collerait avec ceux qu'on a déjà.

– Pourquoi pas *seven* ? demanda James. *Solve seven clues* ?

– Ce qui est pratique avec toi, c'est que tu apprends vite, rétorqua Pritpal. En effet, ça pourrait coller. Ça nous laisse quoi ?

– I-R-P-C-C-Y-T… Pff ! On ferait mieux de repartir à zéro. On ne peut faire aucun mot avec ça.

– Tu crois ? rétorqua Pritpal, penché sur sa feuille, griffonnant rapidement quelque chose.

Quand il eut terminé, il retourna le bout de papier sous les yeux de James.

SOLVE SEVEN CRYPTIC CLUES [1]

James émit un sifflement admiratif en allongeant ses jambes devant lui.

– Ce n'est sûrement pas une coïncidence, finit-il par déclarer. C'est bien une suite d'énigmes.

Il lança un sourire à son camarade.

– Bien ! Une de résolue, ça nous en laisse plus que six. Tu crois qu'il y a une récompense ?

1. Résolvez les sept énigmes codées.

– J'en doute, répondit Pritpal. Avec Fairburn, tout le plaisir réside dans le fait de réussir là où d'autres ont échoué. La solution, c'est ça la récompense.

– OK, mais ça cache forcément autre chose, ajouta James. Quelque chose de plus grave. Sinon pourquoi aurait-il été jusqu'à disparaître ?

– Je ne sais pas, dit Pritpal en se frottant vivement les mains comme pour se donner du cœur à l'ouvrage. Maintenant, on n'a plus qu'à s'attaquer aux autres.

– Tu oublies un petit détail, objecta James.

– Lequel ?

– C'est Codrose qui a la lettre.

– Ô misère ! s'exclama Pritpal en se laissant tomber sur le lit. Et jamais il n'acceptera de me la redonner.

– Effectivement. Il y a peu de chances. Ils sont inquiets pour Fairburn. Ils pensent qu'il a perdu les pédales. Non. À l'heure qu'il est, Codrose a déjà dû enfermer la lettre quelque part dans son bureau.

– Dans ce cas, il faut qu'on la récupère.

– Tiens, je ne te connaissais pas si intrépide.

– Peut-être, mais là c'est un casse-tête. Et j'adore les casse-tête. Dis, James, tu vas me la récupérer, cette lettre ?

James observa son ami du coin de l'œil. Il ne put empêcher un large sourire d'illuminer son visage car un frisson familier venait de s'emparer de son cœur, le faisant battre plus vite, comme si l'on venait de le sortir d'un long sommeil.

Il s'étira sur sa chaise. Ses articulations craquèrent.

– T'inquiète, finit-il par dire. Je m'en occupe.

3

Fric-frac chez Codrose

Le lendemain, à quinze heures précises, James était caché sous un des buffets du réfectoire. Cela faisait déjà un moment qu'il était tapi là, dans l'odeur d'encaustique et la poussière, depuis le déjeuner, pour être exact. Il regarda sa montre à gousset. C'était l'heure H. Si tout s'était passé comme prévu, les autres membres du club du Danger devaient être en position.

Fondé par Perry Mandeville, le club du Danger rassemblait des garçons qui, comme lui, aimaient pimenter le quotidien de violentes montées d'adrénaline. Récemment, le club avait été en sommeil, le temps glacial et humide n'incitant guère les garçons à se lancer dans quoi que ce soit de plus aventureux qu'une bonne soirée au coin du feu.

Mais pas aujourd'hui.

Andrew Carlton, un autre copain de James, avait pris position sur le toit. Juste avant l'heure du déjeuner, il l'avait rejoint dans son internat et celui-ci lui avait montré son passage secret, un étroit goulet sous le plancher de la salle de bains, menant jusqu'à un débarras désaffecté, muni d'un vasistas. James utilisait ce moyen chaque fois qu'il devait quitter l'internat après l'écrou. Andrew était légèrement plus âgé que James et, bien que membre enthousiaste du club du Danger, il savait garder la tête sur les épaules. On pouvait lui faire confiance. Il remplirait sa mission avec sérieux.

Collé à la pente du toit, à proximité d'un grand dôme de verre surplombant le bureau de Codrose, Andrew Carlton avait effectivement une vue imprenable sur les moindres faits et gestes du recteur d'internat, qui lisait une lettre, assis à sa table de travail, sa calvitie naissante lui faisant une tonsure impeccablement circulaire au sommet du crâne.

Dix minutes plus tôt, comme convenu, Pritpal avait demandé à Codrose s'il avait quelque nouvelle de M. Fairburn avant de l'entretenir de certains passages de la fameuse lettre. Après quoi, comme espéré, le recteur avait filé dans son bureau, sorti une clé d'un globe en bois muni de discrètes charnières, puis il avait ouvert un tiroir et en avait sorti le billet.

Carlton n'en avait pas perdu une miette. Il était convaincu qu'il s'agissait de la lettre de Fairburn.

Un sifflet. Cela voulait dire que Perry et Gordon Latimer étaient en place, au sol. Il rendit le signal en balançant un petit gravier par-dessus l'arête du toit. Le caillou dévala la pente en rebondissant bruyamment sur le zinc.

Tout était en place.

Quand ils entendirent le cliquetis caractéristique du gravier, Perry et Latimer jetèrent un œil dans Judy's Passage, pour vérifier qu'il n'y avait personne, puis Perry retira son chapeau, qui dissimulait une moitié de brique, en équilibre sur son crâne.

– Que la fête commence ! dit-il en soupesant la brique.

D'un geste ample, il leva le bras et lança le projectile de toutes ses forces contre une fenêtre du rez-de-chaussée.

Il y eut un terrible fracas, un bruit de verre brisé, immédiatement suivi par les cris affolés des deux garçons.

– Arrêtez-le !
– Tu l'as vu ?
– Il est parti par là.
– Arrêtez-le, arrêtez-le !

Branle-bas de combat dans l'immeuble. Des têtes apparurent aux fenêtres.

Quelques secondes plus tard, la Dame déboula sur le perron.

– Par tous les diables, que se passe-t-il ? demanda-t-elle.

L'intendante n'avait pas fini sa phrase qu'elle fut assaillie des réponses bafouillantes de Perry et Latimer, qui prenaient un malin plaisir à parler en même temps.

– Un jeune garçon.
– On l'a vu.
– Pas de chez nous.
– De la ville.
– Il a couru et lancé une brique dans la fenêtre.
– On a essayé de l'attraper.
– Il avait l'air d'un sacré voyou.

Pestant et maugréant, la Dame retourna à l'intérieur d'un air affairé.

Là-haut, sur le toit, Carlton ne tarda pas à la voir faire irruption dans le cabinet de travail de Codrose, pour lui raconter ce qui venait de se passer.

Ce dernier se leva aussitôt et rangea précipitamment la lettre dans le tiroir. Dans un même élan, il verrouilla la serrure et remit la clé dans le globe, qu'il prit soin de ne pas laisser ouvert.

Dès qu'il eut franchi le pas de la porte, Carlton lança un nouveau gravier par-dessus le toit et griffonna à la hâte une grande feuille de papier, qu'il avait emportée avec lui.

Depuis sa cachette sous le buffet, James entendit résonner des bruits de pas. L'instant suivant, il vit les pieds de Codrose traverser le parquet, suivis de près par ceux de la Dame. Dès qu'il fut certain qu'ils étaient passés, il sortit de sa cachette et se précipita à la porte menant aux appartements privés du recteur.

S'il se faisait prendre dans ces couloirs, il recevrait sans nul doute une sévère correction. Il n'y pensait pas, sa seule préoccupation étant de s'acquitter de sa tâche aussi promptement et efficacement que possible.

Il avait déjà été convoqué plusieurs fois chez Codrose, aussi connaissait-il parfaitement le chemin. Il grimpa quatre à quatre l'escalier recouvert de moquette jusqu'au dernier étage et poussa la porte du bureau.

Aussitôt dans la pièce, il leva les yeux au plafond où Carlton l'attendait, la feuille de papier posée contre la paroi de verre.

Les mots s'étalaient en grosses lettres sur le rectangle blanc.

CLÉ DANS GLOBE – LETTRE DANS BUREAU – PREMIER TIROIR – HAUT – DROITE

James eut tôt fait de sortir la lettre.

Il avait emporté avec lui un appareil photo. Le tout dernier Leica Mark III, un petit bijou auquel Gordon Latimer – membre émérite du club photo – tenait comme à la prunelle de ses yeux. Quel cirque pour le convaincre de le prêter !

En dépit de la lumière du jour tombant de la verrière, James alluma le plafonnier ainsi que la liseuse du bureau afin d'éclairer la lettre au mieux.

Il priait pour que cela soit suffisant.

Il posa ses coudes sur le dossier de la chaise, cala l'appareil devant son œil, puis fit le point sur la feuille de papier. Latimer lui avait donné un rapide cours de photo, plus tôt dans la matinée, lui expliquant dans les grandes lignes à quoi correspondaient toutes les molettes de réglages dont cet extraordinaire boîtier était équipé. Heureusement pour lui, James possédait un talent inné pour tout ce qui touchait au matériel et à la mécanique.

L'obturateur du Leica pouvait descendre à des vitesses très lentes, ce qui était crucial dans ces faibles conditions de lumière. James prit plusieurs clichés. Cinq au total. À différentes vitesses et à différents diaphragmes.

Puis il retourna la lettre et prit à nouveau cinq clichés du verso.

Mission accomplie.

La lettre retrouva bien vite son tiroir, la clé, son globe.

Après quoi il éteignit les lumières et leva le pouce vers Carlton, qui se carapata aussi sec vers le débarras désaffecté.

James quitta la pièce et referma la porte derrière lui.

L'opération tout entière avait duré moins de deux minutes.

Il dévala l'escalier à toutes jambes et déboula dans le réfectoire d'où il jeta prudemment un œil dans le couloir.

Pritpal l'attendait, piaffant d'impatience... et de crainte. Il lui fit un signe indiquant que la voie était libre. James traversa le hall d'entrée et lui confia l'appareil.

D'un pas aussi nonchalant que possible, Pritpal se dirigea vers la sortie. À l'extérieur, il croisa Codrose et la Dame, entourés d'un groupe d'élèves, toujours occupés à évaluer les dégâts causés par la brique et à entendre les témoignages des uns et des autres.

Quand ils avisèrent Pritpal dans l'allée, Perry et Latimer comprirent que James avait réussi et que, par conséquent, il n'était plus nécessaire de retenir Codrose.

Ils avaient dû redoubler d'ingéniosité pour embobiner le recteur d'internat, Perry allant jusqu'à affirmer que le mystérieux loubard l'avait agressé. Mettant à profit son singulier talent d'affabulateur, il avait mimé et commenté la scène dans ses moindres détails, puis, pour donner plus de poids à ses dires, avait soulevé sa chemise afin de révéler à tous les bleus que sa mésaventure lui avait valu.

Codrose ne pouvait pas savoir que Perry avait récolté ces marques la veille, en jouant au Field Game.

Finalement, l'attroupement se dispersa et le recteur retourna à l'intérieur, non sans avoir chargé un bizut d'aller chercher le gardien pour qu'il s'occupe de réparer la fenêtre. Pritpal remit discrètement l'appareil photo à Gordon Latimer, qu'il ne quitta pas des yeux tandis que celui-ci s'éloignait dans Judy's Passage, au côté de Perry.

Voilà. C'était terminé. Pritpal poussa un ouf de soulagement et essuya ses paumes, singulièrement moites, sur son pantalon.

Il n'avait vraiment pas apprécié la demi-heure écoulée, ne se sentant pas taillé pour ce genre de tribulations. Décoder des messages était une chose, rentrer en douce chez les gens, le fait de mentir et de vandaliser en était une autre. À l'avenir, il prendrait soin de laisser ces exercices à James et aux têtes brûlées qui l'accompagnaient.

Ce soir-là, juste avant six heures, Latimer leur livra deux tirages tout à fait corrects sur lesquels on pouvait clairement lire le recto et le verso de la lettre de Fairburn.

James cacha le film 35mm derrière une plinthe descellée et s'installa avec ses compagnons d'internat pour recopier la lettre en gros caractères sur un carton. Quand ils eurent terminé, les clichés rejoignirent le négatif, puis James colla le carton au dos du planisphère accroché au mur.

Un dispositif qui offrait la possibilité d'étudier la lettre ensemble et l'avantage d'être aisément camouflé. En effet, il suffisait d'un geste pour retourner la carte et rendre ainsi le message codé parfaitement insoupçonnable.

– Par quoi on commence ? demanda James, les yeux perdus sur la feuille.

– On sait que cette lettre contient sept énigmes, répondit Pritpal en s'approchant du mur, un stylo à la main. On en a déjà résolu une.

Joignant le geste à la parole, il encercla soigneusement les noms des membres de la société des cruciverbistes et souligna les deux faux noms : Luc Oliver et Speccy Stevens.

– En toute logique, poursuivit-il, l'étape suivante consisterait à supposer que cette lettre est divisée en sept parties, chacune contenant une énigme particulière.

James lut à haute voix.

– *Alexis Fairburn, Sept décembre 1934. Cher Pritpal, Ce n'est pas tous les mardis qu'on rencontre sept jeunes garçons passionnés de mots croisés. Continuez à porter haut le flambeau ! La vaillante société des cruciverbistes peut très bien se passer de moi. Maintenant que je suis parti vers un autre horizon – comme je suis certain que vous l'a expliqué ce cher monsieur Elliot –, vous allez devoir résoudre seuls les énigmes qui vous sont posées.*

J'ai quitté Eton. De fait, je me prépare à quitter le pays. Ma prochaine grille sera la dernière car je serai parti avant le prochain bouclage.

Le paragraphe suivant on l'a fait, dit James, avant de reprendre sa lecture plus loin.

Je laisse derrière moi nombre de bons souvenirs. Comme vous le savez sûrement, j'ai moi-même étudié à Eton, quand j'étais jeune. Je me rappelle comme si c'était hier le jour où j'ai marqué l'essai de la victoire contre les Duffers, lors du tournoi annuel de Field Game, tout comme je n'oublierai jamais cette fête du quatre juin au cours de laquelle je barrai le Callisto *pendant la parade des bateaux. Oui, je vais bien regretter la vieille maison. Beaucoup de choses vont me manquer, au premier rang desquelles, la société des cruciverbistes (cela va de soi) et, aussi, les leçons de latin, que je regretterai par-dessus tout. J'aime tant ces vieilles histoires de la Rome antique, comme cette liaison passionnée entre Néron et Cléopâtre. Vous devriez essayer de visiter la nécropole de Porta Alta un de ces jours, vous y verrez une magnifique statue le représentant, les yeux rivés sur les obélisques de sa belle.*

Eton est un endroit à nul autre pareil, avec de somptueuses traditions. Je regretterai sans aucun doute de ne plus assister au jeu du mur, mais, peut-être qu'en lisant le célèbre poème éponyme de David Balfour, tout ceci me reviendra en mémoire, de façon aussi précise que si j'y étais…

Sus ! Crions-nous, exaltés par l'odeur des grands pins !
Turgides d'excitation sous une pluie battante…

– Tu peux sauter le poème, l'arrêta Tommy. Lis la fin.

– *Pour finir, je formulerai un souhait. Quoi que vous fassiez plus tard, n'abandonnez jamais les mots croisés. Rares sont ceux qui témoignent un intérêt aussi sincère que le vôtre pour cette gymnastique de l'esprit. Je pense par exemple au camarade avec qui vous cantinez, le coureur qui ferait mieux d'accepter ce qu'il est et de mûrir un peu. Bien à vous, AF.*

– Bien, déclara Tommy. On cherche sept parties. Il y a la première, avec la société des cruciverbistes et le fait de quitter l'école. Ensuite, il y a le morceau que vous avez déjà décodé, avec les faux noms. Après c'est le passage sur le Field Game et la parade des bateaux. Ça fait trois.

– Et puis il y a cette étrange digression sur Néron et Cléopâtre, ajouta James. Ça fait quatre.

– Néron n'a jamais été amoureux de Cléopâtre ? Si ? demanda Tommy.

– Non, répondit Pritpal. C'était Marc Antoine et Jules César. Néron vient beaucoup plus tard.

– Ensuite, il y a ce poème tout pourri sur le Wall Game, ajouta James. Ça fait cinq, et, enfin, le passage sur moi et mon peu d'intérêt pour les mots croisés.

– Ça ne fait que six, fit observer Tommy. Qu'est-ce qu'on a loupé ?

– La date ! s'exclama Pritpal avec enthousiasme avant d'encercler la date fantaisiste en tête de lettre.

– Qu'est-ce que ça peut bien vouloir dire ? s'interrogea James. Sept décembre 1934.

– Peut-être un numéro de code, dit Pritpal. M. Fairburn est un brillant mathématicien. Il adore les chiffres.

– Sept, douze, dix-neuf, trente-quatre, épela Tommy. Ça vous dit quelque chose ?

– À première vue, rien du tout, confessa Pritpal en glissant un doigt sous son turban pour se gratter la tête. Ils ne forment aucune séquence, ne possèdent aucun dénominateur commun.

– Peut-être qu'on va chercher trop loin, supposa James. Peut-être s'agit-il simplement d'une correspondance alphabétique, comme A égale un ; B égale deux et ainsi de suite.

– Possible, concéda Pritpal.

– A, B, C, D…, récita Tommy en comptant sur ses doigts. La septième lettre de l'alphabet, c'est G.

– La douzième, L, ajouta Pritpal qui avait déjà un coup d'avance. Ensuite…

– Mille neuf cent trente-quatre, déclara tristement James. Ça ne marche pas.

– Peut-être juste un, neuf, trois et quatre ? suggéra Tommy. Ce qui ferait A, I, C, D ?

– Glaicd ? dit James. C'est pas un mot, ça !

– Mmh ! bougonna Pritpal. Je crois qu'on fait fausse route.

– Et si chaque chiffre correspondait, non pas à une lettre, mais à un mot ? supposa James.

– Je ne suis pas sûr de comprendre, répondit Pritpal.

– Si on comptait les mots, expliqua James en s'approchant du carton. En commençant par le début de la lettre, en ignorant la date ? Septième mot, puis un, puis deux, puis un à nouveau, neuf, trois, quatre…

Ce disant, James souligna les mots au fur et à mesure.

Cher Pritpal, ce n'est pas tous les mardis qu'on rencontre sept jeunes garçons passionnés de mots croisés. Continuez à porter haut le flambeau ! La vaillante société des cruciverbistes peut très bien se passer de moi. Maintenant que je suis parti vers un autre horizon – comme je suis certain que vous l'a expliqué ce cher monsieur Elliot –, vous allez devoir résoudre seuls les énigmes qui vous sont posées. [1]

– Mardi, sept, haut, un, horizon, résoudre, dit Tommy. Clair comme du jus de chaussette !

– Des définitions de mots croisés, s'écria Pritpal. Il nous dit de résoudre deux définitions des mots croisés de mardi. Sept vertical et un horizontal.

– C'est aujourd'hui mardi, dit James. Mais quelle grille ?

– Celle du *Times*, bien sûr, s'exclama Pritpal en se tapant sur le front. C'est Fairburn qui fait les grilles du mardi.

– Tu l'as ? demanda James.

– Évidemment, répondit Pritpal en quittant précipitamment la pièce. Mais, avec tout ce remue-ménage aujourd'hui, j'ai même pas eu le temps de le regarder.

1. En dépit de ses efforts, le traducteur n'a pas réussi à faire coller les mots et les chiffres. Puissent ses lecteurs ne pas lui en tenir rigueur… *N.d.T.*

4

Ape X

– C'est insensé, s'insurgea Tommy. Pourquoi cette vieille *beak*[1] s'est-elle donné tant de mal ?

– À l'évidence, il ne veut pas que les autres enseignants soient au courant, répondit James. C'est comme un jeu. Nous contre eux. Codrose ne doit pas savoir. C'est pour nos yeux seulement.

– J'espère que toute cette prise de tête en vaut la peine, dit Tommy.

– Tout ce qu'on peut faire en douce des *beaks*, j'achète, ajouta James, un sourire malicieux aux lèvres.

– Je l'ai ! s'écria Pritpal en faisant un retour triomphal dans la chambre, tenant son journal à bout de bras, comme un trophée.

Il posa aussitôt le *Times* sur la table, ouvert à la page des mots croisés.

– Tu vas devoir nous montrer comment on résout ces énigmes, lui enjoigna James. C'était quoi déjà la définition d'hier ? Singe top-secret ?

– « Apex », répondit fièrement Pritpal.

1. Surnom des professeurs d'Eton, de *beak*, bec.

– …

– Tu sais ce qu'est un apex ?

– C'est le sommet de quelque chose, le zénith, le pinacle, répondit Tommy.

– Absolument, concéda Pritpal. Ça, c'est la première partie de l'énigme, le mot « sommet ». Pour être beau joueur, le maître va adjoindre un indice classique. Dans le cas présent, sommet, c'est-à-dire apex. Ensuite, le reste du problème sera comme un code, une suite d'instructions cryptées qui te donnent les lettres.

– Je ne comprends pas, se renfrogna James. Comment la définition singe secret peut-elle te donner les lettres A-P-E-X ?

– Ape veut dire singe, non ? expliqua Pritpal. Comme dans *Planet of the Apes.*

– Jusque-là, d'accord, concéda James. Mais pourquoi ape X ?

– Quel nom de code donnerais-tu à un agent secret ? demanda Pritpal.

– Je ne sais pas. Un chiffre ?

– Et pourquoi pas une lettre ? Celle qui, par convention, représente une inconnue : X ? Dans le cas où cet agent appartiendrait à l'espèce simiesque : APE X.

Les garçons éclatèrent de rire.

– C'est trop compliqué pour moi, avoua James.

– Ne perds pas espoir, conseilla Pritpal. C'est une question de pratique. Prends ça comme un code secret qu'il faut décrypter. Maintenant, voyons un peu ces définitions. Un horizontalement : « Trombe tourbillonnante, le problème du roi Alexandre ». Sept verticalement : « Ce trio cache un exploit sportif ».

– Mmh, ça pourrait avoir un rapport avec le trophée du printemps dernier, supposa James.

– Ne te laisse pas influencer par le sens premier des mots,

dit Pritpal. Souviens-toi que c'est un langage codé. La première énigme n'a certainement rien à voir avec les phénomènes météo, pas plus que la seconde n'a trait au triathlon – de la même manière que singe secret n'avait rien à voir avec les gorilles.

– Elles ont à voir avec quoi, alors ? demanda Tommy.

– Concentrons-nous sur la grille, déclara Pritpal. La première réponse est un mot composé. Sept lettres plus quatre.

– « Tornade, le problème du roi Alexandre… », répéta lentement James, comme si le fait de lire attentivement la définition pouvait, comme par miracle, faire surgir la vérité qu'elle cachait.

– Le mot « tourbillonnante » pourrait vouloir dire qu'il faut inverser les lettres, dit Pritpal.

– Tu veux dire, une nouvelle anagramme ? demanda James.

– Très probablement, répondit Pritpal. Ce qui voudrait dire qu'on cherche une anagramme de *tornado king* qui pourrait désigner le problème d'Alexandre.

– Alexandre qui ? demanda Tommy.

– Qui est le plus célèbre Alexandre de l'histoire ? demanda Pritpal.

– Alexandre le Grand ? essaya James.

– Exact, répondit Pritpal. Et que sait-on de lui exactement ?

– Qu'il régnait sur la moitié du monde et que son cheval s'appelait Bucéphale.

– Et quel était son problème ?

– J'imagine qu'il en avait plus d'un, ironisa James.

– Allez, arrêtez ! Vous connaissez forcément l'histoire du nœud gordien…

– Euh… Vaguement, confessa James, en fouillant sa mémoire à la recherche des fragments d'informations qu'elle pouvait contenir. C'est pas un roi de Perse qui avait fait une sorte de nœud supposé être indénouable ?

– C'est ça, acquiesça Pritpal. Et il a mis au défi quiconque de le défaire en échange de son royaume.

– Et Alexandre est allé droit au but, n'est-ce pas ? Il a tranché le truc en deux d'un coup d'épée, dit James avec un sourire. Exactement ce que j'aurais fait moi-même.

– Sans aucun doute, répondit Pritpal. On sait tous que tu es un homme d'action, James, quelqu'un qui y va carrément.

– Pas vraiment le genre de qualité pour faire des mots croisés, hein ? Ah ! si seulement j'avais un sabre capable de trancher les messages codés de Fairburn.

– Je ne comprends toujours pas, le coupa Tommy.

– *Gordian knot* est une anagramme de *tornado king*, répondit Pritpal.

– Donc, c'est ça la réponse ? demanda Tommy. Nœud gordien ?

– Exact, approuva Pritpal. Le problème d'Alexandre.

– Et en quoi cela nous aide-t-il ? se lamenta James. On a trouvé la solution, mais on n'est pas plus avancé pour autant.

– J'ai bien peur qu'on doive résoudre le suivant pour comprendre, dit Pritpal. « Ce trio cache un exploit sportif. » En sept lettres.

Les garçons eurent beau chercher, et chercher encore, ils ne parvinrent point à percer l'énigme. Pritpal émit l'hypothèse que la réponse pouvait avoir un rapport avec trois, aussi essayèrent-ils tous les mots commençant par « tri », depuis trio jusqu'à triptyque en passant par tricycle, triplette…

Quelques minutes plus tard résonna un long « Ga-a-a-a-a-a-a-a-rçon ! » tombant du couloir des anciens, un appel qu'ils accueillirent presque avec un certain soulagement.

Ils bondirent tous trois sur leurs pieds. Un ancien, membre de la Librairie, avait besoin de quelque chose – qu'on lui cire ses bottes, qu'on lui prépare son thé ou qu'on distribue pour lui un message – et il appartenait à un plus jeune de s'acquitter de cette tâche.

Tommy et Pritpal sortirent de la chambre en courant. James se hâta de retourner la carte avant de leur emboîter le pas. En effet, le dernier arrivé à la Librairie écopait de la corvée.

Tandis qu'il sprintait dans les couloirs en dépassant les plus lents, il se répétait mentalement les énigmes. Sans succès.

James eut du mal à trouver le sommeil cette nuit-là, son esprit ne parvenant pas à se détacher des devinettes qui tournaient dans sa tête jusqu'à le hanter. Les étranges énigmes que Fairburn posait à mots couverts lui revenaient sans cesse en mémoire… *Luc Oliver… Speccy Stevens… Je me rappelle comme si c'était hier le jour où j'ai marqué l'essai de la victoire contre les Duffers, lors du tournoi annuel de Field Game… J'aime tant ces vieilles histoires de la Rome antique, comme cette liaison passionnée entre Néron et Cléopâtre… Eton est un endroit à nul autre pareil… « Le jeu du mur » de David Balfour… Ce trio cache un exploit sportif…*

Ces mots et ces phrases le poursuivirent également toute la matinée du lendemain, mercredi. Ils tournaient encore dans sa tête quand, dans l'après-midi, il se rendit en traînant les pieds sur les terrains de sport dits du Hollandais pour une partie de Field Game sur laquelle, dans un premier temps, il eut la plus grande peine à se concentrer.

Une balle boueuse en pleine face se chargea néanmoins de le ramener à la réalité, après quoi il participa au jeu avec sa hargne coutumière.

James était grand pour son âge, qui plus est, très bon coureur et totalement intrépide, des qualités qui lui avaient valu d'être sélectionné pour représenter son internat chez les minots. Chaque bâtiment possédait son équipe. Les équipes s'affrontaient les unes contre les autres, comme aujourd'hui, sous le regard attentif de Codrose et de M. Merriot, qui arbitraient la partie.

Le Field Game, ou jeu de champ, était spécifique à Eton, et, comme pour ajouter encore à sa singularité, on y jouait uniquement durant le premier trimestre. Il s'agissait d'une sorte de compromis entre le rugby et le football. James s'était entendu dire que le principe était très proche de celui du foot américain. En attendant, c'était un étrange mélange des genres dont il peinait à apprendre les règles. Le fait que celles-ci semblent évoluer d'une année sur l'autre ne faisait rien pour arranger les choses. Il en résultait de bruyantes empoignades à chaque décision arbitrale, laquelle était systématiquement contestée par les deux camps.

Après une demi-heure de jeu, James était couvert de boue et d'ecchymoses. Il n'avait pas arrêté de courir. La pluie tombant sur l'herbe rare du Hollandais rendait l'exercice encore plus éreintant. Ses bottes étaient tellement boueuses qu'il avait l'impression d'avoir deux briques sous les pieds.

Des cris fusèrent dans le camp adverse.

– Faute ! Il est hors-jeu ! C'est interdit, ça, m'sieur !

– Accordé. Hors-jeu, concéda M. Merriot avant de donner un coup de sifflet.

La partie s'arrêta. Les deux équipes se regroupèrent, les joueurs en profitèrent pour se reposer un instant.

Plié en deux, les mains sur les cuisses, James souffla longuement. Il ne l'avait pas remarqué auparavant, mais, maintenant que le jeu était arrêté, il réalisait à quel point il était épuisé.

C'était terrible de cesser de courir car, à nouveau libre, son esprit ne tarda pas à revenir aux mots qui l'obsédaient depuis la veille : trident, triangle, tricycle. Il secoua la tête.

« Stop ! »

Le jeu reprit. On siffla une mêlée. James passa ses bras autour des épaules de deux de ses coéquipiers, une ligne de six joueurs se présenta devant son homologue de l'équipe adverse. Les garçons penchèrent la tête. Les épaules s'entrechoquèrent. Le reste de l'équipe était éparpillé sur toute la largeur du terrain, derrière sa mêlée, soit quatre arrières, un volant, un court, un long et un goal.

La balle fut introduite en mêlée. Les garçons essayèrent de la maîtriser avec leurs pieds. La poussée des avants de l'équipe Codrose enfonça son vis-à-vis. James se retrouva avec la balle dans les pieds. Ronde, elle était légèrement plus petite qu'un ballon de foot, et étonnamment lourde. Le pack continua à avancer, James faisant toujours rouler la balle. Soudain, la mêlée se dispersa, James se retrouva seul en possession du cuir. Il se rua en avant, balle au pied, car il était formellement interdit de la prendre à la main – y compris par les deux joueurs qui défendaient les buts.

Il leva la tête et remarqua qu'il avait le champ libre jusqu'à l'en-but des Timbrall. Tout ce qui lui restait à faire était de traverser le terrain et d'aplatir pour marquer un essai.

« Non. Pas un essai, se dit-il mentalement. Ça, c'est au rugby. Dans le Field Game, on dit un rouge. »

James repensa à la lettre de Fairburn. *Je me rappelle comme si c'était hier le jour où j'ai marqué l'essai de la victoire contre les Duffers*... Ça avait forcément un sens. Pourquoi avait-il mis *essai* au lieu de *rouge*... ?

Les hurlements des supporters de Codrose le ramenèrent au jeu. Il n'était plus qu'à un mètre de la ligne. Qu'est-ce qu'ils criaient ?

Ah, oui. Il n'avait pas le droit de pousser la balle directement dans l'en-but.

C'était vraiment l'enfer, ces règles ! Presque aussi compliqué que de craquer un code secret ou de faire des mots croisés. Il fallait toujours prendre un chemin détourné. Impossible, par exemple, de traverser le terrain en courant et de marquer. Non, c'eût été trop simple. Enfin, sans règles, il n'y aurait pas de jeu, mais simplement une castagne générale. En dépit de cette vérité, James possédait un penchant naturel pour contourner les règles. À cet égard, il partageait le sentiment d'Alexandre et n'avait aucun mal à imaginer ce que celui-ci avait dû ressentir en tranchant le fameux nœud d'un coup d'épée.

« La seule façon de marquer est qu'un joueur adverse touche la balle avant que celle-ci ne franchisse la ligne. »

En y réfléchissant un peu, ce n'était pas infaisable.

Juste avant la ligne, il changea brutalement de direction et chargea un défenseur qui fonçait dans sa direction. Juste avant l'impact, il shoota de toutes ses forces sur le malheureux, l'atteignant en pleine poitrine. Le joueur s'arrêta net, souffle coupé, quant à la balle, elle retomba cinquante centimètres derrière la ligne. James se jeta dessus sous les hourras de la foule. Il venait de marquer un précieux *rouge*.

Son équipe se précipita sur lui pour le féliciter.

Pour transformer l'essai, et glaner ainsi des points supplémentaires, ils devaient essayer « d'enfoncer » la balle.

Un défenseur des Timbrall alla se poster en position de pilier, un mètre devant le but, la balle à ses pieds. Le reste de la défense fit rempart autour de lui pour protéger la balle. Heureusement pour lui, le pilier était un costaud. En effet, l'équipe adverse ferait tout pour le pousser de l'autre côté de la ligne.

James et les trois plus gros gabarits de l'équipe Codrose s'attrapèrent par la taille et chargèrent. Il y eut un bruit sourd quand la tête du leader heurta la ligne ennemie.

Rapidement, le chaos fut total, un camp poussant, l'autre

résistant. Dans la mêlée, un doigt se retrouva dans l'oreille de James, qui écopa également d'un violent coup de tatane au tibia. Il était écrasé de partout et ne pouvait plus respirer. Il était totalement étouffé, mais c'est tout juste s'il y prêta attention. Son esprit était ailleurs. Ces satanées énigmes le tourmentaient comme un essaim de mouches avant l'orage.

Rouge… *Essai… Ce trio cache un exploit sportif… Triporteur… Triplette…*

Try[1]…

Un essai était un exploit sportif.

Ce trio cache un exploit sportif.

Et si le mot essai devait simplement se combiner avec le reste de la proposition ?

Soudain, le rempart céda. Les défenseurs churent, les assaillants suivirent et tout le monde se retrouva par terre.

Quand les uns et les autres se relevèrent, ils découvrirent que la balle avait franchi la ligne.

De nouveaux hourras retentirent. M. Merriot siffla la mi-temps.

James sortit du terrain en traînant la jambe. Ses coéquipiers le gratifièrent, l'un après l'autre, de grandes tapes dans le dos, auxquelles il ne répondit pas. Il avait les oreilles qui sifflaient et le visage couvert de boue… et une seule idée en tête.

Pritpal assistait à la rencontre depuis la ligne de touche. James alla directement vers lui.

– Trinité, dit-il en attrapant Pritpal par les épaules.

– Quoi, Trinité ?

– C'est ça la réponse qu'on cherchait, insista James. *Trinity.* Ce trio cache un exploit sportif.

1. En anglais, « essai » se dit *try*.

5

Gordius

Le matin suivant, après l'étude du matin et le petit déjeuner, James se trouvait dans Keate's Lane, accompagné d'une bruyante bande de garçons en route pour la chapelle quand il avisa Pritpal, jouant des coudes au milieu de la foule et venant dans sa direction.

– James ! appela-t-il en agitant dans les airs un bout de papier. Je t'ai cherché toute la matinée.

– Qu'est-ce qu'y a ?

– Je crois que j'ai découvert le sens du nœud gordien.

– Je savais que tu finirais par y arriver, dit James. Tu es bien meilleur que moi à ce jeu-là.

– Penses-tu, je me suis contenté d'ouvrir cette lettre.

– Une lettre de qui ? demanda James. Certainement pas de ton monsieur Fairburn, n'est-ce pas ?

– Non, en effet. Elle est de l'un de ses amis, qui me rappelle qu'il vient à Eton ce soir pour s'adresser à la société des cruciverbistes.

Ils arrivèrent à la chapelle et entrèrent. Eton en comptait deux. La plus ancienne, qui datait du règne de Henry VI, était connue sous le nom de College Chapel. L'autre, plus récente, Lower Chapel, avait été construite à la fin du XIXe siècle, quand les effectifs de l'école s'étoffèrent à tel point que l'édifice original ne suffit plus à accueillir tout le monde.

En tant qu'élèves des petites classes, James et Pritpal étaient tenus de se rendre dans la Lower Chapel, une construction anodine en pierre, décorée de tapisseries commémorant la Grande Guerre de 14-18. Un banc vide les attendait au fond de l'édifice. Ils y prirent place.

– Un jour, M. Fairburn nous a déclaré qu'il avait étudié les mathématiques à Cambridge, déclara Pritpal. Il nous a également dit qu'un de ses meilleurs amis, et confrère en mots croisés, y enseignait.

– C'est lui qui a envoyé la lettre ?

– Oui. Et tout s'est éclairé quand j'ai regardé la grille du *Times* de ce matin.

– Mais encore ?

Un respectueux silence s'empara de la chapelle. Le pasteur s'avança dans la chaire pendant que Pritpal sortait de sa poche une feuille de journal froissée.

– Regarde le nom au-dessus de la grille, chuchota-t-il.

James jeta un œil. Les mots croisés étaient signés *Gordius.*

Les deux garçons se turent. En dépit de son impatience, James n'avait d'autre choix que d'attendre la fin du service pour reprendre la conversation.

Vingt minutes plus tard, dans la bousculade de la sortie, Pritpal put enfin s'expliquer.

– C'est une tradition dans les mots croisés, dit-il. Le plus souvent l'auteur signe ses grilles sous un pseudonyme.

– Une sorte de nom de code en quelque sorte ?

– Exactement. Comme s'ils étaient des espions. Si tu avais regardé attentivement celui d'hier, tu aurais remarqué que Fairburn signait *Deadlock.*

– Et que celui d'aujourd'hui est signé par un certain *Gordius,* dit James en rendant le papier à Pritpal.

– Un empereur perse. Celui-là même qui a donné son nom au fameux nœud. Bel à-propos pour quelqu'un qui invente des mots croisés, tu ne trouves pas ?

– Ne me dis pas que l'ami de Fairburn, c'est ce Gordius…

– Si. J'ignore son vrai nom. La lettre était simplement signée Gordius.

– Et il vient à Eton ce soir ?

– Oui… Même si je ne me souviens pas avoir entendu Fairburn nous parler de cette visite – ce qui ne veut pas forcément dire grand-chose, tant le bonhomme était étourdi.

– En tout cas, ce n'est sûrement pas une coïncidence.

– Entièrement d'accord avec toi, confirma Pritpal. Ça doit faire partie du jeu.

– Si c'est vraiment un jeu.

– Que veux-tu dire ?

– Je ne sais pas…, répondit James. J'ai un drôle de pressentiment… Je trouve que tout ça est singulièrement étrange et compliqué. Je crains qu'il ne s'agisse de quelque chose de plus grave.

– Qu'est-ce que tu vas chercher ? C'est juste un casse-tête, rien d'autre.

– Peut-être. En attendant, je vais t'accompagner ce soir, pour voir ce Gordius en personne… Histoire de me faire une idée.

La société des cruciverbistes se réunissait tous les jeudis soir, dans la sombre arrière-boutique de la librairie Spottiswoode, sur High Street. Les garçons s'asseyaient sur des chaises dépareillées au milieu d'étagères croulant sous le poids de vieux livres poussiéreux, oubliés de tous. La pièce était éclairée par une ampoule nue tombant du plafond et par le peu de lumière qui parvenait à percer la crasse d'une minuscule fenêtre. James trouva l'endroit miteux, sale, froid et inconfortable. Un sentiment que ne semblaient pas partager les autres garçons, à ce point perdus dans leurs mots croisés que le monde extérieur avait apparemment cessé d'exister à leurs yeux.

James arriva en avance pour être sûr de ne pas rater l'arrivée de l'invité du jour. Il n'aurait pas dû se donner tant de mal. Gordius était en retard.

Quand il se présenta enfin, il fit assaut de politesses et d'affabilités à l'égard des garçons.

– Ah ! Les jeunes..., dit-il en s'asseyant sur la meilleure chaise. Je les connais comme si je les avais faits. Bah ! ce n'est pas au vieux singe qu'on apprend à faire la grimace.

Il dévisagea l'assemblée qui lui répondit par un sourire poli.

– Je suis désolé, dit-il après un silence. Vous avez certainement entendu ça des milliers de fois. En outre, ce n'est pas spécialement drôle.

Il eut un petit rire et se frotta les yeux. Ses doigts étaient tachés de nicotine. James en profita pour l'observer plus avant. Il avait une fine moustache et de longs cheveux filasse coiffés en arrière. Il portait un costume sombre de belle coupe, qui avait dû coûter une sacrée somme, mais qui, pour l'heure, était tout chiffonné. Il donnait l'impression d'un homme qui n'avait pas dormi depuis deux jours, et qui ne s'était pas changé.

Il bougonna quelque chose dans sa barbe.

James remarqua que son haleine sentait l'alcool. Il avait les yeux cernés et vitreux, et il ne les gardait ouverts qu'au prix de lourds efforts. Dans un passé lointain, il avait dû être beau, mais, à l'évidence, il se laissait aller. Sa peau était livide et grisâtre, comme celle de quelqu'un qui voit trop rarement la lumière du soleil. La moitié de son visage – la gauche – semblait figée, et James remarqua que sa main – du même côté – était agitée d'un constant tremblement. Il portait une canne à pommeau d'ivoire. Quand il était entré, tout le monde avait pu constater qu'il boitait légèrement.

– Bien, dit-il en jetant un regard circulaire à l'assemblée. Commençons par le commencement. Comme vous le savez certainement, je *suis* Gordius. Mais vous ? Qui êtes-vous ?

Il se tourna vers Pritpal.

– Vous êtes sans doute ce Pritpal Nandra, dont Alex m'a tant parlé.

– Exact.

– Et les autres ? demanda Gordius en regardant autour de lui. Non. Ne me dites rien. Laissez-moi deviner.

Ses yeux se posèrent sur un grand échalas atrocement maigre avec un cou interminable et un long nez crochu qui lui donnait un air de flamant rose. À son physique impossible, il avait ajouté une écharpe de trois mètres de long – un accessoire très prisé par certains garçons de l'école –, qu'il avait passée une fois autour de son cou et dont il avait noué les pans dans son dos.

– Vous devez être Felix Dunkeswell.

– En plein dans le mille, répondit le garçon.

Il continua ainsi à essayer de deviner les identités des uns et des autres, tombant juste certaines fois, se trompant à d'autres. Puis il se tourna vers James, assis à l'écart, dans un coin sombre.

– Et vous… ? dit-il en plissant ses yeux fatigués. À vous voir ainsi tapi dans l'ombre, je parierais pour Luc Oliver. Je me trompe ?

– Absolument pas, répondit James. C'est bien ça. Je me demande bien quel est votre secret.

Pritpal fit mine de vouloir dire quelque chose, mais James l'en dissuada d'un rapide coup d'œil. Les autres jouèrent le jeu, trop contents de pouvoir tromper un adulte, qui plus est, gonflé d'orgueil et de prétention.

– C'est un simple travail de détective, basé sur l'observation, répondit Gordius. Voyez-vous, je comprends les gens. Je peux lire en eux aussi sûrement que dans un livre ouvert. D'un seul regard, je peux percer n'importe qui à jour.

Il claqua des doigts.

– Aussi simple que ça !

– C'est un don qui peut se révéler très utile, déclara James. Qu'est-ce qui vous a mis sur la voie pour moi ?

– Vous avez l'air différent, répondit Gordius. Vous ne ressemblez pas aux autres garçons et, avec un nom comme Luc Oliver, j'imagine que vous avez du sang étranger.

– De père écossais et de mère suisse, confirma James, en disant, pour le coup, la vérité.

– Mmh mmh, dit Gordius, dont l'intérêt semblait déjà s'égarer.

Il embrassa l'assistance du regard et lissa sa moustache, l'air absent. Puis, aussi soudainement qu'il l'avait quittée, il revint à la réalité et abattit les mains sur les accoudoirs du fauteuil.

– C'est pas tout ça, coupa-t-il en élevant brutalement la voix. C'est Alexis qui m'a invité à vous rencontrer ce soir. Je suis surpris qu'il ne soit pas là !

– Vous n'êtes pas au courant, monsieur ? demanda Pritpal.

– Au courant de quoi ?

– Il a quitté l'école, répondit Pritpal. Je pensais qu'il vous aurait écrit pour vous l'apprendre.

– Hélas. Je suis sans nouvelle depuis de semaines. D'habitude, il m'écrit régulièrement, pour me dire ce qu'il fait avec vous, me raconter vos réunions.

– Dans ce cas, vous n'êtes pas sans savoir que nous n'aimons rien tant que nous mettre au défi les uns les autres, dit Pritpal. J'imagine donc que vous nous avez préparé une devinette, un rébus, ou une charade, n'est-ce pas, monsieur ?

Gordius regarda Pritpal comme s'il le voyait pour la première fois. Il le dévisagea pendant une éternité, sans mot dire.

– Que dites-vous ? demanda-t-il finalement.

– Je vous demandais si vous aviez une devinette préférée.

Gordius éluda la question d'un vague geste de la main.

– Pff ! Vous êtes des experts. Beaucoup trop forts pour moi, marmonna-t-il.

– Allez, Gordius, l'encouragea Felix Dunkeswell. Soyez sympa, c'est quoi votre devinette préférée ?

– Je n'en ai pas, coupa Gordius, légèrement irrité. Mais, dites-moi, vous n'avez vraiment pas eu de nouvelles d'Alex depuis qu'il est parti ?

– Je ne peux pas le croire, insista Pritpal. Vous avez forcément une énigme préférée...

– Non ! Aucune ! l'interrompit violemment Gordius. Et je vous saurai gré de ne pas insister. C'est très énervant à la fin !

– Je vous prie de bien vouloir m'excuser, répondit Pritpal en se tortillant maladroitement sur sa chaise.

James comprit alors que Gordius faisait partie de ces gens qui n'aiment pas vraiment les jeunes gens. Aussi se demanda-t-il pourquoi il avait accepté de venir parler à un groupe de collégiens. Peut-être uniquement pour faire plaisir à son ami Fairburn...

Mais peut-être y avait-il une autre raison ?

Un silence pesant régnait dans la pièce, que Pritpal se résolut finalement à rompre.

– Pour être exact, dit-il, j'ai reçu une lettre de M. Fairburn.

– Mais il ne l'a pas lue, embraya aussitôt James en lançant des œillades éloquentes à son copain. Elle a été confisquée par notre recteur d'internat, M. Codrose, qui l'a mise sous clé dans son cabinet de travail.

– Pourquoi ferait-il une chose pareille ? demanda Gordius, incrédule.

– Il ne voulait pas que Pritpal la voie, répondit James. Apparemment, son contenu est un peu... bizarre.

– Il est vrai qu'Alex est un homme peu commun.

– M. Fairburn, lui, nous soumettait des problèmes, se plaignit Percy Odcombe, un garçon de petite taille, à l'air sérieux, portant des lunettes. Je veux dire, lors de nos réunions.

– Eh bien, je ne suis pas M. Fairburn, répondit sèchement Gordius.

– Mais qu'est-ce qu'on va faire, alors ? demanda Dunkeswell avec un sourire dubitatif.

Gordius haussa les épaules.

James ne lui faisait pas confiance. Cet homme avait quelque chose derrière la tête. Il était venu ici dans un but précis, et certainement pas pour parler de mots croisés. James en venait même à se demander s'il était vraiment celui qu'il prétendait être et, le cas échéant, pourquoi il ne faisait pas davantage d'efforts pour entretenir l'illusion.

C'est alors qu'il comprit. L'homme avait tout simplement sous-estimé les garçons.

– Peut-être pourrions-nous parler de votre grille dans le *Times* de ce matin ? suggéra James.

– En effet, on pourrait, répondit Gordius sans enthousiasme.

– Vous ne semblez guère passionné de mots croisés, ajouta James.

– Passionné de mots croisés ? répéta-t-il d'un ton sarcastique. Et comment le pourrais-je ? J'en fais toute la sainte journée. J'en rêve la nuit. Ils sont l'alpha et l'oméga de ma vie quotidienne. Ah ! Les mots croisés... La plus belle invention de l'homme. Que ferions-nous s'ils n'existaient pas ?

Il s'arrêta et passa une main dans ses cheveux. Les garçons se jetèrent des regards dubitatifs, pas certains de savoir comment prendre cette envolée. James ne voulait pas en rester là.

Il attrapa un exemplaire du *Times*, abandonné sur la table par un groupe de garçons qui en avaient discuté un peu plus tôt. Il choisit une définition au hasard.

– Je sèche sur une définition, dit-il. Peut-être pourriez-vous m'expliquer de quoi il retourne.

– Pourquoi pas…, dit Gordius d'un air las. Ce serait tellement amusant.

– Six verticalement, poursuivit James, insensible au cynisme de son interlocuteur. La définition tient en quatre lettres – GSGE –, et la réponse est en deux mots : un de neuf lettres, l'autre de quatre.

James planta ses yeux dans ceux de Gordius qui soutint son regard sans ciller. Ni l'un ni l'autre ne semblait vouloir céder. James chercha à lire une réaction sur le visage de l'homme. En vain.

– Je suis surpris que vous n'ayez pas trouvé, dit Gordius en saisissant le journal et en baissant les yeux sur la feuille. C'est pourtant simple.

– Vous pouvez me donner un indice ?

– Eh bien, à l'évidence, ce sont des initiales. Mais je ne peux en dire davantage sans vous livrer la réponse sur un plateau.

– Très bien, dit James. Passons à huit horizontalem…

– Oublions tout ça, voulez-vous ? l'interrompit Gordius en jetant le journal à travers la pièce. Alex m'a appris que vous ne vous limitiez pas à faire des mots croisés lors de ces réunions, mais que vous jouiez également à toutes sortes de jeux.

– C'est vrai, confirma Percy Odcombe. Une fois, on a joué aux échecs.

Mais Gordius ne l'écoutait pas.

– Si on jouait un peu aux cartes, pendant qu'on discute, proposa-t-il. Je suis certain qu'il y a de bons joueurs parmi vous.

Un brouhaha, accompagné de haussements d'épaules, s'empara de l'assistance.

– Moi, je joue un peu, confirma James.

– Bravo, Oliver ! s'enthousiasma Gordius. En voilà déjà un. D'autres amateurs ?

– J'en suis, dit Dunkeswell.

Percy Odcombe accepta de faire le quatrième.

Gordius mit alors la main à sa poche et en sortit un jeu qui, semblait-il, avait déjà beaucoup servi. Il battit les cartes avec assurance. James remarqua que son œil brillait d'une lueur inattendue. L'homme semblait tout à coup pris d'une envie et d'une fièvre dont il n'avait pas fait montre quand il parlait de mots croisés.

– J'imagine que vous savez jouer au Black Maria ? demanda-t-il. C'est facile.

James et Felix Dunkeswell opinèrent du chef, mais Odcombe était moins affirmatif.

– Le principe est simple, poursuivit Gordius. On donne toutes les cartes et on fait des plis, comme dans n'importe quelle partie de bataille.

Odcombe parut légèrement dérouté.

– La plus haute carte remporte le pli, dit Gordius en roulant des yeux.

– L'ouvreur jette une carte, expliqua gentiment Felix Dunkeswell. Si tu as une carte de la même couleur, tu dois la jouer. Donc, si par exemple je joue un cinq de trèfle, tu dois jouer du trèfle. Si tu en as, bien sûr. La plus haute carte remporte le pli.

– Et je fais quoi si j'en ai pas ? demanda Odcombe.

– Dans ce cas, tu peux jouer ce que tu veux, répondit James. Mais tu es sûr de ne pas remporter le pli.

– Celui qui a fait le pli prend la main et joue la carte qu'il veut, ajouta Felix.

– Donc le but du jeu, c'est de remporter le maximum de plis ? demanda Odcombe.

– Si on jouait à la bataille, oui, poursuivit Felix. Mais le Black Maria est un peu différent car il faut éviter de ramasser des cœurs et, pire que tout, la dame de pique. Chaque cœur empoché te coûte un point de pénalité et la reine maudite, treize. Il y a aussi quelques autres règles, mais tu les apprendras en jouant.

– Mais... Comment on gagne, alors ? demanda Odcombe.

– La partie s'achève quand l'un des joueurs atteint cent cinquante points, déclara Gordius. Celui qui a le plus petit nombre de points remporte la manche.

Il se tourna vers Pritpal.

– Avez-vous quelque chose qu'on pourrait utiliser pour noter les points, mon jeune ami ?

De mauvaise grâce, Pritpal lui tendit son carnet. Il l'avait apporté dans l'espoir d'y inscrire les conseils et les tours du grand Gordius et voilà qu'il allait servir à compter les points d'une vulgaire partie de cartes.

Gordius posa le carnet devant lui et distribua.

– Encore une chose, dit-il en faisant habilement voler les cartes aux quatre coins de la table. Avant de commencer à jouer, chacun a droit de se défausser de trois cartes. Lors de la première main, on défausse à gauche. La suivante, à droite, à la troisième en face. Pas de défausse pour la quatrième main.

James regarda son jeu. Il n'avait que deux carreaux : roi et dix. Il les écarta. Il avait également hérité de l'as de pique. Il l'ajouta aux deux autres pour ne pas ramasser la reine quand on demanderait du pique.

Felix était à gauche de James, Odcombe à sa droite, Gordius en face. Il glissa sa défausse à Felix et prit celle d'Odcombe.

Ce dernier manquait peut-être d'expérience, mais il était assez malin pour comprendre qu'il était probablement déraisonnable de garder la reine de pique, aussi l'avait-il repassée à James, à côté d'un as de cœur et d'un valet de carreau. James se concentra pour ne rien trahir de ses émotions. Autour d'une table de jeu, savoir ce que pensent les autres joueurs compte autant que d'avoir une bonne main.

Il fallait qu'il se débarrasse de cette reine à la première opportunité.

– Le deux de trèfle ouvre, déclara Gordius, le visage fermé.

De toute évidence, il s'agissait d'un joueur confirmé car rien ne transparaissait sur ses traits. Il était aussi impassible et immobile qu'une statue. Il n'y avait guère que le léger tremblement de sa main qu'il ne parvenait pas à maîtriser.

Felix avait le deux de trèfle. Il le jeta sur la table. Gordius joua prudemment un six, Odcombe un dix. Le pli ne contenant aucun cœur, James pouvait le remporter sans crainte. Il joua son roi de trèfle.

C'était à lui d'ouvrir maintenant.

Un seul carreau dans sa main. Le valet qu'Odcombe lui avait repassé. Il voulait s'en débarrasser, mais devait-il prendre le risque de le jouer ainsi en ouverture ? C'était une forte carte, qui pouvait sans peine gagner le pli, mais, à ce stade de la partie, il y avait de grandes chances pour que les autres joueurs fournissent à la couleur ; en outre, personne ne pouvait jouer la dame de pique puisque c'était lui qui l'avait.

Il joua son valet. Comme il l'avait supposé, tout le monde fournit. Une fois encore il remporta le pli. Mais, cette fois, il relança avec une petite carte, un trois de trèfle. Odcombe remporta le pli avec un neuf. James se sentit soulagé d'un fardeau quand il vit son voisin relancer avec un huit de carreau.

Avec sa coupe, James était libre de jeter la carte qu'il voulait, y compris la dame de pique. Bien qu'il répugnât à faire un sale coup à un joueur inexpérimenté tel que lui, il jeta la carte honnie.

Odcombe lâcha doucement un petit « ah ? ».

Felix et Gordius jouèrent un six et un deux. Odcombe se retrouva avec la reine. Seulement quatre plis et déjà treize points perdus. Il ne fit guère mieux durant le reste de la manche et ramassa aussi la plupart des cœurs. James en prit deux, Felix quatre, quant à Gordius, il s'arrangea pour ne pas écoper du moindre point de pénalité.

Le jeu se poursuivit ainsi pendant plusieurs donnes. James nota que, s'il avait débuté la partie prudemment, pour évaluer la qualité de ses adversaires, Gordius prenait des risques croissants à chaque nouvelle donne, allant jusqu'à faire preuve d'agressivité contre les garçons. En outre, plus la partie avançait, plus il devenait clair qu'il avait une tactique, concentrant ses attaques sur celui qui représentait la menace la plus sérieuse et, à l'inverse, faisant fréquemment des fleurs à Odcombe, la lanterne rouge de la table. Le jeu avançant, il concentra ses attaques sur James, le plus confirmé des garçons. Donne après donne, Gordius faisait tout ce qu'il pouvait pour l'accabler de pénalités, aussi James devait-il redoubler de vigilance.

Cartes en main, monsieur Mots Croisés était devenu un autre homme, affable et gai, là où, quelques minutes plus tôt, il paraissait apathique et las. Il n'avait plus abordé le sujet des mots croisés depuis qu'ils s'étaient mis à jouer. À l'inverse, il se montrait intarissable à propos des cartes et des jeux d'argent, leur racontant, avec moult détails, comment, un jour, il avait gagné plusieurs milliers de livres en unc seule nuit, au casino de Deauville, en France.

Cela ne l'empêchait pas de parfaitement contrôler ses émotions, dès qu'il regardait ses cartes. James avait appris que, dans le milieu du jeu, on appelait cette capacité à masquer ses émotions une *poker face*. Et, à ce jeu-là, il était plutôt bon.

Mais pas suffisamment. Pour « lire » quelqu'un, il n'y avait pas que le visage. En effet, le corps tout entier envoie des signaux à celui qui veut bien se donner la peine de les analyser. Par exemple, James avait eu l'occasion de remarquer que Gordius se frottait les mains lorsqu'il était énervé. À l'inverse, quand il était content de lui – parce qu'il s'était débarrassé de la fameuse dame de pique ou qu'il s'était bien sorti d'une mauvaise main –, il faisait un petit mouvement avec ses doigts, comme écorner une carte du bout de l'ongle, ou pianoter sur la table.

Autant de gestes dont il n'était probablement pas conscient lui-même, mais qui n'avaient pas échappé à James. Car James voyait tout.

Par exemple, il avait noté que, lorsqu'il était contrarié, soit que le jeu tournât à son désavantage, soit que quelqu'un se défaussât sur lui de mauvaises cartes, il reniflait.

L'accumulation de ces petits détails constituait une aide précieuse pour James, qui à chaque instant savait, en gros, ce que l'homme avait en tête.

Et ce n'était pas vraiment beau à voir.

En effet, Gordius semblait prendre un malin plaisir à enfoncer les garçons.

La partie s'éternisant, les défections se multiplièrent dans les rangs des cruciverbistes, qui retournèrent les uns après les autres dans leurs chambres jusqu'à ce qu'il ne reste plus que les quatre joueurs de carte et Pritpal.

Le palmarès s'établissait ainsi : Odcombe 142, Felix 105, James 71 et Gordius 46.

C'était à James de donner. Il distribua l'intégralité du paquet.

– On dirait que notre ami Percy Odcombe ne va pas tenir bien longtemps, dit Gordius en regardant son éventail de cartes, à la lisière duquel il passa un doigt satisfait. Tout semble indiquer que ça va se jouer entre vous et moi, Luc.

– En effet, il semblerait, répondit James. Mais je peux encore vous rattraper.

Il était content que Gordius ne sache pas son vrai nom. C'était comme avancer masqué, à la manière de ces espions qui changent d'identité en fonction de leur mission. Son adversaire était persuadé qu'il pouvait lire ses réactions aussi aisément que dans un livre, pourtant, il ignorait jusqu'à son nom.

– J'ai bien conscience que vous avez beaucoup de retard, dit Gordius. Mais seriez-vous disposé à intéresser un peu la partie ?

– Vous voulez dire miser ?

– Ça pourrait être amusant, vous ne croyez pas ?

– Pour vous, peut-être, marmonna Dunkeswell. Vous avez presque gagné.

– Je ne pourrais plus sortir dans la rue si je perdais face à un écolier.

– Dans ce cas, j'accepte de parier, rétorqua James. Après tout, moi aussi j'ai une réputation à défendre.

– Cinq livres que je gagne la partie à l'issue du tour qui vient.

– C'est beaucoup d'argent, répondit James. Comme vous le dites vous-même, je ne suis qu'un pauvre écolier.

– N'essayez pas de m'apitoyer. Je vous rappelle que nous sommes à Eton. Vous êtes tous riches ici !

– Pas tous… Et croyez bien que je le déplore.

– Cela veut-il dire que vous ne relevez pas le pari ?

– Vous m'avez mal compris. Je disais simplement que c'était beaucoup d'argent.

– On a peur ? demanda Gordius avec un sourire moqueur.

James lui rendit son sourire en secouant la tête.

– Va pour cinq livres.

6

Grand chelem

À première vue, James pouvait s'en vouloir, car il avait hérité d'une main difficile : du cœur et du pique à ne plus savoir qu'en faire. Soudain, il se rappela une subtilité du jeu, une « exception à la règle », comme disent les manuels. Certes, la probabilité de réussir ce coup était mince, pourtant il pressentait que ça pouvait passer – à condition, bien sûr, que Gordius ne comprenne pas trop vite où il voulait en venir.

Le plan était risqué. Façon tout ou rien. Une seule erreur, un seul mauvais pli, et il passerait vraiment pour le dernier des idiots. À l'inverse, si la chance lui souriait, il pouvait très bien gagner, qui plus est, avec panache. Il regarda à nouveau son jeu. Celui-ci contenait toutes les cartes maîtresses dont il avait besoin, à l'exception du valet de cœur et de la reine de pique.

Il avait sa petite idée quant à savoir dans quelle main elle se trouvait.

Le petit geste de Gordius au moment de regarder son jeu ne laissait guère de doute à cet égard. Il avait la reine de pique et se faisait déjà une fête de la repasser à James. En revanche, si Gordius la gardait, la partie serait difficile à gagner.

James n'avait que deux carreaux. Il les glissa à Gordius, accompagnés de l'as de pique. Se défausser de l'as était un pari très risqué, auquel il se résolut néanmoins afin de cacher sa véritable stratégie derrière un écran de fumée. Il avait assez étudié la façon de jouer de son adversaire pour savoir comment celui-ci réagirait. Ne restait plus qu'à espérer qu'il soit fidèle à lui-même.

Comme prévu, Gordius se défaussa de la reine de pique d'un air stoïque. James réprima sa folle envie de sourire et, au lieu de ça, prit la carte avec une petite moue désappointée, sachant qu'elle n'échapperait pas à son vis-à-vis. Voilà. Tout était en place. Il n'avait plus qu'à s'en tenir à son plan de jeu et à espérer que Gordius ne le découvrirait pas trop tôt.

La partie s'engagea. Les premiers plis furent sans conséquence sur la feuille de score. James en profita pour se décharger de ses petites cartes, après quoi il remporta quelques plis contenant des cœurs, dont le valet que Percy Odcombe jeta avec délice. Tout se déroulait comme il l'avait espéré. C'était le seul cœur dont il se méfiait. Maintenant, si ses calculs étaient justes, il ne lui restait plus qu'à faire tomber l'as de pique… et à abattre son jeu.

Feignant le dépit, il ramassa un nouveau pli contenant un cœur. Il en avait déjà accumulé trois et était le seul joueur de la table pénalisé.

– Vous avez les cinq livres sur vous, ou faudra-t-il que vous les empruntiez ? demanda Gordius, savourant déjà son triomphe.

James soupira et se gratta le crâne, cherchant désespérément un moyen de faire tomber l'as de pique que Gordius avait en main.

Il n'avait plus besoin de jouer la comédie. Il était vraiment sur des charbons ardents, mais pas au sens où Gordius l'entendait.

James ouvrit avec le trois de pique. Felix suivit avec le sept. Gordius savait pertinemment que James avait la dame – et pour cause, puisque c'était lui qui la lui avait donnée. De ce fait, il pouvait jouer son as sans crainte. Certes, il y avait une chance que Percy joue un cœur, mais, dans l'esprit de Gordius, ce n'était là que moindre mal. Un cœur valait un point, la dame de pique, treize.

Pour James, le risque était beaucoup plus élevé : si Percy jouait effectivement un cœur, il était perdu.

Mais il avait compté les cartes et attentivement observé les réactions autour de la table. Il était pratiquement certain que Percy n'avait plus de cœur.

Pratiquement, mais pas *totalement* certain.

Gordius réfléchissait dur : se risquait-il à remporter le pli ?

Il le fallait.

James se sentit libéré d'un poids quand il vit Gordius jeter l'as.

Visiblement, il n'avait pas percé à jour la stratégie de son adversaire.

Pour autant, le danger n'était encore pas totalement écarté. Avait-il bien compté les cartes ? Et s'il restait un cœur dans la main de Percy ?

Non.

Percy joua un inoffensif carreau. Gordius ramassa le pli.

À ce stade de la partie, James était toujours le seul à avoir récolté des points de pénalité.

Mais tout était en place pour l'assaut final. Le reste n'était plus qu'un long fleuve tranquille.

Gordius opta pour la prudence en relançant avec un deux de cœur.

James remporta les deux plis suivants, dans lesquels Felix et Gordius se délestèrent de nouveaux cœurs.

Alors que James ramassait ses cartes, feignant d'en être

affligé, Gordius comprit subitement qu'il s'était fait piéger. Il renifla, et, pour la première fois de la partie, son visage exprima quelque chose : une froide colère. Sa main tremblait plus que de coutume et il ne parvenait plus à réfréner un froncement de sourcils en fixant ses cartes.

Il avait enfin compris.

Malheureusement pour lui, trop tard.

Il jeta des coups d'œil inquiets à gauche et à droite, dans l'espoir de découvrir ce qu'il avait raté. Puis il remonta mentalement le cours de la partie, calculant ce que James avait joué, les plis qu'il avait faits et donc, par déduction, ce qui lui restait en main. De grosses gouttes de sueur perlèrent sur son front. Il sortit un mouchoir de sa poche et se tamponna le visage.

– Maudite petite teigne, dit-il finalement, un sourire contrit aux lèvres. Vous essayez de faire un grand chelem !

– Mais encore ? demanda Odcombe.

Gordius attrapa la feuille de comptes et additionna mentalement les chiffres.

Felix était hilare. Ce retournement de situation inattendu l'enchantait au plus haut point, même s'il sous-entendait que James le batte à plate couture.

– Si, au cours d'une manche, tu réussis à prendre toutes les cartes de pénalité, y compris la dame de pique, expliqua-t-il à Odcombe, non seulement tu ne marques aucun point, mais, en plus, tu en donnes vingt-six à tous les autres joueurs.

– Tiens donc ? s'exclama Percy en essayant de mesurer les implications de ce qu'il venait d'entendre.

Il se pencha de côté pour regarder les scores, puis leva les yeux vers James.

– Ça ferait de toi le vainqueur…

– Oui, mais il y a toujours un risque, poursuivit Felix. Si

tu ne réussis pas complètement ton coup et qu'un autre joueur ramasse ne serait-ce qu'un cœur, alors tu te retrouves avec un horrible total à la fin de la main.

Essayant de garder son sérieux, James fixa Gordius, de l'autre côté de la table.

– Avez-vous les cinq livres sur vous, ou faudra-t-il que vous les empruntiez ?

– Votre chance est assez insolente comme ça, jeune homme ! N'y ajoutez pas l'impudence, répondit Gordius, froissé.

Cette fois, James ne put empêcher un large sourire d'illuminer son visage.

La partie se poursuivit, mais les jeux étaient faits. James remporta bien tous les cœurs jusqu'à ne plus avoir en main que le roi et la reine de pique, qu'il réserva pour son dernier pli.

Pari gagné. Il avait réussi son grand chelem.

– Ça vous fait vingt-six points à chacun, annonça-t-il, non sans fierté.

Pritpal fit rapidement les totaux et annonça les résultats :

– Percy : cent soixante-huit. Felix : cent trente. Gordius : soixante-douze. Grand vainqueur, James, avec un total de soixante et onze points.

Gordius s'était ressaisi et affichait à nouveau une mine lisse et parfaitement calme. Il parvint même à esquisser un sourire.

Après quoi il sortit un billet de cinq livres de son portefeuille, qu'il tendit à James, par-dessus la table.

– Vous aviez une sacrée main, dites-moi. J'aurais dû me méfier davantage. Mais, à dire vrai, je ne jouais pas vraiment pour gagner. En tout cas, merci pour cette partie. C'était fort agréable.

– Tout le plaisir était pour nous, répondit James. Merci à

vous d'être venu à cette causerie. Grâce à vous, nous en avons appris beaucoup sur les mots croisés.

Tous deux se regardèrent droit dans les yeux. De toute évidence, Gordius ne savait plus trop sur quel pied danser. James se moquait-il de lui ? Le mettait-il délibérément au défi ? Car, après tout, il n'avait pratiquement pas évoqué les mots croisés depuis qu'il était arrivé.

Une fois de plus, il renifla, et se leva.

– Au plaisir de vous revoir, dit-il en reprenant sa canne. Nous devrions remettre ça un de ces jours.

Il n'avait pas fait trois pas vers la porte que James le héla.

– Une seconde ! Gordius ?

– Oui ?

– Vous ne nous avez pas dit comment vous vous appeliez. Nous mourons d'envie de le savoir.

– Mon vrai nom ? Eh bien... Ah, ah ! Elle est bonne celle-là.

Il marqua une pause, se frotta les mains, cherchant quoi répondre. Finalement, il renifla une dernière fois et dit :

– Mon vrai nom est Peterson. Professeur Ivar Peterson.

La nuit était tombée quand les quatre garçons quittèrent Spottiswoode. L'air était humide et froid. James remonta le col de son manteau avec application. En effet, une des règles les plus obscures d'Eton interdisait aux élèves des petites classes de porter le col de leur manteau baissé. Tout comme il leur était strictement interdit de marcher du côté Ouest de High Street. Ils traversèrent donc et remontèrent la rue du bon côté jusqu'à croiser Long Walk, où leurs routes se séparèrent, Felix et Percy poursuivant leur chemin en direction de leur internat.

Pour rejoindre Codrose, James et Pritpal devaient traverser la chaussée. La voie semblant dégagée, ils s'engagèrent sur l'asphalte. Ils n'avaient pas fait dix pas qu'une grosse Daimler Double 6 noire, comme sortie de nulle part, fonça droit sur eux. Ils bondirent sur le trottoir. La voiture passa sans ralentir, dans un vrombissement de moteur, si proche que le nuage de gouttelettes soulevé par l'engin les inonda de la tête aux pieds.

James eut juste le temps de voir le chauffeur, assis à l'avant, à l'air libre, séparé du compartiment passager par une vitre. L'homme était grand, avec une grosse tête anguleuse évoquant une tête de mort vivant. Un sourire grimaçant accroché aux lèvres laissait paraître deux rangées de petites dents gâtées.

– Ce crétin devrait rouler encore plus vite, s'indigna Pritpal.

– À croire qu'il voulait nous écraser, répondit James.

– S'il avait voulu, il aurait pu.

– Peut-être.

Et ils poursuivirent leur route. Depuis qu'ils avaient quitté Spottiswoode, une question brûlait les lèvres de Pritpal. Mais Felix n'avait cessé de jacasser, commentant à l'envi la partie de cartes, ne lui laissant ainsi aucune occasion de la poser. Maintenant qu'ils étaient seuls, à quelques encablures de Codrose, marchant d'un pas traînant dans Judy's Passage, il saisit enfin sa chance.

– Pourquoi diable as-tu prétendu t'appeler Luc Oliver ?

– Une chance que le vrai Luc Oliver n'ait pas été là pour me dénoncer, hein ?

– Ne fais pas l'idiot. Tu sais comme moi que le vrai Luc Oliver n'existe pas. Il a été inventé par M. Fairburn dans le seul but de faire une anagramme.

– Exact. Alors comment expliques-tu que Gordius ait su son nom ?

– Eh bien… Euh…

Pritpal réalisa enfin sa méprise et se figea.

– Comment j'ai fait pour ne pas me poser la question plus tôt ? demanda-t-il en se frappant le front. Tu as raison. Gordius ne pouvait connaître Luc Oliver qu'en lisant la lettre de Fairburn.

– Une lettre, dont, selon lui, il n'avait jamais entendu parler.

– Oui, mais… Si c'est un ami de Fairburn, peut-être qu'il marche dans sa combine, qu'il fait partie du jeu ?

– Je ne suis pas certain qu'il s'agisse d'un jeu, répondit James, l'air sombre. Gordius ne semblait guère désireux d'évoquer la question des mots croisés, tu n'as pas trouvé ?

– Si, en effet.

– Et quand je l'ai questionné sur la grille du *Times*, il a paru évident qu'il ne connaissait pas la réponse. « GSGE » tu te souviens ? Je ne prétends pas être un spécialiste des mots croisés, mais je sais bien qu'ils ne mettent pas quatre lettres comme ça, pour les initiales de quelque chose, si ?

– Certainement pas, acquiesça Pritpal. J'ignore la réponse autant que toi, mais je suis certain qu'elle n'a rien à voir avec des initiales.

– Tout ce qui l'intéressait c'était jouer aux cartes.

– Pas exactement, nuança Pritpal. Il a aussi posé beaucoup de questions sur M. Fairburn.

– Je me suis méfié de lui dès le départ. C'est pour ça que je lui ai menti en lui disant que tu n'avais pas lu la lettre. Je ne sais pas qui il est, mais je suis convaincu qu'il n'est pas celui qu'il prétend être. Professeur Ivar Peterson, de l'université de Cambridge…

– Qu'est-ce que ça veut dire, James ? Pourquoi quelqu'un essayerait-il de se faire passer pour Gordius ?

– Je l'ignore. La meilleure façon de le savoir est encore d'aller à Cambridge et de parler au vrai professeur Peterson.

–Je veux bien, mais comment on va le trouver ?

–On va dans son collège.

–Lequel ? Il y en a tellement.

–Les mots croisés, répondit James. Ça tombe sous le sens. Fairburn nous a déjà donné toutes les réponses.

–Je ne te suis pas.

–Ce trio cache un exploit sportif. Trinité ! Tu te souviens ? Eh bien, c'est aussi le nom d'un célèbre collège de Cambridge. Et je suis prêt à te parier les cinq livres que je viens de gagner face au soi-disant Gordius que c'est là qu'on trouvera le vrai Peterson.

Cette nuit-là, James eut du mal à trouver le sommeil. Allongé dans son lit, il fixait le plafond, le bout du nez tout froid. Il avait promis au proviseur de ne plus faire d'histoires, mais ce soir, à la réunion du club des cruciverbistes, il avait ressenti l'appel de la forêt, et son sang bouillait dans ses veines.

D'une manière ou d'une autre, il fallait qu'il aille à Cambridge. Malheureusement, jusqu'ici, il n'avait trouvé aucune excuse valable pour quitter Eton. Il lui fallait de l'aide. Pritpal ne lui serait d'aucun secours. Il était bien trop pusillanime pour cela, qui plus est, James répugnait à plonger son ami dans des eaux troubles. Demain, dès qu'il le pourrait, il irait trouver Perry Mandeville pour lui demander conseil.

Le matin suivant, James remarqua Perry à la chapelle. Il lui fit comprendre qu'il voulait lui parler. Perry sortit d'un pas tranquille dans Keate's Lane. C'était un grand garçon dégingandé, en état d'excitation permanente, avec un débit de mitraillette. Il parlait si vite que son cerveau avait parfois du mal à suivre, ce qui l'amenait à bégayer et à buter sur les mots.

–Atroce journée, dit-il. Vienne Noël, que Dieu n-nous accorde un peu de sa m-miséricorde... Bon Dieu, j'en peux p-plus. Cette année ne se terminera d-donc jamais ? J'ai tant bachoté que j'en ai mal au ciboulot. De quoi veux-tu me parler ?

– De la lettre, répondit James. Tu te souviens, celle qu'on a photographiée dans le bureau de Codrose.

– Oui, eh ben ?

Tout en déambulant dans l'allée, James raconta à Perry ce qui s'était passé depuis mardi.

– Voilà, j'en suis là, dit James une fois qu'il eut mis Perry au courant. Mais, là, je coince. Impossible de trouver un moyen d'aller à Cambridge avant les vacances de Noël.

– Je peux peut-être étudier la question à ta place.

– Comment ?

– J'm'suis d-débrouillé pour avoir une p-permission pour ce week-end, expliqua Perry. L'anniversaire de mon père. Grand raout. Je vais dans notre maison, à Londres.

– Tu vas bien te marrer.

– Tu penses ! s'exclama Perry. Surtout que mon père ne sera pas là.

– Mais… Tu viens de dire qu'il organisait un grand raout !

– Sûr, répondit Perry en riant. Sauf que ça aura lieu à la maison de campagne. Dans le Buckinghamshire ! Il n'a pas jugé utile de m'inviter, mais bon, ça, l'école n'a pas besoin de le savoir, en tout cas, m-moi ça m'a semblé une occasion rêvée p-pour faire une p'tite escapade à Londres pendant que les v-vieux sont pas là, si tu me laisses emprunter la caisse, je pourrais partir pour Cambridge juste après le déjeuner, j'arriverai pour le thé, et je serai de retour à Londres pour le souper.

James soupira.

– Je ne sais pas, Perry… Si jamais tu te fais prendre, tu vas avoir de sérieux ennuis… Et moi aussi… Pour t'avoir prêté la voiture… T'imagines la poisse ?

– Dans ce cas, viens avec moi, répondit Perry comme si

c'était là la chose la plus naturelle du monde. Tu conduis, c-comme ça, si on se fait choper, c'est toi qui trinques et moi je te fais une fausse lettre de mon p-père disant qu'il aimerait t'inviter…

– Codrose n'acceptera jamais. Il va dire qu'on le prévient trop tard… Tu peux pas prendre le train ? Samedi ?

– Tu rêves ! J'ai déjà planifié tout mon week-end. Non, non. Si tu me laisses p-pas la b-bagnole, j'ai bien peur que tu n'aies d'autre choix que d'attendre les vacances. Réfléchis, James. Si tu changes d'avis, je serai à Upton vers midi, juste avant de partir pour Londres, au King's Head, à côté de St Lawrence.

James laissa échapper un juron et regarda Perry s'éloigner. Tout ce qui l'intéressait était d'avoir la voiture pour le week-end. James ne pouvait prendre ce risque. Il allait devoir trouver une autre solution.

James ne fut guère attentif ce matin-là. En sciences, il se trompa lourdement dans ses mesures, manquant faire exploser le labo. En histoire, il fut incapable de répondre à une question pourtant facile sur les guerres napoléoniennes et dut, de ce fait, essuyer les lazzis de toute la classe. Pour couronner cette funeste matinée, il reçut un coup de règle de la part de M. Merriot, qui l'accusait de bayer aux corneilles pendant la leçon de comptabilité.

Pourtant il ne rêvait pas. Non, il réfléchissait, et dur avec ça. Pour élaborer un plan qui lui permettrait de quitter Eton. Il enrageait d'être coincé là, dans de glaciales salles de classe sombres et mal chauffées alors qu'il n'aspirait qu'à une chose : résoudre le mystère Fairburn.

Il eut beau chercher, il ne trouva pas de solution à son problème. Pire. Plus la journée avançait, plus ses plans devenaient improbables et extravagants. Un moment, il envisagea même de mettre le feu à l'internat. Il l'ignorait encore, mais quelqu'un allait lui couper l'herbe sous le pied et, comme souvent, l'échappatoire tant espérée se présenta sous la forme la plus inattendue qui soit.

En effet, quand il se présenta à Codrose pour le déjeuner, tout était sens dessus dessous. Une forte odeur de brûlé et des volutes de fumée flottaient dans les airs.

Les petits couraient dans tous les sens en poussant de hauts cris. Les anciens, ceux de la Librairie, se tenaient à l'extérieur, dans Judy's Passage, où ils observaient la scène d'un air grave, pénétrés d'importance. Deux policiers étaient avec eux.

James voulut entrer, mais un des agents l'arrêta. L'instant suivant, un peloton de pompiers, portant bottes et casques, se précipita dans le bâtiment.

James avisa Pritpal et lui demanda ce qui se passait.

– Un cambriolage. Les appartements de Codrose ont été saccagés. Il semblerait que les cambrioleurs aient tout retourné avant de mettre le feu. De l'avis général, ça a un rapport avec l'incident de l'autre jour.

– Quel incident ? demanda James.

– Mais si ! Tu te souviens, dit Pritpal avec un clin d'œil complice. Le gars du coin qui a lancé une brique dans la fenêtre et qui est parti en courant.

– Ah, oui ! Bien sûr ! Cet incident-là…, s'exclama James avant d'ajouter tout bas : espérons que la police n'enquête pas de trop près. Tu imagines s'ils découvraient que Perry et moi sommes liés à ça.

– Si j'étais toi, je me ferais tout petit, lui glissa Pritpal à l'oreille.

– On a volé quelque chose ? demanda James à un troisième policier venu rejoindre ses collègues.

– On ne sait pas encore. C'est l'enfer là-dedans. Codrose est dans tous ses états. Ses appartements ont été vandalisés et il n'a pas encore eu la possibilité d'y aller lui-même pour évaluer les dégâts. Les pompiers sont encore en train de vérifier que le feu est bien éteint. L'incendie lui-même n'était pas très grave, à ce qu'on m'a dit. Les cambrioleurs ont probablement voulu éliminer leurs traces et faire diversion. Mais le bâtiment a été endommagé. Et il y a de la fumée dans toutes les chambres. On va devoir faire évacuer les lieux pour que les gars du bâtiment puissent réparer cette nuit.

– Mes prières ont été entendues ! s'extasia James quand l'homme eut tourné les talons.

Tommy Chong déboula bientôt, hors d'haleine et surexcité.

– J'ai parlé à l'intendante, dit-il. Tous ceux qui n'auront pas réussi à joindre quelqu'un de leur famille seront envoyés à la Mission, à Londres.

– C'est quoi, la Mission ?

– Un organisme de charité créé par l'école, répondit Pritpal. C'est à Hackney. Un bon moyen pour Eton de dire qu'il fait quelque chose pour les pauvres… et dans l'East End, c'est pas ce qui manque.

– Comme Noël approche, ils ont pensé qu'on pourrait aider, ajouta Tommy.

– Tu sais quelque chose à propos de l'incendie ?

– La seule qui ait vu quoi que ce soit, c'est la bonne, Katey, répondit Tommy. Mais apparemment on peut rien en tirer. Elle est à moitié maboule à cause du coup de sang qu'elle s'est pris. Ça s'est passé pendant les mâtines. Y'avait pas un chat ici. Un type l'a assommée dans un couloir. Elle n'a pas vu grand-chose parce qu'il y avait déjà plein de fumée quand elle a repris ses esprits.

– Elle a bien dû voir quelque chose, maugréa James en levant les yeux vers les fenêtres des appartements de Codrose, d'où un panache de fumée continuait de s'échapper.

– Elle dit que c'est le diable qui lui est tombé dessus, répondit Tommy en riant. Ou bien le comte Dracula. Bref, elle déraille.

– Et à quoi il ressemblait, ce diable ?

– Elle dit qu'il ressemblait à la Grande Faucheuse en personne, dit Tommy en écarquillant les yeux de manière théâtrale.

– La Faucheuse ? Tu veux dire un squelette ?

– J'imagine oui, répondit Tommy. Même si j'ai du mal à croire que c'est *vraiment* un squelette qui l'a agressée.

James fronça les sourcils. L'image d'un homme conduisant une Daimler lui revint à l'esprit : un homme squelettique avec un visage de mort vivant.

– Bon alors, James ? Tu fais quoi ? Tu penses que ta tante va pouvoir te prendre pour le week-end ou tu te tapes la Mission ?

– Perry m'a proposé de me faire une fausse lettre de son père. Avec tout ce chambard, ça pourrait marcher. Si je me dépêche, je peux encore le rattraper. Souhaitez-moi bonne chance. À plus tard.

Sans attendre de réponse, James tourna les talons et descendit Judy's Passage à toutes jambes ; l'image inquiétante d'un homme émacié flottant devant ses yeux… comme un fantôme.

7

Une super épave

L'église St Lawrence d'Uton se trouvait de l'autre côté des terrains de sport, à la lisière de Slough. En courant vite, James pouvait y être en moins de dix minutes. Il traversa la Grande Ourse au sprint, l'air frais brûlant ses poumons. Une épaisse nappe de brouillard flottait sur la pelouse. Il ne voyait pas à plus de dix mètres.

Tant qu'il s'était trouvé dans l'enceinte de l'école, il n'avait éprouvé aucune difficulté à suivre son chemin. En revanche, de l'autre côté du fleuve, en ville, il était nettement moins assuré. Heureusement, il avisa bientôt la flèche d'un clocher. Il se précipita sur les pavés de la rue Datchett et ne tarda pas à voir se dessiner l'immanquable silhouette de Perry Mandeville, flânant nonchalamment sur le trottoir, un morceau de branche en guise de canne.

Il le héla. Perry s'arrêta et fit volte-face.

– James ! s'exclama-t-il dès qu'il le vit. T-tu as changé d'avis ! J'en étais sûr.

Trop essoufflé pour parler, James s'arrêta à sa hauteur.

– Je suis content que tu sois venu. Viens, je vais te montrer quelque chose.

Avant qu'il ait eu le temps d'émettre la moindre protestation, Perry le traîna dans l'arrière-cour miteuse du King's Head, un pub très connu en ville, et là, posée sur quatre rondins de bois, se trouvait ce qui, un jour, avait été une magnifique Bentley de 4 litres et demi de cylindrée. La fameuse « Blower » avec son interminable capot en forme d'obus et ses deux places assises au grand air, celle-là même qui avait fait les beaux jours de tant de coureurs anglais sur tous les circuits d'Europe.

Mais, dans le cas de ce modèle-ci, les heures de gloire appartenaient au passé.

Elle n'avait plus de roues, la sellerie cuir était piquée aux mites, quant au célèbre *racing green* de la carrosserie, il avait cédé la place à une impressionnante collection de rayures et de bosses.

– Qu'est-ce que t'en penses ? demanda Perry, des flammes dans les yeux. C'est pas une super épave ?

– Mmh... Belle bête, acquiesça James en promenant sa main sur le capot. Ma tante a exactement la même. Enfin... en meilleur état. Que lui est-il arrivé ?

– Elle a couru à Brookfield, tonna une voix de stentor.

James se retourna et vit un homme en manteau de tweed sortir du pub.

– Lors de sa première sortie en course, une roue s'est détachée. La sortie de piste était inévitable. Sacrée gamelle... Ça, c'était en janvier. Elle fut remise en état et, au mois de mai, elle était prête à courir à nouveau. Au milieu du premier tour, le moteur a pris feu. Le pilote a failli y laisser sa peau. Après ça, la pauvre vieille a été abandonnée. Personne ne voulait plus s'installer à son volant. On disait qu'elle était maudite. Je l'ai achetée pour une bouchée de pain cet été. Depuis, j'essaie de la bricoler, de la remettre en état, mais je ne suis pas mécanicien. Et voilà t'y pas que ma Beverley me demande de choisir entre la Bentley et elle.

Il poussa un long soupir.

– C'est trop triste de la voir partir.

– Qui ça ? Votre femme ? demanda effrontément Perry.

– Le choix a été dur, répondit l'homme avec un sourire indulgent. Mais, je crois que je vais garder la femme.

– Qu'est-ce t'en dis ? demanda Perry en donnant une tape sur l'épaule de James. Ce bon M. Hanson en demande deux cent cinquante livres.

– Une minute, maugréa James. Tu n'es tout de même pas en train de me dire que tu voudrais qu'on l'achète ?

– Bien sûr que si. On trouvera jamais un engin pareil à ce prix-là.

– Mais où on va trouver une telle somme ? En tout cas, *moi*, je ne les ai pas.

Perry entraîna son ami à l'écart.

– T'emballe pas, dit-il quand il fut certain que M. Hanson ne pouvait pas l'entendre. J'ai déjà laissé entendre qu'on avait l'argent.

– Première nouvelle.

– Bah, j'sais bien qu'on les a pas, murmura Perry, dans son inénarrable débit. Pour l'instant… Mais je suis sûr qu'en cherchant bien on peut les trouver. Si on bosse dur et qu'on met de côté. Et puis, au besoin, on braquera une banque… Allez, James, regarde-moi ce bijou. À nous tous on pourrait vraiment en faire quelque chose. Imagine. Le fier fleuron du club du Danger.

– On a déjà une voiture, fit remarquer James.

– Oui, mais elle est à toi. Et t-tu laisseras jamais quelqu'un la p-prendre p-pour faire un tour. Non, mon idée c'est qu'elle appartiendrait à nous tous, à tous les membres du club. Tu vois un p-peu le tableau ? Ce serait quelque chose, non ?

– J'suis pas sûr que ce soit une bonne idée. Et même, à dire vrai, plus j'y pense, plus je me dis que ce serait une pure folie.

– La vie ne vaudrait p-pas le coup d'être vécue sans folie.

– Écoute, je n'ai pas le temps d'envisager la question maintenant. Il faut que je te parle.

– C'est pas à fendre le cœur, James ? De la voir remisée là, dans un état pareil ?

– Perry ! le coupa James. Je suis sérieux !

– Bon, bon, ça va.

Perry alla trouver M. Hanson avec lequel il arrangea un rendez-vous ultérieur. Tandis qu'ils cheminaient en direction d'Eton, James raconta à Perry qu'il y avait eu un incendie, ce à quoi il répondit que c'était la meilleure chose qui soit arrivée à l'école depuis des lustres.

– Alors ? demanda Perry. Est-ce qu'on va enfin se mettre en route ? Et aller à Londres comme deux *gentlemen drivers* ?

– Ah, ça ! Quand tu as une idée en tête... Bon, je vais le répéter une dernière fois : on ne prend pas la voiture !

– N'as-tu donc aucune conscience de l'urgence ? demanda Perry. Qui sait ce qui est arrivé à ton M. Fairburn ?

– Si on trouvait la solution des autres énigmes, je pourrais peut-être te répondre. On a déjà pas mal avancé, mais maintenant ça se corse et on est en carafe. Jusqu'ici, on en a résolu deux sur sept. L'anagramme avec le nom des garçons et la définition de mots croisés qui nous a mis sur la piste de Cambridge... et du professeur Peterson.

– Redis-moi les autres, demanda Perry.

– Il y en a une sur le Field Game et la parade des bateaux un quatre juin.

– Mmh...

– Une autre avec Néron et Cléopâtre, une autre à propos de moi et de mon peu de goût pour les mots croisés. Ah, oui ! Il y a aussi un poème affreusement niais sur le Wall Game.

– Tu sais pourquoi il a mis ce poème dans sa lettre ?

– Aucune idée, répondit James. Pritpal a potassé tous les

recueils de poésie qu'il a pu trouver, mais, jusqu'ici, il a fait chou blanc. Aucune mention de ce poème, ni de celui qui est supposé l'avoir écrit, David Balfour.

– Comme d-dans le roman ?

– Quel roman ?

– M'enfin, James. Fais un effort ! David Balfour... Tout le monde connaît ça !

– ...

– Robert Louis Stevenson, s'exclama Perry en levant les mains au ciel. Me dis pas que tu ne l'as pas lu !

James se figea et se prit la tête entre les mains.

– Ne m'en dis pas plus, dit-il. C'est vrai que, maintenant que tu le dis, ce nom ne m'est pas étranger...

Soudain, il comprit. Et tout devenait clair.

– Mon Dieu, Perry ! Tu viens de trouver l'énigme suivante.

– Vraiment ?

– Mais oui. C'est vrai que je connais le livre. C'est *Enlevé !* n'est-ce pas ?

– Ah ! Tout de même !

– Perry, dit James en attrapant son ami par les épaules, les yeux brillants d'excitation. On fonce à Cambridge.

– Avec la voiture ? demanda timidement Perry.

– On ira plus vite comme ça. Je savais bien que ce n'était pas un jeu. Fairburn a été enlevé. Il faut qu'on le retrouve avant qu'il ne soit trop tard.

Ça avait été presque trop facile de s'arranger avec Codrose. Le chaos était total à l'internat, où parents, policiers, élèves et ouvriers entraient et sortaient comme dans un moulin. C'est tout juste si le recteur avait jeté un œil à la lettre contrefaite. Il paraissait même plutôt content de se débarrasser de James : un souci de moins.

Une heure plus tard, James et Perry, camouflés derrière

leurs lunettes d'aviateur et emmitouflés dans leurs gros manteaux, approchaient de Londres à bord de la Bamford & Martin.

– Espérons que tu ne te sois pas trompé, beugla Perry, la voix couverte par le vent.

– Je ne sais pas ce qui vaut le mieux, cria James en retour. Que j'aie tort et qu'il s'agisse seulement d'un jeu – dans ce cas on risque gros pour rien – ou que j'aie raison, et là, ça peut devenir très sérieux.

Perry leva le pied. Ils entraient dans un village. Le vent se fit un peu moins violent.

– Tu ne crois pas qu'on devrait prévenir quelqu'un et laisser la police s'occuper de ça ? demanda Perry sans quitter la route des yeux.

– Je ne suis plus sûr de rien, répondit James. C'est pourquoi je veux découvrir par moi-même ce qui se trame là-dessous avant de vendre la mèche à qui que ce soit. Et puis, on serait aussitôt soupçonnés pour le casse des appartements de Codrose et le vol de la lettre. Tu imagines la mouise ? En plus, je te rappelle que j'ai promis au proviseur de me tenir à carreau. Total, regarde-nous. On conduit sans permis.

– Mieux vaut ne pas penser à ça, répondit Perry en réaccélérant à la sortie du village.

– On va parler au professeur Peterson, hurla James. Il saura quoi faire.

– En tout cas, c'est super excitant, cria Perry de toutes ses forces en déboîtant sèchement pour doubler un camion rempli de moutons, penser qu'on va peut-être résoudre un crime !

– On ne va rien résoudre du tout ! S'il s'avère que Fairburn a bel et bien été kidnappé, alors Peterson ira probablement droit à la police et il ne nous restera plus qu'à assumer les conséquences de nos actes.

Deux heures après avoir quitté Windsor, ils parvinrent aux abords de Cambridge. Ils ne voulaient pas prendre le risque d'être repérés dans les rues animées, aussi garèrent-ils la voiture dans une petite rue calme, au sud de la ville, au coin d'un café à la devanture violemment illuminée et aux fenêtres couvertes de buée.

Ils sautèrent de voiture, rompus par le froid et perclus de courbatures.

– Dépêchons-nous, dit James en retirant ses lunettes.

– Écoute, répondit Perry, restant en arrière. Je crois qu'on ferait mieux de ne pas y aller à deux.

– Comment ça ?

– J'pense que ce serait plus s-sage, répondit Perry. Et si ce professeur Peterson était lié à tout ça ? Et si c'était lui qui était venu à la société des cruciverbistes, l'autre soir ? On ignore ce que Fairburn a voulu dire d-dans sa lettre, peut-être qu'il voulait nous p-prévenir. Je vais rester là et surveiller la voiture, comme ça, si quelque chose tourne mal, je p-pourrai t'aider.

– Tu as peut-être raison, convint James. On ferait peut-être mieux de ne pas se jeter tous les deux dans la gueule du loup.

– Je serai au café du coin. Bonne chance !

James le remercia puis se dirigea vers le centre de Cambridge.

La nuit était tombée. Les rues n'étaient plus éclairées que par la vacillante lumière orangée des becs de gaz et par les illuminations aguicheuses des magasins, qui, pour la plupart, avaient installé leurs vitrines de Noël. James croisa d'ailleurs un magasin de modèles réduits devant lequel, en d'autres circonstances, il se serait certainement arrêté.

Le chemin était bien indiqué. James trouva rapidement la direction de Trinity. Une atmosphère festive régnait en ville.

Des étudiants à bicyclette, portant de longues écharpes, sillonnaient les rues en tous sens, donnant moult coups de sonnette pour saluer les amis. Les trottoirs étaient bondés de mères et de gouvernantes faisant du lèche-vitrine en compagnie de jeunes enfants. Un groupe d'étudiants, accompagné par quatre cuivres, s'était installé à l'angle du King's College pour interpréter des chants de Noël.

De la même manière qu'Eton était une ville dominée par une école, Cambridge était une ville dominée par une université. L'immense tour carrée de la chapelle, avec une flèche à chaque angle, ressemblait trait pour trait à celle d'Eton. Rien d'étonnant à cela puisque James avait vaguement souvenance que les deux édifices dataient de la même époque. En outre, Eton et Cambridge partageaient le même père fondateur : Henry VI. Son idée étant que les jeunes garçons formés à Eton viennent ensuite étudier ici.

James marcha encore un peu et atteignit enfin Trinity. Une fois encore, il fut frappé par la similitude avec son école. La façade de brique rouge ressemblait trait pour trait à la tour Lupton, dans la cour centrale d'Eton. Seule sa taille, légèrement plus modeste, et une ressemblance plus marquée avec un château Tudor, différenciait l'édifice de son cousin d'Eton. Une vieille statue de Henry VIII, un brin pitoyable, trônait au-dessus de l'entrée. Un étudiant éméché avait remplacé son sceptre par un pied de chaise.

James pénétra dans le corps de garde et se dirigea vers la loge du portier. Immanquable dans sa livrée bleu marine et son chapeau melon, celui-ci sirotait une tasse de thé, tranquillement assis derrière son bureau. James prétendit qu'il était porteur d'un message destiné au professeur Peterson.

– Ah ben, dites-moi ! Il est très demandé ce soir, répondit le portier d'un ton enjoué. Vous êtes le troisième. Une minute s'iou plaît.

À ces mots, il sortit dans la cour où il siffla bruyamment en faisant signe à quelqu'un de venir. L'instant suivant il était de retour, flanqué d'un grand jeune homme dégingandé et légèrement débraillé.

–Monsieur va vous montrer le chemin, expliqua le portier. C'est un hôte assidu, n'est-ce pas, M. Turing ? Et il était justement en route pour le bureau du professeur.

James signa le registre, décidant au dernier instant d'utiliser un nom d'emprunt. Il opta donc pour « John Bryce », se disant que s'il gardait ses initiales, ce serait plus facile à retenir. Et il emboîta le pas au jeune homme.

–Vous êtes professeur ici ? demanda James.

–Moi ? Grands dieux, non, s'esclaffa son guide. Ou du moins, pas encore. Je ne suis même pas de cette université. Au fait, je m'appelle Alan. Alan Turing. Je travaille sur un projet de recherche avec le professeur, brillant mathématicien s'il en est.

–Loin de moi l'idée de vous contredire. J'ai bien peur que les mathématiques ne soient pas mon point fort, si tant est que j'en possède un.

La cour qu'ils traversaient était immense, bordée de bâtiments de style Tudor, et agrémentée d'une monumentale fontaine en son milieu, exactement comme la cour centrale d'Eton, en plus grand et plus solennel.

Tandis qu'il marchait, l'horloge se mit à tinter.

–Vous saviez qu'en 1927, un des étudiants, lord Burghley, a accompli un tour complet en moins de temps qu'il n'en faut à l'horloge pour sonner les douze coups de midi ? Ça fait moins de trente secondes. Personne n'a réitéré l'exploit.

Il s'avéra ainsi que Turing était grand amateur de course à pied. Une discussion détendue sur l'athlétisme s'engagea entre eux. Tout en parlant, ils traversèrent un long bâtiment d'inspiration gothique avant de déboucher dans une seconde cour intérieure, puis une troisième, aux dimensions plus modestes que les précédentes.

– Nous y voilà, dit Turing en conduisant James dans un escalier en bois particulièrement bruyant au sommet duquel se trouvait une lourde porte de chêne noir, ponctuée de gros clous d'acier.

Alan lança un sourire à James et frappa. Ils perçurent un bruissement à l'intérieur, mais ne reçurent aucune réponse.

Turing frappa à nouveau, sans plus de succès.

– Je suis sûr que j'ai entendu du bruit, dit James en baissant les yeux sur le rai de lumière qui filtrait sous la porte.

– Vous avez dû rêver. Ou bien ça venait d'une autre chambre. Pas facile de dire d'où vient un bruit dans ces vieilles bâtisses… Mais c'est quand même bizarre, ajouta-t-il en grattant sa tignasse en bataille. On avait rendez-vous.

– Il est souvent en retard ?

– Jamais. C'est l'homme le plus ponctuel qui soit.

James était déçu. Il attendait que Peterson apporte une réponse à toutes ses questions, et voilà qu'il n'allait peut-être pas le voir du tout : une possibilité qu'il n'avait pas envisagée. Mais peut-être Turing pouvait-il l'aider. En tout cas, il y avait au moins un point sur lequel il pouvait l'éclairer.

– À quoi ressemble le professeur ?

– À quoi il ressemble ? répéta Turing en se frottant le menton. Difficile à dire. Il ne ressemble pas à grand-chose. Un homme ordinaire, en somme. Oui, c'est cela. Parfaitement ordinaire.

– Porte-t-il une moustache ?

– Pas vraiment.

– Il en a une ou pas ? demanda James en se retenant pour ne pas rire.

– Pas de moustache.

– Grand ? Petit ?

– Vous allez finir par croire que je suis complètement benêt, gloussa Turing, mais je n'ai pas fait attention. Il mesure à peu près ma taille. Enfin, je suppose. Ce qui est sûr c'est que si je le croisais dans la rue, je le reconnaîtrais. Je dirais : « Tiens, voilà le professeur Peterson ! » Mais, en dehors de ça... Voyez-vous, je n'accorde guère d'importance au physique. Si vous me demandiez de le dessiner, j'en serais bien incapable. Je sais juste qu'il a deux bras, deux jambes, un nez, deux yeux, ce genre de choses quoi !

Il marqua une pause et regarda sa montre, l'air embarrassé.

James frappa encore à la porte. Vivement. Un long silence lui répondit. Turing soupira.

– Bon, ben... Je reviendrai plus tard, dit-il finalement. Ça chamboule un peu ma journée, mais, que puis-je faire d'autre ? Vous attendez là, ou voulez-vous que je vous raccompagne jusqu'à la sortie ?

– Je vais attendre encore une minute, répondit James. Merci pour votre aide.

– Aide ? Le mot semble mal choisi, répondit Turing. Enfin ! Bonne chance quand même.

James entendit le bruit de son pas résonner dans l'escalier avant de se perdre dans les couloirs. Quand le calme fut revenu, il avança prudemment sa main vers la poignée de porte, pour voir si elle était fermée. Si Peterson n'était pas là, peut-être pourrait-il au moins trouver quelques indices dans son bureau.

Un large sourire se dessina sur ses lèvres. La porte n'était pas verrouillée. Il se glissa à l'intérieur et se retrouva dans un salon fortement éclairé. Un feu crépitait dans la cheminée. Les murs étaient couverts de livres, il y avait quelques vieux meubles passablement usés et une tasse de café, posée sur une table basse, près de l'âtre. Une forte odeur de cigarette imprégnait la pièce.

– Professeur Peterson ? appela James timidement. Gordius ?

Seul le crépitement des flammes lui répondit.

James savait qu'il eût été préférable pour lui de partir au plus vite. Si on le trouvait là, il devrait faire assaut d'ingéniosité pour trouver une excuse, mais sa curiosité était la plus forte, et il fit quelques pas vers la cheminée, au-dessus de laquelle était accroché un tableau de liège. Une série de notes, de lettres, de factures et de photographies y étaient soigneusement épinglées. James se concentra sur les photos. Elles représentaient toutes la même personne, à différentes étapes de sa vie. Certainement le professeur Peterson. Mais en aucun cas celui qui s'était présenté sous ce patronyme à la société des cruciverbistes.

Turing avait raison. Peterson était tout à fait ordinaire. Et ces photos témoignaient d'une existence qui l'était tout autant. On le voyait enfant, portant une marinière, un drapeau à la main. Sur celle-là, aux côtés de ses parents, il était plus âgé, et beaucoup plus sérieux. Certaines photos étaient récentes et le montraient légèrement mal à l'aise, en pompeuse robe académique, un chapeau compliqué sur le crâne. Une autre série semblait avoir été prise alors qu'il était étudiant. Elles montraient un jeune homme heureux, au visage jovial. Une image en particulier attira le regard de James. On y voyait Peterson et deux amis posant en habit de carnaval. Peterson était déguisé en bourgeois du XVIIIe siècle, avec une longue perruque bouclée, la personne à côté de lui portait une armure médiévale, avec heaume baissé et cotte de mailles, le troisième était en cow-boy.

L'image, comme dans les bandes dessinées, était agrémentée d'une bulle, qui sortait de la bouche du cow-boy. À petits traits nerveux, quelqu'un avait écrit :

En souvenir du bon vieux temps. Avec toute mon affection.
Alex.

Alex ?

James réalisa soudain que le cow-boy sur la photo n'était autre qu'Alexis Fairburn. Le cliché devait dater de ses années à l'université. Son physique était beaucoup moins commun que celui de son ami. Un nez proéminent, de grandes oreilles et des cheveux frisés très épais, coiffés sur le côté, qui lui faisaient comme une vague sur le sommet du crâne.

James poursuivit son investigation des lieux et, derrière un rideau vraisemblablement destiné à étouffer les courants d'air, il découvrit une petite porte, qu'il ouvrit précautionneusement.

Il déboucha dans une salle de travail. Il y avait encore plus de livres ici. Des dizaines d'étagères ployant sous le poids de centaines d'ouvrages de toutes tailles. Le sol était jonché d'impressionnantes piles de notes, soigneusement ordonnées. Mais c'est autre chose qui attira le regard de James.

En effet, parfaitement immobile derrière son bureau, près de la fenêtre, un homme le regardait fixement. Un stylo à la main, il semblait s'être arrêté au beau milieu d'une phrase. Une cigarette se consumait dans le cendrier. Des volutes de fumée flottaient dans l'air.

Peterson.

– Désolé, balbutia James. J'ai frappé… Pas de réponse… Je ne voulais pas vous…

Il se figea sous le regard froid du professeur.

Un radiateur électrique était posé dans un coin de la pièce, chauffant comme un diable. Pourtant, l'air lui parut soudain glacial. Oppressant.

James fit un pas vers le bureau. Quelque chose clochait. L'homme était trop immobile, trop froid et, quand James esquissa un mouvement, ses yeux ne le suivirent point. Ils restaient fixes, braqués aveuglément sur la porte.

8

Voir Cambridge et mourir

Peterson était aussi immobile qu'une statue. Il ne faisait guère de doute qu'il était mort.

L'homme ordinaire, dont James avait suivi le destin en images, grâce aux photographies de la pièce voisine, n'était plus.

Et cette mort le rendait extraordinaire.

Aucun souffle ne s'échappait de ses lèvres. Sa poitrine ne se soulevait plus au rythme de ses respirations. Pas la moindre pulsation à ses tempes. Ses yeux étaient vides, secs. L'étincelle de vie qui les animait jusqu'ici s'en était allée. Quelqu'un avait éteint la lumière.

Il y a une différence indescriptible entre un être vivant et un cadavre : le fait qu'une personne cesse instantanément d'être une personne à l'instant de sa mort. Les seules cellules qui continuaient à vivre dans cet amas de chair qui avait un jour servi d'enveloppe corporelle à Peterson étaient les bactéries que renfermait son estomac. Celles-ci allaient continuer à se reproduire jusqu'à ce que la poche stomacale cède sous l'effet du gaz ainsi produit, après quoi elles se déverseraient dans le reste du corps. Car, oui, la décomposition avait bel et bien commencé à faire son œuvre.

James leva timidement la main du défunt. L'épiderme était encore tiède, ce qui signifiait que la mort était récente. Mais au fait, à quoi avait-il succombé ? Il ne releva aucune trace de violence. Le corps ne portait pas la moindre marque. Une crise cardiaque ? Possible.

Quoique, le visage ne trahissait pas l'inévitable souffrance provoquée par un arrêt du cœur. Pas de grimace, ses traits semblaient doux, presque apaisés. Quoi que ce fût, ça s'était fait très vite.

James était perplexe. Mais, alors qu'il fixait Peterson une petite goutte de sang perla au coin de son œil droit et coula le long de son visage, comme une larme écarlate qui s'écrasa ensuite sur le bureau avec un léger « pat » moite et sourd.

Il baissa les yeux. Peterson était en train d'écrire une lettre quand il avait été fauché par la mort.

Cher John, commençait-elle.

En se penchant sur le visage de Peterson, il vit que celui-ci avait un minuscule trou dans le conduit lacrymal de l'œil, de la taille des o de la lettre.

Il avala sa salive, la gorge sèche. Il avait franchi une frontière, celle qui séparait le monde ordinaire avec ses chants de Noël, ses bicyclettes et ses magasins de modèles réduits du monde étrange où un macchabée était calmement assis à son bureau, figé pour l'éternité dans la pose d'un homme écrivant une lettre.

Son intellect tournait à plein pour trouver un sens à tout ça. C'était presque comme si Fairburn lui envoyait une autre de ses étranges énigmes.

Il transpirait sous son épais manteau de laine. Ce qui ne l'empêcha pas de frissonner. Il était tétanisé. Aussi cloué au sol que Peterson l'était à son bureau.

Un autre « pat » accompagna la chute d'une nouvelle goutte de sang sur la lettre. James sentit un léger courant d'air et, avec lui, une odeur : une odeur de lavande et de déodorant.

Les idées se bousculèrent dans son esprit à la vitesse de l'éclair.

Peterson était encore chaud.

Peterson venait juste d'être assassiné.

Quelqu'un l'avait tué.

Ce quelqu'un lui avait percé un minuscule trou dans l'œil. Cela avait été exécuté si rapidement, et avec une telle précision, qu'il était mort sur le coup, comme pétrifié à sa table de travail.

Turing et James avaient passé plusieurs minutes devant la porte. Ils n'avaient vu personne entrer ni sortir. Mais il y avait eu ce bruit quand ils étaient arrivés, comme si quelqu'un bougeait dans l'appartement de Peterson.

Le concierge avait laissé entendre que James était le troisième visiteur de la soirée.

Turing était le second.

Le tueur avait certainement été le premier. Et ils l'avaient surpris seulement quelques minutes après qu'il eut assassiné le professeur.

Ce qui signifiait que, quand James était entré, le tueur était encore là.

Et qu'il y était toujours.

James se raidit brutalement, tous les sens en alerte. Le regard qu'il avait longtemps concentré sur le mort à son bureau embrassa soudain toute la pièce, qui comportait une autre porte qu'il n'avait pas remarquée jusqu'ici. Il perçut un bruit. Peut-être le frottement d'une manche sur un poignet.

Il y avait quelqu'un derrière.

James en avait la certitude. La chose ne faisait pas davantage de doute que la mort du professeur, tout comme il était plus que vraisemblable qu'il s'agisse de l'assassin.

Une autre évidence se fit jour dans son esprit embrouillé : s'il ne quittait pas rapidement cet endroit, lui aussi mourrait.

Sans réfléchir, il attrapa une chaise et la coinça sous la poignée de porte. Puis il arracha la lettre des mains du défunt, dont le stylo, tenu d'une main à la rigidité morbide, laissa une longue ligne sur la feuille.

Peterson n'avait pas bougé d'un millimètre. Seule la pointe de son stylo avait changé de feuille, et celle-ci était entièrement noircie de ce qui ressemblait à un code : des lignes et des lignes de zéros et de un.

James prit la feuille. L'instant suivant, il avait quitté la pièce et s'apprêtait à détaler au triple galop, direction la sortie. Pourtant, près de l'entrée, il se ravisa et fit demi-tour. Il décrocha la photo de Peterson et Fairburn, fourra le cliché dans sa poche et fila. Il dévala les marches et émergea en courant dans l'air nocturne et froid.

Derrière une rangée de voitures, il remarqua une sortie. Il piqua un sprint et déboucha dans une petite allée, bordée par deux hauts murs de brique. Il s'engagea au jugé et avala la distance le séparant de la grande rue en un éclair. Il se retrouva dans Trinity Street, où il s'arrêta un instant pour faire le point. King's College était à droite. C'est par là qu'il était arrivé. Il démarra au pas de course.

James retrouva l'animation de la rue – ses étudiants à vélo et ses badauds chaudement emmitouflés –, avec un grand soulagement. En effet, elle constituait la preuve tangible qu'il avait échappé au monde étrange caché derrière les hauts murs de l'université et à ce corps sans vie, figé pour l'éternité à sa table de travail, dans une petite pièce étouffante. Oui, il était parti. Il pouvait à nouveau se fondre dans la vie ordinaire et tirer un trait sur cette tragique affaire.

On découvrirait bientôt le corps. Et…

Non. Il devait prévenir quelqu'un.

Il était sur le point de faire demi-tour quand il avisa une tête connue.

C'était Alan Turing, arrêté devant la vitrine d'un libraire.

James se précipita vers lui et lui tapa sur l'épaule.

– Bryce ! s'exclama Turing, visiblement surpris de voir James. Alors ? Il est venu finalement ?

– Non... Enfin... Oui..., hésita James, avant de poser, de but en blanc, une question qui lui taraudait l'esprit depuis un moment. Au fait, sur quoi travaillez-vous avec le professeur ?

– Ah, ça..., répondit Turing en sortant une écharpe de sa poche et en l'enroulant autour de son cou. On essaye de voir si on ne peut pas poursuivre les travaux de Babbage et construire une nouvelle Machine à Différences. Enfin, je dis construire, mais tout cela n'est que théorique bien sûr...

Il marqua une pause et dévisagea James longuement.

– Vous êtes sûr que ça va ? Vous avez l'air préoccupé.

Ah ! s'il avait su. C'était bien le moins qu'il eût pu dire.

Mais James n'écoutait pas Turing, car il avait remarqué quelque chose par-dessus l'épaule du chercheur : un grand homme en long manteau noir et chapeau, qui descendait lentement la rue, le dos voûté. Sous le feutre, sa grosse tête lui faisait comme un crâne de squelette.

Il ne faisait aucun doute qu'il s'agissait de l'homme au volant de la Daimler qui avait failli le renverser l'autre soir, en rentrant de la réunion du club des cruciverbistes.

Ce n'était certainement pas un hasard s'il se trouvait là aujourd'hui, marchant délibérément vers lui.

La mort. Voilà comment Katey, la femme de chambre d'Eton, l'avait décrit. Le visage de la mort. Et elle n'était pas loin de la vérité.

– Ne retournez pas là-bas, ordonna James d'une voix tremblante. N'allez pas seul chez le professeur. Prévenez la police. Dites-leur de vous accompagner. Je ne plaisante pas. Faites au plus vite.

L'homme à tête de mort planta ses yeux dans ceux de James et fit un sourire grimaçant. Il n'en fallut pas davantage à ce dernier pour savoir que jamais il n'oublierait ces deux rangées de petites dents pointues, rongées par les caries.

Qui plus est, même à plus de cinq mètres, James pouvait le sentir. Le souffle méphitique de son haleine putride, pauvrement couverte par l'eau de lavande.

– Je vous en prie, dit James en s'écartant de Turing. Faites ce que je vous dis.

– Mais… Bryce ! Je ne comprends pas. De quoi parlez-vous ?

– Écoutez, je ne devrais pas être là, dit James en reculant encore. Mais ce n'est pas moi qui ai fait ça. Vous devez me croire.

Et il se remit à courir, jetant par-dessus son épaule à un Turing éberlué :

– C'est le premier visiteur. Vous leur direz, hein ? Le premier visiteur ! Pas moi !

James ne se retourna pas pour voir si l'homme à tête de mort le suivait, priant pour être capable de le semer dans le dédale de ces rues bondées.

Il fendit une foule compacte et traversa la route, laissant dans son sillage un concert de véhémentes protestations et d'insultes. Un cycliste fit une embardée pour l'éviter. Il perdit le contrôle de son véhicule et percuta un autre étudiant à vélo venant en sens inverse. Il y eut un fracas de métal suivi d'une explosion de hurlements indignés. James poursuivit sa route sans se retourner, fonçant comme un dément sur le trottoir jusqu'à arriver devant un pub à la devanture puissamment éclairée. Il poussa les portes et fit irruption à l'intérieur. Malgré l'heure tardive, la brasserie résonnait des éclats de voix de nombreux convives. On était vendredi avant Noël. Les gens étaient d'humeur festive.

Se faufilant entre les corps transpirants des hommes, il traversa l'établissement jusqu'à la porte de derrière, qui ouvrait sur une contre-allée silencieuse. Il s'y engouffra et, quand il atteignit le bout de la ruelle, se risqua enfin à jeter un œil par-dessus son épaule.

Personne. Pour le moment, il avait semé son poursuivant. Se retournant pour reprendre sa fuite, il se heurta à un jeune homme qui marchait nonchalamment en sifflotant un air de Mozart. Tous deux se retrouvèrent collés au mur, les bras emmêlés et confus.

– Regardez devant vous, jeune homme, déclara l'inconnu avec un sourire. Vous avez failli nous faire tomber tous les deux.

Il ressemblait à un étudiant en droit, bon teint, ou peut-être à un clerc. James s'excusa platement et reprit bien vite sa marche en avant. Il était peut-être hors de danger pour l'instant, mais ce n'était pas pour autant le moment de se relâcher. Il devait retrouver Perry au plus vite et quitter Cambridge avant de décider de la suite à donner aux événements.

Empruntant les contre-allées et les ruelles, il chercha à rallier le café où ils avaient convenu de se retrouver. Une petite bruine s'était mise à tomber, qui se changea bien vite en averse de neige fondue. Les rues se vidèrent, ce qui ne l'arrangeait guère car il se retrouvait à découvert. En outre, les trottoirs devenaient glissants, le forçant à ralentir son allure.

Il continua pourtant d'avancer, d'un pas chancelant, trempé jusqu'aux os, jusqu'à apercevoir enfin le café, au bout d'une rue. Il se dépêcha de parcourir les derniers mètres et s'engouffra à l'intérieur.

Il s'arrêta dans la flaque de neige fondue qui souillait le pas de la porte. Une atmosphère moite, mélange de buée et de fumée, où flottaient les effluves de pommes de terre à l'eau et de pâtisseries maison, régnait dans la grande pièce. Un samovar géant sifflait derrière le comptoir.

James croisa les faces cramoisies et brillantes des clients, cherchant désespérément Perry du regard. L'endroit était bondé. À l'évidence, les gens y étaient autant venus chercher un abri qu'une consommation.

– Je peux vous aider ? demanda une grosse femme soufflante et transpirante en s'essuyant les mains sur son tablier.

– Je cherche quelqu'un, répondit James. Un garçon. Un peu plus grand que moi et légèrement plus âgé. Il était seul.

– Ah ! Je vois qui vous voulez dire, dit la serveuse. Un peu bègue, non ?

– C'est lui !

– Il est parti y'a pas dix minutes.

– Merci, madame. Dans ce cas, je vais l'attendre. Je pourrais avoir une tasse de café noir, je vous prie ?

– Bien sûr, mon chou, répondit la femme en se dandinant jusqu'à son comptoir.

James trouva une table inoccupée et y prit place. En portant une main à la poche de son manteau pour vérifier son argent, il sentit la lettre qu'il avait récupérée dans le bureau de Peterson.

Subitement, il eut très peur. Comme si tout le monde l'observait. Pourquoi avait-il emporté cette lettre ? C'était stupide et imprudent.

Pourtant, au fond de lui, il savait pourquoi. Si *lui* ne l'avait pas fait, le tueur, pour sa part, ne s'en serait pas privé. Et c'eût été un nouvel indice qui se serait envolé, tout comme probablement la feuille avec le code.

La photo de Peterson et de ses amis de l'université était dans l'autre poche de son manteau. Il la sortit discrètement et la posa sur ses genoux, afin de l'étudier à l'ombre de la table.

Devant le visage souriant de Peterson, il sentit une affreuse bouffée de tristesse monter en lui. Sur la photo, on voyait un homme jeune, radieux et insouciant. Un homme qui respirait la vie. Et maintenant il était mort.

James retourna la photo. Un mot était griffonné au dos, dans une élégante écriture.

Ivar. J'ai pensé que cette photo de nous trois au Bal des débutantes te ferait plaisir. Le trio infernal ! Peterson, Charnage et Fairburn, ou, devrais-je dire, Isaac Newton, Lancelot du lac et Butch Cassidy ! J'en ai gardé une copie pour moi, comme un agréable souvenir de John et toi.

Puisse notre amitié durer toujours.

Alexis

John ?

James délaissa la photo et sortit la lettre de sa poche, adressée à un certain John. Se pouvait-il qu'il s'agisse du même ?

Il leva les yeux et avisa une vieille dame qui le regardait. Il lui lança un sourire, puis parcourut rapidement ce que Peterson avait écrit avant de mourir.

Cher John,

Je suis sans nouvelle de vous deux depuis notre dernière rencontre, l'autre jour, place Berkeley. Je sais bien que tu m'as dit de ne pas m'affoler. Je sais aussi que tu m'as promis qu'Alexis serait bien traité et qu'il n'y avait aucune raison de prévenir la police, mais je suis très inquiet à son sujet. Je pense que le moment est venu de…

Les quelques mots suivants étaient illisibles à cause du sang. La lettre s'arrêtait là.

James remit le billet dans sa poche et sortit la feuille avec le code. C'était écrit à la main, de la plus minuscule et de la plus régulière des écritures que James ait jamais vue, une interminable suite de un et de zéros, juxtaposés les uns aux autres en blocs, eux-mêmes séparés par de petits point noirs.

Du bout du pied, il retira une de ses chaussures. Un compartiment secret, contenant en permanence un petit canif, avait été aménagé dans le talon. Une ruse qui s'avérait d'un grand secours dès qu'il s'agissait de cacher quelque chose. À l'abri de la table, il plia soigneusement la feuille codée et la coinça au creux du talon, après quoi il se rechaussa.

La cache ne pouvant rien contenir d'autre, il relut attentivement la lettre pour la mémoriser, puis il la remit au fond de sa poche, avec la photo.

Il se sentait mieux maintenant. Et, quand la serveuse lui apporta son café, il le sirota avec délices. L'amertume du café lui fouetta le sang tandis que la chaleur du liquide se répandait dans tout son corps. Il le but lentement, espérant à chaque instant voir revenir Perry. Malheureusement, la dernière goutte fut bientôt avalée et toujours pas signe de vie de son ami. Il paya et ressortit dans la nuit.

Le bref réconfort du café ne parvint qu'à souligner le froid et l'humidité du dehors. Priant pour que Perry soit retourné à la voiture, James releva son col pour se protéger de la bruine glaciale et se dirigea vers l'endroit où ils s'étaient garés. Encore une fois, ses espoirs furent déçus : aucune trace de Perry. La voiture, elle, était bien là, abandonnée capote ouverte au milieu d'une grosse flaque d'eau. Les sièges étaient trempés.

Il regarda autour de lui, appela le nom de son ami, mais ses cris se perdirent entre les hauts murs des immeubles et dans un air neigeux qui étouffait tous les bruits.

« Et maintenant ? »

Perry était peut-être allé à Trinity pour le chercher ?

James aurait tout donné pour pouvoir parler à quelqu'un. Il ne savait que faire, et se sentait atrocement seul. La neige fondue tombait sans discontinuer. Il grelottait. Il avait froid, il était trempé, triste et terrorisé.

Il donna un coup de pied dans la roue avant de la Bamford & Martin et laissa échapper un juron.

Il s'essuya les yeux, mouillés de dépit. Ses larmes à peine séchées, il avisa le jeune homme contre lequel il s'était heurté un peu plus tôt. Légèrement penché en avant, celui-ci approchait prudemment, les bras légèrement détachés du corps.

James perçut également le ronron caractéristique d'un moteur tournant au ralenti. De fait, la rue était baignée de la lumière blanche de phares de voiture. Le jeune homme mit une main devant ses yeux pour se protéger du puissant faisceau lumineux. James pivota. C'était la Daimler.

Quel imbécile il faisait !

L'homme à tête de mort ne travaillait pas seul.

Ils étaient deux.

James n'y réfléchit pas à deux fois. Il sauta dans sa voiture, appuya sur le bouton du démarreur électrique et enclencha la marche arrière. Quand le moteur s'ébroua, le jeune homme marqua un temps d'arrêt avant de se mettre à courir.

James desserra le frein à main. La voiture se rua en arrière avec une longue plainte aiguë, le train avant labourant le sol. James appuya encore sur l'accélérateur, dirigeant son pare-chocs arrière droit sur le jeune homme qui fit un bond de côté pour éviter le choc. Dans sa précipitation, il glissa et s'effondra dans le caniveau.

James écrasa la pédale de frein. Les roues se bloquèrent, la voiture s'arrêta. Aussitôt, il appuya sur l'embrayage et enclencha vivement la première. Déjà, son assaillant était relevé. Il tentait même de s'accrocher à la voiture. Pour autant, ses doigts n'eurent pas le temps de se refermer sur le haut de la portière que James démarra. L'homme émit un court jappement et lâcha prise.

James descendit la rue à toute allure avant de virer sèchement à gauche, sur la route principale. Emporté par la cinétique, l'arrière de la voiture se déroba. Il contrebraqua d'un geste sûr et relâcha juste ce qu'il fallait de gaz pour reprendre le contrôle du bolide. À peine remis en ligne, il passa un rapport, fonçant à tombeau ouvert dans la ville, au grand dam des cyclistes, qui, terrorisés par le hurlement du moteur, s'arrêtaient en catastrophe près du trottoir pour le laisser passer.

Il prit la direction du sud, espérant sortir au plus vite de Cambridge et trouver un endroit où se mettre à l'abri. Quand le danger serait écarté, il irait rechercher Perry.

Il atteignit rapidement les limites de la ville et se sentit libéré d'un poids. Il esquissait déjà un petit sourire satisfait quand il aperçut la lourde masse sombre d'une voiture s'arrêter sur le bas-côté de la route. Il se retourna très vite. Assez pour reconnaître la Daimler. L'homme à tête de mort était au volant, le jeune homme de la ruelle à côté de lui.

Bon sang! Ça ne finirait donc jamais...

9

Les frères Smith

James rentra un rapport et mit pied au plancher. L'aiguille du compte-tours s'envola vers sa butée et la Bamford & Martin accéléra dans une longue plainte rugissante. Dans la foulée, James passa les deux vitesses suivantes. Le petit roadster atteignit sa vitesse de pointe, un bon cent dix kilomètres à l'heure. Il doubla deux voitures qui lui parurent rouler au ralenti avant de se rabattre sèchement sur la file de gauche, où il éclaboussa bien malgré lui une file de gens qui attendaient le bus.

La bruine lui cinglait le visage. Il devait se battre pour maintenir son allure, mais ne relâcha pas pour autant la pression sur la pédale d'accélérateur. S'essuyant une énième fois le visage, il remarqua que les buildings de la ville avaient cédé la place aux champs et aux prairies. Il était dans la campagne maintenant, et ne pouvait plus compter sur l'éclairage urbain. Tout ce qu'il voyait, c'était ce que les faibles pinceaux de lumière de ses phares voulaient bien éclairer.

Des sentiments aussi violents que contradictoires se mêlaient dans l'esprit de James, partagé entre panique, appréhension et griserie. Il n'avait jamais conduit aussi vite. Il sentait la mécanique trembler et râler sous lui. La moindre imperfection du revêtement se répercutait dans son volant, comme s'il avait heurté un gros caillou. Il avait le visage gelé ; au point d'en avoir mal aux dents, incapable qu'il était de garder la bouche fermée à cause du vent. Il luttait pour garder le contrôle de la voiture, qui semblait voler au-dessus de l'asphalte, mais ses mains s'engourdissaient sur un volant rendu glissant par la pluie.

Il ignorait s'il pouvait semer la Daimler. Certes celle-ci était plus lourde et plus pataude que la Bamford & Martin, mais elle était également plus puissante et son conducteur, plus expérimenté. Qui plus est, l'homme à tête de mort vivant pouvait se contenter de suivre les feux arrière tandis que James, lui, devait ouvrir la route, sans rien pour se repérer.

Il était sur le point de se retourner pour voir où étaient ses poursuivants quand il entendit un grand bruit, accompagné d'un choc violent.

Ils l'avaient purement et simplement percuté par l'arrière. Il fit une embardée et évita de justesse une voiture venant en sens inverse, dangereuse masse d'acier, lovée au creux d'un écrin de fines gouttelettes d'eau. Il se débattit avec son volant pour reprendre le contrôle de la voiture et accéléra à nouveau. Le roadster reprit sa folle cavalcade. À première vue, il n'avait pas subi de dommages importants lors de la collision. En revanche, s'ils remettaient ça, il n'aurait peut-être pas autant de chance.

Des lumières apparurent devant lui. Ils traversèrent un village à la vitesse de l'éclair. James eut juste le temps de voir filer les maisons dans un grondement de moteur, et ce fut à nouveau l'obscurité.

Ils étaient dans les Fenlands, ces plaines marécageuses du Norfolk, plates comme la main et désertes sur des kilomètres. Nulle part où se cacher par ici. Il était totalement à découvert. Le vent qui, sans obstacle, balayait infiniment la lande se mit de la partie. James ne savait pas combien de temps il pourrait tenir à ce régime-là. Il pilotait à l'instinct, sa raison ayant depuis longtemps capitulé. Ses yeux le piquaient. Il avait beau fermer régulièrement les paupières, il ne voyait quasiment rien. Il se souvint alors que ses lunettes étaient dans la boîte à gants. Il se pencha de côté et fourragea le réceptacle à leur recherche, tenant le volant d'une main. Ses doigts trouvèrent enfin la courroie des précieuses lunettes. Il se redressa en les emmenant avec lui et essaya de les mettre. Durant un instant, il fut totalement aveuglé, avant de, finalement, parvenir à les placer devant ses yeux. Presque aussitôt, les verres furent couverts de neige fondue, l'obligeant à les essuyer. Quoi qu'il en soit, c'était quand même un progrès.

Une fois encore, la Daimler le harponna. Sa tête bascula douloureusement en arrière. Si cette course folle se poursuivait, il ne faisait guère de doute qu'ils allaient finir par sortir de la route ou par faire un tonneau. Dans les deux cas, James était cuit.

Dans le village suivant, il aborda un embranchement et bifurqua brutalement vers la droite, quittant la route de Londres. Après quoi il s'engagea dans une furieuse succession d'embardées en épingles à cheveux dans l'espoir de lâcher la Daimler, qui lui collait toujours au train, allant jusqu'à passer à travers une haie et à traverser un jardin pour rattraper un chemin de l'autre côté. Las, ils suivaient toujours, comme aimantés au pare-chocs arrière de la Bamford & Martin. Pire ! Par deux fois, la grosse voiture noire se porta à sa hauteur et essaya de le pousser hors de la route. C'est seulement en donnant de grands coups de volant de toutes ses forces que James parvint à rester sur le goudron.

C'est dans le petit bourg de Fulford que sa chance tourna enfin.

La route était bloquée par un camion en panne.

Le gros poids lourd n'avait laissé qu'un étroit passage sur le côté, juste assez pour le petit roadster. En revanche, il n'y avait aucune chance pour que la grosse Daimler emprunte le même chemin.

Ralentissant à peine, James fonça dans l'ouverture. Il y eut un grincement à fendre l'âme, des gerbes d'étincelles crépitèrent dans les airs, et il émergea de l'autre côté, comme un bouchon sautant d'un goulot. Il avait froissé un peu de tôle, mais il était passé. Il jeta un œil derrière lui. Le camionneur, fou de rage, courait dans sa direction, le poing levé. Aucun signe de la berline noire.

James poussa un cri vengeur et leva lentement le pied de l'accélérateur.

Il avait réussi.

De justesse.

Il était exténué. Trempé jusqu'aux os et transi de froid. Il conduisait dans une sorte de brouillard, ne sachant plus très bien quoi faire, ni quelle direction prendre. Déjà choqué par le fait d'avoir découvert un mort, cette longue poursuite en voiture avait fini de l'éreinter. Il se battait pour garder les yeux ouverts. Quand il repensa à ce qu'il venait de faire, il ne savait pas s'il fallait en rire ou en pleurer. Il avait frôlé la mort. Il s'en était fallu d'un rien pour qu'il finisse en morceaux…

Pour la centième fois, il essuya ses lunettes. Et son sang se glaça.

Il aurait reconnu ces phares entre mille. Leur lumière était gravée dans sa mémoire. C'était la Daimler. Là, arrêtée au milieu de la route, bloquant le passage. D'une manière ou d'une autre, ils avaient trouvé le moyen de contourner l'obstacle et de dépasser leur gibier. Sûrement une route plus directe… d'où l'intérêt d'avoir une carte.

James eut le sentiment qu'il allait fondre en larmes. Après tout ce qu'il avait déjà traversé, c'était affreux de lui imposer ça.

Et puis tant pis. Qu'ils aillent au diable ces affreux ! Il n'avait pas dit son dernier mot.

Il mit pied au plancher et fonça droit sur eux.

Il ne pensait plus à rien, fixant seulement les grosses optiques rondes qui grossissaient à vue d'œil. Si nécessaire, il passerait entre les deux. Il arracherait tout sur son passage et poursuivrait sa route.

Il eut un éclat de rire dément.

Finalement, c'était arrivé. Il avait vraiment perdu la tête.

En espérant qu'en face, ils s'en aperçoivent assez tôt.

La distance le séparant de la Daimler n'était plus que de quelques dizaines de mètres. Il distinguait clairement les reflets sur son énorme capot, et le visage pétrifié des deux hommes.

– Allez, grogna James sans desserrer les dents. Vous dégagez le passage ou vous préférez mourir ?

Au dernier moment, le spectre opta pour la première solution.

Dans un affreux craquement, il enclencha une vitesse et relâcha subitement l'embrayage en donnant un grand coup de volant. La voiture eut un soubresaut et alla se ficher dans le fossé. Des éclairs dans les yeux, James poursuivit sa course folle, hurlant de joie. Mais, aussitôt passé, il écarquilla les yeux, horrifié. Jusqu'ici, la grosse berline lui avait caché la route. Ce qu'il découvrit le glaça d'effroi. En effet, la Daimler s'était garée au sommet d'un dos d'âne derrière lequel se trouvait une cuvette remplie d'une grosse mare d'eau à moitié gelée. La Bamford & Martin piqua du nez et heurta l'eau dans une immense gerbe. Ses roues perdirent le contact avec la route et, dans un premier temps, elle glissa à la surface de l'eau, comme un bateau. De l'autre côté, la route obliquait légèrement et grimpait jusqu'à un étroit pont de pierre.

L'avant de la voiture s'écrasa sur le raidillon. James fut projeté en avant. Sa tête heurta violemment le volant. Emportée par sa vitesse, la voiture poursuivit sa route. Elle ricocha sur une des grosses pierres commandant l'entrée du pont et alla s'empaler dans la pierre, côté opposé.

Toujours accroché à son volant, James était secoué comme une poupée de chiffon. Finalement, l'avant défoncé du roadster bascula et, lentement, se précipita dans le vide. James eut vaguement conscience de l'imminence du choc avant d'être éjecté du véhicule, et d'effectuer un impressionnant vol plané, ne sachant plus très bien où était le haut et où était le bas. Il le comprit bien vite à ses dépens quand il se ficha avec un bruit mouillé dans la berge boueuse de la rivière.

Il était sonné, incapable de respirer, et, durant une fraction de seconde, un voile noir passa devant ses yeux. Le fracas de sa voiture s'écrasant sur le sol à moins de cinq mètres de lui le ramena à la réalité.

À demi conscient, il rampa comme il put et se hissa sur la berge, ses pieds s'enfonçant dans la vase. La voiture avait creusé un long sillon dans la terre meuble avant de s'arrêter, les quatre roues en l'air. Embrouillé et confus, James avança en titubant vers l'épave, avec, quelque part, l'idée saugrenue de la remettre d'aplomb et de repartir. Il n'avait pas fait trois pas qu'il fut projeté en arrière par l'explosion du réservoir d'essence.

Il avait d'ores et déjà perdu connaissance quand il s'abîma dans les eaux glaciales de la rivière.

Ils s'appelaient Wolfgang et Ludwig Smith. Et ils étaient frères. Ludwig était le plus âgé des deux et, depuis sa venue au monde, il ressemblait à un squelette. Il était si pâle et si maigre le jour de sa naissance, il avait la peau tellement tendue sur les os que la sage-femme avait poussé un cri d'horreur en le voyant, persuadée que sa mère venait d'accoucher d'un enfant mort-né.

– Ne vous inquiétez pas, avait dit le père. Bientôt, il n'y paraîtra plus.

Las ! Jamais cela ne se produisit. Peu importe les quantités de nourriture qu'il ingurgitait, il demeurait maigre comme un clou, décharné, émacié, bref, en un mot, squelettique. Son crâne hypertrophié avait pratiquement tué sa mère lors de l'accouchement et le poids anormalement élevé de sa tête avait irrémédiablement courbé son dos. Il était la proie d'affreux maux de tête qui le rendaient irritable et colérique. Par contraste, Wolfgang avait toujours paru parfaitement normal, lisse et insignifiant. À tel point que les gens demandaient souvent s'ils étaient vraiment frères.

Leurs parents étaient deux musiciens reconnus qui s'étaient produits dans les plus grandes salles. Le père était violoniste, la mère pianiste. Ils avaient baptisé leurs enfants comme leurs compositeurs préférés, Ludwig van Beethoven et Wolfgang Amadeus Mozart, dans l'espoir qu'ils embrassent eux aussi une carrière musicale.

Espoir déçu. Ils avaient suivi une autre voie que celle de leurs parents.

D'ailleurs, peut-être que leurs prénoms y étaient pour quelque chose. Grandir à Hackney, dans l'East End de Londres, était difficile pour n'importe qui ; mais ça l'était encore cent fois plus quand vos parents vous avaient affublé d'un prénom que vous étiez seul à porter. Tout particulièrement quand ces prénoms étaient de consonance germanique et que votre pays décidait de partir en guerre contre l'Allemagne.

Les autres enfants trouvaient une infinie source de moqueries dans le fait qu'un garçon avec un prénom aussi exotique que Wolfgang puisse paraître aussi ordinaire. Celui-ci avait donc appris très tôt que la meilleure manière de faire cesser les railleries était d'utiliser ses poings. En cela, il n'avait eu qu'à suivre les traces de son frère Ludwig, dont la tête de mort vivant lui attirait presque autant de quolibets que son prénom. Des railleries qu'il avait su rapidement faire taire.

Ainsi les deux frères avaient-ils graduellement acquis une solide réputation de dur à cuire dans leur quartier, et les noms de Ludwig et Wolfgang Smith, au lieu d'éveiller les moqueries, inspiraient la crainte. Et ils s'aperçurent bien vite que cette réputation était bien utile pour obtenir argent et faveurs des garçons les plus faibles.

Leurs parents faisaient tout ce qu'ils pouvaient pour les maintenir dans le droit chemin, mais ils étaient rarement là, travaillant essentiellement la nuit, quand ils n'étaient pas partis pendant des jours pour se produire dans les salles de concert et les théâtres du monde entier.

Aucun des deux frères n'avait de don particulier pour la musique et, quand bien même c'eût été le cas, ils n'auraient eu aucune envie de vivre comme leurs parents, à travailler sans cesse pour gagner une misère. Non, eux préféraient se tourner vers la délinquance et ses promesses d'argent vite gagné.

Ils rejoignirent donc les rangs du plus puissant gang de Londres, les Sabinis, du nom de son chef, Darby Sabini, où ils gagnèrent bien vite leurs galons de voyous sans foi ni loi. Pourtant, après avoir tué deux hommes au cours d'une rixe, ils furent contraints de s'exiler à Paris. Ils restèrent deux ans en France, où ils vécurent la même vie que celle qu'ils avaient à Londres. C'est pendant leur séjour à Paris que Ludwig avait appris l'existence des apaches, ces farouches truands qui avaient semé la terreur dans les rues de la Ville lumière au tournant du siècle. Fasciné par la liste scandaleusement longue de leurs méfaits autant que par la vicieuse ingéniosité de leur arme de prédilection – qui avait fini par porter leur nom –, il s'en était fait faire deux tout spécialement pour lui.

Quand les choses se furent tassées, ils retournèrent en Angleterre où ils furent aussitôt très demandés. Quiconque voulait se débarrasser d'un rival encombrant pouvait compter sur les frères Smith. Un corps à faire disparaître, un riche commerçant à menacer, un immeuble à incendier, ou encore un bavard à réduire au silence ? Les frères Smith étaient les hommes de l'emploi.

Jusqu'à ce soir, leur dernière mission en date ne leur avait apporté que des satisfactions, mais, là, depuis Cambridge, tout partait de travers, et chacun en rejetait la responsabilité sur l'autre car, comme tous les frères, ils étaient constamment en bisbille.

Et la querelle se poursuivait au bord du pont en ruine, sous la pluie glaciale, tandis que, penchés par-dessus ce qui restait du parapet, ils observaient la Bamford & Martin en flammes au milieu d'un champ.

– Il est mort, Wolfgang, déclara Ludwig en passant un ongle noir entre deux dents pourries.

– On ferait mieux de vérifier, répondit son frère. On n'est pas sûr à cent pour cent qu'il est mort.

– Et comment il aurait pu survivre ? demanda Ludwig avec dédain. Regarde un peu le carnage.

– On devrait vérifier quand même.

– Arrête ! C'est plein de boue. Et j'ai horreur d'avoir les chaussures crottées, d'autant que je suis déjà tout trempé. De la boue en plus, ça serait comme ajouter l'outrage aux coups et blessures.

– Il faut qu'on soit sûr, argua Wolfgang. C'est important.

– Ben, vas-y. Te gêne pas. Va voir. Mais, moi, je porte mes plus belles godasses.

– On devrait y aller à deux. Imagine qu'il se soit échappé et qu'il se planque quelque part ? Imagine qu'on doive le poursuivre ?

Ludwig balaya la lande dénudée d'un œil torve.

– Et où voudrais-tu qu'il se planque ?

– Bon. Je vais aller voir, dit Wolfgang. Et tu viens avec moi, Ludwig, sans quoi je raconte au patron que tu voulais pas finir le boulot au prétexte de ne pas salir tes grolles.

– Le pire, c'est que tu le ferais, hein ? Sale petite vermine. T'as toujours été un cafeteur. Mais, bon Dieu, pourquoi est-ce si important que je vienne avec toi ?

– Parce que, si je me dégueulasse, alors toi aussi, répondit Wolfgang. Y'a pas de raison que ce soit toujours moi qui fasse le sale boulot.

– C'est normal, t'es le plus jeune, s'esclaffa Ludwig, un sourire vicieux illuminant sa tête de mort.

– C'est pas juste.

– C'est pas juste non plus que je sois plein de boue, s'emporta Ludwig. Pas juste que je sois trempé jusqu'aux os à cause d'un petit morveux que je dois chercher au beau milieu de la nuit. C'est la vie qui est injuste, petit frère. Faut t'y faire.

– Je déconne pas, Ludwig. Si tu viens pas avec moi, ça se saura en haut lieu.

– Très bien, très bien… Je viens, soupira-t-il en enjambant le pont. Mais, en fait, c'est parce que t'as peur que tu veux absolument que je vienne, hein ? Tu veux juste que je te tienne la main…

Ce disant, il fourra les siennes au fond de ses poches.

– Oh ! ferme-la, rétorqua Wolfgang. Tu me tapes sur le système.

À contrecœur, ils avancèrent dans le champ boueux, suivant le long sillon que la voiture avait creusé. Malgré leur détermination, ils ne purent approcher trop près de la voiture en feu, tellement la chaleur était intense.

– On ferait bien de se magner, conseilla Ludwig. Le feu va attirer du monde.

– On ne part pas tant qu'on n'a pas tout fouillé.

– Personne ne pourrait survivre à ça, dit Ludwig en tendant le bras vers l'infernal brasier. En imaginant que le choc ne l'ait pas tué, l'explosion s'en est chargée, crois-moi.

– Regarde si y'a des empreintes, plutôt. S'il a réussi à s'extraire de la voiture, il a forcément laissé des traces.

Ils tournèrent donc autour de l'épave en flammes en ratissant la terre meuble à la recherche d'indices. Ils continuèrent ainsi jusqu'à la rivière, sans rien trouver qui aurait permis de confirmer la thèse d'un survivant.

– Bon, ben, cette fois, je crois qu'on a fait tout ce qu'on pouvait, dit Ludwig. Maintenant allons-nous-en avant que quelqu'un se pointe.

– Juste un dernier coup d'œil à la voiture, répondit Wolfgang. Pour voir s'il y a quelqu'un à l'intérieur.

– Vas-y, toi. Moi, je retourne à la bagnole.

Jurant dans sa barbe, Wolfgang s'approcha du brasier, protégeant son visage avec le col de son manteau. Il tenta de reconnaître des formes, mais, tout ce que le choc n'avait pas arraché, faussé ou tordu, le feu s'en était chargé.

Il cracha dans les flammes et entendit son mollard s'évaporer en sifflant dès qu'il entra en contact avec la tôle incandescente. Pratiquement au même moment, la pression emmagasinée dans les cylindres sous l'effet de la chaleur causa la rupture d'une des chambres. Il y eut une détonation, comme un coup de feu, et la bougie fut projetée dans les airs, comme une balle.

Wolfgang la vit arriver et, instinctivement, pencha la tête sur le côté. Il entendit néanmoins un craquement dans son oreille droite et sentit un souffle, comme si on l'avait giflé.

Une douleur aiguë le lança sur le côté du crâne et, quand il porta sa main à son oreille pour voir si tout allait bien, il tâtonna dans le vide.

La bougie lui avait arraché l'oreille.

Sous le pont, James entendit un long hurlement de douleur puis la voix de Wolfgang appelant désespérément son frère. Ensuite, il y eut une brève cavalcade sur la route au-dessus de lui, rapidement suivi du ronflement d'un moteur. La Daimler démarra dans un sifflement et disparut au loin, ne laissant derrière elle que le bruit de la pluie et les gargouillis de la rivière.

Le choc ressenti au moment de l'impact avec l'eau glacée l'avait réveillé. Quelques instants plus tard, emporté par le courant, il s'était retrouvé emmêlé dans le cadre d'un vélo abandonné, juste sous le pont.

Il s'était alors hissé sur la berge et s'était roulé en boule sous la voûte de pierre, grelottant de froid dans l'obscurité pendant que les deux hommes se chamaillaient au-dessus de lui. Après quoi il les avait discrètement observés pendant qu'ils inspectaient le champ.

Pour l'heure, ses pensées n'étaient guère différentes des leurs. Tout ce qu'il voulait, c'était partir. Bientôt, des gens allaient arriver et on lui poserait mille questions : à qui appartenait la voiture, qui se trouvait au volant, comment ça s'était passé ? Et il y avait peu de chances qu'ils croient à son histoire de course-poursuite avec deux tueurs à gages. Dans tous les cas, on le conduirait au poste de police le plus proche et il faudrait des jours pour démêler les fils de cet incroyable imbroglio. Fairburn n'aurait jamais le loisir d'attendre jusque-là.

Que disait-il dans sa lettre, déjà ?

Qu'il était sur le point de quitter le pays, que la grille de mots croisés qu'il avait imaginée cette semaine serait la dernière puisqu'il serait parti avant le prochain bouclage.

Ses grilles paraissaient dans le *Times* daté du mardi. Quand les envoyait-il ? Le lundi. Le dimanche ? Le samedi ?

Ça laissait peu de temps. Il fallait qu'il se presse.

Se presser…

Grands dieux ! Était-ce bien le moment de penser aux mots croisés ? Quand tout ce qui comptait c'était filer ?

Il rampa hors de sa cachette et détala à travers champ, aussi vite qu'il le pouvait – ce qui, il fallait bien l'admettre, n'était pas très rapide. Il était sonné et embrouillé. Il avait le visage en sang suite à la coupure qu'il s'était faite en cognant le volant. Tout tournait autour de lui et il ne savait pas où il allait. Le ciel nuageux ne laissait paraître ni lune ni étoile. Il trébuchait à chaque pas et tombait régulièrement dans la nuit noire. Il avait perdu son manteau et sa montre dans la rivière, et avec elle toute notion du temps. Il puisait dans ses dernières ressources pour se forcer à avancer.

Par instants, n'y tenant plus, il fermait les yeux et marchait en vacillant, plus endormi qu'éveillé, la tête aussi lourde qu'une pierre. Il avait froid, il était trempé, il était exténué. Il ressentait des picotements dans tous les membres, comme si on le piquait avec des milliers d'aiguilles. Bientôt, il ne sentit plus ni ses mains ni ses pieds.

Le temps semblait hésiter, sautiller d'avant en arrière car, un instant il marchait dans un champ, au milieu de vaches noires et blanches, et, le suivant, il se retrouvait au beau milieu d'une route, il se faufilait à travers une haie et, l'instant d'après, il errait parmi les arbres. Une fois, il pleuvait, une autre, non. Enfin, il était allongé de tout son long, le visage couvert de boue, nez à nez avec une vache qui le regardait d'un air intrigué.

Il baissa les paupières. L'engourdissement du sommeil le prit comme on rabat une couverture. Il rêvait qu'il marchait, sur une route imaginaire, des voix venaient vers lui, il ne comprenait pas ce qu'elles disaient.

Il était glacé. Son corps entier était glacé. Il n'avait plus conscience du monde extérieur. Il se sentait calme et paisible. Il se demanda si c'était ça, mourir. Et puis l'engourdissement atteignit son cerveau, qu'il sentit s'éteindre, tranche par tranche, comme des portes qu'on ferme les unes après les autres… pour faire silence.

2. Samedi

10

Le grand smog

James revint à lui. Il était au chaud. Il était au sec et... dans un lit. Il se redressa, regarda autour de lui, des vertiges plein la tête.

Murs vert pâle. Une rangée de lits métalliques. Le tic-tac d'une horloge.

Un mot lui effleura l'esprit, sans qu'il parvienne à l'énoncer clairement. Car il y avait un terme pour désigner ce qu'il ressentait, un terme qui décrivait précisément ce qu'il avait sous les yeux. Il fit de lourds efforts de concentration, mais tous les rouages de son cerveau n'étaient pas encore en place. Un bandage autour du crâne. Un pyjama qu'il n'avait jamais vu. Une forte odeur de désinfectant.

« C'est quoi le mot ? » se demanda-t-il intérieurement en se rallongeant, les yeux clos.

« Hôpital. »

Ouais ! C'est ça ! Hôpital. Il était à l'hôpital.

Le rouge lui monta aux joues. Son encéphale fonctionnait normalement.

Et il replongea dans le sommeil.

Après un certain temps, des voix résonnèrent. Il s'immobilisa et tendit l'oreille.

– À quelle heure l'a-t-on amené ? demanda une voix

masculine, autoritaire, pleine d'assurance, et forte de sa supériorité hiérarchique.

– Juste avant minuit, répondit une autre voix, féminine cette fois, irlandaise, jeune, et sans aucun doute plus aimable que celle de l'homme. Un représentant de commerce l'a trouvé errant sur la route et l'a conduit ici.

– On sait quelque chose à son sujet ?

– Absolument rien. Il n'avait aucun papier sur lui. On pense qu'il a eu une sorte d'accident. On en saura davantage quand il se réveillera.

– Il dort depuis qu'il est arrivé ?

– Il était conscient quand on l'a admis. Mais il délirait. On ne comprenait rien de ce qu'il disait. On l'a lavé, pansé, et on lui a administré un analgésique. Depuis, il dort.

– Vous avez prévenu la police ?

– Oui. Ils seront là demain à la première heure pour l'interroger.

– Des indices ?

– Aucun. On a fouillé ce qui restait de ses vêtements, on n'y a trouvé que quelques pièces de monnaie.

– Et où sont-ils, ces vêtements ?

– À la blanchisserie.

– N'y touchez pas. La police voudra certainement les examiner.

– Oui, docteur. Bien sûr. Vous avez raison.

Les pas s'éloignèrent. Les voix se turent lentement. Un froissement et un gémissement dans un des autres lits. Puis le silence.

James ouvrit discrètement un œil. À l'autre bout de la salle, l'infirmière et le docteur s'étaient arrêtés à côté d'un lit. Ils palabrèrent un moment, puis disparurent.

James tendit le cou juste assez pour voir l'horloge : presque cinq heures.

Ils l'avaient admis juste avant minuit. Ça voulait dire qu'il était là depuis cinq heures. Cinq heures de sommeil, ça suffisait amplement. Il se sentait pleinement réveillé maintenant. L'évocation de la police lui avait magnifiquement rafraîchi les idées. En tout cas, suffisamment pour le convaincre de ne pas se contenter d'attendre le lendemain matin, un poste de police étant bien le dernier endroit où il comptait passer ces prochains jours.

Soulevant très légèrement les paupières, il balaya la zone du regard et, quand il fut certain qu'il n'y avait personne – tout du moins personne de conscient –, il roula hors du lit.

Il lui fallait des vêtements.

À l'instant de se lever, un vertige nauséeux l'étreignit qu'il parvint néanmoins à contenir jusqu'à retrouver son équilibre, après quoi il inspecta le contenu du petit meuble attenant à son lit. Il n'y découvrit que ses chaussures. Quelqu'un les avait bourrées avec du papier journal pour les aider à sécher.

Se tenant aux rambardes des lits, il s'avança dans l'allée et visita rapidement les autres casiers. Certains étaient aussi démunis que le sien, d'autres, en revanche, renfermaient de jolies piles de vêtements impeccablement pliés. Quand il croisa le lit d'un homme d'environ sa taille – un pauvre petit vieux d'une cinquantaine d'années, à la respiration sifflante –, il ouvrit le petit cabinet et découvrit un pantalon de costume noir soigneusement plié sur une veste coordonnée.

Il enfila précipitamment le costume par-dessus son pyjama. Pas le temps de passer des chaussettes. Son haut de pyjama devrait faire office de chemise.

Il revint à son lit, retira le papier journal de ses souliers et y glissa ses pieds. Il était sur le départ quand il entendit des voix approcher. Il bondit dans son lit, tirant les couvertures sous son menton.

À travers des paupières prétendument closes, il avisa l'infirmière, accompagnée d'une religieuse. Elles s'immobilisèrent à côté d'un nouveau lit, échangèrent quelques mots puis partirent.

Il poussa un ouf de soulagement et attendit de longues minutes avant de tenter une nouvelle sortie, beaucoup plus douloureuse que la précédente. Le lit était chaud et douillet, sécurisant. Au fond de son crâne résonnait une petite voix lui conseillant de retourner se coucher, de laisser à quelqu'un d'autre le soin de résoudre ses problèmes.

« Non. »

Il fourra les oreillers sous les couvertures, en une vague forme humaine, et se glissa sans bruit jusqu'à l'extrémité de la grande salle. Jetant prudemment un œil à l'extérieur, il remarqua une loge éclairée, où la jeune infirmière irlandaise buvait une tasse de thé en lisant un magazine. De l'autre côté du bureau, une autre salle.

La bonne sœur reparut. S'aplatissant contre le mur, James remarqua un portemanteau, non loin. Il fit quelques pas de côté et tenta de se fondre dans les plis de laine des pardessus et le feutre des chapeaux.

Il n'aurait pas dû s'en faire car ni l'infirmière ni la religieuse ne regardèrent un seul instant dans sa direction. En outre, après seulement quelques dizaines de secondes, la religieuse quitta précipitamment la pièce.

James décrocha un manteau et passa silencieusement l'habit, puis il attrapa un chapeau sous lequel il dissimula le bandage qu'il avait sur la tête. Il se détacha du portemanteau à reculons, cherchant des yeux une autre sortie, tant il était vain d'imaginer passer le rempart de l'infirmière irlandaise.

Une fenêtre entrouverte était destinée à rafraîchir les malades. Il se glissa jusqu'à l'ouverture sur la pointe des pieds, tira le battant, et regarda dehors. Le trottoir se trouvait trois étages plus bas, mais une corniche courait le long de la façade, croisant, quelques mètres plus loin, un escalier de secours en métal. Il se faufila à l'extérieur et prit pied sur le rebord de maçonnerie, juste assez large pour lui. S'aidant de la fenêtre pour garder son équilibre, il se mit précautionneusement debout, dos plaqué au mur extérieur de l'immeuble.

L'air était encore chargé d'une fine bruine et le soleil était couché. Mais il en voyait assez pour affirmer qu'il se trouvait en ville. En effet, de hauts immeubles s'élevaient partout autour de lui et, malgré l'heure tardive, il y avait encore beaucoup de passage dans les rues en contrebas, par ailleurs largement éclairées. Le plus vraisemblable fut qu'il se trouvât à Londres – dans le grand smog. Où exactement dans Londres ? Il n'en avait aucune idée.

En tout cas, s'il était à Londres, il pouvait aller chez Perry. Le trouverait-il chez lui, ça, c'était une autre question, qu'il ne désirait pas aborder pour l'instant.

Il fit un pas et sa chaussure dérapa. Parvenant d'extrême justesse à reprendre son équilibre, il se résolut à y aller doucement. Quelque quinze mètres plus bas se trouvait un mur hérissé de redoutables pics en fer forgé. Chute fortement déconseillée.

Il progressa lentement sur la corniche, à petits pas de côté de quelques dizaines de centimètres chacun, jusqu'à ce qu'il atteigne l'escalier d'incendie, auquel il s'agrippa avec un immense soulagement.

Descendre l'escalier de secours était un jeu d'enfant comparé à ce qu'il venait de faire. En deux temps trois mouvements, il se retrouva dans une ruelle miteuse, où s'entassaient de grosses poubelles de métal particulièrement puantes.

Une grosse souris sortit de derrière un container et s'aventura en terrain découvert. Grand mal lui en prit car elle fut aussitôt assaillie par un méchant matou noir et tout éclopé auquel il manquait une oreille. D'un coup de patte, le chat planta ses griffes dans le rongeur avant de lever des yeux vides vers James.

– Faites comme si je n'étais pas là, bougonna ce dernier en tournant les talons.

C'est alors qu'il réalisa que quelqu'un l'observait, un clochard, les yeux grands ouverts dans son manteau élimé, écroulé au milieu des ordures. Entre ses bajoues de cocker ne pointait plus qu'une seule dent. Une rangée de médailles de guerre était accrochée à sa poitrine.

James recula quand le mendiant fit mine de se lever en tendant une main tremblante vers lui. Il n'avait rien à lui donner. Il secoua la tête. Le clochard sortit de l'ombre à cloche-pied. Il lui manquait une jambe.

– Faites comme si je n'étais pas là, répéta James en hâtant le pas vers le bout de l'allée.

Il prit à droite en atteignant la route principale, le plus loin possible de l'hôpital. Col remonté et feutre baissé, il arpentait la ville d'un pas décidé.

Il ne put s'empêcher de rire en faisant le bilan de sa situation, perdu au milieu d'on ne sait où, sans un sou en poche, un costume volé sur le dos, et pas de chaussettes alors même qu'il ne cessait de pleuvoir.

Vous appelez ça de la chance, vous ?

Qu'y a-t-il de chanceux à découvrir un cadavre, être poursuivi par deux tueurs, avoir un accident et regarder sa voiture brûler ?

Car c'est bien comme ça que vous l'aviez vu, n'est-ce pas ?

En tout cas, c'était toujours mieux que le vétéran unijambiste qui partageait son allée avec un chat esquinté.

Car, en regardant les choses sous un autre angle, on pouvait également dire qu'il avait échappé aux tueurs et survécu à un accident de voiture.

Et ça, même sans chaussettes sous la pluie, ça donnait envie de siffloter.

Il croisa un homme en habit, sérieusement éméché, qui s'écarta vivement de son chemin avant de, sans raison apparente, lui hurler une insulte.

– Bonjour chez vous, très cher, répondit James en partant d'un rire légèrement hystérique.

Un peu plus loin, il croisa quatre hommes aux joues émaciées, fumant leurs cigarettes dans l'encoignure d'une boutique, où ils s'étaient rassemblés pour se mettre à l'abri de la pluie. Ils étaient mal rasés, loqueteux, abrutis, et leurs souliers étaient troués. Ils jetèrent à James le même regard froid et hostile que le chat dans l'allée.

James eut le désagréable sentiment d'être dans la peau de la souris. Il hâta le pas.

Il ignorait que tant de gens peuplaient les rues, la nuit. Il supposa qu'il s'agissait là d'une autre spécificité londonienne, si tant est qu'il fût bien à Londres.

Il chercha des yeux des panneaux indicateurs, des points de repère, mais le nom des rues ne lui disait rien. Tout ce qu'il savait, c'est qu'il se trouvait dans un quartier déshérité. Soudain, il avisa la devanture d'un atelier, où s'étalaient en grosses lettres dorées, The London Box Company.

Il avait donc deviné juste. Il émit l'hypothèse que le voyageur de commerce qui l'avait amené à l'hôpital était sur la route en provenance de Cambridge, aussi devait-il se trouver quelque part au nord-est de Londres.

Perry habitait Regent's Park. James connaissait le nom de la rue et même le numéro, en revanche, il ne savait vraiment pas comment s'y rendre.

Le cuir de ses chaussures trempées blessait la peau de ses pieds nus. La douleur le ramena à lui, lui fit prendre conscience de son pitoyable état général. En fait, il avait mal partout, il était perclus de courbatures et couvert d'ecchymoses. Il envisagea de chercher un abri et d'y attendre le lever du jour, pour ensuite prendre un bus. Il réalisa alors qu'il n'avait pas d'argent. Il fouilla les poches du costume volé, mais elles étaient vides. Ainsi se retrouvait-il dans la même situation que le clochard, errant à travers les rues de Londres, sans un penny en poche. Serait-il contraint de mendier ?

Il s'arrêta au pied d'un lampadaire et contempla la pluie qui crevait le pinceau de lumière.

Quelle direction sa chance allait-elle prendre ?

Il regarda derrière lui et vit les quatre hommes sortir du renfoncement de porte et avancer lentement vers lui, les mains dans les poches.

James jura doucement, mais salement.

La nuit n'était pas encore finie.

Les hommes marchaient sur lui en lui jetant des regards en coin sous leurs chapeaux. James les observa à la faveur des lampadaires. Impossible de dire quelles étaient leurs intentions tant leurs expressions étaient vides. La seule chose dont James était certain, c'était qu'à cette heure de la nuit, les honnêtes citoyens étaient tranquillement allongés dans un lit douillet. En temps normal, il se serait contenté de tourner les talons et de s'en aller précipitamment, mais là, il était fatigué. Fatigué de courir, fatigué du danger, fatigué d'avoir peur. Et puis, fuir où ?

L'homme qui ouvrait la marche retira la cigarette qu'il avait aux lèvres et la jeta négligemment par terre avant de l'écraser consciencieusement, sans jamais quitter James des yeux.

Il perçut le bruit d'une voiture, tourna la tête et vit un taxi émerger du rideau de pluie. Sans réfléchir, il sauta sur la chaussée en agitant les bras.

– Taxi !

Le chauffeur, un gros bonhomme à la face cramoisie et au

nez épaté, n'avait d'autre choix que de s'arrêter… ou de le renverser.

– Il est bien tard, dit-il en baissant sa vitre. Ou bien tôt… Vous êtes un lève-tôt comme moi ? Vous êtes mon premier client. Montez.

Joignant le geste à la parole, il étendit la main pour ouvrir la porte arrière. James monta dans la voiture noire avec reconnaissance.

– Où va-t-on, jeune homme ? demanda le taxi en démarrant.

– Regent's Park, répondit James en tournant la tête pour regarder derrière lui.

Les hommes s'étaient arrêtés sur le trottoir et regardaient le taxi s'éloigner d'un air maussade.

– Un peu jeune pour être dehors à cette heure de la nuit ? Non ? demanda le chauffeur en observant son passager dans le rétroviseur.

James ne se sentait pas en état d'affronter les questions gênantes. Il se demanda s'il ne ferait pas mieux de descendre au prochain carrefour. Mais il faisait chaud et sec dans l'habitacle et il en avait assez des rues. Il ne répondit rien, se contentant de tirer sur les pans de son manteau volé et de baisser le menton pour dissimuler son visage.

– Ce ne sont pas mes affaires, poursuivit le chauffeur. Mais si vous avez quelque ennui que ce…

– Vous avez raison, l'interrompit James. Ce ne sont pas vos affaires.

– Inutile de me répondre sur ce ton. Je voulais seulement vous proposer mon aide. Les temps sont durs en ce moment. Des tas de gens se retrouvent à la rue. Vous avez de quoi vous loger ?

– Je suis venu à Londres pour rendre visite à un ami, à Regent's Park.

– C'est pas vraiment le chemin…

– Je me suis perdu. Tout ira bien quand j'y serai.

Mais était-ce si sûr ? Et si Perry n'était pas chez lui ? James n'avait pas un sou sur lui et aucun autre endroit où aller.

– Je connais Londres comme ma poche, reprit le chauffeur. Vous seriez sidéré si je vous disais tout ce que j'y ai vu, les histoires qui me sont arrivées, les spécimens que j'ai pris en charge. Avec le temps, j'ai appris à reconnaître les gens et vous, je peux dire qu'il vous est arrivé un truc pas clair. Mais bon, comme vous dites à juste titre, ça ne me regarde pas. Je vous dépose à Regent's Park et je ne vous reverrai sans doute jamais. Vous ne serez qu'une âme en peine de plus dans la ville des rêves brisés.

De fait, le mot était bien trouvé. James se sentait vraiment comme une âme en peine. Il tourna la tête et regarda défiler l'infinie succession des rues de Londres. Impossible de dire combien de personnes vivaient dans cette ville. Le chiffre dépassait l'entendement. Les maisons, collées les unes aux autres, formaient des alignements sans fin, grisâtres, seulement rompus par de rares décorations de Noël, couronnes aux portes et lumières aux fenêtres, à la vue desquelles James se sentit happé par une bouffée de tristesse. Noël n'était plus Noël depuis que ses parents avaient disparu. Oh, bien sûr, il avait toujours plaisir à fêter le réveillon avec sa tante Charmian, dans le petit cottage qu'elle possédait dans le Kent, mais ce n'était plus pareil car il avait acquis la profonde certitude qu'il serait à jamais seul au monde.

Peut-être même qu'il ne s'était laissé entraîner dans cette folle histoire que pour échapper au vide qu'il ressentait à cette période de l'année, quand la brièveté des jours accentuait le manque.

Il se ressaisit, passa les mains sur son visage.

« Ne t'apitoie pas sur ton sort, James, avance. C'est la seule option possible. »

– On y est presque, fiston, lança le chauffeur.

James regarda dehors. Ils longeaient un morne front bâti, aux façades aveugles, frappées d'enseignes commerciales : Transco Trading, Alliance Holdings, Universal Export… Brusquement, ils bifurquèrent et quittèrent la grande avenue. Les immeubles de commerce cédèrent la place à des arbres. Ils étaient dans Regent's Park.

La pluie avait cessé et une timide lueur cotonneuse commençait à poindre dans le ciel. La journée s'annonçait lugubre et grise. Le parc était ceint de jolies demeures aux murs couleur crème, d'inspiration néoclassique. De nombreux immeubles possédaient des portiques supportés par des colonnes.

James avait toujours su que la famille de Perry était riche, mais il n'avait jamais mesuré à quel point avant ce matin. Si leur amitié n'avait jamais eu à en souffrir, il fallait bien reconnaître qu'un gouffre les séparait sur le plan social. James était parfaitement heureux dans le petit cottage du Kent et il n'avait pas idée du train de vie qu'on pouvait mener dans une résidence aussi cossue. Il doutait toutefois que cela fût à son goût.

Ils trouvèrent l'adresse de Perry – un hôtel particulier surplombant le parc, sur Cumberland Terrace.

Le taxi s'arrêta devant le perron.

– Il faut que j'emprunte un peu d'argent à mon ami, dit James. Ça fait plus que ce que je pensais.

– N'essaie pas de t'en aller, je te rattraperais, répondit le chauffeur, sur un ton presque badin. J'en ai peut-être pas l'air, mais je suis très fort pour arrêter les resquilleurs.

– Je n'ai absolument pas l'intention de m'enfuir, répondit James, bien que ce fût précisément ce qu'il comptait faire au cas où Perry ne serait pas chez lui.

Il gravit la volée de marches jusqu'à l'impressionnante porte noire et appuya sur la sonnette.

Aucune réponse, pas même l'écho d'un tintement à l'intérieur de la maison. Rien. Un silence de mort. Il appuya à nouveau et attendit, le cœur battant.

Toujours rien.

Il se retourna maladroitement vers le chauffeur qui, de moins en moins souriant, l'observait depuis son taxi.

James lui fit un signe rassurant de la main tout en se demandant à quelle vitesse cet homme pouvait courir.

11

Œufs brouillés

James était sur le point de détaler en courant quand la porte s'ouvrit sur un domestique au regard trouble qui, visiblement, venait de sauter dans sa livrée. Celui-ci posa un regard perplexe sur James, parfaitement conscient de ce à quoi il devait ressembler dans son pardessus trop grand, pieds nus dans ses chaussures et avec un chapeau enfoncé sur le crâne, dissimulant à peine le bandage sur son front.

– Bonjour. En quoi puis-je vous être utile ? demanda le valet en s'efforçant de paraître aimable.

– Bonjour, monsieur, répondit James du ton le plus poli qu'il pût trouver. Je suis un ami de Perry.

– C'est bien ce que je pensais, répondit le valet après un profond soupir.

– Est-il là ?

– Il dort, répliqua le domestique en abandonnant toute velléité de courtoisie.

– P-plus maintenant ! tonna une voix à l'intérieur de la maison et, deux secondes plus tard, Perry, en robe de chambre et chaussons, apparut sur le pas de la porte. D-dites-moi que j-je rêve, s'exclama-t-il quand il vit James. Que diable t'est-il arrivé ?

– Je vais t'expliquer. Mais, avant cela, j'ai besoin d'un peu d'argent pour payer le taxi.

– Braeburn, dit Perry en tapotant l'épaule du domestique. Ayez l'amabilité de payer le chauffeur, voulez-vous ?

Braeburn marmonna quelque chose dans sa barbe et descendit les quelques marches en bougonnant. Arrivé sur le trottoir, il sortit un portefeuille de sa veste.

– Allez, entre, dit Perry en entraînant James à l'intérieur. Tu m'as t-tout l'air d'avoir b-besoin d'un bon petit déjeuner.

Il le conduisit à travers un vaste hall d'entrée, dallé de marbre, d'où s'élançait un large escalier arrondi, desservant l'étage supérieur. Des portraits de famille ornaient bien les murs, mais les quelques meubles présents étaient sous des draps de protection. Une atmosphère morne et glaciale régnait dans la maison désertée. James se souvint que la famille de Perry était partie à la campagne. La demeure avait dû être fermée pour l'hiver.

– Viens, on va remettre du carburant dans le réservoir, dit Perry en conduisant James dans un escalier de service. Ensuite, tu me raconteras pourquoi tu m'as abandonné dans la « cité des clochers rêveurs ».

– Euh… Je crois bien que c'est Oxford, répondit James d'une voix blanche.

– Quoi donc ?

– La cité des clochers rêveurs.

– Ah ! Pourtant j'ai bien vu q-quelques cloches dans les nuages à Cambridge. Mais là n'est p-pas la question. La question c'est : qu'est-ce qui s'est p-passé ? Je t'ai attendu et ne te voyant pas revenir, je me suis mis en route p-pour Trinity. Quand je suis arrivé, il y avait une mini-émeute dans la loge du concierge. Un jeune type était là a-avec un policier.

– On a dû se croiser, répondit James. Je n'ai pas pris le chemin le plus direct.

Tout en parlant, ils étaient parvenus dans une vaste cuisine, située sur le devant de la maison, au sous-sol. L'office était équipé d'un fourneau aux dimensions impressionnantes et qui chauffait délicieusement la pièce.

– Quand je suis revenu, la voiture n'était plus là, poursuivit Perry, indigné. La f-femme du café m'a dit que tu avais demandé après moi et que tu étais p-parti. Sympa de me lâcher comme ça ! J'ai dû prendre le train pour rentrer…

Il marqua une pause, fixa son ami en soupirant, le sourcil froncé.

– Où t'étais, James ? J'étais mort d'inquiétude.

– C'est une longue histoire, répondit James en s'asseyant près du fourneau avant de retirer ses chaussures et de coller ses pieds à la paroi de métal d'où émanait une douce chaleur. Et, avant de commencer, il faut que j'avale un morceau et que je boive une tasse de café bien fort.

– Je propose des œufs brouillés. Et pas du tout parce que c'est la seule chose que je sais faire !

Ce disant, il mit une cafetière à chauffer, posa deux tranches de pain sous un grill puis cassa des œufs qu'il battit bruyamment dans un saladier.

James le suivait des yeux en salivant tandis qu'il faisait tomber les œufs battus dans une poêle beurrée et qu'il mélangeait consciencieusement en attendant qu'ils prennent. Soudain, une idée lui vint et il éclata de rire.

– Qu'est-ce qu'il y a de drôle ? demanda Perry.

– Œufs brouillés.

– …

– C'est la réponse à un problème de mots croisés.

– Qu'est-ce que tu racontes ? Et c'était quoi, la définition ?

– Celle que j'ai soumise au faux Gordius, à la réunion des cruciverbistes. C'était juste quatre lettres *GSGE*. C'est une devinette ! Et je viens juste de trouver la réponse : *œufs brouillés*.

– Je ne comprends pas.

– Mais si ! C'est le mot œufs [1] dans le désordre.

– C'est trop pour moi, dit Perry en posant les deux morceaux de pain grillé sur une assiette avant d'y faire glisser les œufs.

James se mit à table et engloutit lentement mais sûrement jusqu'à la dernière bouchée. Après quoi il étendit les jambes, soupira profondément, et s'essuya la bouche.

– Le meilleur repas de ma vie ! complimenta-t-il, au grand bonheur de Perry.

– Maintenant, à ton t-tour de respecter tes engagements, ajouta ce dernier en lui tendant une tasse de café. J'en p-peux plus d'attendre.

Aussi James lui raconta-t-il son histoire, depuis la découverte du corps sans vie de Peterson dans son bureau, en passant par la poursuite en voiture dans la campagne, jusqu'à son réveil à l'hôpital. Une fois n'est pas coutume, Perry écouta son récit sans piper mot. Ce n'est que lorsque James eut terminé – par son arrivée à Regent's Park –, qu'il prit finalement la parole.

– Si je ne te connaissais p-pas, James, je penserais que tu me racontes des craques. C'est dingue le talent que tu as p-pour t'attirer des ennuis. À croire que tu les aimantes… On fait quoi maintenant ?

– Dieu seul le sait. J'ai le cerveau aussi brouillé que les œufs. Espérons juste que le café m'aide à retrouver mes esprits… Je suis passé par tous les états… Désorienté comme jamais. Ah ! Perry, tu ne peux pas savoir comme je suis heureux de t'avoir en face de moi.

– Et moi donc, rétorqua Perry en s'asseyant face à son ami, un large sourire aux lèvres.

1. Œufs : *eggs*, en anglais.

– Cette affaire est un imbroglio sans nom.

– Tu peux le dire, acquiesça Perry. Tel que je vois les choses, on n'a qu'une alternative. Soit on va direct au p-poste de p-police le plus proche pour tout leur raconter, et là on va entendre chanter Ramona… Soit – et c'est l'option qui a toute ma faveur – on plante nos têtes dans le sable comme deux paons et on laisse les enquêteurs se débrouiller tout seuls.

– Des autruches, corrigea James. Pas des paons.

– Oui, ben tu peux être une autruche si tu veux. Moi je p-préfère être un paon. Toutes ces plumes…

James éclata d'un rire où résonnaient encore des échos inquiétants. Il se sentait étourdi et la menace d'une crise de nerfs n'était pas encore totalement écartée.

– Il ne t'arrive jamais de prendre quelque chose au sérieux ? demanda-t-il quand il eut repris son calme.

– J'essaie d'éviter, répondit malicieusement Perry.

Puis il baissa la tête et reprit sur un ton beaucoup plus grave :

– Désolé, James. J'aimerais savoir quoi dire, mais je suis incapable de trouver les mots. Cette affaire est plus que ce que je peux assumer. J'aimerais pouvoir partir très loin et me cacher jusqu'à ce que ce soit fini.

– OK, mais tu penses vraiment que c'est bien de ne rien dire à personne ?

– On doit da-d'abord penser à sauver notre peau. Ils ont dû t-trouver le corps de Peterson à l'heure qu'il est. Et ils sont p-probablement déjà sur la piste du tueur.

– Sauf que j'ai emporté avec moi le seul indice.

– La lettre ! s'exclama Perry. Tu l'as toujours ?

– Non, ronchonna James. Je l'avais dans ma poche avec la photo de Peterson et Fairburn. Je l'ai perdue dans la rivière en même temps que le manteau.

– Oui, mais tu te souviens de ce qu'elle disait, non ?

James ferma les yeux et se concentra de toutes ses forces.

Il se revoyait dans le café, lisant la lettre sous la table. Il se figura la page, sa graphie, et petit à petit, les mots lui revinrent à l'esprit.

– *Cher John*, récita-t-il. *Je suis sans nouvelles depuis notre dernière entrevue à Berkeley Square. Ni Alexis ni toi ne vous êtes manifestés. Je sais que tu m'as demandé de ne pas paniquer et de ne pas prévenir la police. Je sais aussi que tu m'as assuré qu'il n'arriverait rien à Alexis, mais je suis très inquiet à son sujet...*

Il s'arrêta et ouvrit les yeux.

– C'est à peu près tout ce qu'il y avait.

– Si au moins on savait qui est ce John. On pourrait aller le trouver à Berkeley Square.

– John Charnage, lâcha James.

– Comment le sais-tu ?

– La photo. Ils étaient trois sur le cliché. Fairburn, Peterson et un troisième larron appelé John Charnage. Je suis sûr que c'est le John à qui la lettre était destinée.

– Celui qui portait l'armure ? Lancelot du lac ?

– Oui.

– Ah ben, tu vois qu'on y arrive... Voyons si avec un peu p-plus de café, on peut encore tirer autre chose de ton esprit vaseux, dit Perry en remplissant la tasse de James. As-tu perdu autre chose dans la rivière ?

– Je ne crois pas.

– Et l'autre bout de papier ? Celui avec le code ? Tu l'as toujours ?

– Faut l'espérer, dit James en ramassant sa chaussure.

Il ouvrit le talon évidé et y découvrit, ajusté au millimètre, la feuille qu'il avait soigneusement pliée. La couche extérieure était humide, mais l'eau n'avait pas pénétré le cœur du papier. C'était lisible.

James déplia la feuille et la lissa sur la table.

– Ça te fait penser à quoi ?

– Aucune idée, répondit Perry après avoir étudié un instant les lignes de un et de zéros. Les maths, ça a j-jamais été mon truc.

– Moi non plus, confia James. Il faut qu'on montre ça à Pritpal. Lui, c'est un génie des chiffres.

– On va lui rendre une petite visite à la Mission. On peut y être dans une demi- heure.

– D'accord, mais, avant, on va à Berkeley Square et on essaie de mettre la main sur ce John Charnage. Il sait forcément quelque chose et il pourra sans doute nous aider.

– Tu vois, s'enthousiasma Perry. On a déjà un plan. Les choses ne se présentent pas si mal. En revanche, hors de question que tu sortes comme ça. On dirait un épouvantail.

James baissa les yeux sur ses loques miteuses, trop grandes pour lui, et sur la veste de pyjama qu'il portait en lieu et place de chemise.

– Tu as raison. Je ne suis pas certain qu'il s'agisse de la tenue idéale pour aller à Mayfair.

– Je vais te p-passer des vieux trucs à moi, dit Perry. Et je pense que tu aurais aussi t-tout avantage à prendre un bain.

Ils prirent un escalier de service et montèrent au deuxième étage, dans une grande salle de bains non chauffée, équipée d'une baignoire en fonte, piquée de rouille.

Dix minutes plus tard, James était allongé dans son bain, les yeux perdus au plafond, dont la peinture était craquelée et émaillée de grosses taches de moisissures. Se laissant flotter à la surface de l'eau brunâtre, il tenta de faire le vide dans son esprit. Il baissa les paupières et sentit le sommeil le gagner. Il essaya bien de le combattre, mais, à l'évidence, il échoua car, l'instant suivant, il se réveilla sous l'eau.

Il sursauta, toussa et cracha, puis se lava rapidement et sortit de l'eau.

Perry lui avait donné une chemise Aertex à trois boutons,

un costume de flanelle bleu roi et des sous-vêtements propres. L'ensemble lui allait plutôt bien. Quand il fut habillé, il retira précautionneusement son bandage et examina la plaie dans le miroir au-dessus du lavabo.

Des ecchymoses, une grosse bosse, mais la coupure n'était pas aussi profonde qu'il le craignait. Il se passa les doigts dans les cheveux et dissimula la plaie sous ses mèches. Il était très satisfait du résultat. Le bandage était trop voyant. Maintenant, on ne voyait quasiment plus rien.

Il était prêt.

Il était neuf heures quand leur taxi s'arrêta à Berkeley Square. Les garçons descendirent, Perry régla la course.

La place était plus grande que dans le souvenir de James. De hauts immeubles s'élevaient tout autour et il y avait un jardin ceinturé de grilles au milieu. Les grands arbres qui y poussaient avaient l'air désolés et mornes sans leurs feuillages.

Le ciel était bas. L'épaisse couche de nuages gris acier ne laissait passer qu'une lumière blafarde. La pluie ne tombait pas encore, mais Perry avait pris la précaution d'emporter un parapluie, qu'il balançait fièrement au bout de son bras, faisant claquer la pointe de métal sur le trottoir.

– Par où on commence ? demanda James, désemparé. Si on fait du porte-à-porte, ça va nous prendre la journée.

– Non ! On va demander aux gens, répondit Perry, à qui ce genre de choses ne posait absolument aucun problème.

La place était calme en ce samedi matin. Ils avisèrent néanmoins la charrette d'un épicier, dont les chevaux étaient attachés à une grille. Un jeune livreur, un panier vide à la main, s'approcha de sa charrette attelée. Perry se dirigea vers lui à grandes enjambées et, sans préambule lui demanda si, par hasard, il ne venait pas de livrer M. John Charnage. Pour toute réponse, le garçon se contenta de faire une moue dubitative et de jeter à Perry un regard impassible. Celui-ci fouilla sa poche et en sortit une poignée de pièces de monnaie qu'il tendit au jeune employé en lui faisant un clin d'œil.

– John Charnage ? répéta Perry. Vous le connaissez ?

Le garçon jeta deux trois coups d'œil autour de lui.

– C'est nous qui faisons toutes les livraisons du quartier, déclara-t-il fièrement quand il fut assuré que personne ne l'observait. Charnage crèche là-bas au coin. Un type sympa, mais pas toujours à l'heure pour les factures.

Perry remercia le jeune homme puis il emboîta le pas à James et ils se dirigèrent vers un immeuble en brique décrépi et gris. Aucune lumière ne brillait aux fenêtres, dont certaines avaient encore leurs volets clos.

Perry s'approcha de la porte d'entrée et essaya de regarder à l'intérieur à travers le verre dépoli.

– Ça a l'air mort là-dedans...

Il n'avait pas fini sa phrase que la porte s'ouvrit brutalement. Il en tomba pratiquement à la renverse.

Un majordome, dont le costume impeccable peinait à contenir sa musculature imposante, se tenait immobile dans l'embrasure. Il avait la tête rasée et le nez épaté d'un boxeur.

– Allez-vous-en, ordonna-t-il sèchement.

– Mes hommages, monsieur, répondit Perry sans se démonter. Est-ce là la d-demeure de m-monsieur John Charnage ?

– *Sir* John Charnage, rétorqua le majordome en appuyant délibérément sur le « sir ».

– C'est bien lui, déclara Perry. Nous avons besoin de le voir.

– Il me semble vous avoir demandé de partir.

– Écoutez, c'est très important, argua James. Il faut absolument qu'on le voie. C'est au sujet de son ami, Alexis Fairburn.

Le majordome posa les yeux sur James.

– Et vous êtes qui, au juste ? demanda-t-il en s'essuyant le nez du dos de sa grosse main, large comme une pelle.

– Nos noms ne lui diraient rien, répondit James.

– Mais peut-être connaît-il m-ma famille, embraya Perry. Dites-lui que…

James l'interrompit avant qu'il ait eu le temps d'en dire davantage.

– Nous sommes Luc Oliver et Arthur Stevens, déclara-t-il d'une traite. Mais comme je vous l'ai dit, nos noms ne lui diront rien. Dites-lui simplement que nous avons d'importantes nouvelles concernant Alexis Fairburn et le professeur Ivar Peterson.

– Attendez ici, dit le majordome avant de leur refermer la porte au nez.

– Désolé, s'excusa Perry. Je devrais me montrer plus prudent. Alors ? Qui est qui ?

– Toi, tu es Stevens, moi Oliver, répondit James.

Le majordome rouvrit la porte. Il n'avait pas l'air plus avenant que la première fois, mais il leur offrit néanmoins d'entrer.

– Sir John va vous recevoir, dit-il en s'écartant du passage à contrecœur.

Ils pénétrèrent dans une entrée lugubre, à l'atmosphère confinée, où flottait une odeur fétide, que James analysa comme un mélange de cendre froide et de fleurs pourries, plus quelque chose d'autre, que James ne parvint pas à définir. Les murs tapissés de papier peint à rayures vertes étaient décorés de gravures représentant des scènes sportives. Un portemanteau croulant sous divers pardessus et chapeaux était installé derrière la porte. Juste à côté, un porte-parapluie qui n'était autre qu'un pied d'éléphant évidé. Perry y déposa le sien, à côté de ceux qui s'y trouvaient déjà.

– Suivez-moi, je vous prie, dit le majordome en conduisant les garçons dans une bibliothèque froide et sombre.

Un bureau poussiéreux et jonché de papiers occupait le

milieu de la pièce. Des rayonnages ployaient sous le poids de livres anciens, reliés en cuir. James eut le sentiment qu'on ne les avait pas ouverts depuis des lustres. Là où ils étaient visibles, les murs étaient peints d'un ton bleu nuit. Les petites fenêtres ne laissaient passer qu'une faible lumière. Un piano demi-queue était coincé dans un coin. Il avait l'air dans le même état d'abandon que les livres.

La seule chose digne d'intérêt était une vitrine pleine de fioles et de bocaux qui, sous leur aspect inoffensif, étaient tous étiquetés de noms terrifiants : Arsenic, Cyanure, Strychnine, Hemlock, Curare, Venin de serpent, de monstre de Gila, Venin d'araignée Veuve noire, de scorpion, Amanite Phalloïde, Amanite tue-mouches, algues toxiques, Aconit, Belladone... Il y en avait tellement que c'était presque impossible de les compter.

James s'immobilisa devant la collection de bocaux. Un lourd silence, seulement ponctué par le tic-tac d'une vieille horloge posée sur le rebord d'une cheminée où ne brûlait aucun feu, régnait dans la pièce glaciale.

– Eh, c'est autre chose qu'une collection de figurines en porcelaine ou de petits soldats, hein ? s'enthousiasma Perry, admiratif.

– Qui peut bien collectionner les poisons ? demanda James.

Avant que Perry ait eu l'occasion de reprendre la parole, la question de James trouva sa réponse.

La porte s'ouvrit en grinçant et sir John Charnage fit son apparition. Il actionna un interrupteur et un petit lustre, pendu au milieu du plafond, s'illumina, réchauffant un tant soit peu l'atmosphère.

James le reconnut instantanément. C'était l'homme qui était venu à la réunion du club des cruciverbistes en se faisant passer pour Gordius.

12

Une clarinette jouait dans Berkeley Square

– Comme on se retrouve, dit Charnage en souriant. Vous ne devriez pas être à l'école ?

– Nous sommes à la Mission d'Eton, dans le quartier d'Hackney, répondit James.

– Pour aider les pauvres, ajouta Perry.

– Bravo, je vous félicite, déclara Charnage avec une moue admirative.

Il portait une veste de smoking, une cravate desserrée pendait négligemment à son cou. Il tenait une cigarette entre ses dents et un verre de brandy dans une main – l'autre était appuyée sur sa canne à pommeau d'ivoire. Il lissa sa fine moustache d'un geste automatique en fixant les garçons de ses yeux las et boursouflés. Il tira longuement sur sa cigarette et recracha bruyamment la fumée par le nez, puis il se laissa tomber dans un lourd fauteuil club en soupirant, comme si le simple fait de fumer représentait un effort insupportable. Il croisa les jambes, sans quitter les garçons du regard.

– Alors ? Qu'est-ce qui vous amène ? demanda-t-il d'une voix aussi endormie et indolente que son regard. Pourquoi êtes-vous venu frapper à ma porte, interrompant ainsi mon week-end ?

– Pourquoi vous êtes-vous fait passer pour le professeur Peterson ? demanda James de but en blanc.

Charnage le dévisagea en silence durant un long moment.

– Il me semble que c'est moi qui ai posé la première question, dit-il après avoir avalé une lampée de brandy.

– Nous voulions vous parler de M. Fairburn, dit James. Mais, plus j'y pense, plus je me dis que ce n'est pas une très bonne idée.

Un sourire se dessina lentement sur la bouche de Charnage.

– Vous avez raison, dit-il. Je manque à tous mes devoirs. Puis-je vous offrir quelque chose à boire ? Je ne sais pas, moi... Qu'est-ce que les garçons d'aujourd'hui aiment boire ? Limonade ? Eau pétillante ? Lait ? Je vous prie de m'excuser, mais ma propre enfance me semble remonter à des années-lumière.

– Rien, merci, répondit James.

– Bien, dit Charnage en gloussant doucement. Je présume que je vous dois en effet quelques explications. Alexis est un de mes amis. Nous avons étudié ensemble... À Trinity.

Il étouffa à nouveau un petit rire et se tapota la tempe de la main qui tenait la cigarette. La cendre tomba sur sa manche, qu'il épousseta nonchalamment.

– Un sacré phénomène, vous savez. Excentrique n'est pas le mot qui convient, disons plutôt rêveur. Il avait constamment la tête dans les nuages, son cerveau hors du commun occupé à résoudre quelque problème insoluble, dont lui seul connaissait les implications. Il était capable de disparaître ainsi plusieurs jours de suite, perdu dans son monde. Mais, récemment, comme vous le savez, il a disparu pour ne plus reparaître. Je me faisais un sang du diable à son sujet, et je ne savais pas vers qui me tourner, à qui faire confiance.

– Pourtant, quand Ivar Peterson est venu vous trouver, vous lui avez dit de ne pas s'inquiéter, objecta James.

– Mmh… Vous êtes au courant de ça aussi ?

– En effet.

– Comment ?

– Je ne peux pas vous le dire pour l'instant, répondit James. Comme vous, j'ignore à qui je peux faire confiance.

– C'est très sage de votre part, concéda Charnage en portant à nouveau le verre à ses lèvres. Oui, vous avez raison, j'ai effectivement demandé à ce pauvre Ivar de ne pas paniquer. Si cette affaire devait se révéler dangereuse, je voulais absolument lui éviter d'y être mêlé. C'est à cette occasion qu'il m'a parlé de la réunion du club des cruciverbistes. J'ai pensé que ce serait l'occasion de visiter Eton et, pourquoi pas, d'en apprendre davantage. Aussi y suis-je allé à sa place.

Charnage marqua une pause et fixa James par-dessus son verre. Ses yeux avaient beau être gonflés et rouges, il y brillait une vive intelligence.

– Nous sommes les mêmes, Luc, dit-il avec un hochement de tête. Nous ne faisons confiance à personne. Nous pensons tous deux que prudence est mère de sûreté et rien ne nous déplaît davantage que d'avoir un coup de retard.

– J'essaie simplement de découvrir ce qui est arrivé à Fairburn, répliqua James.

– Et moi, je crois que vous en savez beaucoup plus que ce que vous avez bien voulu dire lors de notre première entrevue, déclara Charnage. Vous avez bien caché votre jeu – et c'est tout à votre honneur – mais, maintenant que vous êtes là, allez-vous enfin me dire ce qui se passe ? Avez-vous parlé à Peterson ?

– Pas exactement.

– Seulement voilà. Un garçon correspondant à votre description a été vu à Trinity peu de temps avant que le corps d'Ivar ne soit découvert, dit calmement Charnage en fixant le fond de son verre. Il est recherché dans le cadre de l'enquête sur le meurtre du professeur.

– On n'a rien à voir là-dedans ! s'exclama Perry tandis que James jurait dans sa barbe.

– Voyez-vous ça, répondit Charnage d'un ton désapprobateur. Vous n'avez pas été très malin sur ce coup-là...

James garda le silence.

– Vous auriez dû vous précipiter à la police dès que vous avez eu connaissance de ce tragique événement, poursuivit Charnage en passant une main dans ses cheveux.

– Nous avions peur d'avoir des ennuis, expliqua James.

– Et, par voie de conséquence, vous vous trouvez maintenant dans une panade encore plus grande.

Charnage avait dit cela d'une telle manière que James se sentit soudain aussi fragile que stupide.

Un homme au visage empâté, portant un costume de tweed, passa la tête dans l'entrebâillement de la porte.

– Allez, Johnnie. Bouge-toi ! aboya-t-il. Les cartes vont refroidir.

– Une minute, Baxter, répondit Charnage sans même tourner la tête. Un dernier petit truc à régler.

Le dénommé Baxter posa deux petits yeux injectés de sang sur les garçons et vida le verre de whisky qu'il avait à la main.

– Messieurs, dit-il simplement.

– Retourne là-haut, vieille canaille, dit Charnage. Je vous rejoins dès que j'ai terminé.

Baxter bougonna quelque chose et referma la porte.

– Alors, reprit Charnage. Vous me dites ce qui s'est passé, ou préférez-vous que j'appelle la police ?

– Si on vous dit tout ce qu'on sait, proposa Perry, on pourra compter sur votre discrétion ?

– Éventuellement, trancha Charnage. À condition de dire la vérité et d'arrêter vos balivernes.

– Non, dit James. On ne vous dira rien de plus.

L'homme plongea le nez dans son verre de brandy, en huma le bouquet puis le vida d'un trait. Il le savoura un instant, faisant rouler sa langue sur son palais et se leva.

– Bien, dans ce cas, je vous avouerai que je n'avais nulle intention de vous épargner. Je suis un respectable homme d'affaires, vous n'imaginez tout de même pas que je pourrais mentir à la police ? Surtout à propos d'un fait aussi grave qu'un meurtre. J'ignore qui vous êtes, mais, de mon temps, la jeunesse avait un sens plus profond du bien et du mal. Nous respections nos aînés, tout comme nous respections la police. Parfois, il m'arrive de me demander où va le pays quand je vois la jeunesse d'aujourd'hui... Le pire, c'est que vous faites partie de l'élite. Des élèves d'Eton...

– Qu'allez-vous faire ? demanda Perry.

– Je vais vous le dire, répondit Charnage d'un ton menaçant. Je vais appeler la police et tout leur expliquer. Je vais également les informer qu'il y a chez moi deux sournoises petites vipères qui ont été témoins d'un meurtre. Témoins ? Ou pire ? On est en droit de se poser la question.

À ces mots, il écrasa sa cigarette et se dirigea vers la porte.

– Un conseil : ne tentez rien qui puisse aggraver encore votre cas.

Et il sortit en claquant la porte. Avec un pincement au cœur, James entendit la clé tourner dans la serrure.

– Mmh, ça aurait pu être mieux, dit Perry en se tournant vers James.

– Il faut qu'on sorte d'ici.

– Oublie ça, James. Tu as entendu ce qu'il a dit. C'est déjà chaud p-pour nous, si on augmente le feu, on va définitivement être grillés.

– Y'a quelque chose de pas clair là-dessous, bougonna James.

– T'inquiète, on a q-qu'à attendre… et tu pourras bientôt d-demander tous les éclaircissements que tu veux aux agents de la PJ.

– Reste ici si tu veux, dit James, qui était déjà en train d'étudier la fenêtre pour voir si elle offrait une échappatoire.

Las, elle était obstruée par un gros bardage de métal. L'autre était équipée de la même manière.

– On pourrait toujours passer par la cheminée, proposa Perry en se tordant le cou pour étudier le conduit.

– Je t'en prie, Perry, concentre-toi. Si tu dois, ne serait-ce qu'une seule fois, prendre les choses au sérieux, c'est maintenant. Est-ce qu'il y a une autre porte ?

Ils firent rapidement le tour de la pièce qui, à leur grand désespoir, ne comptait qu'un seul accès.

– Réfléchis, ordonna James.

– Demande-moi tout ce que tu veux, sauf ça.

– Essaie, au moins.

Le visage de Perry s'illumina.

– Certains vieux bureaux possèdent un passage secret, dissimulé par des rayonnages de livres.

Il n'avait pas fini sa phrase que James remarqua une section de la bibliothèque où les livres étaient faux. Les tranches étaient directement collées sur le bois. De loin, rien ne différenciait ses rayonnages des autres, en revanche, à y regarder de plus près, il parut évident à James qu'il s'agissait d'une sorte de porte – bien qu'elle ne soit pourvue d'aucune poignée. Il donna un coup d'épaule, essaya de faire bouger le panneau dans un sens ou un autre, mais rien n'y fit. Perry lui donna un coup de coude en lui montrant un minuscule trou de serrure.

– Il faut qu'on trouve la clé, s'enflamma James en se précipitant vers le bureau dont il fouilla frénétiquement les tiroirs.

Soudain, il s'immobilisa.

– Viens voir.

– Quoi ? demanda Perry en approchant.

James pointa du doigt une lettre posée sur le bureau. Elle était couverte d'annotations et de gribouillis.

– Je le savais, s'exclama James. C'est la lettre codée de Fairburn. Et pas une copie. C'est l'original.

– T'es sûr ?

– Je la reconnaîtrais entre mille.

– Mais comment diable est-elle arrivée ici ?

– Le cambriolage chez Codrose… quand ils ont mis le feu. C'est Charnage qui était derrière tout ça, dit James en fourrant la lettre dans la poche de sa veste. Tu me crois maintenant ?

– Affirmatif, répondit Perry. Fichons le camp d'ici.

Faute de pouvoir dénicher la clé, James attrapa un coupe-papier et retourna à la fausse porte.

– Espérons que ça marche, dit-il en enfonçant lentement la longue lame effilée dans la serrure.

Il fourragea dans le pêne jusqu'à ce qu'il entende un craquement et sente quelque chose qui cédait. Puis il retira doucement la lame et l'enfonça dans l'interstice, juste à côté de la serrure. Il fit levier. La porte s'ouvrit.

Ils se retrouvèrent au pied d'un petit escalier en colimaçon menant à une autre porte, elle aussi dissimulée par de faux livres. Par bonheur elle n'était pas verrouillée. Ils l'ouvrirent précautionneusement et avancèrent sur la pointe des pieds dans une pièce encombrée de meubles sombres, au style pesant, et aux murs ornés de nouvelles gravures de sport ainsi que de ténébreux portraits de famille.

Ils entendirent un air de jazz, provenant vraisemblablement d'un Gramophone. Un clarinettiste s'évertuait à faire sonner son instrument comme une voix humaine. De longues plaintes gémissantes s'élevaient dans les airs comme si quelqu'un pleurait sa misère. Une chanteuse joignit bientôt sa voix à la clarinette. Elle ne prononçait pas de paroles, mais essayait, elle, de sonner comme une trompette.

La musique venait d'une porte entrouverte sur le palier. James s'approcha sans bruit et jeta un œil à l'intérieur. Une fumée à couper au couteau flottait dans l'air et les rideaux étaient tirés. Il n'en distingua pas moins un groupe d'hommes, parmi lesquels Baxter, installés autour d'une table. Ils avaient bu en jouant aux cartes, mais, pour l'heure, ils faisaient une pause et regardaient Charnage, debout, dos à la porte.

Un parfum de fleurs se mêlait aux odeurs de tabac et d'alcools qui émanaient de la pièce. Le mélange était particulièrement écœurant.

Charnage prit la parole puis se retourna. James bondit de côté en faisant signe à Perry de se cacher pendant que lui se glissait sous un râtelier d'armes anciennes.

Après avoir refermé la porte derrière lui, Charnage se dirigea en claudiquant vers l'escalier principal, dans la direction opposée des deux garçons. James et Perry attendirent un instant et le suivirent. Arrivés à la rampe d'escalier, ils jetèrent un œil en bas. L'entrée était déserte, la porte de la bibliothèque toujours fermée, la clé dans la serrure.

Les garçons descendirent lentement l'escalier, faisant craquer les marches sous leurs pieds. À mi-parcours, ils s'immobilisèrent. Une voix résonnait en bas, d'où montaient des effluves de tabac. James se pencha à la rambarde. Un minuscule réduit aux cloisons de verre était aménagé sous l'escalier. Charnage s'y trouvait en ce moment même. Il parlait au téléphone.

James mima la scène à Perry, qui lui répondit d'un hochement de tête entendu.

De là où ils se trouvaient, ils avaient une vue imprenable sur la porte d'entrée. Et le chemin vers la liberté était totalement dégagé.

Ils échangèrent un regard.

Perry hocha à nouveau la tête. James prit une profonde inspiration et ils descendirent l'escalier à toutes jambes, bondissant à pieds joints sur le carrelage, incrédules face à leur bonne fortune. Pourtant, au dernier moment, une ombre vint assombrir le verre dépoli de la porte d'entrée : le majordome. Il émergea d'une petite porte de service, donnant dans l'entrée.

– Arrête-les, Deighton ! aboya Charnage en sortant du réduit au téléphone.

Ils étaient faits.

Ce qui se passa ensuite relevait plus de l'instinct de survie que d'un acte réfléchi. En effet, l'idée de faire n'avait pas encore éclos dans son cerveau que James était déjà en action, exactement comme au Field Game.

– Bélier ! hurla simplement James.

Heureusement, Perry, qui avait un mètre d'avance, comprit aussitôt ce qu'on attendait de lui. Il plia les genoux et se ramassa au niveau du sol. James noua ses bras autour de sa taille et tous deux roulèrent comme une boule de bowling géante en direction du majordome interloqué. La violence du choc fit vaciller le factotum qui s'écroula en arrière, faisant voler la vitre en éclats.

James ouvrit violemment la porte et s'en servit pour coincer le domestique contre le mur, puis il attrapa Perry par le colback et le tira sur le perron.

Sur le trottoir, le jeune commis qu'ils avaient croisé en arrivant, regardait la scène, médusé. Bouche béante, son panier de commissions à la main, il semblait s'être changé en statue. James lui arracha des mains son panier rempli de boîtes de conserve, de bocaux et de légumes emballés dans des sachets de papier marron. Au moment précis où Charnage fit irruption sur le pas de la porte, il le lui lança de toutes ses forces. Charnage poussa un cri et s'effondra lourdement sur le sol. Le livreur fit un geste pour arrêter James, mais celui-ci l'écarta de son chemin et détala en direction du nord, Perry sur ses talons. Ils couraient au milieu de la route. Une bruyante Ford modèle Y apparut au coin de la rue, pétaradant dans leur direction. Le conducteur donna un long coup de klaxon. À un mètre de la calandre, les deux garçons se séparèrent et passèrent de chaque côté de la carrosserie, sans s'arrêter de courir. Au bout de la place, tandis qu'ils s'engageaient dans Davies Street, James regarda par-dessus son épaule. Le majordome était toujours sur le perron, mais Charnage était lancé à leur poursuite, agitant sa canne dans les airs.

– Il court après nous, hurla James. T'arrête pas.

– C'était p-pas mon intention, répondit Perry d'une voix hachée.

Ils descendirent Grosvenor Street puis traversèrent New Bond Street vers Hanover Square. Leurs pas tonnaient sur le trottoir, faisant s'écarter les piétons devant eux. James ne prit pas le risque de regarder à nouveau derrière lui. Il était bon coureur, mais il devait faire attention de ne pas trop distancer Perry.

Ils n'arrêtèrent de courir que lorsqu'ils atteignirent Oxford Street et ses badauds du week-end, occupés à faire du lèche-vitrines devant les grands magasins. Ils ralentirent et se fondirent dans la foule.

– Tu me dois quelques explications, dit Perry en essayant de reprendre son souffle. Qu'est-ce que Charnage a à voir avec tout ça ?

– Je n'ai encore aucune certitude, répondit James. Tout ce

que je sais, c'est qu'il nous a menti depuis le début et que j'ai eu un peu de mal à avaler ses rodomontades offusquées à propos du respect dû aux anciens. Ces types là-haut avaient joué aux cartes toute la nuit, ça se sentait. Ça puait la cigarette et la transpiration. J'ai du mal à croire quelqu'un qui joue et boit avec ses copains et qui, la minute suivante, monte sur ses grands chevaux et nous fait une leçon de morale sur la jeunesse d'aujourd'hui, décadente et ignorante des vraies valeurs.

– En même temps, on ne peut p-pas lui donner tort sur ce p-point, répondit Perry en souriant.

James ne put retenir un puissant éclat de rire.

– Si jamais on se fait prendre, dit-il quand il eut repris ses esprits, ils vont nous pendre tous les deux.

– Ou nous donner une médaille, nuança Perry. Bon, on fait quoi maintenant ?

– On va trouver Pritpal à la Mission, en espérant qu'il pourra décoder le message de Peterson.

Perry héla un taxi et les deux garçons reprirent la route, vers l'est, cette fois. Plus ils approchaient de Hackney, plus les gens semblaient défavorisés. Les voitures étaient de moins en moins nombreuses, les quartiers, de plus en plus miteux et les magasins, toujours moins achalandés. Arrivés à Hackney Wick, ils étaient rendus dans un monde aux antipodes de celui qu'ils venaient de quitter : un monde de petites maisons délabrées, aux façades noires de saleté et de suie. De grosses usines patibulaires dominaient le quartier comme des châteaux médiévaux surplombant leur fief.

Gainsborough Road, la rue de la Mission, était calme et silencieuse. Un groupe d'enfants leur jetèrent un regard fasciné, comme s'ils n'avaient jamais vu un taxi de leur vie. Ils suivirent attentivement la voiture des yeux, curieux de voir quels riches aristocrates allaient en sortir.

La Mission consistait en un groupe d'immeubles disparates entourant une église victorienne en brique rouge, de style gothique, avec des gargouilles maléfiques saillant aux quatre coins de son clocher.

– Vous voulez que je vous attende ? demanda le chauffeur de taxi tandis que Perry réglait la course.

– Non. Merci, répondit James. On rentrera par nos propres moyens.

– Comme vous voulez, poursuivit le chauffeur en jetant un regard suspicieux au-dehors avant de démarrer.

– C'est chouette, les beaux quartiers, hein ? ironisa Perry. Tu savais que, par le passé, on vaccinait les élèves d'Eton avant de les envoyer ici ?

Un chant résonnait dans l'église. Puis les voix se turent et il y eut une minute de silence avant que les portes ne s'ouvrent et qu'un torrent de garçons n'émerge de l'église. James et Perry se placèrent en retrait, observant la foule à distance jusqu'à ce qu'ils avisent Tommy Chong.

James se précipita vers lui et l'attrapa par le bras.

– Tu peux t'éclipser ? demanda-t-il rapidement.

– Je crois, oui, répondit Tommy, légèrement décontenancé.

– Prends Pritpal avec toi, on a besoin de lui. On se retrouve au coin de la rue dans cinq minutes.

13

Décodage

Les quatre garçons étaient assis sur un muret, non loin de la Mission.

– C'est un code binaire, dit Pritpal après avoir étudié un instant le message codé que James avait ramassé dans le bureau du professeur Peterson.

– C'est quoi, un code binaire ? demanda James.

– Une base, ou un mode de calcul, si tu préfères. Dans la vie courante, on utilise le système décimal, qui, comme son nom l'indique, comprend dix unités, de zéro à neuf, qui permettent, une fois combinés, de créer tous les nombres possibles et imaginables. On parle aussi de base dix car on utilise des multiples de dix pour construire tout le reste. Le code binaire, lui, n'utilise que deux unités : zéro et un.

– Mais... Comment c'est possible ? s'exclama Perry.

– C'est simple, poursuivit Pritpal. D'ailleurs, à bien des égards, c'est le mode de calcul le plus simple qui soit. Bien, disons que zéro c'est 0. Maintenant, en utilisant seulement 0 et 1, quel est le plus grand nombre qu'on peut faire ?

– 1, répliqua James.

– Bien. Donc si 1 c'est 1, comment est-ce qu'on fait 2 ? demanda Pritpal.

– 11 ? tenta James.

– Non. On mettrait 1 suivi de 0, soit deux égale 1-0. Trois serait 1-1. Ensuite le plus grand nombre qu'on peut faire est 1-0-0, c'est-à-dire quatre. Cinq, c'est 1-0-1 ; six 1-1-0 et ainsi de suite.

– Donc, si je te suis bien, reprit James après un moment de réflexion, sept, c'est 1-1-1 et huit 1-0-0-0 ?

– Exactement.

– Alors ça, c'est juste une suite de chiffres ? demanda James en faisant un signe de menton vers la feuille.

Pritpal étudia à nouveau la suite de chiffres.

– Essentiellement des chiffres bas… À vue de nez, rien de plus important que trente.

– Ça pourrait correspondre à des lettres de l'alphabet, supposa Tommy en se penchant par-dessus l'épaule de Pritpal. Si A c'est 1, et B 1-0, qu'est-ce que donnerait le premier bloc ?

Pritpal lut à haute voix :

– 100-101-1-10010, soit quatre, cinq, un, dix-huit.

– D-E-A…, dit Tommy en comptant sur ses doigts. Et puis dix-huit, ce qui nous donne…

– R, coupa James. Le premier mot est « Dear ». C'est une lettre, à tous les coups. Pritpal, rends-toi utile et déchiffre le reste pour moi, d'accord ?

– Excuse-moi, mais je me suis déjà rendu très utile, maugréa Pritpal. Vois-tu, pendant que vous meniez grand train à Regent's Park, Tommy et moi avons travaillé dur sur le message codé de Fairburn et nous avons trouvé la solution d'une autre énigme.

James allait le féliciter quand il entendit un moteur. Il tourna la tête et vit une voiture de police s'arrêter.

– Planque-toi, souffla-t-il à Perry.

Deux policiers en civil sortirent du véhicule par la porte arrière. Un troisième, en uniforme, resta au volant.

Perry fourra ses mains dans ses poches et s'éloigna d'un pas nonchalant, sans se retourner.

James prit une profonde inspiration.

« Quoi encore ? »

Les deux officiers de police approchèrent. Ils portaient des imperméables gris et des chapeaux de feutre marron. Ils avaient le visage dur et fermé et l'air de porter toute la misère du monde sur leurs épaules. L'un d'eux avait le nez cassé. Si James n'avait pas su qu'ils étaient policiers, il les aurait sans doute pris pour des truands. Il faut dire que, s'ils étaient du quartier, ils avaient probablement l'habitude de se frotter à de sérieux clients.

– Vous êtes de la Mission ? demanda l'officier au nez cassé en allumant une cigarette.

– Oui, répondit Pritpal.

– Vous étudiez à Eton, n'est-ce pas ?

– En effet, acquiesça Pritpal.

– Dites-moi, poursuivit le policier. On recherche deux élèves, Luc Oliver et Arthur Stevens, vous les connaissez ?

Encore ces noms… Cela ne pouvait dire qu'une chose : Charnage avait déjà dénoncé James et Perry à la police.

Pritpal fit mine de vouloir prendre la parole. James l'en dissuada d'un regard sans équivoque.

– Désolé, mais je ne connais personne de ce nom-là, répondit finalement Pritpal.

– Qu'est-ce qu'ils ont fait ? demanda Tommy.

– Ça, fiston, ça ne te regarde pas, dit le deuxième officier de police. L'affaire est entre les mains de la police. Qui commande ici ?

– Je suppose que voulez faire allusion au révérend Falwell, dit Pritpal. Voulez-vous que je vous conduise ?

– Volontiers.

Pritpal conduisit les deux officiers de l'autre côté de l'église, dans la partie résidentielle de la Mission. James les laissa prendre un peu d'avance puis leur emboîta le pas, un petit sourire aux lèvres. Les policiers ne l'avaient même pas remarqué. Tout ce qu'ils avaient vu, c'était les deux autres, un jeune Chinois et un Indien, dans leur immanquable veste d'uniforme. Ajoutez le turban de Pritpal et James était devenu purement et simplement invisible. C'est pour cette raison qu'il avait demandé à Perry de s'en aller. En effet, si Charnage avait fait une description de James et Perry à la police, il ne fallait pas qu'ils soient vus ensemble.

À l'intérieur, James attendit sous un porche tandis que Pritpal conduisait les deux policiers dans une pièce, au fond d'un long couloir peu éclairé. Quelques minutes plus tard, il revint et retrouva James qui attendait.

– Où les as-tu amenés ? murmura James.

– Dans le salon du révérend Falwell. Pourquoi ? Qu'est-ce qui se passe ?

– Je te le dirai dans une minute. Pour l'instant, retourne avec les autres. Moi, je vais essayer d'écouter ce qui se dit.

– Deuxième porte à droite, souffla Pritpal avant de sortir.

James avança subrepticement dans le couloir. Il passa d'abord une cuisine puis atteignit le salon. Il colla son oreille à la porte laquée, mais ne perçut que des voix étouffées et inintelligibles. Il rebroussa chemin, entra dans la cuisine et prit un verre qui était en train de sécher sur un égouttoir. Après quoi il retourna rapidement devant le salon et le colla précautionneusement à la porte. Plaçant son oreille dans la bouche du verre, il reconnut immédiatement la voix de l'inspecteur au nez cassé.

– Ils ont prétendu qu'ils étaient d'Eton et qu'ils habitaient ici.

– Qu'ont-ils fait ? Est-ce grave ? demanda une voix dont on pouvait raisonnablement présumer qu'elle était celle du révérend Falwell.

– Très grave, j'en ai bien peur, poursuivit le policier. Ils se sont introduits chez un honnête citoyen, à Beverley Square. Ce dernier est rentré à l'improviste et les a surpris en train de cambrioler son appartement. Il les a enfermés dans une pièce. Ils lui ont donné leurs noms et leur adresse, mais, pendant qu'il téléphonait au commissariat de police, ils ont réussi à prendre la fuite.

– Nous n'avons pas pris leurs allégations pour argent comptant, tant il paraît peu plausible que des élèves d'Eton s'introduisent comme ça chez les gens, dit une troisième voix, vraisemblablement celle de l'autre inspecteur. Néanmoins, ils en savaient assez pour dire qu'ils étaient là en ce moment et puis… D'autres faits troublants se sont produits précédemment.

– Il est possible qu'il s'agisse de voyous du quartier, poursuivit le premier policier. Ce qui expliquerait qu'ils aient su pour la Mission et qu'ils aient pu monter toute cette histoire.

– Quoi qu'il en soit, nous devons vérifier, ajouta le deuxième policier. J'espère que vous comprenez.

– Bien entendu, répliqua Falwell. Deux garçons, vous dites ? L'un de seize ans, l'autre, un peu plus jeune avec des yeux bleus et des cheveux bruns ?

– Exact.

– Nombreux sont les garçons qui pourraient correspondre à cette description. Comment ont-ils dit qu'ils s'appelaient déjà ?

– Luc Oliver et Arthur Stevens.

– Désolé, répondit Falwell. Jamais entendu ces noms-là. En outre, à l'heure que vous dites, tous les garçons se trouvaient dehors avec moi. Vraiment, je doute qu'il s'agisse de jeunes gens d'ici.

– C'est bien ce que nous pensions, dit le deuxième policier. Pour autant, si vous entendez parler de quoi que ce soit, téléphonez-nous. Nous avons relayé l'information au poste de Windsor. Nos collègues vont interroger la direction de l'école. S'ils sont vraiment d'Eton, nous les débusquerons tôt ou tard…

Dix minutes plus tard, les garçons se retrouvèrent dans l'église déserte, où l'air était si froid que de la buée s'échappait de leurs bouches quand ils parlaient.

– Le professeur Peterson savait quelque chose, c'est évident, déclara James. Et celui qui résoudrait les énigmes était censé aller le trouver pour savoir de quoi il retournait.

– Manque de bol, quelqu'un d'autre est arrivé avant nous, ajouta Perry.

– Charnage, répliqua James avec assurance.

– Ça, on n'en est pas certain, nuança Perry.

James fouilla sa poche et en sortit une feuille de papier qu'il tendit à Pritpal.

– L'original de la lettre de Fairburn. La dernière fois qu'on l'a vue, c'était dans le bureau de Codrose, non ?

– Oui, concéda Perry.

– Et ça, c'était mardi. Que s'est-il passé ensuite ?

– Charnage s'est présenté à la réunion des cruciverbistes en se faisant passer pour Ivar Peterson, répondit Pritpal.

– Absolument, poursuivit James. Et il a prétendu ne rien savoir de cette lettre quand tu lui en as parlé, mais, le moins qu'on puisse dire, c'est qu'il a paru très intéressé. Le lendemain, quelqu'un s'introduit par effraction chez Codrose et la femme de ménage, Katey, est agressée par quelqu'un qu'elle décrit comme un spectre.

– Il ne fait guère de doute qu'il était là pour voler la lettre, dit Pritpal.

– Le soir même, poursuivit James, on va à Cambridge et je découvre le corps de Peterson, assassiné.

– P-par un type avec une tête d-de mort vivant, ajouta Perry.

– Exactement, acquiesça James. Enfin, ce matin on découvre la lettre chez Charnage. Qu'est-ce qu'il te faut de plus ? C'est pas une preuve, ça ?

– Mais c'est un aristocrate, protesta Perry. Issu d'une bonne famille... Avec une adresse tout ce qu'il y a de plus respectable... Un chevalier, bordel !

Et il abattit ses poings sur le banc.

– Qu'est-ce que tu veux dire ? demanda James. Un chevalier ?

– C'est *sir* John Charnage, tu te souviens ? Un chevalier de la Couronne. Les gens comme lui ne tuent pas les gens comme ça...

– Ah, bon ? Et pourquoi a-t-il menti à la police, alors ? objecta James. Pourquoi ne leur a-t-il pas donné la vraie raison de notre visite chez lui ? Car, de toute évidence, la police n'est pas au courant de la disparition de Fairburn.

– Il faut que tu ailles à la police et que tu leur racontes tout ce que tu sais, dit Pritpal. Certes, tu as fait des choses répréhensibles, mais c'est toujours mieux de se faire passer un savon par les poulets que d'être abattu par ces bandits.

– Non, coupa James en bondissant du banc pour faire les cent pas dans l'allée. Réfléchis. C'est bien Charnage qui a appelé la police, non ?

– Exact.

– Mais il ne leur a pas dit la vérité, poursuivit James. Au contraire, il leur en a dit juste assez pour les mettre sur notre piste. En outre, il s'est arrangé pour que si effectivement nous allions trouver les enquêteurs, comme tu le suggères, nous nous retrouvions dans un affreux pétrin.

– Je ne vois pas où tu veux en venir, dit Perry.

– Laisse-moi finir !

– Pardon.

– Imaginons que la police nous trouve et nous arrête, suggéra James. Que se passerait-il ?

– On leur dirait la vérité, répondit Perry.

– Et, à ton avis, qui croiraient-ils ? Nous ou Charnage ?

– Certainement pas nous...

– Exactement. Ce serait la parole de deux écoliers contre celle de ton précieux chevalier de la Couronne.

– Au début, sûrement, objecta Perry. Mais, ensuite, ils seraient bien obligés de vérifier ce qu'on leur dit. Ça prendrait peut-être quelques jours, mais, au bout du compte, ils découvriraient qu'on leur dit la vérité.

– Oui... Quand il serait trop tard...

– Que veux-tu dire ?

– Relis-moi le début du message, Prit. Là où Fairburn parle de quitter Eton.

– *J'ai quitté Eton*, lut Pritpal. *De fait, je me prépare à quitter le pays. Ma prochaine grille sera la dernière car je serai parti avant le prochain bouclage.*

– Il essaie de nous dire qu'il a été enlevé et qu'on va l'emmener à l'étranger. Il fait une grille par semaine, non ? C'est quand le bouclage ? Prit ? Tu sais ?

– Oui, répondit Pritpal. Parfois il aimait nous montrer certaines définitions avant de les envoyer au *Times.*

– Quand ? l'interrompit James. Quand est le prochain bouclage ?

– Demain, répondit Pritpal. Dimanche. Il postait toujours sa grille le dimanche soir.

– C'est pour ça que Charnage a appelé la police, reprit James. Parce qu'il avait peur de ne pas nous retrouver à temps. Il veut être tranquille. Et, quelle meilleure manière de ne pas nous avoir dans les pattes que de nous faire enfermer dans un poste de police ? Il a fait le pari que la police mettrait au moins deux jours à nous interroger, le temps pour lui de disparaître. Donc, il faut qu'on trouve la solution par nous-mêmes et, qui plus est, d'ici demain soir. Alors ? Pritpal ? Qu'avez-vous découvert ?

Pritpal lissa la lettre de Fairburn sur le dossier du banc qui se trouvait devant lui.

– Nous pensons avoir résolu une nouvelle énigme, dit-il. Écoutez ça : *J'aime tant ces vieilles histoires de la Rome antique, comme cette liaison passionnée entre Néron et Cléopâtre. Vous devriez essayer de visiter la nécropole de Porta Alta un de ces jours, vous y verrez une magnifique statue le représentant, les yeux rivés sur les obélisques de sa belle.*

– Qu'est-ce que c'est que ce charabia ? demanda Perry, perplexe.

– De toute évidence, il veut que nous allions quelque part, poursuivit Pritpal. Et ce ne peut pas être bien loin, donc on peut déjà éliminer l'Égypte et Rome. L'évocation de l'obélisque nous a fait penser à l'obélisque de Cléopâtre, sur la Tamise, mais rien d'autre ne collait, aussi nous sommes-nous concentré sur le latin.

– Porta Alta ? demanda Perry. C'est où ça ?

– Ça veut dire grande porte, ou *high gate*, expliqua Pritpal.

– Highgate ? répéta Perry. Le Highgate du nord de Londres ?

– C'est ce que nous en avons conclu, répondit Pritpal. Parce que le reste colle.

– Et qu'est-ce que Cléopâtre a à voir avec Highgate ? s'interrogea Perry. Et puis c'est quoi exactement une nécropole ?

– Une cité des morts, répondit James.

– Absolument, confirma Pritpal. Et, comme par hasard, il y a un grand cimetière victorien à Highgate.

– Avec une statue de Néron ? s'enflamma James.

– Ça, je n'en sais rien, répliqua Pritpal. En revanche, ce

qui est sûr, c'est qu'il y a dans ce cimetière de célèbres tombes égyptiennes, avec leurs obélisques.

– J'y suis ! s'exclama soudain Tommy.

Pendant que les autres discutaient, il avait patiemment retranscrit le message codé en langage binaire sur une feuille vierge.

– Tu avais raison, James. Il s'agit bien d'une lettre. Une lettre de Fairburn à Peterson. Voilà ce qu'elle dit :

Cher Ivar, pardon pour l'encodage, mais ceci t'est destiné à toi seul. J'ai pris une décision – et ce n'a pas été facile – mais tu vas devoir te passer de moi pour achever Nemesis. Je crois avoir trouvé pour qui John travaille et je ne veux pas en être. Tu te souviens comme on avait ri quand je lui avais raconté l'histoire de sir Amoras ? Eh bien, j'ai peur que John ait lui aussi pactisé avec le diable. J'ai quitté ma terre et je ne compte pas y retourner. Je sais ce qui s'y passe. Mais je ne t'en voudrai pas si tu choisis de poursuivre l'aventure. Amicalement, Alexis.

– Que veut-il dire par « j'ai quitté ma terre » ? demanda James.

– Il est à moitié russe, répondit Pritpal. Sa mère est originaire de Manchester, mais lui a grandi en Russie. Il est arrivé ici pour ses études, quand il avait à peu près notre âge. De son vrai nom il s'appelle Alexei Fyodorov. Fairburn est le nom de jeune fille de sa mère.

– Et le reste ? Ça veut dire quoi ? demanda Perry. C'est quoi Nemesis ? Et qui est donc ce sir Amoras ?

– Aucune idée, avoua Pritpal.

– Attendez, il y a un post-scriptum, ajouta Tommy. *P.S. C'est étrange de penser que les insignifiantes masses grises du casier vingt-deux, dans la cinquième salle du musée de la faculté de médecine, soient à l'origine de tout ça.*

– Cimetière Highgate ; faculté de médecine. Qu'est-ce qui est le plus proche ? demanda James.

– La faculté de médecine, assura Perry. C'est dans le quartier de Lincoln's Inn Fields.

– On y va, dit James en se dirigeant vers la porte.

– On va où ? demanda Perry en se levant péniblement de son siège.

– Au musée, pardi ! Il faut qu'on aille voir ce qui se trouve dans la cinquième salle.

14

Tissu mou

La faculté de médecine était un imposant bâtiment blanc situé sur une vaste place appelée Lincoln's Inn Fields. Le trajet dans Londres, en train et en métro, avait pris des heures à James et à Perry. Le premier avait réalisé à cette occasion à quel point la ville était étendue et le temps qu'on pouvait perdre simplement en se rendant d'un point à un autre.

En raison de la nature de l'endroit, essentiellement un quartier d'affaires, où tribunaux et cabinets d'avocats tenaient une place importante, les rues étaient quasiment désertes en ce premier jour du week-end. Un moment, les garçons craignirent que la faculté ne soit fermée, mais ils trouvèrent portes ouvertes en arrivant. Ils gravirent l'escalier monumental, sous un pilastre supporté par de hautes colonnes de pierre, et pénétrèrent à l'intérieur.

Un vieil homme en uniforme, assis derrière un bureau, les jaugea du coin de l'œil et leur fit signe d'approcher.

– Vous venez pour la conférence ?

– Exactement, répondit Perry sans se démonter.

– Ça a déjà commencé, vous feriez bien de vous dépêcher, dit le vieil homme en leur tendant un badge de carton à chacun. Signez là, s'il vous plaît.

Les deux garçons gribouillèrent deux noms illisibles et suivirent la flèche au bas de l'escalier indiquant la conférence.

Quelques portes et couloirs plus tard, ils se retrouvèrent dans une salle d'exposition où des rangées de chaises avaient été installées au milieu des vitrines. L'assistance était très mélangée. On trouvait là des infirmières et des personnels de la Croix-Rouge, un petit groupe de scouts visiblement captivés par le sujet, des jeunes gens des deux sexes qui avaient tout l'air d'étudiants et, enfin, des hommes âgés, sérieux et pénétrés, portant longues barbes et lunettes.

Debout à côté d'un écran montrant un groupe de soldats prenant fièrement la pose pour l'objectif, se tenait le conférencier.

– Nous allons rester là pour l'instant, chuchota James en prenant un siège dans le fond de la salle. Dès que l'occasion se présentera, on s'éclipsera discrètement et on jettera un œil à côté.

– Entendu, répondit Perry en s'asseyant.

James observa la pièce aux murs couverts de rayonnages et de vitrines où étaient présentées toutes sortes de choses bizarres dans des bocaux de formol. Il lut les étiquettes les plus proches avec un mélange de fascination et d'horreur : *Malformation. Fœtus femelle découvert dans l'abdomen de Thomas Lane, un jeune garçon de quinze ans environ. Dorsetshire, 6 juin 1814 ; Malformation. Fœtus mâle découvert dans l'abdomen de John Hare, un nourrisson de dix mois, né le 8 mai 1807... Sœurs siamoises attachées en croix, par le sacrum... Intestins de Napoléon, qui montrent la progression de la maladie l'ayant emporté... Corps embaumé de la première femme de feu Martin Van Butchell...*

Jusqu'ici, il ne s'était pas préoccupé du contenu du musée et il réalisait maintenant qu'il était entièrement consacré aux curiosités médicales. Perry lui donna un petit coup de coude en lui faisant signe de regarder devant lui. Il avait pâli et James se demanda ce qui pouvait bien être pire que le contenu des jarres qu'il avait sous les yeux.

Une nouvelle diapo, montrant une tête d'homme, était apparue sur l'écran. La moitié du crâne était arrachée, comme mangée par quelque molosse monstrueux. L'œil avait disparu et ce qui restait des chairs ne tenait plus que par de grosses agrafes rudimentaires. La plaie était nettoyée et l'homme affichait une expression douce et lasse, presque narquoise.

– La Grande Guerre nous a beaucoup appris sur le traitement des plaies par balles et par éclats d'obus, dit le conférencier. La chirurgie plastique a fait de gros progrès durant ces années. Nous sommes ainsi parvenus à redonner espoir à de nombreux blessés atrocement mutilés par les combats. La série suivante montre, étape par étape, la reconstruction d'un de ces soldats, le deuxième classe Edwin Carter, blessé à la face par une balle de fort calibre et de haute vitesse initiale, lors de la bataille de Passchendaele en octobre 1917.

James eut le plus grand mal à ne pas détourner le regard quand la diapo suivante apparut sur l'écran. Une fois encore, l'homme paraissait serein, et ce, en dépit du fait que son nez et sa mâchoire supérieure n'étaient plus qu'un gros trou sombre.

Un des boy-scouts se leva précipitamment de sa chaise et courut dehors en tenant une main devant sa bouche. Il était tout vert.

– L'image suivante montre clairement l'utilisation du cartilage de l'épaule, combiné avec l'épiderme du dos, des cuisses et de l'aine pour commencer à reconstruire les tissus manquants…

Une employée de la Croix-Rouge, une jeune femme très mince aux cheveux courts, imita le boy-scout et quitta rapidement la pièce, l'air aussi retourné que son prédécesseur.

James se leva.

– C'est le moment, dit-il à Perry, qui se contenta de répondre par un petit hochement de tête, incapable de détacher les yeux des horribles images.

James prit la direction des toilettes – où le boy-scout s'épanchait bruyamment –, mais il n'y entra point. Au lieu de ça, il poursuivit son chemin jusqu'à la galerie suivante, où, à la faible lueur de quelques veilleuses, il découvrit un spectacle qui faisait froid dans le dos.

La pièce était immense, haute de trois étages et surmontée d'un plafond en coupole, entouré de fenêtres. Les deux étages supérieurs consistaient en deux longues coursives circulaires accueillant de hautes bibliothèques. Sur les garde-corps étaient accrochés des bois et des cornes de divers animaux, dominant l'étage principal où étaient disposés une multitude de vitrines et de cabinets présentant des ossements, entre lesquels s'élevaient des squelettes entiers : dinosaures et bêtes préhistoriques, mais aussi des pièces plus modernes, comme un éléphant, une autruche, une girafe ainsi que plusieurs hominidés. L'un d'eux mesurait presque deux mètres cinquante. James présuma d'abord qu'il s'agissait de quelque homme des cavernes particulièrement développé mais, quand il s'approcha et lut la légende, il s'aperçut que c'était le squelette d'un géant irlandais, Charles Byrne, mort en 1783. Juste à côté se trouvait le squelette d'une femme, mesurant moins de soixante centimètres, Caroline Crachami, une naine sicilienne.

James erra ainsi parmi les curiosités exposées jusqu'à des vitrines contenant de nouvelles jarres. À côté des monstres et des malformations, celles-ci contenaient un nombre incalculable de maladies hideuses et de corps mutilés. Il ne put s'empêcher de penser à toutes les horribles morts qu'un homme pouvait rencontrer.

Il était lui-même passé si près de la mort au cours des dernières vingt-quatre heures qu'il en sentait encore le souffle glacé sur sa nuque. Il n'y avait pas repensé depuis, refoulant ces souvenirs dans un coin de son cerveau et préférant se concentrer sur la suite des événements. Pourtant, à la faveur de cette atmosphère morbide, la tension accumulée ces dernières heures refaisait lentement surface, le plongeant dans des affres de noirceur et de dépression.

Il faisait froid ici. Et il avait à nouveau mal à la tête. Il était exténué, perclus de courbatures, et les bleus récoltés dans l'accident de la veille se rappelaient à son bon souvenir.

Il posa les yeux sur un autre squelette, qui lui rendit son regard depuis le fond de ses orbites vides. Ce spectacle le renforça dans l'idée que quelle que soit sa vitalité ou sa beauté, sous la peau, un squelette grimaçant attend patiemment son heure. Car, violente ou pas, la mort est inéluctable. Si les accidents vous épargnent, n'ayez crainte, la maladie ne vous ratera pas. Et quand bien même on aurait échappé à toutes les maladies du monde, ne resterait plus qu'à attendre la vieillesse et la lente déchéance du corps pour en arriver au même point.

Il secoua la tête et jura entre ses dents.

« Allons, James, c'est pas l'heure des vanités, se dit-il intérieurement. Accomplis ce que tu es venu faire ici. »

Il se précipita dans la salle suivante, sans un regard pour la collection d'outils chirurgicaux exposés dans la première vitrine. À force, ses yeux s'étaient accoutumés à toutes ces bizarreries, aussi c'est tout juste s'il s'arrêta pour regarder une rangée de poumons nageant dans le formol, une collection de boules de poils – dont une de la taille d'un ballon de foot –, retirées d'estomacs humains, une côte de Robert Ier Bruce et une main momifiée d'un des fils de John Gaunt.

La salle suivante était la numéro cinq.

À l'entrée, un petit panneau disait : « Séries D. Évolution du système nerveux – cerveau et moelle épinière. » Un des murs était intégralement dédié à l'exposition de cerveaux, de toutes formes et de toutes tailles, depuis de minuscules encéphales de poissons et de rats jusqu'à de massives masses grises correspondant à des cerveaux d'éléphants et de baleines. James passa rapidement en revue les casiers, parcourant les numéros d'identification, puis monta dans la galerie supérieure, où la collection continuait.

Il passa une série de cerveaux de singes – chimpanzés, orangs-outangs et gorilles –, puis trouva enfin le casier numéro vingt-deux.

Il regarda à l'intérieur : encore des cerveaux. Mais quelle était leur signification ? Il lut les légendes. *N° D683 et D683a, les cerveaux de deux attardés microcéphales.* Non, ça ne pouvait pas être ça.

Mais alors quoi ?

C'est alors qu'une autre étiquette attira son regard : *N°D685, cerveau d'un célèbre mathématicien, Charles Babbage, don du propriétaire, 1857.*

Babbage ? Où avait-il entendu ce nom déjà ?

Babbage... Mathématicien.

Fairburn et Peterson étaient mathématiciens à Cambridge.

Cambridge. Mais oui. C'est là qu'il avait entendu ce nom. Dans la bouche d'un autre mathématicien, l'étudiant, Alan Turing. Il avait parlé de poursuivre les travaux de Babbage.

Sur le coup, James n'avait pas compris ce que Turing voulait dire, et il n'y avait guère prêté attention, mais c'était certainement ce à quoi Fairburn faisait référence dans la lettre codée qu'il avait envoyée à Peterson.

Il étudia l'encéphale. Celui-ci était coupé en deux, chaque hémisphère dans son propre bocal, comme les deux moitiés d'une grosse noix. James contempla un moment les masses grisâtres, flottant dans leur liquide incolore. Difficile d'imaginer qu'un jour, ces deux morceaux de tissus avaient été le siège d'un esprit génial et le terreau de tant d'idées neuves car, maintenant, ce n'était plus rien. Vide, mort, insignifiant.

Quand James revint dans la salle de conférences, un nouvel orateur avait pris la place du précédent. Il portait un uniforme de l'armée de terre et arborait une rangée de médailles à la poitrine. De toute évidence, il s'agissait d'un blessé de guerre, d'un survivant. La moitié de son visage était brillante et marbrée. Une des paupières était tirée de manière surnaturelle et son nez ressemblait à un morceau de pâte à pain. Une fine moustache hésitante peinait à camoufler une lèvre balafrée et tordue.

–Merci, Bill, remercia le chirurgien.

Le soldat quitta la scène sous les applaudissements de la salle.

–Maintenant, reprit le chirurgien, j'aimerais vous parler des effets des plaies par balle sur les tissus mous.

Un assistant apporta un spécimen embaumé, qu'il déposa sur la table. Il s'agissait d'une coupe de tronc humain dans lequel on pouvait clairement distinguer une galerie forée par une balle.

James tira Perry par la manche.

–C'est bon, on peut y aller, dit-il à mi-voix.

–Dieu soit loué, répondit Perry en se levant d'un bond. Je ne crois p-pas que j'aurais pu en sup-porter d-davantage.

Tandis qu'ils quittaient la salle, la voix à la froideur toute scientifique du chirurgien poursuivait : « Comme vous pouvez le voir, la première priorité en cas de plaie par balle est de désinfecter. Il convient par conséquent d'utiliser un puissant antiseptique... »

Une fois dehors, Perry emplit ses poumons d'air frais à plusieurs reprises. Il n'avait pas l'air dans son assiette.

– J'espère que t-tu as trouvé ce que tu cherchais, dit-il une fois qu'il eut repris ses esprits. Car j-je ne retournerai dans ce musée des horreurs pour rien au monde.

– Oui, oui, j'ai trouvé.

– Et ?

James raconta ce qu'il avait découvert.

– Un peu flippant, tu ne trouves p-pas ? Je ne suis p-pas sûr qu'à ma mort, je voudrais qu'on expose m-mon cerveau dans un musée.

– De toute façon, je ne suis pas sûr que le musée en voudrait, répondit James.

– Ah, ah, très drôle ! Parce que tu crois que tous les musées de la Couronne vont se battre p-pour avoir le tien ?

– Peu m'importe qu'on se souvienne de moi quand je serai mort, répondit calmement James. Les oraisons funèbres et tout ça, quelle importance ? C'est vivre qui compte. Faire des choses. Ne pas sombrer dans la routine, ne pas gâcher le temps dont on dispose. Avant de mourir, mon oncle Max m'a cité une phrase qui m'est restée : « Rien ne sert de passer son temps à essayer d'en gagner. Je veux vivre pleinement. »

– Alors on p-peut dire que tout ça c'est de la faute de ton oncle ?

Et ils éclatèrent de rire.

– Bien, l'heure tourne, finit par dire James. Il faut qu'on se trouve quelque chose à manger puis qu'on retourne voir Pritpal et enfin qu'on aille au cimetière Highgate.

Ils marchèrent jusqu'au Strand, où se tenait le restaurant Lyons Corner. Une foule bruyante se pressait à l'intérieur. Un petit orchestre jouait dans le fond de la salle.

Ils s'approchèrent du comptoir de restauration rapide et avalèrent une soupe et du pain, qui leur firent presque autant de bien que l'atmosphère joviale et roborative qui régnait dans la grande salle. Son plat englouti, James se sentit requinqué, prêt à affronter la suite des événements et, surtout, il se sentait assez de force pour refouler les noires pensées toujours tapies dans un coin de son esprit.

Il y avait un téléphone dans le hall d'entrée. James en profita pour passer un coup de fil à la Mission, où il demanda à parler à Pritpal.

– C'était qui Charles Babbage ? demanda-t-il quand Pritpal fut en ligne.

– Un inventeur du XIXe siècle, répondit ce dernier. Et, comme Fairburn et Peterson, il étudiait les mathématiques, à Cambridge. Pourquoi ?

– Parce que c'était ça qu'il y avait au musée. Le cerveau de Babbage.

– Babbage a consacré l'essentiel de son existence à deux machines, poursuivit Pritpal, d'une voix rendue distante par le téléphone. Ces deux machines étaient censées pouvoir effectuer des calculs beaucoup plus vite que n'importe quel cerveau humain. La première avait pour nom, machine à Différentiel. Elle aurait pu changer la face du monde si elle avait marché.

– Comment sais-tu tout ça ? demanda James. Fairburn t'en a parlé ?

– Oui, souvent. Comme Babbage, Fairburn était obsédé par l'idée de modéliser la pensée humaine en chiffres. En partant de l'hypothèse que tout raisonnement peut se traduire en langage binaire, comme sur ta feuille de papier, alors tout l'univers pourrait se réduire à des zéros et des uns.

– Excuse-moi, mais je n'ai pas tout suivi, répondit James. À vrai dire, tu me donnes le tournis.

– C'est simple, poursuivit Pritpal – soit précisément ce que les gens disent quand ils sont sur le point d'expliquer quelque chose d'extrêmement compliqué. Si tu peux traduire n'importe quelle idée en une suite de chiffres, alors tous les problèmes de l'univers pourraient être résolus par une machine à calculer. Tu vois ?

– Pas vraiment. Mais c'est pas grave. Continue.

– Peut-être que je me fais mal comprendre, dit Pritpal. En fait, l'idée, c'est de construire une machine qui fonctionne comme un cerveau humain, mais un million de fois plus rapide, une sorte de « super cerveau », si tu préfères. Tu introduis un problème mathématique à un bout et, quelques secondes plus tard, la solution sort de l'autre côté, comme par magie. Imagine les progrès que cela représenterait pour les sciences et les mathématiques. C'est ce que Babbage essayait de construire avec sa deuxième invention, le moteur analytique. C'était un projet beaucoup plus ambitieux que le premier, plus compliqué aussi, malheureusement, il ne parvint jamais à le faire fonctionner, pas plus que le premier d'ailleurs. Les composants mécaniques disponibles à l'époque n'étaient pas assez précis. Il n'a jamais pu aboutir.

– Crois-tu que Charnage pourrait essayer de construire une de ces machines ?

– Mmh… Possible…

– Il n'y a qu'une façon de le savoir.

– Que vas-tu faire ? demanda Pritpal, sa voix semblant venir d'une autre galaxie.

– On va aller faire un tour au cimetière de Highgate.

– James ! Fais attention.

– Ne t'inquiète pas, Prit. Il n'y a que des morts au cimetière, répondit James en riant. Quel mal veux-tu qu'ils me fassent ?

La nuit commençait à tomber quand ils quittèrent le Lyons Corner House. Les lampadaires s'allumaient et les rues de Londres étaient baignées d'un halo orange et blafard. Ils s'arrêtèrent dans une petite quincaillerie et firent l'acquisition d'une lampe torche, après quoi ils sautèrent dans un taxi et prirent la direction du nord. James profita du trajet pour raconter à Perry sa conversation avec Pritpal.

– Hé, on aurait bien besoin d'une de ces machines p-pour résoudre notre message codé, plaisanta Perry.

James sortit la lettre de Fairburn de sa poche, la version originale qu'il avait prise dans le bureau de Charnage. Ce dernier l'avait annotée. Visiblement, il avait tenté de décoder le message par ses propres moyens, sûrement pour savoir quelles informations il contenait. James fut heureux de constater que la plupart de ses idées étaient totalement à côté de la plaque. Il fallait juste espérer qu'ils pourraient garder leur coup d'avance.

– On est sur la bonne voie, confia-t-il à Perry. On a résolu quatre énigmes sur sept. On est à mi-course.

– Qu'est-ce qui reste ?

– Le poème, plus le passage où il est question de mon aversion pour les mots croisés et les trucs sur le sport.

– C'est quoi ça déjà ?

– *Je me rappelle comme si c'était hier le jour où j'ai marqué l'essai de la victoire contre les Duffers,* lut James, *lors du tournoi annuel de Field Game, tout comme je n'oublierai jamais cette fête du quatre juin au cours de laquelle je barrai le* Callisto *pendant la parade des bateaux.*

– À l'entendre, on p-pourrait croire qu'il n'a j-jamais mis les pieds à Eton, répondit Perry. Il y a plus de fautes là-dedans que dans mes versions latines.

– Lesquelles ?

– D'abord, on ne marque p-pas d'essai au Field Game, mais des *rouges*. Ensuite, les Duffers sont une équipe *d'aviron*, des p-pointures même, mais en aucun cas une équipe de Field Game. Enfin, aucun bateau de la p-parade du quatre juin ne s'appelle le *Callisto*.

– À ton avis, qu'est-ce qu'il essaie de nous dire ? Tu crois que ç'a à voir avec les bateaux ?

– Et pourquoi pas avec *rouge* ? répliqua Perry. Un bateau rouge peut-être ?

– T'as pas une idée de ce que pourrait signifier *Callisto* ?

– C'est le nom d'une constellation : la Grande Ourse.

– Mais bien sûr ! s'exclama James. Je savais que j'avais déjà entendu ce nom.

– Conclusion, on cherche un ours rouge q-qui conduit un bateau.

Les deux garçons échangèrent un regard complice et amusé et, pendant une minute, James en oublia sa fatigue, ses bleus, et la peur qui lui serrait l'estomac.

15

Enterrés vivants

Le taxi s'arrêta près de Hampstead Heath le long d'une route sombre, silencieuse et retirée, bordée de part et d'autre par de grands arbres.

– Nous y voilà, dit le chauffeur de taxi tandis que Perry lui tendait le prix de la course. Vous avez le cimetière Ouest sur votre gauche et l'Est sur votre droite.

– Où se trouvent les tombes égyptiennes ? demanda James.

– Dans ce cas, il faut aller dans la partie la plus ancienne, répondit le chauffeur en rendant une pleine poignée de monnaie à Perry. L'aile Ouest. Mais j'ai bien peur qu'elle ferme à la nuit tombée. Vous êtes sûrs que vous ne voulez pas que je vous ramène chez les vivants ?

– Non, non. Merci, répliqua James. On veut juste jeter un rapide coup d'œil.

– Bah, libre à vous. Après tout, les obsèques, c'est personnel, répondit le chauffeur en s'amusant de sa plaisanterie avant de démarrer.

Les deux garçons attendirent qu'il ait disparu puis ils s'approchèrent du cimetière ceint d'un haut mur et dont l'entrée était gardée par une chapelle gothique. Comme les avait prévenu le chauffeur de taxi, la grille était fermée.

Perry se tourna vers James, dont les yeux brillaient d'un éclat malicieux et familier.

– Ne m-me dis p-pas qu'on va faire le mur…

– Comment t'as deviné ? Allez, fais-moi la courte échelle.

James se hissa au sommet du mur puis s'allongea sur l'arête pour tirer Perry. L'épaisse couverture nuageuse grisâtre, qui avait recouvert Londres durant toute la journée, se dissipa un instant, révélant une lune rousse à la lumière de laquelle les garçons eurent une vue lugubre sur le cimetière. La trouée se referma. Ils furent à nouveau plongés dans l'obscurité.

Ils sautèrent à l'intérieur. Perry alluma la torche. D'étranges détails apparurent dans le faisceau de lumière : une statue d'ange, une urne funéraire en granit, un vieil arbre biscornu couvert de lierre. L'endroit était propice à l'imagination. Il était facile de penser que l'esprit des morts hantait les lieux.

Le cimetière était installé sur un tertre boisé. Les tombes n'étaient pas alignées en rangs réguliers, comme dans la plupart des lieux de sépulture modernes, mais éparpillées parmi les arbres et les fourrés, au hasard de sentiers tortueux et boueux.

Une fine brume était prise dans les branches des arbres, assourdissant tous les bruits de la ville. Il régnait un calme inquiétant. Difficile de croire qu'on était en plein Londres.

– Par où est-ce qu'on commence ? demanda Perry.

– On n'a qu'à avancer, répondit James. Les tombes égyptiennes doivent être facilement reconnaissables.

Ils gravirent lentement la colline, s'enfonçant plus profondément dans le cimetière. Les tombes qui bordaient le sentier étaient pour la plupart bien entretenues. En revanche, celles qui se trouvaient plus écartées étaient envahies par la végétation. Les herbes folles et les ronciers couraient sur les pierres tombales renversées, recouvertes de mousse. De nombreuses sépultures étaient décorées de statues et de bas-reliefs, rendus méconnaissables par les plantes grimpantes qui y avaient élu domicile. Au milieu des anges et des croix de toutes tailles et de toutes formes, les garçons reconnurent toutefois des enfants en prière, des bébés endormis, des livres ouverts et même des chiens, veillant fidèlement sur leurs maîtres défunts.

James frissonnait. De froid ou de peur, il n'aurait su le dire. Son état d'épuisement lui mettait les nerfs à vif. Cet endroit lui aurait donné la chair de poule en plein jour, mais, de nuit, dans le fantomatique pinceau de lumière de la torche qui crevait l'air brumeux, c'était encore plus facile d'imaginer toutes sortes d'épouvantes tapies dans l'ombre. Il commençait à regretter de ne pas avoir écouté Perry et attendu le matin.

« Ne sois pas stupide, James, se dit-il intérieurement. Il n'y a aucune raison d'avoir peur. »

Et pourtant.

Les dernières vingt-quatre heures lui avaient largement prouvé le contraire – même si spectres et goules n'avaient pas grand-chose à y voir.

Les ombres des statues évoquaient des gens cachés parmi les arbres. À chaque pas, il s'attendait à voir quelqu'un bondir de derrière une tombe. Il restait près de Perry, regrettant de ne pas avoir acheté deux torches.

À côté des tombes classiques, il y avait aussi d'imposants mausolées de pierre, comme des maisons miniatures, elles aussi tachées de mousses vertes. Certains étaient en ruine. Leur toit écroulé sur des pignons éventrés. Les notables de l'ère victorienne avaient sans doute pensé que leurs dernières demeures seraient entretenues *ad vitam aeternam*, mais le cimetière avait depuis longtemps cessé de lutter contre la nature, la lutte étant par trop inégale. De sorte que les constructions pourrissaient au même titre que les dépouilles auxquelles elles étaient censées rendre hommage.

James et Perry avaient presque perdu espoir quand ils passèrent un angle et se cognèrent quasiment à deux obélisques de pierre, simples et dépouillés. Ils levèrent les yeux et découvrirent ce qui ressemblait à un temple égyptien en ruine. Perry passa sa lampe sur un haut mur mangé par une végétation luxuriante avant de tomber sur une voûte d'entrée supportée par des piliers ornementés de motifs en feuilles de lotus à leur sommet. Le porche donnait sur un long passage obscur, bordé de tombes.

– Grands dieux ! s'exclama Perry. Je ne m'attendais p-pas à ça. Nous voilà vraiment dans la cité des morts.

Cette partie du cimetière semblait tout droit sortie d'un autre monde. James avait presque le sentiment d'avoir traversé une faille dans l'espace-temps et d'avoir été transporté dans un pays imaginaire. Perry le ramena bien vite à la réalité.

– Bon, dit-il. On a les obélisques, mais où se trouve Néron ?

– J'sais pas. Allons jeter un œil.

Et ils s'enfoncèrent dans la galerie, dont le sol montait en pente douce entre deux rangées de tombeaux dont les portes en métal possédaient des serrures montées à l'envers et dont les murs étaient décorés de brandons pareillement renversés. Le toit était ouvert sur le ciel, des eaux de ruissellement s'écoulaient le long des parois.

Au bout de la galerie, ils parvinrent à une fosse circulaire d'environ quatre mètres de profondeur, entourée par une coursive. Au centre du cercle s'élevait un grand cèdre du Liban dont les branches se déployaient au-dessus de leurs têtes à la manière d'immenses ailes de chauve-souris rendant l'obscurité quasi totale à cet endroit. D'autres tombes étaient creusées dans les flancs de la fosse. Elles étaient encore plus imposantes et solennelles que celles qu'ils venaient de passer. Les noms des familles étaient gravés dans la pierre au fronton de chaque mausolée, dont certains possédaient des portes percées d'ouvertures. En y dirigeant le faisceau de la lampe ils découvrirent des tombeaux de pierre couchés dans des niches superposées.

– Décidément, ces Victoriens étaient obsédés p-par la mort, dit Perry. Cet endroit est un vrai monument aux morts.

Il s'arrêta et pointa du doigt une des cryptes.

– Regarde ! Y'en a une ouverte.

Pas de doute, une des grilles de fer forgé était entrouverte.

– Allons v-voir ce qu'il y a à l'intérieur, lança Perry.

– Soyons prudents.

– Tu n'as p-pas peur au moins ?

– Bien sûr que non, répondit James, bien qu'en réalité, il eût les mains moites et le cœur battant la chamade.

Mais Perry ne lui laissa pas le temps de tergiverser, et il se dirigea à grands pas vers la crypte ouverte dont il étudia timidement l'intérieur depuis l'entrebâillement de la porte. James le rejoignit au moment précis où celui-ci disparaissait à l'intérieur.

Ils pénétrèrent dans une petite salle, plus haute que large, aux murs de pierre froids et suintant d'humidité, avec deux socles de marbre de chaque côté. L'air était glacial et une forte odeur de moisi prenait à la gorge. La crypte était sans fenêtre, mais après tout, les morts n'avaient pas besoin de vue. Sur le flanc gauche, un sarcophage scellé occupait la niche du bas, en revanche celui du dessus était ouvert, son couvercle posé contre le mur.

Les deux garçons s'approchèrent à pas de loup et Perry éclaira l'intérieur du sarcophage.

Un homme gisait au creux de la pierre, couvert de guenilles, le visage noir de crasse, comme vernissé, les cheveux tout emmêlés et poisseux. En outre, il sentait atrocement mauvais, un mélange d'aigreur et de pourri.

– C'est l-la p-première fois q-que je vois un cadavre, murmura Perry.

– Laissons-le, répondit James. Il a droit au respect.

– Mais il est mort, que veux-tu qu'il fasse ?

Légèrement en retrait, James regarda Perry avancer la main vers le visage du gisant, mais, dès que ses doigts entrèrent en contact avec sa joue, celui-ci ouvrit les yeux d'un coup et revint à la vie.

Perry poussa un hurlement d'effroi et laissa tomber sa torche. La crypte fut plongée dans la plus profonde obscurité.

James eut l'impression qu'on venait de vider un seau de glace dans ses entrailles. Durant un instant, il resta pétrifié, incapable de déterminer si ce qu'il avait vu était bien réel. Mais, bientôt, il y eut des bruits de lutte et Perry qui criait à l'aide. Il devait faire quelque chose.

Il se coucha par terre et chercha la torche à tâtons. D'horribles râles s'échappaient de la bouche de Perry, qui grognait et grondait, lançant des coups de pied, dont un atteignit James aux côtes.

Et puis Perry s'immobilisa.

– Et qui t'es toi ? Hein ? demanda une voix d'homme, claire et menaçante.

Pour toute réponse, Perry émit un grognement sourd.

– Et qu'est-ce que tu viens fouiner ici au beau milieu de la nuit ? Comme un voleur ? poursuivit l'homme. Est-ce que je sais si t'es un démon, un rat ou juste un de ces vauriens qui trouvent marrant de faire du mal à un vieux clochard endormi ? *Quid pro quo ?*

James sentit enfin sous ses doigts le contact du métal poli de la lampe torche. Il l'agrippa, chercha fébrilement l'interrupteur et la ralluma.

L'homme avait collé Perry au mur d'une main de fer et lui serrait la gorge. Perry cherchait son souffle et battait pitoyablement des mains contre l'avant-bras de son bourreau.

– Arrêtez ! hurla James. Nous ne vous voulons aucun mal.

Le clochard tourna la tête et fusilla James du regard, ses yeux brillant d'un éclat jaunâtre dans la nuit.

– Ah, parce que c'est un duo ?

– Je vous en prie, plaida James. Laissez-le.

– Laissez-le qu'il dit. Comme si c'était aussi simple que ça.

– Franchement, on croyait que vous étiez mort, expliqua James. Je vous jure que c'est vrai.

Le clochard parut surpris. Il relâcha Perry et haussa les épaules en s'ébrouant de tout son long, comme un chien qui rêve.

Perry glissa le long du mur jusqu'à se retrouver assis par terre, la respiration sifflante, frottant sa gorge endolorie.

– Mort ? s'exclama le clodo. Et qu'est-ce qui vous a fait penser ça ?

– Le fait que v-vous ayez une tête de déterré et que vous soyez allongé sans bouger dans un cercueil n'y est peut-être p-pas étranger, accusa Perry d'une voix rauque.

– J'ai trop vécu au milieu des morts, répondit le clochard. La guerre, c'était le pire. Les tranchées débordaient de cadavres. Tous mes amis y sont passés. Combien de fois ai-je souhaité partager leur sort. Dans un sens, peut-être que j'y suis parvenu.

Il laissa échapper un rire évoquant le gargouillis de l'eau dans un siphon.

– Vous avez dû avoir une de ces frousses ! Se faire étrangler par un mort !

– Nous sommes vraiment désolés de vous avoir dérangé, s'excusa James.

– *Dulce et decorum est, pro patria mori*, répondit le clochard.

– Vous vivez là ? demanda Perry en se penchant au-dessus du sarcophage.

– Seulement l'hiver, répondit le clochard. Histoire de me tenir au chaud et au sec. Y'a qu'à ouvrir la lourde et prendre ses aises. Ça serait dommage de laisser perdre un bon lit. Mais attention ! Je respecte les habitants des lieux. Mes petites affaires, je les fais ailleurs, comme ma toilette du reste. J'en connais d'autres qui n'ont pas autant de scrupules et qui se déchargent de leur trop-plein, quelle qu'en soit la nature, où bon leur semble. Mais pas moi. Que nenni ! *Omni fulcit temporens.* Oh ! j'aurais bien besoin d'un verre, moi. J'ai les os en compote.

– Vous connaissez bien le cimetière ? demanda James.

– Je veux, mon neveu. Vu que c'est là que je crèche.

– Dans ce cas, peut-être pourriez-vous nous aider, poursuivit James. On cherche Néron. Vous savez où il y a une statue le représentant, ou une tombe portant son nom ?

– Vous me demandez si je connais Néron ? s'exclama le clochard. Bien sûr que je connais Néron. Tout le monde connaît Néron. Néron est un lion. *Leo, leonis.*

– Allons-nous-en, murmura doucement Perry. On perd notre temps. Il n'a plus toute sa tête.

Mais James ne l'entendait pas de cette oreille. Certes l'homme avait l'air un peu dérangé, mais il y avait du sens derrière ses envolées.

– Vous dites qu'il y a un lion ici ? demanda-t-il. Un lion au cimetière ?

– Absolument, répondit le clochard. Bien qu'il ne rugisse point, vu qu'il est en pierre.

– Une statue ?

– Bah, bien sûr, une statue. Tu croyais quoi, gamin ? Qu'il y a des bêtes sauvages qui se baladent entre les tombes ? Mais, bon Dieu, on vous apprend quoi à l'école de nos jours ?

Il marqua une pause et se pencha vers James. Une odeur pestilentielle émanait de lui. À croire qu'il n'avait pas enlevé ses nippes depuis des années, sans parler de les nettoyer.

James observa son visage. Il était flasque et bouffi, strié par d'anciennes blessures ; le nez cassé et approximativement remis en place. Sa peau avait viré au noir sous l'effet de la crasse et de nombreuses années passées dans la rue.

– En même temps, j'sais pas, susurra le clochard. Certaines nuits, je vois des choses, quand j'ai bien picolé. Ma parole que ce bon vieux Néron se lève et court dans tous les sens pour chasser les esprits.

– Pourquoi ? Y'a une fichue statue de lion ici ? demanda Perry.

– Sur la tombe du vieux George Wombwell.

– Qui ça ? demanda Perry.

– Wombwell. Il avait un cirque ambulant et une ménagerie, répondit le clochard. Il montrait ses animaux à qui voulait bien payer pour voir. Il faisait combattre ce pauvre Néron et puis aussi d'autres bêtes sauvages, des chiens… Tout ce qui lui tombait sous la main. Mais Néron était le clou du spectacle. Enfin, tous deux sont morts et enterrés depuis belle lurette. *Ethday umscay ootay* à nous tous.

À ces mots, il se signa.

James réalisa qu'il était encore sous le choc d'avoir vu passer un « mort » de trépas à vie. Ses genoux tremblaient et son cœur cognait dans sa poitrine. Tout ce qui s'était passé dans cette soirée avait un petit goût d'irréel et, pour couronner le tout, il semblait bien qu'un clochard allait résoudre l'énigme pour eux.

– Pouvez-vous nous emmener sur cette tombe ? demanda-t-il.

– Quoi ? Maintenant ? beugla le clochard. Au beau milieu de la nuit ?

– En fait, il n'est pas si tard, tenta Perry.

– Quoi ? éructa le clochard.

– Je voulais s-seulement dire q…

– Et qui es-tu, toi, pour me dire s'il est tard ou pas ? L'horloge parlante ? demanda le clochard en tournant son visage crasseux et abîmé vers Perry. Pour moi il est tard. Un point c'est tout. Je dors quand il fait noir et je me lève quand il fait jour. *Caramba santifex, omnia mori.*

– S'il vous p-plaît, monsieur, implora Perry. On vous donnera de l'argent, d'accord ? Comme ça, vous pourrez vous payer à boire. Un bon petit rince cochon.

Perry plongea la main dans sa poche et en sortit des pièces de monnaie qu'il tendit au clochard. Celui-ci baissa les yeux sur l'argent en se grattant le crâne et en s'essuyant le nez.

– C'est dégradant pour un homme d'accepter de l'argent d'un étranger, dit-il. Mais je vais faire une exception.

Délicatement, il prit l'argent de la main de Perry.

– Suivez-moi, je vais vous amener voir Néron.

À peine sortis, ils sentirent quelques gouttes qui se muèrent bien vite en trombes d'eau. La pluie leur cinglait le visage et labourait le sol, qui ne tarda pas à devenir extrêmement boueux. Perry jura. Il avait laissé son parapluie chez Charnage. Ils n'avaient aucun moyen de se protéger de l'averse.

Le clochard ne semblait guère s'en soucier.

– Là, ce sont tous des amis, cria-t-il pour couvrir le bruit de la pluie, sur le ton d'un fier propriétaire faisant visiter sa maison à des amis. Tout ce qui est mort repose ici.

– Des gens connus ? hurla Perry en retour.

– Et si je te disais Greatorex, Wellbelow, Faraday, Petavel, Charlie Cruft et Tommy Sayers. Même le vieux Karl Marx est enterré ici, le père du communisme, celui qui a fait tourner au rouge l'ours russe ! Moi-même, j'aimerais bien être enterré là, mais personne ne paiera les pompes funèbres pour que j'aie une tombe avec mon nom dessus.

– Au fait, comment vous appelez-vous ? hurla James.

– Appelez-moi Théo, répondit le clochard. Il fut un temps où j'avais un nom plus long, mais il n'est plus d'actualité. Parti. Comme mes dents.

Il s'arrêta et tourna vers les garçons un sourire édenté, aux gencives violacées.

– Vous voyez, je n'ai pas de dents contre vous. *Omnia dentistry fugit.*

– Son latin est plus qu'approximatif, murmura Perry. Que dit-il au juste ?

– Que toutes ses dents ont fui, répondit James, déclenchant l'hilarité de Perry.

Trempé qu'il était, James ne put s'empêcher de rire aussi, et toute la tension accumulée dans la soirée se dissipa dans cet éclat de rire.

Théo les conduisit jusqu'au cimetière principal, bougonnant dans sa barbe le long des sentiers boueux. James nota qu'il était pieds nus et qu'il avait de longs ongles de pieds, comme des serres.

Soudain, leur guide s'immobilisa.

– Le voilà, dit-il en tendant le bras vers une sculpture représentant un lion endormi, grandeur nature, sur un lourd socle de pierre. James s'approcha pour y regarder de plus près. Une plaque disait : *À la mémoire de George Wombwell (dompteur).*

Il se retourna pour remercier le clochard, mais celui-ci avait disparu. De sa présence, seul subsistait le lointain tintement de pièces de monnaie.

– Un homme charmant, dit Perry.

– En tout cas, sans lui, on rentrait bredouille.

– Faut rien exagérer. On aurait juste eu à attendre le jour

et à d-demander notre chemin à quelqu'un d-de sain d'esprit. Un employé, un croque-mort, que sais-je ? C'est p-pure folie que de venir ici de nuit, qui p-plus est p-par ce temps. Si on n'attrape pas une pneumonie, on aura de la chance.

– Assez causé, répondit James. Il faut qu'on trouve pourquoi Fairburn voulait nous amener ici.

James balaya la zone de sa lampe torche, lentement, méthodiquement, l'œil aux aguets, cherchant quoi que ce soit d'inhabituel. En même temps, comme il ne savait pas vraiment ce qu'il cherchait, il était dans le noir dans tous les sens du terme.

– C'est sans espoir, marmonna Perry. Pourquoi ne-ne pas revenir demain matin ?

– Perry ! coupa James. On n'a pas le temps. Demain, on sera dimanche. Et d'après ce qu'on sait, ils vont faire sortir Fairburn et sa machine du pays. On n'a pas le choix. On y passera la nuit s'il le faut, mais on découvrira le message que Fairburn nous a laissé.

– Excuse-moi, mais cet endroit m-me fout les jetons.

James ne répondit pas. Au lieu de ça, il entreprit de fouiller le sol à quatre pattes, tout autour de la statue.

– C'est sûr qu'il y a quelque chose, dit-il. Il faut qu'on le trouve.

Il repoussa une fougère roussie par le gel et là, par terre, découvrit une feuille de papier tachée de terre et ramollie par la pluie.

Il la ramassa et la déplia délicatement pour ne pas la déchirer.

– Qu'est-ce que c'est ? demanda Perry en s'agenouillant au côté de James.

Celui-ci éclaira la feuille. Au recto, une inscription décalquée à la mine de plomb : *À la tendre mémoire du docteur Cornelius Shotbolt, F.R.S. et A.S.*

– Rien de l'autre côté ?

James retourna la feuille et émit un petit rire triomphant. C'était une lettre de Peterson à Fairburn.

– Pardonne-moi d'avoir d-douté de toi, s'excusa Perry. Mais on pourrait peut-être y aller maintenant ? J'ai froid, je suis trempé jusqu'aux os et je veux sortir de cet affreux cimetière. Si je reste ici p-plus longtemps, je crois bien qu'il va falloir m'enterrer, moi aussi.

– Je suis sûr qu'il y a moyen de s'arranger, répondit une voix dans la nuit, étonnamment proche.

James se retourna en braquant sa lampe.

Deux hommes étaient debout derrière eux.

À l'évidence, Charnage était parvenu à résoudre au moins une des clés de l'énigme.

Les deux hommes en question étaient ceux-là mêmes qui avaient essayé de tuer James la nuit précédente.

Wolfgang et Ludwig Smith.

16

Carcass Row

Wolfgang avait un bandage autour de la tête, avec un épais pansement en lieu et place de son oreille droite. Il était pâle, et ses yeux lourdement cernés brillaient d'un éclat fiévreux. Avec la pluie qui dégoulinait sur son visage, on aurait dit qu'il pleurait.

Il tenait un pistolet et une lampe torche – qui tremblaient légèrement au creux de sa main.

Ludwig pour sa part avait les poings enfoncés dans les poches. Avec sa tête de mort vivant, il paraissait tout à fait dans son élément au milieu de ce cimetière. Son chapeau le protégeait de la pluie.

– Quelle bonne surprise, dit Ludwig d'une voix blanche. Te retrouver ici. C'est la cerise sur le gâteau. Bon, c'est pas tout ça, on dirait que tu as ce qu'on est venus chercher. File-nous le papelard, gamin.

– Sinon quoi ? rétorqua James.

– À toi de voir, répondit Ludwig en sortant les mains de ses poches.

Il tenait deux étranges armes particulièrement sinistres – des revolvers à canon ultracourt et crosse en forme de coup-de-poing américain.

Ludwig esquissa un sourire grimaçant. Ses mains à lui ne tremblaient pas. Au contraire, elles étaient dures comme la pierre, et quand il leva calmement ses revolvers vers les garçons, deux petites baïonnettes jaillirent sous les canons et s'enclenchèrent dans leur cran d'arrêt avec un petit clic métallique. Les lames n'étaient guère plus épaisses que des aiguilles à tricoter, avec des pointes effilées comme des poinçons.

James avala difficilement sa salive et se passa une main sur le visage, se souvenant soudain de la blessure que Peterson avait à l'œil. La dernière chose que le malheureux avait dû voir était une de ces lames, avant qu'elle ne s'insinue dans sa boîte crânienne.

– Vous devriez faire attention avec ça, dit James. Vous pourriez vous blesser.

– Très comique, répondit Ludwig. Bon, maintenant, sois un bon garçon et donne-nous le papier.

Pour toute réponse, James fourra la feuille dans la poche de sa veste.

– Fais gaffe, Ludo, dit Wolfgang d'une voix cassée. Il est peut-être armé. Surveille-le.

– Je fais que ça, répondit Ludwig avec irritation. Qu'est-ce que tu crois que je fais en ce moment ? Du point de croix ? J'ai deux maudits flingues pointés sur sa poitrine. S'il sort autre chose de son chapeau qu'un lapin, je lui perce deux trous dans le buffet et ensuite je cracherai sur son cadavre.

James se souvint alors qu'il avait toujours l'autre lettre sur lui, celle avec le code binaire qui ne lui était plus d'aucune utilité puisque Tommy en avait fait une copie. Il la serra dans son poing.

– Voilà, dit-il en avançant.

Pourtant, quand Ludwig fit mine d'attraper la boule de papier, James la lança aussi loin qu'il put dans les fourrés.

– Va la chercher Wolf, dit Ludwig après un profond soupir.

– Pourquoi moi ? rétorqua Wolfgang. Demande au gamin d'y aller. C'est lui qui l'a balancée.

– Ben voyons… En voilà une riche idée, dit Ludwig, la voix lourde de sarcasmes. On va l'envoyer dans les fourrés en pleine nuit. Pour qu'il nous file entre les pattes encore une fois ? Bon, allez, c'est toi qui as la torche, tu y vas.

Wolfgang alla fouiller les fourrés en bougonnant tandis que Ludwig s'approcha de James, un des poinçons dirigé droit sur son visage.

– Tu n'aurais pas dû faire ça, mon garçon. C'est enquiquinant.

– C'était fait pour, répondit James.

– Euh… T'es sûr de v-vouloir jouer au malin avec lui ? murmura Perry.

– Toi, le macaque bègue, tu la boucles.

– Je ne suis pas un macaque, protesta Perry.

Ludwig pivota vers lui d'un air menaçant mais, au son de la voix de son frère, il s'arrêta.

– Je la trouve pas, geignit Wolfgang en sortant du fourré.

Ludwig baissa les yeux au sol, serra les dents, puis explosa :

– Eh ben, continue de chercher, andouille.

Il n'avait pas fini sa phrase qu'une vive agitation se fit entendre dans la frondaison. Les branches bruissèrent, Wolfgang émit un jappement de terreur puis on entendit le bruit d'un corps s'écroulant lourdement par terre.

– Au secours ! hurla Wolfgang, le faisceau de sa lampe oscillant en tous sens dans les airs. Il y a une sorte de bête. Au secours ! Aide-moi !

Ludwig se retourna pour essayer de voir ce qui arrivait à son frère. C'était plus que James en demandait. Il leva la torche et frappa de toutes ses forces, atteignant sa cible derrière l'oreille. Ludwig eut un grognement sourd et s'affaissa, se rattrapant de justesse à une stèle. Il était sonné, mais pas assommé.

Le choc avait eu raison de la lampe. Le verre avait éclaté et le fond s'était détaché, libérant les piles.

– Cours, Perry, cours, hurla James.

Perry ne se le fit pas dire deux fois et il détala en trombe sur le chemin sans se retourner. Mais, quand James voulut l'imiter, Wolfgang chargea hors des fourrés comme un éléphant en colère et le percuta. Tous deux s'écroulèrent par terre.

Un instant plus tard, Théo émergea des buissons, rugissant comme une bête féroce. Wolfgang roula sur le côté et se redressa, levant sa lampe droit sur le visage marqué du clochard, soudain aveuglé. Deux détonations déchirèrent l'air nocturne et Théo s'écroula avec un petit gémissement à fendre l'âme.

Ludwig resta un instant immobile, ses revolvers fumant entre les mains.

James eut un haut-le-cœur. Des larmes de rage perlèrent à ses yeux, brûlantes comme un acide. Le regard presque aussi trouble que ses idées, James se jeta sur Ludwig et le plaqua au sol.

Alors que James se redressait, il entendit la lame de Ludwig cingler l'air. Le bout du poinçon le frôla à la poitrine, déchirant sa veste mais manquant la chair. James dégringola dans les fourrés et s'enfonça dans les branches en rampant à quatre pattes avec l'énergie du désespoir.

– Rattrape-le, hurla Ludwig à l'adresse de son frère.

– Pourquoi moi ?

– Parce que t'as la torche, crétin.

S'enfonçant à l'aveuglette dans les fourrés, James sentit un morceau de marbre, à moitié enfoui dans la boue, tombé d'un monument en ruine. Il agrippa le bloc et tira. Celui-ci céda juste au moment où Wolfgang se jetait sur lui. Armé de son bloc de marbre, James lui envoya un coup au genou. Wolfgang s'effondra en hurlant, comme un chêne qu'on abat. Il tenta aussitôt de se redresser, mais James avait déjà préparé un autre coup. Il abattit sa pierre à l'aveugle et atteignit Wolfgang au visage. Il y eut un horrible craquement, la pièce de marbre s'ouvrit en deux, un nuage de poussière blanchâtre s'éleva dans les airs : des fragments de marbre et des bouts de dents.

– *Omnia dentistry fugit*, murmura James sans desserrer les dents.

Wolfgang était hors course, et il avait perdu sa lampe. James y vit une petite lueur d'espoir. Il allait peut-être pouvoir s'en tirer.

Courbé en deux, trempé et couvert de boue, il s'enfonça dans la végétation, zigzaguant entre les pierres tombales, le bruit de la pluie couvrant sa fuite. Il ne savait pas où il allait, juste qu'il devait descendre pour retrouver la route.

Il se risqua à se relever. Il n'y voyait quasiment rien sous les arbres et il en conclut que ce devait être pareil pour Ludwig.

Aucun mouvement sinon celui de la pluie qui tombait sans discontinuer.

« Bon, c'est maintenant ou jamais, se dit-il intérieurement. Sauve qui peut. »

Malheureusement, il n'avait pas fait trois foulées qu'il fut stoppé net par une grosse branche. Le choc l'envoya bouler en arrière. Il trébucha et s'écroula au sol, se cognant la tête à une stèle. Choqué et pris de vertiges, il se remit tant bien que mal debout.

Ludwig était là, son visage de mort fendu par un large sourire laissant paraître ses dents gâtées. Contre toute attente, il l'avait rattrapé. James fit quelques pas en arrière, sentant la branche ployer dans son dos. Il lui vint soudain une idée. Il continua de reculer, forçant la branche à plier encore, espérant seulement qu'il faisait trop sombre pour que Ludwig comprenne ce qui se passait. James était à bout de forces mais, quand il se remémora ce que Ludwig avait fait à Théo, sa colère lui apporta un regain d'énergie.

Ludwig ricana.

– Cette fois, tu ne m'échapperas pas, mon garçon. Je vais te mettre les tripes à l'air pour ce que tu as fait à mon frère.

James sentait la branche pousser dans son dos, et il dut planter ses talons dans le sol pour éviter de glisser.

– T'as vu ce que j'ai fait à Peterson, dit Ludwig en s'approchant. Il est mort sur le coup, sans un bruit. J'aime quand c'est propre. J'en ai même fait ma spécialité. La lame est entrée directement dans sa cervelle. Un petit soubresaut, un frisson, et c'était terminé. Repos éternel pour le professeur. Mais toi, mon garçon, je vais te la faire longue et douloureuse, en commençant par éviter tes organes vitaux. Ensuite seulement je m'attaquerai à des parties plus juteuses...

– Tu parles trop, répondit James, et il se jeta par terre.

Il entendit le sifflement de la branche, aussitôt suivi d'un bruit sourd. Touché au ventre, Ludwig vola dans les fourrés sous la puissance du choc.

James n'attendit pas de voir s'il se relevait pour sortir des buissons et s'engager à toutes jambes sur le sentier. Il sprinta sans un regard en arrière, se contentant de pilonner le sol boueux aussi vite que possible. Un peu plus loin, il glissa et s'étala par terre de tout son long, s'écorchant les genoux. C'est tout juste s'il sentit une douleur et tout juste si cette chute ralentit sa fuite. Bientôt, il atteignit le mur d'enceinte, qu'il franchit en un clin d'œil, grimpant à un arbre avec l'agilité d'un chat avant de sauter sur le parapet et de se laisser tomber de l'autre côté, sur le trottoir.

Il se retrouva instantanément replongé dans le monde normal : une rue calme de Londres, par une nuit pluvieuse de décembre. Une voiture passa dans un chuintement mouillé et disparut avant qu'il ait eu le temps de penser à l'arrêter.

Il regarda aux deux bouts de la rue.

La Daimler était là, garée devant la chapelle gothique de l'entrée.

Un plan prit forme dans son esprit.

Ça commençait à bien faire d'être pourchassé par ces hommes. Il était temps qu'il arrête de fuir et qu'il commence à se défendre. Oui, il était temps que de proie il devienne chasseur. Il courut jusqu'à la Daimler et scruta le cimetière à travers les barreaux de la grille. Aucun signe des deux frères, pas plus que de Perry d'ailleurs. Bah ! il avait largement eu le temps de s'enfuir, vu que les deux frères s'étaient concentrés sur James.

Et puis Perry Mandeville était assez grand pour s'occuper de lui tout seul.

James alla à l'arrière de la voiture et ouvrit le coffre. Après un dernier coup d'œil alentour, il se glissa à l'intérieur.

Les frères Smith allaient le conduire à Fairburn.

Il ôta sa chaussure, fit pivoter le talon et sortit son petit canif de son compartiment secret. Il l'ouvrit et se tint prêt. Si quelqu'un ouvrait le coffre, il allait avoir une méchante surprise.

Il attendit longtemps avant que des voix ne résonnent à l'extérieur. Finalement, une porte s'ouvrit et la Daimler tangua sur ses suspensions. Quelqu'un venait de se laisser lourdement tomber sur la banquette arrière. Depuis son réduit,

James entendit un grognement et les deux frères qui se chamaillaient. Ensuite, il y eut un long gémissement plaintif et un claquement de portière. Peu après, le châssis trembla à nouveau, vraisemblablement sous l'effet de Ludwig s'installant au volant. Enfin, le moteur s'ébroua et ils démarrèrent. Sur son siège arrière, Wolfgang ne cessait de se lamenter et de geindre. À chaque cahot, il poussait un beuglement enragé.

De toute évidence, Wolfgang souffrait le martyre. Dans son coffre, James n'était pas non plus au mieux de sa forme. En effet, tous les bobos accumulés, que son excitation avait jusqu'ici tenus à distance, refaisaient surface. Il était trempé jusqu'aux os, couvert de boue, son pantalon et sa veste étaient déchirés. Ses genoux écorchés lui faisaient mal, un bout de tissu de son pantalon s'était collé à la plaie. Si on ajoutait à cela les ecchymoses et les bosses récoltées dans l'accident de voiture, on pouvait dire qu'il était vraiment en piteux état.

Et puis il faisait froid dans ce coffre. Et le bruit était infernal. Mais il était au sec et il avait beau lutter, il sentait la fatigue le gagner peu à peu. Il ferma les paupières et sombra dans un demi-sommeil, qu'un nouveau cahot – accompagné d'un énième cri de colère du passager arrière – ne tarda pas à interrompre.

Il fallait qu'il trouve quelque chose pour rester éveillé.

C'est alors qu'il se souvint du bout de papier qu'il avait trouvé au cimetière et qui se trouvait toujours au fond de sa poche.

Il le sortit et le déplia délicatement, en prenant soin de ne pas le déchirer. Les feux arrière de la Daimler distillaient juste assez de lumière pour qu'il puisse le lire. L'encre avait coulé et des bouts manquaient, mais il parvint néanmoins à en déchiffrer l'essentiel.

Cher Alexis, disait la lettre – suivaient quelques lignes d'échange amical, dénuées d'intérêts. *J'ai commencé à travailler sur la machine de John en mettant à profit les schémas que tu as ébauchés l'autre soir à Berkeley Square. Quand ce sera terminé, ce sera énorme. Ça devrait pratiquement remplir une pièce entière. Pour l'heure, je ne saurais dire si ça marchera ou pas. Comme je regrette que tu ne travailles pas là-dessus avec moi ! Par moments, je suis totalement perdu. Mais je comprends tes inquiétudes. John n'a pas changé. Il a toujours les mêmes convictions que lorsque nous étions étudiants. Je pense que tu as raison à propos du destinataire final de la machine. Il la construit pour…*

La ligne suivante était illisible et le bas de la page avait été détruit par la pluie. La seule autre phrase que James pouvait lire était : *mais, encore une fois, quel mal une super machine à calculer peut-elle faire* ?

James ne connaissait pas la réponse à cette question, pourtant jusqu'ici, celle-ci avait conduit au kidnapping d'un homme et au meurtre de deux autres.

Il plia soigneusement la feuille de papier et la cacha dans sa chaussure avant de concentrer son attention sur le trajet de la voiture et la découverte éventuelle de leur destination.

Ils avaient quitté les rues calmes de Highgate pour un quartier plus animé. La Daimler s'arrêtait fréquemment et James pouvait entendre les bruits d'un important trafic ainsi que des éclats de voix. Probablement le signe d'un quartier fréquenté par les noctambules du samedi soir. Quelques minutes plus tard, le trafic décrut et les rues devinrent à nouveau plus calmes. James en déduisit qu'ils avaient traversé le centre de Londres et qu'ils se trouvaient maintenant de l'autre côté de la ville. En revanche, il était incapable de dire s'ils se trouvaient au Sud ou à l'Est.

La voiture ralentit enfin et s'arrêta. Les deux frères sortirent avec force reproches et prises de bec. Les portières claquèrent et leurs pas disparurent dans le lointain.

James attendit un long moment, tendant l'oreille au moindre bruit. Quand il fut certain que tout était calme, il crocheta la serrure du coffre avec son canif et l'ouvrit prudemment. Il regarda dehors. La pluie avait cessé.

James sortit du coffre et le referma. Il se trouvait dans une sorte de cour, entourée de hauts murs noirs de suie et surmontés de tessons de bouteille. L'endroit était parfaitement désert et, mis à part le goutte-à-goutte consécutif à l'averse, totalement silencieux.

Un lourd bâtiment industriel dominait la cour. On aurait dit une sorte d'usine à l'abandon. De nombreuses vitres étaient brisées et aucune fumée ne s'échappait de sa haute cheminée. L'énorme complexe était sombre et sans vie.

Collé au bâtiment principal, au fond de la cour, se trouvait une dépendance tombant en ruine qui avait un jour dû servir d'entrepôt. Le toit s'était effondré et toutes les portes et fenêtres étaient brisées. Toutefois, dans un coin, il découvrit une pile de calendriers de l'année 1930, ornés d'un dessin de l'usine du temps de sa splendeur. James ne put s'empêcher de sourire quand il lut le nom imprimé sous l'illustration : *The Charnage Chemical Company*.

Voilà qui constituait une preuve irréfutable que Wolfgang et Ludwig travaillaient bien pour le compte de John Charnage.

Il sortit et tenta d'ouvrir les portes du bâtiment principal. Elles étaient fermées à clé. Il s'approcha d'une fenêtre, essuya la couche de crasse qui maculait la vitre et jeta un œil à l'intérieur, sans succès. Il faisait trop sombre.

Il chercha une autre entrée. La seule qu'il découvrit était encombrée d'un tas d'ordures : gravats, métaux rouillés, bouteilles et boîtes de conserve ainsi que d'un tas de chiffons graisseux et des billes de bois pourries.

Il entendit une corne de brume résonner non loin et alla voir à la grille. Sans surprise, celle-ci était fermée par une chaîne et un cadenas. Il toussa et mit une main devant sa bouche. Il y avait quelque chose dans l'air qui irritait la gorge. Une rue pavée, noire et brillante à cause de la pluie passait devant la grille. Un puissant projecteur accroché à la façade de l'entrepôt d'en face éclairait une plaque de rue : Carcass Row E1.

Il était donc quelque part dans l'East End, sûrement près des docks à en juger par les entrepôts et la proximité de la rivière.

Soudain, la puanteur qui emplissait l'air se fit plus forte, tandis qu'un nuage de fumée jaunâtre montait au-dessus de l'entrepôt qui se trouvait de l'autre côté de la rue. Il leva les yeux, mais de là où il se trouvait il ne pouvait distinguer que la masse sombre de deux cheminées s'élevant dans le ciel nocturne. À l'odeur, il en déduisit qu'il devait s'agir d'une usine de colle, ou éventuellement d'une tannerie car une forte odeur de carcasses animales bouillies flottait dans l'air. Peut-être de là que la rue tirait son nom.

Que faire maintenant ? Se cacher dans l'annexe et attendre le retour des frères ?

« Non. »

Il était chasseur dorénavant.

Il allait trouver les deux frères et leur faire payer ce qu'ils lui avaient fait subir. Par deux fois, ils avaient essayé de le tuer. Ils avaient détruit sa voiture. Ils avaient assassiné Théo le clochard.

À partir de maintenant, James avait bien l'intention de porter les coups et de voir s'ils appréciaient… et, par la même occasion, si c'était du goût de sir John Charnage.

Il retourna à la Daimler et la fouilla rapidement. À l'arrière, il découvrit un petit coffre à rabat contenant deux carafes d'alcool, des verres ainsi qu'un porte-cigarettes. Il y trouva également une pochette d'allumettes aux couleurs d'un club de jeu du plus mauvais goût : le *Paradice*[1] *Club* dont l'enseigne criarde représentait deux dés à jouer et une main de poker en éventail.

Il retira un des bouchons et renifla le contenu de la carafe. Ça sentait le brandy. Parfait. Pour peu qu'il soit chauffé, le brandy brûlait comme de l'essence.

Il attrapa les deux carafes et les vida sur les sièges, puis il récupéra les chiffons repérés dans le tas d'ordures ainsi qu'une pleine brassée de calendriers dans la remise en ruine. Il bourra les chiffons sous les sièges et arracha quelques pages de calendrier qu'il froissa en boules avant de les éparpiller dans l'habitacle.

Quand il estima que ça suffisait, il prit un autre calendrier, le roula et en alluma l'extrémité. Il attendit un instant que la flamme soit vive et mit le feu aux boules de papier posées sur le plancher. Les flammes se propagèrent rapidement aux chiffons. Une fumée noire envahit l'habitacle de la Daimler.

James courut se mettre à l'abri dans la remise. Il se trouva une cachette d'où il pouvait voir à la fois la voiture et les portes de l'usine désaffectée.

Voilà, le sort en était jeté, plus moyen de revenir en arrière. C'était sûrement de la folie, mais ça soulageait. Sa voiture avait brûlé, maintenant c'était au tour de celle de Charnage. Il ne put réprimer un petit sourire vengeur.

Soudain, il y eut un grand souffle et la Daimler se transforma en boule de feu.

1. Mot-valise issu de la contraction de *paradise* (paradis) et *dice* (dés à jouer). *N.d.T.*

17

Paradice

La voiture en feu illuminait toute la cour, jusqu'à l'entrepôt d'en face, sur la façade duquel James pouvait voir danser les flammes. Le feu crépitait, sifflait et explosait. Régulièrement, une détonation plus puissante que les autres crevait l'air. Des gerbes d'étincelles volaient dans tous les sens et un panache d'épaisse fumée bleue s'élevait dans les airs, rivalisant avec celui de l'usine de colle. Un grognement sourd accompagna l'apparition des flammes sous le capot. Le pare-brise ne tarda pas à exploser avec un bruit terrible, aussitôt suivie d'une série de détonations et l'affaissement de la Daimler sur le pavé. Les pneus venaient d'éclater.

Soudain, les portes de l'usine s'ouvrirent et trois hommes se précipitèrent dans la rue. Le premier était un petit Chinois en habit de cuistot, le second n'était autre que le majordome de Charnage, Deighton, suivi comme son ombre par Ludwig Smith.

James souriait. Les rats sortaient de leur trou.

Seul Wolfgang Smith manquait à l'appel.

« Mais, non ! »

Lui aussi était de la partie, sautillant pitoyablement à cloche-pied dans le sillage de son frère, la jambe immobilisée par une attelle de fortune. Il avait un œil au beurre noir et un énorme hématome violacé sur le côté du visage, horriblement gonflé, là où James l'avait cogné avec le bloc de marbre.

– Des seaux, vite ! hurla Ludwig. Va chercher de l'eau.

– Je ne peux rien porter dans cet état, bafouilla indistinctement Wolfgang. Et ne compte pas sur moi non plus pour m'approcher de la voiture. Pas après ce qui m'est arrivé la dernière fois...

Et il porta une main à son bandage, là où son oreille n'était plus.

Deighton, le majordome, tourna les talons et se précipita dans le bâtiment, manquant de se heurter à trois vieux Chinois qui venaient en sens inverse, ratatinés comme des vieilles pommes dans leur attirail de cuisinier. Ludwig leur cria quelque chose. Ils hurlèrent à leur tour avant d'être poussés sans ménagement sur le côté par un huitième homme : Charnage.

Il agita sa canne à pommeau d'argent en direction de la voiture en flammes et beugla un ordre à quelqu'un.

– Ça te fera les pieds, murmura James.

Bientôt, une chaîne se forma et une ribambelle de récipients d'eau firent la navette entre le bâtiment et la voiture. Mais c'était sans espoir. Quand bien même ils seraient parvenus à éteindre l'incendie, la voiture était ruinée. James se rappela de la Bentley sur ses cales, dans l'arrière-cour du pub, à Slough. Son propriétaire avait passé des mois à essayer de la restaurer, mais elle ressemblait toujours à une épave.

Wolfgang dénicha un tuyau et tenta maladroitement de l'attacher à un robinet. Il dut s'y reprendre à plusieurs fois, jura et bougonna, mais, au bout du compte, il parvint à diriger un maigre jet d'eau sur les flammes – en prenant soin de rester à distance de cet enfer.

Les hommes cessèrent d'apporter des seaux de l'intérieur

et se regroupèrent autour de Wolfgang, argumentant sans fin en faisant de grands gestes en direction de la Daimler. James y vit l'opportunité qu'il attendait. Il prit une profonde inspiration et, courbé en deux, se dirigea vers une faille dans le mur de la remise, là où, par le passé, avait dû se trouver une fenêtre. Les hommes ne pouvaient pas le voir, aussi enjamba-t-il rapidement le parapet et longea-t-il le mur jusqu'à ce qu'il puisse voir les apprentis pompiers et les portes grandes ouvertes de l'usine.

Il observa la scène et attendit. Quand il fut convaincu que personne ne le verrait, il traversa la cour en courant et fila à l'intérieur de l'usine.

Il se retrouva dans un long corridor, flanqué de portes de part et d'autre. Il en ouvrit une au hasard et la referma derrière lui.

Une fois de plus, il se retrouvait dans le noir, sans pouvoir prendre le risque d'allumer la lumière. À défaut, il craqua une allumette. Dans la faible lueur de la flammèche, il découvrit un immense atelier à l'abandon. Il n'y avait pas grand-chose là-dedans sinon les restes de quelque machine-outil, une pile d'étagères cassées et un long établi au bout duquel étaient accrochées une perceuse et une scie à métaux. De fines baguettes de cuivre étaient posées sur le plan de travail, à côté de boîtes contenant des milliers de rouages et de roues crantées – de toutes tailles et de toutes formes –, empilées les unes sur les autres. Un schéma compliqué était punaisé sur un des murs. James était en train de l'étudier quand son allumette s'éteignit.

Il attendit dans le noir.

Il faisait un froid glacial là-dedans et ses vêtements mouillés et déchirés n'arrangeaient pas les choses. Il fallait qu'il se débrouille pour en changer car il était bien trop repérable ainsi fagoté.

Des voix et des bruits de pas retentirent dans le couloir. Les hommes quittaient la cour. Il tendit l'oreille jusqu'à ce qu'ils soient tous passés, puis compta lentement jusqu'à mille.

Il alluma une autre allumette et avisa une porte qu'il n'avait pas remarquée jusqu'alors. Elle était barrée d'un panneau « PRODUITS DANGEREUX – ACCÈS INTERDIT À TOUTE PERSONNE ÉTRANGÈRE AU SERVICE ».

Il l'ouvrit et regarda à l'intérieur. C'était une petite réserve, qui, pour avoir été presque entièrement vidée il y a longtemps, contenait encore quelques fioles et quelques bonbonnes dont les étiquettes indiquaient « CÉSIUM », « POTASSIUM », « PHOSPHORE BLANC », « MAGNÉSIUM » et « LITHIUM ».

Les cours de science lui revinrent en mémoire, et en particulier ceux au cours desquels ils avaient étudié la combustion du magnésium. Chacun avait pu ainsi expérimenter la haute inflammabilité du produit, sa brillante flamme blanche et, même, sa capacité à brûler dans l'eau. Les autres produits étaient eux aussi hautement instables. Un accident dans cette remise causerait une explosion dévastatrice et un incendie difficile à maîtriser. Certains récipients ne semblaient pas sûrs du tout. Ils étaient vraisemblablement là depuis des années et laissaient échapper une inquiétante odeur de produit chimique.

James attrapa un flacon de potassium. Il savait que c'était imprudent, mais, à part son canif, il n'avait pas d'arme. Il étudia le contenu de la fiole : trois bouts de métal grisâtres reposaient dans un liquide trouble.

Il glissa précautionneusement le flacon dans sa poche et retourna à la porte qu'il entrebâilla juste assez pour jeter un œil au-dehors.

Tout était calme.

Il sortit et s'enfonça plus avant dans l'usine. Arrivé au

bout du couloir, il entendit quelque chose au loin : une sorte de vrombissement et des bruits de coups. Il s'avança en direction du bruit. Les battements se firent réguliers, comme le tempo d'une musique dont la mélodie se serait perdue dans des éclats de voix.

Après tout, l'usine n'était peut-être pas entièrement désaffectée.

Une lourde porte d'acier rouillée barrait le bout du couloir. Le bruit venait de l'autre côté. Il colla son oreille à la paroi et tressaillit. Quelqu'un venait de poser la main sur la clenche. James se plaqua au mur. Le lourd panneau de métal s'ouvrit dans un grincement, fort heureusement dans le sens de James, qui se retrouva totalement dissimulé derrière le battant. Deighton, le majordome, sortit de la pièce en traînant un homme qui le suppliait d'une voix plaintive. Ce dernier était richement vêtu et son accent trahissait une extraction aristocratique.

–Je vous en prie, dit-il. Je peux vous donner de l'argent. Promis… Je vous payerai… S'il vous plaît…

Mais Deighton poursuivit sa route sans un mot et ils disparurent à l'angle du couloir.

Aussitôt après, il y eut un cri d'effroi et un long hurlement. « Non ! » Puis James entendit le son nauséeux de coups portés par un objet contondant. Il n'attendit pas d'en entendre davantage et passa la porte.

C'était comme traverser le miroir et se retrouver dans un autre monde.

Cette partie de l'usine avait été totalement transformée. Une épaisse moquette de laine ornée de motifs représentant des cartes à jouer et des dés recouvrait le sol. Les murs étaient habillés de papier peint coloré et décorés de miroirs à cadre doré. Des appliques du même métal diffusaient une lumière tamisée. Des tableaux montrant d'opulentes femmes nues lascivement alanguies sur des lits défaits – l'une d'elles jouant avec une grappe de raisins, tel un Bacchus d'opérette – étaient accrochés un peu partout. La musique était clairement audible, tout comme le brouhaha des voix.

Personne en vue. James en profita pour explorer la pièce. Il ouvrit une porte et se retrouva dans un vestiaire.

C'était Noël avant l'heure pour James. Il avait la même impression qu'un gamin entrant dans un magasin de bonbons avec de l'argent plein les poches.

Des habits d'hommes étaient soigneusement alignés sur des patères sous une étagère contenant des uniformes de chef cuistot et des uniformes de serveur.

Il se demanda combien de fois il devrait encore changer de vêtements avant la fin du week-end. Sa première tenue, il l'avait abandonnée à l'hôpital, la nuit dernière, au profit de celle qu'il avait subtilisée au malade et, maintenant, il s'apprêtait à lâcher celle qu'il avait empruntée à Perry pour en voler une autre.

Il inspecta les costumes jusqu'à trouver une veste et un pantalon qui pourraient lui aller, puis troqua précipitamment ses guenilles mouillées, qu'il jeta dans une poubelle, contre des vêtements secs.

Le costume était vieux et usé. Les coudes étaient lustrés et, bien que les manches de la veste et les jambes du pantalon fussent à peu près à sa taille, elles avaient été coupées pour quelqu'un de beaucoup plus corpulent que lui, si bien que le vêtement bâillait de toutes parts. Pour autant, le simple fait qu'il soit sec agissait comme un baume apaisant.

Au dernier moment, il se souvint du flacon de potassium et le retira de la poubelle.

Quand il fut prêt, il se remit en route. Le vestiaire donnait dans une vaste cuisine à l'éclairage aveuglant, remplie de cuisiniers chinois qui faisaient un vacarme assourdissant en s'affairant autour de leurs fourneaux. Les éclats de voix de la brigade le disputaient au tintement des casseroles et des plats. L'air était chaud et humide. Il y flottait de délicieuses effluves de cuisine.

James traversa la pièce d'un pas décidé, en essayant de ne pas se faire remarquer. Au bout de la cuisine deux portes battantes s'ouvraient sans cesse au rythme des serveurs qui se succédaient dans un sens ou dans un autre, les bras chargés de vaisselle sale ou de plats fraîchement préparés.

Il emboîta le pas d'un serveur et se retrouva au cœur de l'usine. Sauf que ce n'était plus du tout une usine. Tous les éléments industriels avaient été retirés et remplacés par des rangées de tables et de chaises. Un espace ouvert occupait le centre de l'immense pièce, ceinturée d'une galerie où se succédaient des alcôves à balcon où hommes et femmes dînaient et buvaient en poussant la voix pour se faire entendre pardessus le vacarme ambiant.

Un night-club !

À une extrémité, une scène, où un groupe de jazz jouait une musique entraînante. Mais personne ne dansait car, l'espace où aurait dû se trouver la piste était occupé par des tables de jeu (cartes, dés, roulette) autour desquelles se pressait une foule compacte, essentiellement composée d'hommes, qui jetait les billets au rythme des annonces des croupiers.

Hormis l'espace dévolu au jeu, violemment éclairé, le reste de l'endroit était baigné d'une lumière tamisée. Seules de petites lampes à abat-jour vermillon, posées sur les tables du restaurant, permettaient de distinguer ce qui se passait au fond de la salle. Les serveurs progressaient à tâtons dans l'obscurité pour servir et prendre les commandes.

Un épais nuage de fumée flottait au-dessus des tables, nimbées d'une atmosphère lourde où se mêlaient odeur de transpiration et relents d'alcool. Le bruit était assourdissant.

Une jeune chanteuse noire entonna une chanson d'amour que personne ne consentit à écouter, les tables de jeu concentrant toutes les attentions.

La clientèle provenait de tous horizons, depuis de riches aristos en cravate noire accompagnés de créatures dégoulinantes de bijoux et de fourrures jusqu'à de farouches bandes de marins en uniforme, sérieusement avinés. Et aussi des barons du quartier chinois, des voyous locaux en costume voyant et, éparpillés un peu partout dans la salle, des hommes assis seuls à leur table, la mine déconfite.

Une femme en robe rouge rehaussée de strass, outrageusement maquillée, remarqua James et s'approcha, ses lourdes hanches ondoyant au rythme de la musique.

– T'es pas un peu jeune, mon ange ? demanda-t-elle avant d'ajouter, sans attendre de réponse : mais tu m'as l'air plutôt dégourdi pour ton âge, qu'est-ce que tu dirais de payer un verre à une dame assoiffée ?

– Une autre fois, répondit James en s'éclipsant.

C'est alors qu'il remarqua la présence de quelques autres jeunes, entre seize et dix-sept ans, qui essayaient de paraître plus que leur âge en prenant ostensiblement des pauses désinvoltes sans parvenir à cacher leur anxiété.

Sur une des tables, James avisa un saladier rempli de pochettes d'allumettes. Il en prit une et constata que c'était la même que celle qu'il avait trouvée dans la Daimler.

C'était donc ça le Paradice Club.

Les jeux d'argent étaient supposément prohibés en Angleterre. Mais ceci ne semblait guère affecter les affaires de ce casino qui, bien qu'installé dans une usine abandonnée, attirait un monde fou. Espérer passer inaperçu dans ces conditions revenait à vouloir se fondre dans la foule d'Oxford Street avec un éléphant en laisse. Ce qui voulait dire, par conséquent, que personne ici ne craignait la police, pas même le propriétaire.

James décida qu'il en avait assez vu. En outre, s'il restait davantage, il finirait certainement par se faire repérer. Et puis, cette découverte l'avait pris de court. Il voulait partir et réfléchir à tout ça au calme.

Devant lui se trouvait une porte. Il l'ouvrit et pénétra dans une nouvelle salle, plus petite et, si tant est que cela fut possible, encore plus bondée et bruyante que la précédente. Il y avait un ring de boxe improvisé au centre, sur lequel deux hommes, torse nu, se battaient à poings nus. Ils avaient le visage entaillé et gonflé et semblaient à bout de forces. C'est tout juste s'ils tenaient encore debout. Au premier rang, des hommes et des femmes bien habillés hurlaient et riaient. Leurs vêtements étaient constellés de gouttes de sang.

James sortit de la salle et aperçut une issue, à l'autre extrémité de la salle de jeu. Deux cerbères en contrôlaient l'accès, mais uniquement dans le sens des entrées.

James se fraya un chemin parmi la foule.

Un marin hilare lui offrit un verre, qu'il déclina. Une femme portant une étole de fourrure et un collier de perles lui ébouriffa les cheveux en lui faisant un clin d'œil. Mais il continua d'avancer, zigzaguant entre les tables.

Bientôt, il se fit alpaguer par un homme de petite taille vêtu d'un costume bon marché et d'une chemise élimée. Il avait quelque chose de malsain. Ses petits yeux pochés se perdaient dans le vague, ses cheveux étaient ternes et gras, son nez cassé. Un vieux cigare coincé entre les dents, il semblait aussi soûl que le reste de la clientèle.

– Hé, gamin ! T'as une tête de veinard, toi, affirma-t-il avec un fort accent américain. File-moi un coup de main, j'en ai bien besoin.

– J'étais sur le point de partir.

– Vraiment ? dit l'homme avec un large sourire.

Et, quand James reprit son chemin, il l'attrapa par le bras et lui fourra un jeton jaune vif sous le nez.

– Regarde ça ! Ma dernière cartouche. Cinq livres. Tu sais combien j'en avais en venant ici ? Cinq cents ! Abbadabba, combien ça fait en vrai argent ? demanda-t-il en se tournant vers l'homme à son côté, un type bedonnant à la mine de papier mâché et à la calvitie naissante.

– Deux mille quatre cent trente-cinq dollars.

– T'entends ça, gamin ? s'exclama l'Américain. Plus de deux plaques évaporées. Tiens...

Et il fourra d'autorité le jeton jaune dans la main de James.

– Mise pour moi, gamin. Fais tourner ma chance.

– Non, répondit James.

Mais l'homme se pencha sur lui en le tenant d'une poigne étonnamment puissante, ses doigts labourant douloureusement son bras.

– On ne me dit pas non à moi, murmura-t-il avec une pointe de menace. Maintenant, pose ce jeton sur la table. Si tu gagnes, je te donnerai ta part. Si tu perds...

Sans finir sa phrase, il leva un sourcil et hocha doucement la tête de manière énigmatique.

En moins de temps qu'il n'en faut pour le dire, James se retrouva propulsé dans la foule jusqu'à la table de roulette, qu'il fixait d'un œil confus. Le tapis vert était couvert de chiffres, de cases et de symboles où s'étalaient des tas de jetons multicolores. Tommy Chong lui avait appris les rudiments du jeu de roulette sur un set miniature que lui avait envoyé son cousin. Malheureusement, ils n'avaient pu y jouer que quelques fois avant que Codrose ne confisque l'objet. Le système des mises était compliqué. James fouilla sa mémoire et, lentement, en retrouva les grandes lignes.

La roue était divisée en compartiments alternant le rouge et le noir, numérotés de un à trente-six – plus un zéro de couleur verte –, correspondant aux chiffres étalés sur la table. On pouvait miser sur n'importe quel numéro. Si celui-ci sortait, on remportait trente-cinq fois la mise. La probabilité de tomber sur le bon numéro était de trente-sept contre un, autant dire quasi nulle.

Mais il y avait aussi d'autres manières de jouer, comme miser la couleur. Dans ce cas, il suffisait de choisir entre rouge et noir, pour éventuellement remporter deux fois sa mise. On pouvait également parier sur pair ou impair, bas ou haut de tableau, sans compter qu'on pouvait diviser la table pour miser sur des colonnes, des rangées ou des groupes de chiffres. Par exemple, placer le jeton à l'intersection de quatre cases revenait à miser sur les quatre chiffres en question, pour un gain éventuel de huit fois la mise.

James ne voulait pas faire n'importe quoi. Tout ce qu'il voulait c'était quitter cet endroit avant que quelqu'un ne le remarque, aussi choisit-il le moins risqué des paris : à la couleur. Il déposa le jeton sur la case « rouge ». Il avait une chance sur deux de gagner. Enfin, sans tenir compte du zéro, car, si la bille tombait sur cette case, toute la table perdait sa mise, sauf ceux qui avaient misé sur ce chiffre particulier. Cela donnait un petit avantage au casino, lui assurant de se retrouver gagnant à la fin de la nuit, quelle que fût la tournure des événements.

Le croupier, un homme au visage dur et à la fine moustache, tourna la roue dans un sens et lança la bille dans l'autre. Après avoir longuement rebondi sur les cases, celle-ci s'immobilisa sur le numéro dix-huit.

Rouge.

L'Américain donna une grande tape dans le dos de James, manquant de le faire tomber.

– Bien joué, gamin, hurla-t-il à son oreille en lui soufflant une bouffée de cigare sous le nez.

Le croupier fit glisser un autre jeton jaune à côté du premier. De cinq livres, l'Américain était passé à dix. On était encore loin de cinq cents, mais c'était mieux que rien.

Avec un immense soulagement, James tourna les talons. Mais, une fois de plus, l'Américain le retint.

– Où tu vas, gamin ? On n'en a pas terminé tous les deux. Tu es ma mascotte. Rejoue.

– Non vraiment, protesta James. Je dois vraiment partir...

– Allons, allons. Ne sois pas si pressé, répondit l'Américain en retrouvant un ton menaçant. Mise encore.

James était piégé. L'homme était ivre et il menaçait de devenir violent. Ne voulant surtout pas attirer l'attention, James retourna à la table de roulette.

– Alors ? demanda l'Américain d'une voix trop forte. Qu'est-ce que tu recommandes ?

– Laissez-le là où il est, répondit tristement James.

– Sur le rouge ?

– Mmh.

– Bon. C'est toi le patron.

Une fois encore, le croupier lança la roue. Cette fois, la bille s'arrêta sur le trente-quatre.

Encore un rouge.

James ne put retenir un sourire en voyant le croupier ajouter deux autres jetons jaunes. Il avait fait gagner quinze livres à l'Américain, qui riait à gorge déployée.

– Tu me plais, gamin, dit-il en passant un bras autour des épaules de James. Comment tu t'appelles ?

– Mon nom est Bond. James Bond.

Les mots étaient sortis tout seuls. Il les regretta instantanément. Mais à quoi pensait-il ? Il aurait dû donner un faux nom. Mais l'excitation du jeu avait eu raison de sa prudence.

– Moi, je m'appelle Flegenheimer. Mais tu peux m'appeler Dutch.

– Pas si fort, le rabroua son ami, Abbadabba.

– Calme-toi, Abbs. Le môme et moi, on est potes.

Il renifla et prit James par le menton.

– Allez, on y retourne, gamin. Vingt livres, c'est de la gnognotte. Je suis venu là avec cinq cents, je ne partirai pas sans m'être refait.

– Non, désolé, dit James. Il faut vraiment que j'y aille.

– Faites vos jeux ! cria le croupier.

– T'as entendu le monsieur, embraya Dutch. Allez, gamin, mise.

James étudia la table. Il fallait absolument qu'il se tire de ce guêpier et une des meilleures manières de le faire était encore de tout perdre. Une fois sur la paille, ce fâcheux cesserait sûrement de le prendre pour une martingale. Il poussa donc la minuscule pile de jetons au centre de la table, sur le numéro seize.

– Waouh ! s'exclama Dutch. Tu mises *tout* sur le seize ? Tu prends des risques, gamin.

– Vous me faites confiance, ou pas ?

L'Américain regarda James droit dans les yeux. Il y avait quelque chose de froid comme la mort dans son regard, quelque chose d'inhumain. Le genre d'homme capable de vous tuer comme ça, pour un rien.

– La chance est une femme qu'il faut savoir provoquer, répondit-il après un silence. Si elle te sourit, il ne faut pas avoir peur d'aller jusqu'au bout. Oui, j'ai confiance en toi, gamin. La moitié de ce qu'il y a là devrait être à toi. Mais je te préviens, je suis très mauvais perdant.

Puis l'homme glissa quelque chose à l'oreille d'Abbadabba et tous deux éclatèrent de rire.

James fixa des yeux la pile de jetons sur la table. C'était exaltant de gagner. Mais perdre… ça ressemblait à quoi ?

Le croupier se prépara à lancer la roue. Au dernier moment,

James se pencha sur le tapis vert et fit glisser ses jetons sur le numéro sept.

Son numéro fétiche.

Le croupier lança la roue, puis la bille, qui roula en sifflant à l'extrémité du cylindre, descendant lentement, inexorablement, le long de la paroi avant d'entrer en contact avec les cases et de rebondir dans tous les sens avec un tintement métallique. Un instant, elle faisait mine de s'immobiliser dans un trou, mais reprenait bientôt sa course folle, rebondissant au hasard des cases.

James transpirait. Plus rien au monde ne comptait à ses yeux sinon cette petite bille argentée qui dansait dans son cylindre.

Il n'aurait su dire si le groupe jouait encore. Les gens autour de lui s'étaient évanouis dans l'oubli. Ne restaient que lui et la roulette.

N'y tenant plus, il ferma les yeux juste avant que le bruit de la bille ne cesse. Il y eut un bref silence, suivi d'une explosion de hourras. James ouvrit les yeux et découvrit la bille solidement enchâssée dans la case numéro sept.

James se retourna et croisa le regard assassin de Dutch.

– Je t'avais prévenu, gamin… Fallait pas que tu perdes.

– Mais je n'ai pas perdu, rétorqua James d'une voix incertaine. J'ai changé au dernier moment.

– Vraiment ?

– J'ai tout mis sur le sept.

– Pas sur le seize ? dit Dutch en repoussant James sur le côté afin de pouvoir embrasser la table du regard. Oh, Mama ! Il l'a fait ! Hee Ha ! Voilà qui va remettre à flot la trésorerie. Vite, Abbadabba, combien ça fait trente-cinq fois vingt ?

– Sept cents, répondit ce dernier sans réfléchir.

– Tu me plais, gamin ! s'exclama Dutch. Qu'est-ce que tu dirais de travailler pour moi ?

– Laisse tomber, conseilla Abbadabba.

James était dans un état second. Tout le monde autour de la table le congratulait en le gratifiant de grandes tapes dans le dos tandis que le croupier poussait vers lui une impressionnante pile de jetons, un sourire amer au coin des lèvres.

– Bon ! On va pas s'arrêter là, dit Dutch en se frottant les mains. Quand on est sur une bonne série, il ne faut pas lâcher l'affaire.

– Vous avez récupéré votre mise, répondit James. Je peux partir maintenant ?

– Po-po-po ! Tu vas nulle part, gamin.

C'est alors que James sentit des mains se poser sur lui et le tirer en arrière.

– Il vient avec nous, dit une voix qu'il reconnut aussitôt.

C'était celle de Ludwig Smith, accompagné pour l'occasion de Deighton, le majordome, et d'un autre membre du service d'ordre. Ils emmenèrent James en se frayant sans ménagement un chemin à travers la foule.

– Hé gamin ! hurla Dutch. Où est-ce que je dois envoyer l'argent ?

– Envoie-le aux œuvres d'Eton, répondit Ludwig avec un rire d'hyène. Ça paiera les frais d'enterrement.

18

Poison de prédilection

James fut conduit dans une pièce située au-dessus de la salle de jeu et qui, à l'origine, devait certainement servir de bureau au directeur de l'usine. En effet, un des murs donnant sur la fosse était entièrement vitré, ce qui permettait au patron de garder un œil sur ses ouvriers.

– Vous aurez été une plaie du début à la fin, Oliver ! Ou devrais-je dire Bryce ? Ou… ? Au fait, quel est votre vrai nom ?

– Grincheux, répondit James, sans faire rire personne.

La pièce dans laquelle ils se trouvaient ressemblait au bureau de tous les patrons de la terre. Des paysages ennuyeux aux murs, un téléphone à côté d'une liseuse à abat-jour vert sur la grande table, des étagères avec quelques livres et des dossiers. La seule note dissonante dans ce tableau attendu était une étrange machine à côté de la porte. Une sorte de clavier de machine à écrire était raccordé à une énorme boîte de métal contenant un enchevêtrement compliqué de roues crantées, de leviers et de pignons.

Sir John Charnage penché en avant, la tête entre les mains, était assis derrière un immense bureau, au plateau gainé de cuir. Une cigarette se consumait dans un cendrier, juste à côté d'un verre de whisky.

Wolfgang et Ludwig Smith se tenaient debout, de part et d'autre de son fauteuil. Deighton était retourné à son poste, dans la salle de jeu. En retrait dans un coin de la pièce, une femme était calmement assise. James la distinguait à peine, à cause de la lampe qui l'aveuglait. Elle était parfaitement immobile et silencieuse. Cette présence inexpliquée l'intriguait.

– Enfin, là n'est pas la question, trancha finalement Charnage. Que nous importe comment vous vous appelez. L'important c'est que vous soyez entre nos mains, n'est-ce pas ? Car, quand nous en aurons terminé, même vous n'aurez plus besoin de nom. Sauf peut-être pour votre pierre tombale. À votre avis, quelle épitaphe vous siérait le mieux ? Que diriez-vous de : « ci-gît un garçon qui ne pouvait s'empêcher de fourrer son nez dans les affaires d'autrui » ?

James était déterminé à ne pas laisser paraître sa peur devant Charnage.

– Personnellement, je préférerais : « ci-gît un homme qui vécut centenaire », répondit James sans se démonter.

Charnage eut un petit rire et prit une lampée de whisky.

– Comment pouvez-vous rigoler après ce qu'il a fait à votre voiture ? demanda Ludwig, légèrement accusateur.

– On l'a. C'est l'essentiel, répondit Charnage d'une voix désinvolte en reprenant sa cigarette, sur laquelle il tira longuement. Ainsi, tout va pour le mieux dans le meilleur des mondes... – Il recracha un petit filet de fumée entre ses lèvres. – La seule question qui tienne, maintenant qu'on l'a, c'est : qu'est-ce qu'on fait de la petite peste ?

– Laissez-le-moi, bafouilla Wolfgang entre ses dents brisées.

À ces mots, il fit un pas de côté et avança vers James.

– Je vais lui régler son compte.

– Si j'étais vous, je ne m'approcherais pas trop de lui, ironisa Charnage. J'ose vous rappeler qu'à chaque fois que vous vous êtes croisés, vous y avez laissé une partie de votre anatomie.

Il éclata de rire. Wolfgang le regarda d'un air mauvais. Pourtant, aussi belliqueux qu'ait été son regard, celui de Ludwig fut pire encore.

– Ne vous avisez pas de rire de mon frère, coupa sèchement ce dernier.

– Oh, je vous en prie ! Ne soyez pas si susceptible, répondit Charnage. Et n'oubliez pas qui vous paye.

– Ça ne vous donne pas le droit de vous moquer de Wolfgang, insista Ludwig.

– Vous admettrez que c'est drôle, poursuivit Charnage. Il tombe en morceaux : d'abord son oreille, ensuite ses dents. Je me demande ce qu'il perdra la prochaine fois ? Un rein ? Sa jambe gauche ? Il clopine déjà comme quelqu'un qui aurait marché sur une mine.

– Il n'y aura pas de prochaine fois, grogna Ludwig. Wolfgang et moi allons pendre ce marmot par les tripes.

– J'apprécie votre enthousiasme, dit Charnage, mais pas de précipitation. Nous devons d'abord réfléchir à la chose. Nous ne sommes pas encore tout à fait partis et je ne veux pas avoir la police sur le dos d'ici là.

– On n'a qu'à enterrer le corps là où personne ne le trouvera, suggéra Ludwig.

– En effet, je suis sûr que c'est dans vos moyens, rétorqua Charnage. Mais ce serait mieux que quelqu'un le trouve.

– Comment ça, mieux ?

– Parce que, voyez-vous, Ludwig, s'ils le trouvent, ils ne le chercheront pas ? Réfléchissez. On découvre un jeune homme, victime d'un malheureux accident. La faute à pas de chance. Fin de l'histoire.

Charnage dévisagea James avec un sourire qui se transforma bien vite en une théâtrale expression de remord inquiet.

– Oh ! mais où ai-je la tête ? dit-il. Je n'ai pas pensé à vous offrir à boire. Qu'est-ce qui vous ferait plaisir ? Whisky, brandy, gin… vodka russe ?

– Merci, rien.

– Détendez-vous, poursuivit Charnage avec un sourire mielleux. Nous sommes entre amis. Je ne dirai à personne que vous avez touché au breuvage du diable, vous avez ma parole.

– Je ne boirai rien venant de vous.

– Allons donc. Et pourquoi cela ? bougonna Charnage. Ah, oui, je sais. Vous avez vu ma petite collection à la maison et vous avez peur que je vous empoisonne. – Il sirota un peu de whisky et se lécha les babines. – Saviez-vous qu'en Italie, durant la Renaissance, la famille Borgia, connue pour ses intrigues et ses meurtres sanguinaires, était si attachée à ses poisons qu'elle gardait les fioles les plus rares à la cave, comme s'il s'agissait de précieuses bouteilles de vin ? Et dire qu'un des leurs était pape !

Il éclata de rire et prit une autre lampée de liquide ambré.

– J'ai toujours admiré les Borgia, poursuivit-il. Et j'ai étudié les poisons de près. Savez-vous, par exemple, combien il y a d'espèces venimeuses dans les océans ?

– Je n'en ai aucune idée, répondit James. Cela ne fait pas partie de mes centres d'intérêt.

– Essayez de deviner.

– Je ne sais pas. Cent ?

– Douze cents, répondit Charnage. Et ça seulement dans les mers ! Car, sur terre, il faut ajouter quatre cents espèces de serpents, deux cents d'araignées, soixante-quinze de scorpions, plus soixante tiques… Et je pourrais continuer. Bref, en un mot, c'est le monde lui-même qui est venimeux. En effet, si on y pense, *tout* est poison… à condition d'en avaler suffisamment. Prenez les médicaments. Au fond ce ne sont que des poisons, mais qu'on prend en très petite quantité. Forcez la dose et, au lieu de vous soigner, ils vous tueront. Même l'eau est un poison. Si l'on en boit trop, le sang se liquéfie anormalement, la concentration de sodium baisse, causant la mort par hyponatrémie. Ainsi, ce que j'essaie de vous dire, c'est que je n'ai nullement besoin d'un poison rare et sophistiqué pour vous liquider. Nul besoin de verser de l'arsenic dans votre verre pendant que vous avez le dos tourné, ou de cacher une dose de cyanure dans une chevalière ou encore de vous injecter discrètement un peu de curare. Tout ceci est très pittoresque, j'en conviens, mais également parfaitement déplacé. Non, il sera bien plus profitable de vous éliminer à l'aide d'une substance on ne peut plus commune, de manière à ce que personne ne se pose de questions.

– Tiens, je vais boire à ça, dit Ludwig en ricanant.

Charnage vida son verre – qu'il remplit aussitôt –, puis il se leva et se dirigea vers une petite armoire qu'il ouvrit, révélant une scintillante collection de bouteilles.

– Vous et moi allons prendre un bon petit verre, dit-il. Alors ? Que préférez-vous ?

Ludwig ricana de plus belle.

– Je ne boirai rien, dit James avec entêtement.

– Oh que si vous allez boire ! D'une manière ou d'une autre. Que diriez-vous d'un bon gin anglais ? Vous avez la fibre patriotique, n'est-ce pas ? Alors buvons à cette chère Angleterre ; à Rule Britannia [1] et à toutes ces fadaises ; à l'empire sur lequel le soleil ne se couche jamais ; à ce bon vieux roi George, qui a envoyé des millions d'hommes se faire massacrer sur les champs de bataille.

– Je ne boirai pas, répéta James.

1. Chant patriotique anglais

–Je ne vous en blâme pas, dit Charnage en remplissant à ras bord un grand verre de gin. L'alcool est une substance détestable… mortelle… qui détruit le foie, attaque les intestins, ronge le cerveau, empoisonne le sang et bouche les artères de graisse. L'alcool est capable de transformer un être sain d'esprit en dément sanguinaire et un esprit brillant, en attardé. Très étrange cette propension qu'ont les hommes à prendre plaisir à se détruire… Sûrement une preuve supplémentaire du sens de l'humour du Créateur… Bon, c'est pas tout ça, qui veut faire la maman ?

Ludwig accepta l'offre de bonne grâce. Charnage s'assit sur un coin du bureau.

Ludwig s'approcha de James et lui fourra le verre de gin sous le nez. Des arômes de fleurs, d'agrumes et de détergent montèrent dans ses narines et le prirent à la gorge.

–Tu vas le boire tout seul ou tu veux que je t'aide ? menaça Ludwig.

James prit le verre avec un air de défi. Dans sa transparente clarté, le liquide semblait parfaitement inoffensif. S'il n'y avait eu l'odeur, ça aurait aussi bien pu être de l'eau.

–Tchin-tchin, lança Charnage en levant son verre. Allez, cul sec !

Pour toute réponse, James lui lança le sien à la tête, de toutes ses forces. Charnage esquiva nonchalamment et le projectile alla pitoyablement s'écraser sur le mur derrière lui. Le gin avait volé partout. Une forte odeur d'alcool emplit la pièce.

–Quel dommage ! dit Charnage en essuyant son bureau avec une pochette de soie. La fête vient de tourner court.

Sur ces mots, il ouvrit un tiroir et en sortit une paire de menottes.

–Mets-lui ça, ordonna-t-il en les lançant à Ludwig.

Celui-ci les réceptionna adroitement, mais, profitant de sa

distraction, James bondit de sa chaise et se rua sur lui, le plaquant contre le mur. L'impact lui coupa le souffle. Mais, déjà, Charnage avait attrapé James et, lui tordant le bras dans le dos, le repoussa vers la chaise. Battant follement des pieds, James parvint à l'atteindre aux tibias. Charnage jura et s'affaissa. Fort de cet avantage momentané, James lui asséna un méchant coup de talon sur le coup de pied. Mais Charnage ne lâcha pas prise pour autant, lui tordant le bras de plus belle.

Ludwig se joignit à la lutte, passant son bras autour du cou de James pour l'étrangler. Wolfgang, lui, gardait prudemment ses distances.

La lutte fut âpre, James se débattant comme un beau diable. Mais les hommes étaient plus forts que lui et, au bout du compte, ils réussirent à le menotter à sa chaise.

À l'issue du corps à corps, James constata, non sans déplaisir que Ludwig saignait du nez et que Charnage boitait plus qu'à l'accoutumée. À aucun moment, il n'avait réellement espéré s'échapper, il s'agissait seulement de ne pas mettre un genou à terre sans combattre. En outre, cette brève explosion de violence lui avait calmé les nerfs, éclairci l'esprit, et l'avait vidé d'une partie de sa colère.

– Bien, dit Charnage en remplissant un nouveau verre de gin. Essayons encore, voulez-vous ?

Cette fois, Ludwig prit d'autorité le contrôle des opérations. Sans crier gare, il tira sèchement la tête de James en arrière et lui boucha les narines. Celui-ci ouvrit la bouche pour respirer. Charnage versa d'un trait le verre de gin dans sa cavité buccale. James n'eut d'autre choix que d'avaler ou d'étouffer.

L'alcool se répandit dans son ventre, brûlant tout sur son passage, jusqu'à l'estomac où il s'installa comme une sorte de brique nauséeuse. Ludwig le relâcha. Charnage retourna au bureau pour remplir à nouveau le verre.

Sur sa chaise, James toussait et crachait, la tête basculée en avant, répandant des filets de bave et de gin sur la moquette. Il se racla la gorge. Déjà, son corps se cabrait sous l'effet de l'alcool. Son système nerveux central commençait à envoyer des signaux d'alerte. Ce truc qu'on avait fourré dans ses boyaux n'était pas le bienvenu, il eût convenu de l'évacuer au plus vite. Pourtant, avant qu'il ait pu envisager la moindre parade, Charnage lui bascula à nouveau la tête en arrière et lui versa un second verre de gin dans la bouche. Sa glotte se bloqua et il se débrouilla pour en recracher la moitié, mais ne put rien pour refouler le reste.

– Une chose m'intrigue, dit Charnage en plantant ses yeux dans ceux de James, l'immobilisant toujours par les cheveux. Qu'est-ce que vous espériez faire du haut de votre adolescence ?

– Retrouver Fairburn, répondit James d'une voix étranglée. Le libérer et vous empêcher de mettre votre plan à exécution, quel qu'il soit.

– « M'empêcher de mettre mon plan à exécution » ? railla Charnage, la voix lourde de sarcasmes. C'est un peu vague tout ça, vous ne trouvez pas, jeune homme ?

Il attrapa son godet et observa James par-dessus la lisière du verre. Une lueur d'amusement sadique brillait dans ses yeux cernés.

– Au fond, vous ne savez rien, dit-il en se rasseyant.

James ressentait déjà les effets de l'alcool. Sa vue se brouillait… tout comme ses idées, partagées entre circonspection et témérité, entre silence prudent et l'envie d'en découdre.

Comme souvent, la témérité l'emporta.

– Je sais que vous construisez une machine, dit-il d'une voix chancelante.

Charnage s'enfonça dans son fauteuil, l'air légèrement décontenancé.

– Poursuivez…

– Une machine qui pense comme un humain, reprit James, mais mille fois plus vite.

Charnage fronça les sourcils, puis tourna vivement la tête vers la femme toujours assise dans l'ombre.

– C'est ça ? demanda James en levant le menton vers la machine posée à côté de la porte.

– Ça ? pouffa Charnage. Non ! Ça, c'est juste un jouet.

– Vous travailliez avec Peterson, n'est-ce pas ? demanda James. J'imagine que c'est lui qui a construit ça pour vous. Peut-être le prototype d'une machine plus grosse, j'sais pas, moi…

– Bien sûr que vous ne savez pas, dit Charnage d'un ton las. Vous n'avez pas le début d'une esquisse de réponse. Mais quoi de plus normal puisque vous n'êtes qu'un petit impertinent qui se monte le bourrichon.

– Peterson a commencé à travailler sur une machine plus grosse, embraya James. Mais, tout seul, il n'y arrivait pas. Vous avez demandé son aide à Fairburn, mais celui-ci a refusé car il savait pour qui vous travailliez. Il savait que vous aviez pactisé avec le diable.

Pour la première fois, Charnage parut le prendre au sérieux.

– Qui vous a raconté ça ?

– Ah ! Vous me croyez maintenant ? Vous voyez que je sais ce que vous complotez.

– Ah, bon ? Et pour qui est-ce que je travaille, je vous prie ?

James ne répondit pas. Et pour cause, il n'avait pas la moindre idée de la réponse. Trois des énigmes de Fairburn restaient sans solution.

D'un vague geste du menton, Charnage ordonna à Ludwig de continuer. Celui-ci versa un autre verre de gin dans la bouche de James.

Il s'étrangla, essayant désespérément de faire barrage à ce poison. Il fit d'horribles gargouillis qui firent mousser le gin. Ce faisant, une partie du liquide passa dans le mauvais tuyau et se déversa dans ses poumons, enflammant sa poitrine.

Avant que James ait eu le temps de récupérer, Ludwig lui en versa encore. James sentit son estomac se retourner. Il eut un haut-le-cœur et sentit une boule acide remonter dans son œsophage. Il déglutit comme il put et fut pris d'un nouveau spasme.

– Ce truc est vraiment mortel, ironisa Charnage, pas étonnant que ces culs-bénits d'Américains l'aient fait interdire. Mais la loi ne peut rien contre les mauvais penchants des hommes. Tout ce qu'aura fait la prohibition, c'est de favoriser l'émergence des gangs, tous prêts à distribuer une substance d'autant plus désirée qu'elle était illégale. Mais au fait, vous savez de quoi je parle, puisqu'il me semble que vous avez fait la connaissance d'un de ces caïds américains dans la salle de jeu. Ce cher monsieur Schultz, baron de la bière à New York. À voir comme ça, il ne paye pas de mine, vous ne trouvez pas ? Et pourtant, en une seule année, il a engrangé quelque chose comme quatorze millions de dollars et fait passer de vie à trépas Dieu seul sait combien de ses concitoyens. Que savez-vous d'autre, morveux ?

La voix, caverneuse et atrocement forte, résonnait douloureusement à l'oreille de James. Un affreux mal de tête le lançait à chaque battement de son cœur, comme si quelqu'un, à l'intérieur de son crâne, donnait des coups de marteau derrière ses yeux, pour les faire jaillir de leurs orbites.

Il regarda autour de lui. C'était comme si les couleurs avaient fondu en jaune lavasse ou en marron boueux. Il essaya de fixer son attention sur un objet en particulier, mais ses yeux s'y refusaient, dérivant continuellement d'un point à un autre. Finalement, son regard se posa sur la femme qui était restée assise dans l'ombre tout le temps qu'avait duré cette petite séance.

La lampe du bureau avait dû bouger car, pour la première fois, il la distinguait clairement. Elle était vêtue d'un ensemble terne, couleur kaki, qui cadrait parfaitement avec son physique asexué et sans grâce. De courts cheveux gris encadraient un visage large et plat, à l'expression dure, comme taillé dans un bloc de roche. S'il n'y avait eu ses yeux, elle aurait pu ressembler à n'importe quelle femme mûre qui aurait vécu une vie dure, faite de tâches pénibles, au grand air. Le genre de femme qu'on rencontre sur les marchés, ou dans les champs. Mais il y avait ses yeux. Effrayants. Noirs et lourds d'un silence ancestral, comme s'ils avaient tout vu et que rien ne pourrait jamais plus les surprendre. Même dans son état, James comprit au premier coup d'œil qu'il serait parfaitement vain d'en appeler à ces yeux pour obtenir de l'aide.

La pièce se mit à tourner. Un vertige nauséeux s'empara de lui, comme s'il était resté sur un manège jusqu'à s'étourdir. Il ferma les paupières, mais c'était encore pire. Il ne distinguait plus le haut du bas et se sentait horriblement mal, ayant perdu tout contrôle de lui-même.

– Que savez-vous d'autre ? répéta Charnage. Pour qui est-ce que je travaille ?

Ses idées se mélangeaient dans sa tête, tournant et tournant encore, comme si elles avaient voulu imiter les sombres remous qui agitaient son ventre. Ses pensées se bousculaient au petit bonheur la chance, confusément, pourtant il en était une qui revenait sans cesse à la surface…

Théo. Le clochard. Il avait dit quelque chose qu'il n'avait pas oublié. Une chose si anodine qu'il n'y avait pas prêté attention sur le moment. Mais, une idée en amenant une autre, il lui semblait que ça pouvait faire sens. Si seulement il pouvait rassembler les bribes d'informations éparpillées dans les méandres alcoolisés de son cerveau.

Un truc à propos de Karl Marx.

« C'était quoi déjà ? »

Que Marx était enterré au cimetière de Highgate. « Oui, c'était ça. » Et puis aussi autre chose. Une phrase qu'il avait prononcée.

Celui qui a fait tourner au rouge l'ours russe.

La Russie était toujours représentée par un ours. L'équivalent du bulldog anglais ou de l'aigle américain.

Et rouge, c'était la couleur du communisme.

James se rappela la plaisanterie de Perry, dans le taxi qui les emmenait au cimetière : on va chercher un ours rouge qui conduit un bateau.

Rouge. Callisto. L'ours rouge. Était-ce cela que Fairburn voulait leur dire dans son message codé ?

Alexis Fairburn. Né Alexei Fyodorov.

James releva la tête et posa les yeux sur Charnage, aussi fixement que possible.

– Vous travaillez pour les Russes, dit-il finalement.

Charnage s'immobilisa, cloué sur place. Un lourd silence s'abattit sur la pièce, comme si le temps s'était arrêté.

La femme silencieusement assise au fond du bureau se chargea de rompre le charme. Son intervention se limita à un mot : « John ! »

Durant un instant, les yeux de Charnage s'assombrirent James réalisa alors qu'il avait peur de cette femme. Ce n'était pas lui le grand patron. C'était elle.

Charnage s'approcha d'elle et tous deux eurent une brève conversation à voix basse. Assourdi par le sang qui cognait et sifflait à ses tempes, James n'entendait rien de ce qui se disait. Il ferma les yeux et tenta de reprendre un tant soit peu le contrôle de lui-même. En vain. Tout son corps tremblait. Le poison se diffusait inexorablement dans son organisme.

C'était sans espoir. Il allait mourir.

– Allez, parle, tonna la voix de Charnage, à la fois douloureusement proche et incroyablement distante.

James ouvrit les yeux, mais il était incapable de parler.

Pris d'une irrépressible nausée, il se laissa tomber en avant et régurgita le contenu de son estomac sur la moquette et sur le bas de pantalon du propriétaire. Gobant l'air comme un poisson fraîchement sorti de l'eau, il chercha à remplir ses poumons d'un oxygène salvateur, mais n'aspira que le souffle méphitique des vapeurs d'alcool mêlées au vomi.

Charnage lui essuya le visage. Nullement un geste de bonté. Une simple précaution. Il ne voulait pas se salir en l'attrapant à nouveau.

– Non, supplia James. Je vous en prie…

– Qu'est-ce qui ne va pas ? railla Charnage. Ceci heurte-t-il votre sens du fair-play ? Êtes-vous fâché que tout ne se passe pas exactement comme au cricket ?

– S'il vous plaît… Je…

Mais ses mots se noyèrent dans le gin.

19

Une substance volatile

De la poussière. L'obscurité. Des hurlements. Un étau autour du crâne. Des silhouettes sombres qui tourbillonnent devant ses yeux. Une odeur de vomi. Briques nues. Des bruits de pas sur un escalier métallique. Des éclats de voix. En écho. Des mains qui le tiennent aux bras et aux chevilles.

– Attention…

Un flash de lumière blanche. Sa tête heurte un mur.

Quelqu'un éclate de rire.

Le grincement d'une porte. Papier peint vaguement familier. Image de femme nue avec grappe de raisin. Il est déjà venu là. Quand était-ce… ?

De l'air frais. Glacial. Tranchant comme une lame. Qui le sort de sa torpeur.

La tête tournée vers le ciel. Les frères Smith l'avaient transporté hors de l'usine, dans la cour. Il emplit d'oxygène ses poumons douloureux. Les nuages s'étaient dissipés. Des étoiles brillaient dans le ciel. Vacillantes et floues. L'impression de sombrer dans un siphon géant, insondable…

Il perdit à nouveau connaissance.

Il rêvait. D'étranges images tournaient dans sa tête. Les objets semblaient foncer droit sur lui. Il s'imagina sur le terrain du Hollandais, jouant au cricket. Le lanceur le bombardait de balles vicieuses, qui rebondissaient juste devant lui et cognaient sa poitrine, son visage, ses jambes. Il avait mal partout.

Il aurait voulu lui crier d'arrêter, mais il ne pouvait pas parler.

Il essaya de se concentrer, de faire refluer ses vertiges, de reprendre le contrôle de son esprit, mais tout ce qu'il voyait c'étaient des énigmes, des grilles de mots croisés atrocement compliquées et des codes binaires qui tournoyaient dans l'espace, à l'infini. Fairburn déguisé en cow-boy, une bulle de bande dessinée sortant de sa bouche : *Rares sont ceux qui témoignent un intérêt aussi sincère que le vôtre pour cette gymnastique de l'esprit. Je pense par exemple au camarade avec qui vous cantinez, le coureur qui ferait mieux d'accepter ce qu'il est et de mûrir un peu.*

– Vous avez raison, balbutia James. Je hais les mots croisés.

Résoudre les sept énigmes.

– Faites-le vous-même…

– Qu'est-ce qu'il dit ?

– Il délire.

Un bruit d'eau. Et les relents puants de la Tamise, mélange de poisson avarié et de vase nauséabonde.

Il ouvrit les yeux. Les frères le trimballaient le long d'une échelle glissante, menant à une péniche. Ils étaient dans un vaste dock, regorgeant de bateaux. Un brouillard jaunâtre flottait au-dessus de l'eau. Quelque part, au loin, un navire fit longuement sonner sa corne de brume. Un triste hurlement plaintif ricocha à la surface des flots.

James s'effondra comme une poupée de chiffon quand ils le laissèrent choir face contre terre sur le pont de la barge où reposaient quelques centimètres d'eau glacée, qui le firent revenir momentanément à lui. Il roula de côté pour se mettre sur le dos. Wolfgang et Ludwig le toisaient de haut. Un large sourire illumina la face de mort de Ludwig.

– Alors ? On se réveille ? dit-il d'un ton moqueur. Tant mieux, ça serait pas marrant si tu ne te rendais pas compte de ce qui t'arrive.

– Allons-y, coupa Wolfgang. Tu sais bien que je déteste les bateaux.

– C'est pas ma faute si t'as jamais appris à nager, répliqua Ludwig.

– On parlera de ça une autre fois. Finissons-en et retournons sur le plancher des vaches.

« Wolfgang ne sait pas nager. Il a peur de l'eau. »

Ce fut comme une petite étincelle dans le fond du cerveau de James. Il emmagasina l'information. « L'information, c'est le pouvoir », comme disait l'oncle Max, qui avait été espion pendant la Grande Guerre. Il lui avait également appris que personne ne pouvait venir à bout d'un Bond.

Il fallait qu'il se batte, qu'il se batte pour rester conscient, qu'il se batte contre le poison dans son organisme, qu'il se batte contre ces deux tueurs.

C'était la seule issue s'il voulait sauver sa peau.

Ludwig s'agenouilla et l'agrippa par le menton, d'une main. Puis il lui secoua violemment la tête, enfonçant ses doigts dans ses joues.

– C'est ça, grogna-t-il. Reste éveillé. Je veux t'entendre nous supplier quand on te passera par-dessus bord.

– Allez, coupa Wolfgang d'un ton grincheux. Qu'on en finisse avec ça.

– Bon bon, très bien, dit Ludwig en se redressant. Largue les amarres.

– Tu peux pas le faire, toi ? Je pourrais tomber.

– Pff ! T'es vraiment bon à rien.

– C'est à cause de mon genou, Ludo. Tu sais bien que j'ai

du mal à marcher, et porter le môme jusqu'ici n'a rien arrangé.

– Ouais, comme d'habitude. C'est moi qui fais tout.

Quelques secondes plus tard, James sentit une secousse, bientôt suivie d'un bruit de moteur qui démarra en toussant longuement. De lourdes vapeurs de diesel montèrent de l'arrière. James se sentit en proie à une nouvelle nausée. À peine eut-il le temps de réaliser, qu'il arrosa le pont d'un puissant jet de liquide acide et puant.

– Occupe-t'en ! hurla Ludwig.

Wolfgang traîna James près du bastingage avant de prestement se rasseoir de l'autre côté.

– Surveille-le, ordonna Ludwig. Il ne faudrait pas qu'il saute à la baille avant qu'on ait atteint Limehouse Reach. Là, il n'aura aucune chance de regagner le bord à la nage.

James s'accouda à la coque de la barge. Le fait de vomir lui avait un peu éclairci les idées, mais il avait toujours mal partout. Il avait ingurgité assez d'alcool pour en mourir. Mélangée au sang, la substance se répandait dans tout son organisme, attaquant les organes principaux comme le foie, les reins, le cerveau…

Son corps faisait tout ce qu'il pouvait pour résister à l'assaut du poison. S'ils le jetaient dans les eaux tumultueuses de la Tamise, il ne tiendrait pas une minute.

« Reste concentré, James. Étudie le terrain. L'information, c'est le pouvoir. »

Il était sur une barge à moteur, constituée de plaques de métal rouillé sommairement rivetées ensemble. L'engin ressemblait à une écuelle à coins carrés, avec de hauts bords. Ses points forts n'étaient ni la vitesse ni le confort. C'était un engin industriel, destiné à convoyer des marchandises sur la Tamise.

Ludwig était debout à l'arrière. Il tenait la barre. James l'observa du coin de l'œil tandis qu'il manœuvrait péniblement au milieu des rangées de bateaux amarrés les uns aux autres à partir du quai. Il y en avait tellement qu'on aurait pu traverser le mouillage en sautant d'un pont à un autre. Le port était entouré d'entrepôts et de bâtiments industriels, tous parfaitement silencieux. Pas âme qui vive. On devait être au beau milieu de la nuit.

La vue de James se brouilla. Bientôt, il vit deux Ludwig tenir la barre. Il lutta pour forcer sa rétine à faire le point, mais c'était comme s'il était dans le corps de quelqu'un d'autre, sans aucun moyen pour le contrôler.

« Fais marcher tes méninges, James. Réfléchis. »

Si jamais il s'en sortait vivant, il faudrait encore qu'il retrouve Fairburn.

Sept énigmes à résoudre.

Le camarade avec qui vous cantinez, le coureur, qui ferait bien d'accepter ce qu'il est et de mûrir un peu…

Pourquoi Fairburn avait-il cru bon de parler de lui dans son message codé ? Comme sa vie eut été plus simple s'il ne s'était pas retrouvé embringué dans cette histoire !

Et pourquoi Fairburn n'avait-il pas simplement dit son nom ? Pourquoi parler du « camarade avec qui vous cantinez », du « coureur » ?

Son nom faisait certainement partie de la solution…

Mais oui, bien sûr !

Bond. Le mot *Bond…*

Il doit accepter ce qu'il est et mûrir un peu…

James ouvrit les yeux. Il tressaillit en voyant qu'ils frôlaient un autre bateau. Il retira prestement sa main, qui pendait le long de la coque, juste avant qu'elle ne soit broyée entre les deux plaques d'acier.

Il pouvait être content. Ses réflexes étaient presque intacts. Il avait un puissant instinct de survie. Il devait s'y raccrocher, coûte que coûte.

Une image lui revint en mémoire, nette et précise. Quand son père lui apprenait à naviguer, dans la Manche, l'étrave de leur dériveur fendant le clapot d'une eau grise. Comme il aimait être avec lui ! Dans ces trop rares moments, dont il garderait toute sa vie le précieux souvenir. Son père était très bon marin. James se rappelait du sentiment de sécurité qu'il avait toujours éprouvé à son côté.

Pas comme ces deux-là, qui, à l'évidence, n'étaient pas marins pour deux sous. Non, Wolfgang et Ludwig étaient des gars de la ville, habitués aux pavés, aux buildings, et à un sol qui ne tanguait pas sous les pieds.

L'avant de la barge cogna un autre bateau. Le choc propulsa James à terre.

– Fais gaffe ! hurla Wolfgang

Ludwig lui répondit par une insulte.

Wolfgang était assis sur un petit banc, les mains solidement agrippées au bord de la barge, comme s'il craignait pour sa vie. Pourtant, il n'y avait vraiment pas de quoi. Ils voguaient à une vitesse que seul un escargot aurait pu leur envier et la barge était si robuste qu'il n'y avait aucun risque de la faire couler, quand bien même Ludwig eût heurté tous les navires de la rade.

James piqua du nez. Sa tête tomba mollement sur sa poitrine. Un voile noir passa devant ses yeux.

Il était ailleurs. Un endroit sûr. Avec son père.

Ils rentraient à Hythe. Sa mère les attendait au bord du quai. Mais James avait oublié une des règles d'or de la navigation et se tenait accoudé au bastingage du bateau. En entrant dans le port, ils avaient heurté un butoir de corde. James s'était fait écraser les doigts. Il avait hurlé. Son père lui avait passé un savon en le traitant d'imbécile.

Sa mère l'avait pris dans ses bras et l'avait consolé avec empressement, le couvrant de baisers et de mots doux, comme s'il avait reçu une blessure mortelle. Il s'était rebiffé face à ces effusions, faisant valoir qu'il n'était plus un bébé.

Pourtant, présentement, il aurait tout donné pour l'avoir près de lui et pour sentir ses bras l'enlacer.

« Ne sois pas cruche, James. Elle est morte. Ils sont morts tous les deux. Il n'y a plus personne pour te tenir la main maintenant. Tu vas devoir te débrouiller tout seul. Personne ne viendra à ton secours. Alors prends-en ton parti.

Accepte ce que tu es et essaie de mûrir un peu... »

Mais, au fait, qu'est-ce qu'il était au juste ?

Si l'on s'en tenait à la lettre de Fairburn, un coureur.

Commencer à mûrir ?

La solution d'une énigme ne se trouve jamais dans le sens premier des mots, lui avait dit Pritpal. Donc celle-ci n'avait rien à voir avec lui. Il fallait juste utiliser les lettres de son nom pour en faire un autre.

BOND.

Et après ? Et s'il prenait la première lettre du mot « mûrir » ?

M.

Bond doit accepter ce qu'il est et commencer à mûrir...

Oui. C'était facile quand on prenait les choses sous le bon angle.

Il fallait sûrement rapprocher le mot « bond » de « runner » (coureur) ; plus la lettre « m ».

Oui, c'était évident.

Tout ce qu'il fallait, c'était associer les lettres R-U-N-N-E-R et B-O-N-D...

Brunnermond... borunnermnd... bonrunnermd...

Mais comment diable avait-il pu croire une seule seconde qu'il allait y arriver ? Pourquoi avait-il laissé son esprit embué par l'alcool le leurrer ainsi, en lui faisant croire qu'il savait ce qu'il faisait ?

Juste un charabia sans queue ni tête.

Une autre nausée le ramena à la réalité. Mais, cette fois, son estomac était vide. Il eut un haut-le-cœur, se contracta sous l'effet de douloureuses convulsions, comme si un poing s'amusait à serrer son estomac, sans que rien ne sorte de sa bouche.

Quand les contractions se furent dissipées, il se redressa et regarda autour de lui. La barge se dirigeait vers un étroit passage, entre un cargo à vapeur et une barge à charbon. De l'autre côté s'étendait un vaste bassin commandant l'accès à la Tamise proprement dite.

Le chant monotone du diesel monta d'un ton et la barge accéléra.

– Pas trop vite, conseilla Wolfgang d'une voix plaintive.

– Oh, arrête tes jérémiades, tu veux. Je sais ce que je fais.

– Mais il fait noir, Ludo. C'est dangereux. On aurait pas dû sortir en pleine nuit. Regarde-moi ce brouillard.

« Réveille-toi, James. La situation est déjà critique. Mais si tu n'arrives pas à mettre un pied devant l'autre, tu n'as vraiment aucune chance de t'en tirer. »

Il se laissa tomber à quatre pattes sur le pont. La dureté du métal lui fit mal, mais la douleur aiguisa un tant soit peu ses sens. Il se concentra sur cette douleur pour rester éveillé. S'il avait mal, c'est qu'il était vivant.

Et il se mit à ramper.

– Il croit qu'il va aller où comme ça ? ironisa Ludwig.

Wolfgang ne répondit pas. James rampa ainsi sur le pont, un filet de bile pendant à son menton. C'est tout juste s'il le remarqua, oublieux de l'endroit où il se trouvait et de ce qu'il faisait. L'important c'était de continuer à bouger.

Sa tête heurta quelque chose : la jambe de Ludwig. Il leva les yeux.

– Dégage, dit sèchement Ludwig en lui donnant un coup de pied.

James s'écroula contre la coque de la barge et perdit connaissance.

Il était dans les bras de sa mère. Elle lui murmurait quelque chose à l'oreille, qu'il ne comprenait pas.

« Mais non, elle n'est pas là. C'est une illusion. Ne te laisse pas aller. Ouvre les yeux et réveille-toi. »

Il essaya, mais ses paupières étaient en plomb. Elles pesaient une tonne chacune. Il dut utiliser ses doigts pour les soulever.

La grosse barge à charbon n'était plus qu'à quelques encablures. Une fois qu'ils auraient passé l'étroit passage, Ludwig pourrait accélérer à plein régime, et James perdrait tout espoir de fuite.

Il regarda Wofgang, toujours assis dans la même position. Il n'avait pas bougé d'un centimètre depuis tout à l'heure, crispé sur son banc, le dos rond, et les mains solidement agrippées au bord de la coque.

Ludwig, lui, était concentré sur son cap. Debout à la barre, il regardait fixement dans la nuit, la bouche ouverte, la langue courant sur l'arête inégale de ses petites dents couleur d'automne. Il baissa doucement la manette des gaz.

James se retourna et lui attrapa la jambe. Une fois encore, Ludwig le repoussa du pied. Mais James ne voulait pas lâcher. Ludwig posa la semelle de sa botte sur le visage de James.

– C'est ça que tu veux, mec ? pouffa Ludwig. Alors d'accord.

Et il poussa de toutes ses forces. James fut propulsé à un bon mètre. Il s'écrasa lourdement sur le flanc.

C'est alors qu'il sentit un objet saillant sous lui.

Le flacon ! Le flacon de potassium qu'il avait pris dans la réserve de Charnage.

Il glissa une main dans sa poche et palpa la froide paroi de verre. Aussitôt, il ressentit une vive piqûre. Le flacon fuyait et lui avait brûlé la peau. Il s'efforça de ne rien laisser paraître, mettant à profit la douleur pour garder l'esprit clair.

Quand ils arrivèrent à hauteur du vapeur, le bruit du moteur s'intensifia, amplifié par le confinement que constituaient les hautes parois de métal.

James se mit à genoux face à Ludwig.

– Ah, mais regardez qui va là ? dit Ludwig. Notre apprenti Sherlock Holmes !

– Tu sais ce qu'il te dit, l'apprenti Sherlock Holmes ? marmonna James en sortant discrètement la fiole de sa poche.

Puis, sans arrêter son geste, il la lança vers le poste de pilotage.

Il ignorait quel effet – si au moins il y en avait un –, son geste pourrait produire. Il espérait simplement les surprendre assez pour créer une diversion.

Pourtant, comme il le constata bien vite, l'effet fut spectaculaire.

Le potassium était resté trop longtemps dans sa fiole et était devenu instable. Quand il heurta la barre, le choc le fit violemment exploser. Un aveuglant éclair violacé creva la nuit, lançant des tessons de verre tous azimuts. Puis, quand la substance hautement volatile entra en contact avec l'eau stagnante au fond de la barge, elle s'enflamma aussitôt, emplissant l'air d'un épais nuage nauséabond.

Ludwig hurla et s'effondra sur le côté, emportant la barre avec lui.

L'embarcation vira et alla heurter le flanc de la barge à charbon. Un horrible beuglement retentit dans la nuit. Hurlant de douleur, Wolfgang se leva d'un bond, se tenant le poignet. Et pour cause, car, comme James l'avait entraperçu juste avant de passer par-dessus bord, il avait les quatre doigts de la main gauche sectionnés à la base.

James coula à pic. Il n'y voyait rien. Quand il essaya de remonter, sa tête heurta quelque chose de dur. Il comprit alors qu'il se trouvait sous la barge. Il se débattit fiévreusement et remonta le long de la coque. Sa tête creva enfin la surface, il prit de profondes inspirations. Toutes ses douleurs avaient disparu. Il ne sentait plus rien. Son corps était endolori, comme anesthésié. Pour autant, il avait conscience que, s'il ne sortait pas rapidement de l'eau, il mourrait.

Il reconnut la voix de Ludwig.

– Ferme-la ! cria-t-il à son frère. Mais il est où ?

– Aide-moi, gémit Wolfgang. Je t'en supplie, aide-moi.

Ludwig arrêta les moteurs. La barge se mit à dériver en silence.

– Mais bon Dieu, c'est quoi ton problème ? demanda-t-il.

– Mes doigts, répondit Wolfgang. Doux Jésus, mes doigts.

– Fais voir… Oh, la vache !

D'une poussée sur la coque de métal, James s'éloigna de la barge et nagea sur quelques mètres, jusqu'à la chaîne de l'ancre du vapeur. Il s'agrippa aux lourds maillons qui plongeaient dans l'eau sombre et s'immobilisa, tremblant de froid. Il regarda autour de lui et eut l'impression que le monde s'évanouissait, comme s'il avait regardé au bout d'un long tunnel, dont l'embouchure s'éloignait inexorablement.

Les voix des deux frères l'empêchèrent de perdre connaissance.

– Aide-moi, Ludo.

– J'peux pas, ce foutu truc me brûle de partout. J'arrive pas à m'en débarrasser. Et on a perdu le chiard. Mais il est où, bordel ?

– Oublie-le, sanglota Wolfgang. Il a coulé. C'était ça, le plan. Il est noyé. C'est fini pour lui. Oublie ça et viens m'aider. Ludo, je t'en prie… J'ai besoin d'un docteur !

Ludwig ralluma le moteur et fit marche arrière. Bientôt, James ne distingua plus qu'un inquiétant halo violet au milieu de la brume, s'éloignant au son des vociférations de Wolfgang.

Il lâcha la chaîne et se mit à nager, manquant de couler à chaque mètre, s'efforçant désespérément de ne pas avaler d'eau. Il parvint néanmoins à dépasser le bateau et à se hisser sur un ponton de bois où, à bout de forces, il s'affala pitoyablement, comme mort. Bercé par une suite de mots insensés qui tournaient infiniment dans sa tête, il sombra dans une semi-inconscience…

Burnnermond… borunnermnd… bonrunnermd…

S'il s'endormait, il ne se réveillerait jamais.

« Lève-toi. »

Il se dressa péniblement sur ses jambes, titubant un instant, luttant pour ne pas tomber. Puis il entreprit la chose la plus difficile qu'il ait jamais faite de sa vie : mettre un pied devant l'autre.

Les heures suivantes se nimbèrent de brouillard. Il n'en garda que des bribes.

Dans son souvenir, sa première préoccupation fut de quitter les docks. Mais, partout où il allait, il rencontrait un nouvel obstacle : des portes, des bâtisses, de hauts murs… Finalement, il fut découvert par un agent de police en charge de la surveillance du port, qui l'amena dans son poste de garde. Il l'assit à côté d'un poêle et sortit pour téléphoner.

Sans trop qu'il sache comment, James profita de son absence pour s'enfuir par la fenêtre.

Après ça, il y avait un grand blanc. Quand il reprit enfin le fil des événements, il marchait – si tant est qu'on puisse appeler marcher sa progression vacillante, faite d'autant de chutes que de pas en avant. Dans sa tête, une agaçante petite voix lui commandait de ne surtout pas s'arrêter.

Tant qu'il bougeait, il aiderait son organisme à combattre les effets nocifs du poison. S'il s'arrêtait, il mourrait. Aussi simple que ça.

Il se souvenait qu'à un moment, il s'était réchauffé près

d'un brasero, avec des clochards. Plus tard, quelqu'un lui avait donné une tasse de thé. Impossible de se rappeler qui c'était, pas plus que l'endroit où cela s'était passé.

Ensuite, il s'était arrêté pour vomir, et avait regardé le thé qu'il venait d'avaler s'écouler dans le caniveau.

Il se rappelait avoir vu des Chinois, ainsi que des enseignes de magasins portant des idéogrammes. Entrebâillant une porte, il était tombé sur une assemblée de joueurs, attablés dans une atmosphère enfumée, qui s'échangeaient des haricots secs en s'invectivant bruyamment.

Il se rappelait que quelqu'un s'était moqué de lui.

Il se rappelait s'être mis à l'abri sous un porche d'église.

Étonnamment, il se souvenait d'avoir récupéré un pardessus. Où et comment ? Mystère. Le paletot était trop grand pour lui et déchiré par endroits. Une poche pendait à son côté. Mais au moins ça lui tenait chaud.

Il se rappelait aussi avoir été pris à parti. Une bagarre s'en était suivie. Quelqu'un l'avait frappé en hurlant. On l'avait laissé allongé au bord du trottoir. Il s'était relevé péniblement, en s'appuyant contre un mur. C'est là qu'un autre policier l'avait abordé. Celui-là voulait savoir d'où il venait. Face à son mutisme, le policier l'avait forcé à décamper en lui flanquant des coups de matraque dans les reins.

Marcher, et marcher encore.

Mais pour aller où, que diable ? Pour trouver qui ?

Rouge Callisto. Pritpal serait fier de lui quand il lui annoncerait qu'il avait résolu une nouvelle énigme.

Tiens, et s'il allait trouver Pritpal ? À quelle distance était-il de Hackney Wick ?

Trop loin.

L'ours rouge…

Rouge.

Lentement, une idée se mit à germer dans son esprit.

Basée sur un souvenir. Celui d'un garçon. Oui. Un garçon qui habitait dans le coin. L'East End.

Un ami.

Il avait un ami.

C'était déjà quelque chose, non ? Quelque chose à quoi se raccrocher.

Le Rouge. Kelly le Rouge. Est-ce que quelqu'un savait où l'on pouvait le trouver ?

Les premières lueurs du jour apparaissaient dans le ciel. Les gens commençaient à sortir de chez eux. Excusez-moi, vous connaissez Kelly ? Un jeune garçon ? Environ seize ans.

Kelly le Rouge...

« Essayez par là... Essayez par ici... Jamais entendu parler... Je connais bien des Kelly, mais ils vivent à Canning... Cherchez du côté de Stepney, mon petit... Kelly vous dites ? Ce bon vieux Brendan Kelly ? Essayez à Cable Street... Moi je dirais Shadwell... Irlandais vous dites ? Tous les Irlandais vivent à Wapping... »

Soif. Il se souvenait avoir eu atrocement soif. Au point de boire dans une flaque. Allongé à quatre pattes comme un chien. Lapant...

Et puis plus rien. Le vide total. Juste un sommeil agité, peuplé de cauchemars sans fin. Un homme hurlant sous son nez. Un cri qui n'en finissait pas. Un homme avec quatre moignons noirâtres à la place des doigts.

3. Dimanche

20

Le Régiment abominable

– Qui c'est ?

– Comment veux-tu que je le sache ?

Des mains le palpaient, procédant à une fouille en règle.

– Alors ? Il a bien quelque chose sur lui !

– Bernique ! Regarde son paletot. C'est un déchard.

– C'est vrai que ses frusques sont pourries.

– T'as fait toutes les poches ?

– Ouais. Rien, à part des bouts de papier mouillés écrits en chinois.

– Un chinetoque ? Il a pas l'air pourtant…

– Il a surtout l'air à moitié mort.

– Et si on abrégeait ses souffrances…

James ouvrit péniblement les yeux, clignant des paupières dans l'aveuglante lumière hivernale. Des formes sombres flottaient devant ses yeux. Il se concentra pour les identifier : des murs, des gens, des enfants.

Il était dans une miteuse arrière-cour de pub – à en juger par le nombre de caisses de bouteilles vides empilées dans les coins. Des pignons aux murs noirs de suie se dessinaient indistinctement au-dessus de la courette. Il était entouré par une bande de filles, qui, à l'évidence, avaient passé plus de temps à faire les quatre cents coups dans la rue que sur les bancs de l'école. Certaines étaient des petits bouts de bonnes femmes de rien du tout, avec les joues creuses et le cheveu en pétard, le regard vif comme l'éclair, d'autres, plus âgées, semblaient avoir gagné au fil des ans une dureté et une méchanceté qu'il ne serait venu à l'idée de personne de contester. Au centre se trouvait la terreur en chef, une fille à peu près du même âge que James, avec deux yeux noisette très écartés sur un visage en forme de cœur et une grande bouche aux lèvres pulpeuses, comme bloquée dans un perpétuel petit sourire moqueur. Une épaisse chevelure d'un roux profond flottait en liberté devant ses yeux.

Ils échangèrent un regard plein de curiosité.

– Qu'est-ce que tu regardes ? dit-elle d'un ton tranchant.

– Vous, répondit James d'une voix rauque, la bouche atrocement sèche et la gorge brûlante.

– Qui t'as donné la permission ?

– Personne, grogna-t-il. Pourquoi ? Il faut une permission ? Vous êtes qui ? La reine d'Angleterre ?

– Ne fais pas le malin.

– Aidez-moi à me lever.

– En quel honneur ?

– Comme vous voudrez, dit James en essayant de se redresser par ses propres moyens.

La fille le repoussa au sol.

– Qui es-tu ?

– Là n'est pas le problème, esquiva James.

Il avait l'impression d'avoir une barre de fer dans le crâne. Le sang cognait à ses tempes et il ressentait une vive douleur dans le bas du dos.

– Allez, on le finit, lança une des filles en attrapant une bouteille vide. Il est pas du coin, ça se voit tout de suite…

– Y cause comme un rupin, ajouta une petite teigne, haute

comme trois pommes. C'est qui, d'abord ? Qu'est-ce qu'y fabrique par ici ? C'est pas une cloche, c'est un rupin.

– On se le fait, répéta la fille à la bouteille. Et bien comme il faut.

Il avait beau se sentir mal – pour ne pas dire au plus mal –, James n'allait pas attendre allongé là de se faire tabasser par une bande de filles.

Au prix de lourds efforts, il se remit debout.

La fille donna une série de coups d'estoc avec sa bouteille.

– Ne faites pas ça, conseilla James. En temps normal, je ne frappe pas les filles, mais dans votre cas, je suis tout disposé à faire une exception.

Pour toute réponse, la fille donna un coup plus fort. D'instinct, James gifla l'air et la désarma. Calmement, la fille se baissa pour ramasser la bouteille qu'elle prit par le goulot pour la casser sur le sol. Elle regarda un instant les farouches pointes de verre, puis, visiblement satisfaite du résultat, se jeta sur James sans crier gare. Celui-ci recula le torse pour esquiver l'attaque et avança le pied entre les jambes de son agresseur, qui s'écroula lourdement sur le sol de la cour. James profita de ce bref instant de répit pour tenter de s'enfuir. Malheureusement, son corps ankylosé et maladroit ne lui permit pas d'aller bien loin. Il poussa une des donzelles qui lui barrait le chemin et se sentit aussitôt rattrapé par une autre, qui le retourna et lui donna un violent coup de pied au tibia. Une autre l'attrapa par les cheveux, le tirant en arrière de toutes ses forces. Dans un même élan, elles l'envoyèrent bouler dans une pile de caisses.

Voyant un morceau de planche dépasser du tas, James eut la présence d'esprit de s'en saisir et de l'utiliser pour tenir ces furies en respect.

L'arme cinglait l'air chaque fois que l'une d'elles tentait une approche. Mais il ne pourrait pas éternellement les repousser ainsi. Il était faible et régulièrement pris de vertiges. Face à lui, elles étaient nombreuses et, qui plus est, il répugnait à blesser des filles.

– Tu es sur notre territoire, dit la meneuse. Tu ne devrais pas être ici.

– Ah non ? répliqua James. Et pourquoi ça ? Vous êtes qui ?

– Le Régiment abominable.

– Je ne veux pas me battre avec vous, répondit James.

– On va te donner une volée quand même, répondit la fille. C'est notre façon de faire.

– Vous pouvez toujours essayer, lança James avec bravade.

Il n'avait pas fini sa phrase que quelqu'un avait immobilisé sa main et l'avait désarmé. En moins de temps qu'il n'en faut pour le dire, il se retrouva par terre, la pointe d'une botte s'enfonçant dans ses côtes.

C'était pas bon. Il était au sol, incapable de se défendre, à la merci d'une impitoyable bande de morveuses. Dans l'état où il était, elles allaient peut-être bien le tuer. Il mit ses bras autour de sa tête pour se protéger et se recroquevilla autant qu'il pût.

– Vas-y, tape ! cracha la fille à la bouteille. Il va s'en rappeler.

C'est alors qu'une voix familière résonna entre les murs de la cour.

– Hé ! Mais qu'est-ce qui se passe ici, nom de nom ?

– Mais pourquoi t'as pas donné ton blase, couillon ? T'aurais dû nous dire que t'étais James Bond. On t'aurait pas cogné. Pourquoi t'as pas dit que tu connaissais le Rouge ? On a bien failli te rétamer pour de bon. T'avoueras que ça aurait été con ! Ah j'en reviens pas ! James Bond ! Celui-là même qui a vengé Alfie. Mince ! T'es un héros, mec ! Le Rouge arrête pas de parler de toi… Mais POURQUOI tu nous as rien dit ?

James aurait voulu répondre qu'il en aurait été incapable.

La fille le tenait si fort dans ses bras, qu'à tout moment, elle risquait de lui briser une côte.

– Laisse-le respirer un peu, Kel, conseilla Kelly le Rouge, qui, légèrement en retrait, regardait la scène d'un œil amusé, un large sourire illuminant sa face anguleuse.

La fille relâcha enfin son étreinte. James toussa faiblement.

– Dis mon pote, t'es sûr que ça va ? demanda Kelly, l'air inquiet. T'as une tête de cadavre.

Le Rouge était une grande asperge de seize ans, avec une éruption capillaire de couleur carotte sur le sommet du crâne. James l'avait rencontré à Pâques, dans le train couchette qui l'emmenait à Fort William. Le Rouge se rendait en Écosse pour essayer de découvrir ce qui était arrivé à son cousin, Alfie, alors porté disparu. James l'avait aidé et, bien que venant de milieux totalement différents, tous deux étaient devenus bons amis.

– Ah, ça, c'est pas ma faute, s'écria la fille. Juré, craché ! Il était déjà comme ça avant qu'on commence à s'occuper de son cas.

– Au fait, je ne t'ai pas présenté Kelly, mon adorable petite sœur, dit le Rouge en prenant la fille par l'épaule.

– Elle n'a donc pas de prénom ? demanda James en frottant son flanc endolori par les coups de savate.

– Mais c'est son prénom, poursuivit le Rouge. Les parents l'ont appelée comme ça, Kelly Kelly. C'est irlandais. Ça veut dire guerrier. Faut croire qu'ils ont pensé que ça lui irait bien.

James leva les yeux vers la fille. Elle s'essuya le nez d'un revers de main et soutint son regard de ses grands yeux noisette, vifs et clairs comme un ruisseau de montagne.

– On a entendu dire que quelqu'un cherchait le Rouge, expliqua-t-elle. On n'avait aucune idée de qui ça pouvait être. Quand on l'a trouvé, on a bien vu qu'il était pas d'ici. On a pensé que ce serait que des problèmes.

– C'en est, répondit James en pouffant. Des costauds même.

– De toute façon, partout où tu pointes le bout de ton nez, y'a du rififi, ajouta le Rouge. Regarde dans quel état tu es… Mais que diable t'est-il arrivé cette fois ?

– C'est une longue histoire, répondit James. Et j'ai bien peur qu'elle ne soit pas encore terminée.

Soudain, il se sentit affreusement faible. Il vacilla. Le Rouge l'attrapa sous les bras pour le soutenir et plissa aussitôt son petit nez pointu.

– Ouh nom d'un chien, s'exclama-t-il. C'est pas que tu chlingues l'ami. C'est pire ! Mais, ma parole ! T'es bourré ou quoi ? T'as l'air aussi rond qu'une queue de pelle. Bon, on va te trouver un coin où te refaire la cerise. On voudrait pas avoir un mort sur les bras. Tu vas aller te laver, casser une petite graine et ensuite tu nous raconteras ta fameuse histoire.

Le Rouge tambourina à la porte du pub jusqu'à ce qu'un gros chauve portant un gilet tout taché apparaisse dans l'encadrement. De toute évidence, ils l'avaient réveillé.

– Qu'est-ce tu fous là, le Rouge ? grogna l'homme en leur jetant un regard noir. T'as vu l'heure ? Allez du vent !

– Remballe ton char, Lou, répondit le Rouge. Je te présente James Bond.

– James Bond ? répéta Lou, le visage soudain illuminé d'un large sourire édenté. – Il attrapa d'autorité la main de James, et la serra vivement, lui secouant le bras de haut en bas, comme s'il avait voulu faire sortir un filet d'eau de sa bouche. – Tu es un héros dans le coin, fiston.

– C'est ce qu'on m'a dit, marmonna James.

– Mais viens ! Reste pas là ! Entre ! ordonna Lou en le traînant à l'intérieur. C'est un honneur de t'avoir dans mon pub.

Il marqua une pause, leva le menton et beugla d'une voix de stentor :

– Maureen ! Bouge ton cul, on a de la visite.

Un pâle soleil d'hiver faisait ce qu'il pouvait pour filtrer à travers les fenêtres crasseuses. En vain. Dans la pénombre, James distingua un parquet brut et terne, recouvert de sciure de bois, ainsi qu'un assortiment de chaises et de tables dépareillées. Les murs étaient gras et le plafond avait viré au marron sous l'effet de la nicotine. Une odeur douceâtre, mélange d'alcools, de cigarettes et de transpiration, flottait dans l'air.

Lou balaya d'un revers de main le plateau d'une table aux pieds maintes fois réparés et y installa James.

– Qu'est-ce que je peux t'offrir ? demanda-t-il. Une bière ? Un vin cuit ? Un alcool ? Qu'est-ce que tu dirais d'un bon gin ? Rien n'est trop beau pour James Bond.

– Oh non, je vous en prie, répondit James, une sueur froide perlant à ses tempes. – La seule évocation du mot « gin » suffisait à lui donner des nausées. – Juste un verre d'eau, ça ira très bien.

– De l'eau ? s'exclama Lou. Personnellement, j'en ai jamais bu, mais, si c'est ça que tu veux, je vais t'en chercher tout de suite.

– Et trouve-lui aussi un peu de becquetance, ajouta le Rouge. Il a l'air d'avoir l'estomac dans les talons. Te bile pas pour la note, on fera une collecte un peu plus tard.

– Pas question ! trancha Lou. C'est pour moi. Comme je l'ai dit, rien n'est trop beau pour James Bond.

Et il disparut dans la cuisine, derrière le bar, où James l'entendit aboyer une série d'ordres.

Le Rouge s'assit à la table.

– J'ai raconté nos aventures à tout le monde, dit-il avec un sourire en coin. On se connaît tous par ici. On est très proches. Si tu rends service à l'un, tout le monde t'aura à la bonne. Si tu fais du mal à l'un, tu les auras tous sur le dos.

James avait les yeux qui piquaient, une migraine de chien

et la gorge en coton. Il avait froid, il se sentait fébrile, malade, en un mot au bout du rouleau. Mais il avait enfin trouvé un ami. Quelqu'un qui pourrait l'aider. En effet, depuis qu'il avait quitté Perry, sa solitude était totale. Après tout ça, ce vieux pub décati lui apparaissait comme l'endroit le plus rassurant et le plus agréable de Londres.

– Je suis désolée de t'avoir presque mis la tête au carré, s'excusa la sœur du Rouge. Nous en veux pas. On n'a pas les mêmes manières que vous autres aristos.

Des manières ? Las, tout le monde a les mêmes, quel que soit le milieu. Après avoir échappé aux griffes de John Charnage, James était bien placé pour le savoir. Qu'on essaie de vous tuer avec un accent de rupin, un argot des bas quartiers, ou des intonations allemandes ou russes, cela ne changeait rien au fond de l'affaire. Non, tout le monde se ressemblait.

Lou apporta un verre d'eau, que James avala à petites gorgées. Le liquide frais et incolore avait le plus merveilleux des goûts. Le breuvage le plus exquis qu'il ait jamais bu. Il coulait dans sa gorge, apaisant l'affreuse sensation de sècheresse et calmait son estomac retourné. Il le sentait entrer dans son sang, le nettoyer de ses toxines, drainant son corps tout entier du poison qu'il avait ingurgité.

– Alors ? demanda le Rouge. Raconte-moi un peu. C'est quoi cette histoire ?

James prit une profonde inspiration et commença à parler :

– Tout a commencé quand nous avons reçu la visite du proviseur, dans ma chambre, à Eton…

Il lui fallut un long moment pour tout leur raconter. Quand il eut fini, le Rouge laissa échapper un long sifflement.

– Dis-moi, Jimmy-boy. C'est toi qui cherches les embrouilles ou l'inverse ?

– Je ne sais pas, répondit James. Il semblerait juste que je sois incapable de les éviter.

Entre temps, l'épouse de Lou, Maureen, une petite femme ronde avec une grosse verrue sur la joue, avait apporté une assiette ébréchée contenant un morceau de pâté en croûte, deux tranches de pain rassis et un bout de fromage desséché. James se força à en prendre quelques bouchées, bien que mâcher lui soit difficile et déglutir encore davantage. Entre ses dents fatiguées, le pain se transformait en grosses boules collantes, qu'il devait faire descendre avec de l'eau.

– Est-ce que tu connais le Paradice Club ? demanda James.

– Bien sûr, répondit Kelly en allongeant les jambes sous la table. C'est à Poplar. Ici, tout le monde connaît l'endroit. Le secret le moins bien gardé de l'East End.

– Et sir John Charnage ?

– Jamais pu l'encadrer çui-là, grogna Lou en crachant par terre.

– Tu sais, l'usine de produits chimiques Charnage est là depuis un bail. Au moins cinquante ans, non, Lou ?

– Plutôt soixante-dix, nuança Lou. Un sale endroit où travailler. Peut-être le pire. Rempli de poisons de toutes sortes. Sans compter les fumées et les émanations toxiques. Les ouvriers crevaient comme des mouches là-bas. Au point que dans le quartier, y'avait un proverbe. Quand un type de l'usine mourait, on disait : « Il est parti à la retraite. »

– Comment trouvait-il encore des gens pour travailler chez lui ? demanda James.

– Faut bien croûter, répondit Lou, fataliste. Ceux qui allaient travailler chez Charnage, c'est qu'ils n'avaient pas d'autre choix. On les voyait faire la queue devant les grilles de l'usine chaque matin. Les temps sont durs, tu sais, fiston. Et y'a pas beaucoup de travail par ici. Les hommes sont prêts à faire n'importe quoi pour trouver de quoi nourrir leur famille. Les gens savaient bien qu'ils allaient au casse-pipe en allant turbiner là-bas. Sont pas stupides... Ils savaient bien que les produits chimiques leur brûleraient les poumons et leur réduiraient le cigare en bouillie, mais ils se disaient aussi que ça valait quand même le coup, si ça permettait à leur famille de survivre. Au moins, ils faisaient bouillir la marmite.

Le vieux Charnage, le père de sir John, c'était une terreur. Pas une semaine ne passait sans qu'on apprenne que quelqu'un était tombé malade, avait eu un accident ou tout simplement était parti les pieds devant. Ça n'empêchait pas Charnage de claironner sur tous les toits qu'il était un des meilleurs employeurs de l'East End. Et puis il avait des relations. C'était un homme riche et puissant. Il graissait la patte des uns et des autres pour qu'ils ferment les yeux sur les conditions de travail. Mais, bon, heureusement, y'a des limites à tout et quand le vieux a fini par clamser, et que sir John a repris l'affaire, c'était devenu de notoriété publique et plus personne voulait y travailler. La seule main-d'œuvre que sir John pouvait attirer dans son usine de malheur c'était des immigrés fraîchement débarqués du bateau. Forcément, ça pouvait pas durer comme ça. Il a fermé. Et il a dilapidé l'argent de la famille. Car il était joueur. Et mauvais avec ça. C'est pour ça qu'il a monté ce tripot clandestin. Pour récupérer un peu de ce qu'il avait perdu.

James avait écouté l'histoire avec tellement d'attention qu'il n'avait pas remarqué que, tandis qu'ils parlaient, le pub s'était rempli. Quand ils virent que la conversation était terminée, les nouveaux arrivants approchèrent timidement de la table, parfois par deux, pour saluer James. Tout le monde voulait lui serrer la main et lui payer un verre. Il refusa tout ce qui était plus fort que le *ginger beer*.

James dut puiser dans ses ressources pour résister à l'incessant défilé.

– Je te présente mon oncle Jack, et mon cousin Dave. Eux, ce sont mes frères, Freddie et Dan, ça, c'est p'tit Joe, lui, c'est gros Joe. Ah, regarde ! Ma tante Claire. Et lui, c'est Jerry…

Adossé au mur, frissonnant et baigné de sueur, James fit de son mieux pour faire bonne impression. La pièce paraissait se refermer sur lui, rapetisser, s'assombrir. Le brouhaha du pub s'amplifiait et se difractait en échos infinis. Il aurait voulu se pelotonner dans un coin et dormir pendant cent ans.

Une main se posa sur son bras. Il tourna la tête et rencontra le regard de Kelly, la sœur du Rouge. Elle avait l'air inquiète.

– Ça va ? demanda-t-elle.

– Non, pas vraiment, répondit James. Je crois que je vais être malade.

– Pas étonnant, rétorqua-t-elle. La dose que tu as ingurgitée hier soir aurait suffi à tuer un cheval. Viens, allons-nous-en d'ici. Quand autant de Kelly se retrouvent dans une même pièce, tôt ou tard, ça finit par dégénérer.

Elle l'aida à se lever et ils sortirent par la porte de derrière.

James accueillit l'air frais du dehors avec soulagement, mais le simple fait de se tenir debout lui donnait des vertiges et il avait l'impression que ses jambes allaient flancher d'un instant à l'autre. En outre, la lumière du jour lui était difficilement supportable.

Il s'appuya contre un mur, le souffle court.

– Tu vas y arriver ? demanda Kelly en posant une main compatissante sur son épaule.

– Pas sûr, bougonna James.

– Allez, le Rouge a dit que tu étais fort, rétorqua-t-elle avec un petit sourire moqueur. Tu vas pas te laisser abattre par un peu d'alcool, si ?

– Non, tu as raison, répondit James en lui rendant son sourire. Je ne vais pas me laisser abattre. Quelle heure est-il ?

– Une heure. Je viens d'entendre le carillon de l'église Saint George.

– Il faut que j'aille à Hackney Wick. J'ai besoin de voir mes amis.

– Soldat, vous n'irez nulle part dans cette tenue, ironisa Kelly.

James baissa les yeux sur ses frusques d'emprunt, déchirées et mouillées et ne put que lui donner raison.

– Viens chez nous, dit Kelly. Tu pourras te reposer une minute pendant que je te trouve des sapes et je demanderai à ma mère de te préparer un truc décent à becqueter.

Trop épuisé et trop faible pour protester, James se laissa docilement conduire à travers les rues. Si le quartier autour de la Mission était triste et lugubre, celui-ci était encore pire. James n'avait jamais vu d'endroit aussi pauvre. Les maisons minuscules étaient collées les unes aux autres. Des femmes aux traits tirés, en lourde robe noire, balayaient le pas de leur porte ou cancanaient par petits groupes. Des enfants, pieds nus, jouaient dans le caniveau. Il n'y avait pratiquement pas d'échoppes et les rares qu'ils croisèrent n'offraient que quelques objets défraîchis dans leurs vitrines. Une pancarte, devant une boucherie, énumérait le prix de toutes les parties d'un animal, à l'exception de sa viande : queue, tripes, cœur, tête, foie, rognons et couenne.

James attirait les regards. La plupart d'entre eux étaient amicaux et souriants, à l'exception de ceux que lui jetaient de petits groupes d'hommes à la mine patibulaire, rassemblés sur le trottoir pour discuter et fumer. Impossible de leur donner un âge. Ils avaient tous l'air fourbu, comme prématurément vieillis et usés par une vie difficile et une nourriture de mauvaise qualité.

Alors qu'ils passaient devant un pub, deux femmes éméchées firent irruption sur le trottoir, en se crêpant le chignon.

La bagarre se poursuivit au milieu de la rue. Elles hurlaient, cognaient, griffaient et ne tardèrent pas à attirer une foule braillarde.

– Scène de la vie quotidienne à Cable Street, ironisa Kelly. Typique du dimanche midi.

Un peu plus loin, ils croisèrent un groupe de filles qui avaient attaché une corde à un lampadaire et qui tournoyaient autour du piquet en riant comme des folles.

Ils tournèrent au coin d'une rue et traversèrent un dédale de passages et d'allées. Quelques minutes plus tard, ils émergèrent dans une rue où les maisons étaient légèrement plus grandes. Ils marchèrent quelques dizaines de mètres et Kelly s'arrêta. Elle ouvrit une porte qui donnait directement sur le trottoir. La pièce donnant sur la rue accueillait les étals d'une minuscule épicerie de quartier.

Un rideau séparait la boutique du reste de la maison. Celle-ci était propre et de taille très modeste. On s'y sentait à l'étroit bien que la famille ne semblât guère posséder de meubles.

– M'man ! hurla Kelly. Viens voir qui est là. Jimmy Bond.

Une femme maigre et nerveuse apparut bientôt.

– Alors c'est toi ? dit-elle en s'essuyant les mains sur son tablier. Viens voir que je te regarde.

Elle le prit à bout de bras, le fixant de ses yeux noirs comme du charbon, avant de hocher la tête d'un air entendu.

– Mmh ! Un bien beau jeune homme, ma foi. Mais tu as eu ton lot de tristesse, hein, mon garçon ?

– Laisse-le tranquille, m'man. Il a surtout eu son lot de gin, dit Kelly. Il a besoin de se reposer un peu.

– Installe-le dans le lit du Rouge.

À l'étage, ils pénétrèrent dans une chambre juste assez grande pour le nombre de couchages qu'elle contenait : des lits en métal, une place, tous plus abîmés les uns que les autres. James s'assit sur celui qui se trouvait le plus près de la fenêtre. Il se demanda où en était Perry et si Pritpal avait résolu d'autres énigmes. Et s'il lui passait un coup de fil, à la Mission ?

Mais il était tellement fatigué…

– Ne me laisse pas m'endormir, marmonna-t-il d'une voix éteinte. J'ai mille choses à faire. Il faut que j'arrête Charnage…

– T'inquiète pas, répondit Kelly Kelly. Un petit roupillon ne va pas te tuer.

Mais James ronflait déjà, vautré de tout son long sur le lit, à plat dos. Il n'avait même pas eu le temps d'enlever ses bottes.

21

Le chevalier qui avait pactisé avec le diable

– T'es sûr, qu'on n'aurait pas mieux fait d'aller directement à la police ?

– On s'en tient au plan. S'il mon-montre pas sa tronche d'ici ce soir, a-alors on ira à la police. Et tant pis pour les conséquences.

Pritpal et Perry se trouvaient dans un train faisant bruyamment route vers l'ouest, en direction d'Eton. Il circulait le dimanche, ce qui signifiait qu'il s'arrêtait dans toutes les gares, même les plus petites, et que le voyage semblait ne jamais devoir finir.

– Peut-être qu'il a de graves ennuis, dit Pritpal.

– Pas notre James, répliqua Perry. Q-quelque chose me-me dit qu'il va bien. Il est là, quelque part, avec tro-trois longueurs d'avance sur nous. Peut-être même qu'il a déjà résolu la dernière énigme du puzzle.

– Espérons, soupira Pritpal. Espérons.

– Il f-faut lui laisser p-plus de temps, c'est tout. En attendant, si on p-peut trouver la solution d'une nouvelle énigme, ça nous f-fera quelque chose de solide pour aller voir la police.

– Mmh, sûrement, concéda Pritpal d'un air triste.

– T'inquiète pas, le rassura Perry. James s'en tire toujours.

Après l'embuscade, Perry s'était caché dans un coin du cimetière Highgate. Il avait vu les frères Smith quitter seuls le cimetière et monter dans leur voiture. Ensuite, il avait cherché partout, mais, ne trouvant trace de James, il avait pris un taxi et était rentré chez lui. Là, il avait longuement attendu le retour de son ami avant de finalement succomber à la fatigue et s'endormir. James n'ayant toujours pas donné signe de vie au matin, il avait appelé Pritpal à la Mission pour prendre des nouvelles.

Pritpal n'en savait pas davantage, sinon qu'un colis emballé dans du papier kraft était arrivé pour James le matin même. En revanche, il avait progressé dans le décodage du message, confiant à Perry qu'il devait retourner à Eton pour vérifier ses hypothèses.

Dans un inhabituel élan de hardiesse, Pritpal avait menti au révérend Falwell, lui disant qu'il allait passer l'après-midi avec les parents de Perry. Au lieu de cela, ils s'étaient retrouvés à la gare de Charing Cross et étaient montés dans le train pour Eton.

– Tu es s-sûr qu'on est sur la bonne piste ? demanda Perry.

– Je suis formel, répondit Pritpal, son carnet ouvert sur ses genoux, à la page où il avait recopié la lettre originale de Fairburn.

Il montra à Perry le poème sur le jeu du mur.

Sus ! Crions-nous, exaltés par l'odeur des grands pins !
Turgides d'excitation sous une pluie battante,
On s'écharpe, on pousse, on souffle. Ils sont revêches.
Valsent les minutes liées. On les presse.
Le corps couvert de boue, les yeux emplis de flammes.
En chemin, les coups pleuvent. Dieu, quelle bataille !

Au sommet du mur, on hue l'adversaire maudit.
Hâbleurs ! Scélérats ! Ils ont gagné la balle.
Un cri déchire l'air alors que le cuir nous échappe,
Elle a été tirée. Elle ira au fond de l'en-but.

– J'ai essayé toutes les ficelles que je connais pour le décoder, expliqua Pritpal. Anagrammes, mots-valises, double sens, mais rien n'y a fait jusqu'à ce que je me décide à tenter la méthode du mot camouflé.

– Qu'est-ce que c'est ?

– C'est simple ! La réponse est cachée dans l'énoncé même de l'énigme.

– T'aurais p-pas un exemple ?

– Prenons ton nom, Mandeville, et bien il contient à la fois *man* et *devil.* Mais c'est encore plus parlant avec *super rye*, qui contient ton prénom, Perry, à cheval sur deux mots.

– Donc, si je comprends bien, ce poème contient des mots cachés ?

– Absolument.

Perry se pencha sur le texte pour voir s'il pouvait en dénicher un.

– Y'a *balle* caché d-dans *quelle bataille.* Mais j'ai bien peur de ne pas gagner de prix avec ça, hein ?

– En effet, je le crains, répondit Pritpal. Concentre-toi sur la fin des vers.

Perry étudia le premier couplet.

Sus ! Crions-nous, exaltés par l'odeur des grands pins !
Turgides d'excitation sous une pluie battante,

– Ah ah ! Je vois, s'écria-t-il soudain. *Pins* et *turgides* ça fait *pein-peinture.*

– Précisément, acquiesça Pritpal. Dès que j'ai découvert

celle-là, j'ai su que j'étais sur la bonne piste. Les réponses sont à cheval sur deux vers.

Perry lut le suivant à haute voix :

On s'écharpe, on pousse, on souffle. Ils sont revêches.
Valsent les minutes liées. On les presse.

– Là, je donne ma langue au chat, dit-il en se grattant la tête.

– La réponse est à cheval sur trois mots. *Revêches, valsent* et *liées.*

– Chevalier ! s'écria Perry. Il était dur celui-là !

Dans le couplet suivant :

Le corps couvert de boue, les yeux emplis de flammes.
En chemin, les coups pleuvent. Dieu, quelle bataille !

Ils trouvèrent *flamand.* Et enfin, dans le reste du poème, *diable* et *chapelle.*

– C'était sous notre nez depuis le début, regretta Pritpal. Quand j'y pense, je me mettrais des gifles.

– D'accord, mais en q-quoi ça nous avance ? demanda Perry. Peinture, chevalier, Flamand, diable et chapelle ? Quel est le sens de-de tout ça ?

– Il ne faut pas oublier non plus le sujet du poème, répondit Pritpal. C'est supposé être une ode à la gloire du jeu du mur. L'énigme a donc trait à un mur ou, plus précisément, à une fresque murale.

– Tu v-veux dire qu'on doit chercher u-une chapelle avec une fresque flamande au mur montrant un chevalier et un diable ? demanda Perry.

– Je le pense, répondit Pritpal. En outre le poème a pour sujet le plus célèbre des jeux d'Eton. Or, Fairburn a fait ses études à Eton. Et c'est là qu'il enseigne. Et c'est encore à un élève d'Eton qu'il a envoyé sa lettre. J'en ai donc déduit que l'endroit le plus approprié pour rechercher cette fresque était Eton, où, si je ne m'abuse, il existe une chapelle. Mais je n'ai pas eu l'occasion d'aller à la College Chapel. Tu sais si elle contient des fresques ?

– Ah ! pardon, s'exclama Perry, qui était depuis longtemps un vrai mordu d'art. Elles sont même plutôt célèbres, et très anciennes, XVe siècle pour être p-précis. Toutefois, avec le temps, elles ont eu à souffrir des élans artistiques des potaches.

– Et elles sont flamandes ?

– Si on peut dire, répondit Perry. En fait, ces f-fresques ont été bâclées par une équipe de p-pointures que l'école avait fait spécialement venir de Hollande. À croire qu'il n'y avait pas chez nous un seul t-type capable de tenir un pinceau dans le bon sens. Le résultat n'est p-pas franchement brillant. À dire vrai, ça ressemble surtout à un tas de-de charbon. Pour autant, ce sont probablement les œuvres d'art les plus significatives de tout Eton. On y est allés quelquefois avec l'atelier de peinture, p-pour faire des croquis.

– Tu penses qu'ils nous laisseront y retourner ?

– Je ne vois vraiment pas pourquoi ils nous l'interdiraient.

– Si seulement ce foutu train pouvait aller un peu plus vite, soupira Pritpal, le regard perdu au-dehors.

James eut bien du mal à se lever. Il aurait voulu dormir et dormir encore. Mais quelqu'un le secouait.

– Mmh... Du vent, grommela-t-il. Je viens juste de m'endormir.

– Allez, allez, debout ! lui répondit la voix du Rouge.

James ouvrit un œil. Dehors, la nuit commençait à tomber. Le Rouge n'était qu'une ombre indistincte dans la pénombre de la chambre.

– Il est presque trois heures, dit le Rouge.

James se redressa péniblement sur ses coudes et cligna des yeux. Ses paupières lui donnaient l'impression d'être doublées avec du papier de verre.

– Presque trois heures ? répéta-t-il en essayant d'intégrer l'information. J'ai demandé à ta sœur de ne pas me laisser dormir trop longtemps.

– T'en avais besoin, Jimmy-boy. T'étais dans l'antichambre de la mort. T'avais même ouvert la porte de la pièce principale.

– Mais, tu ne comprends pas...

– Du calme, l'interrompit le Rouge. T'allais faire quoi dans cet état ? Aller où ?

– Je dois résoudre le reste des énigmes, dit James d'une voix ensommeillée. Je dois retrouver Fairburn.

Et il se retourna, laissant pendre ses jambes sur le côté du lit. Quand ses pieds nus entrèrent en contact avec le linoléum glacé, il grimaça. La chambre était aussi froide qu'une tombe.

Il remarqua alors qu'il ne portait plus que sa chemise et son caleçon. Quelqu'un avait certainement dû le déshabiller. Il se garda de demander qui.

– Pour l'amour du ciel, dit le Rouge. Tu cherches la solution à ces énigmes depuis des jours. Tu penses vraiment que tu aurais pu les résoudre dans l'état où tu étais. Avec une gueule de bois de première ?

– Il faut que je fasse quelque chose, grogna James. Tu n'aurais pas dû me laisser dormir aussi longtemps.

Il marqua une pause et croisa le regard du Rouge.

– Excuse-moi, ajouta-t-il doucement. J'en ai marre, je suis éreinté et ma tête me fait un mal de chien.

– T'excuse pas, mon pote, répondit le Rouge avec un sourire. C'est bon de te revoir.

James se leva et passa une main dans ses cheveux. Comme d'habitude, une mèche rebelle retomba aussitôt devant ses yeux. Ça le grattait un peu partout. Ses mains et son visage étaient grêlés de petites taches rouges dues à l'explosion de potassium.

Un gamin à la mine crasseuse, copie conforme du Rouge en modèle réduit, fit irruption dans la chambre, une énorme casquette plate recouvrant sa tignasse flamboyante. Il tenait dans les mains le pantalon et la veste que James portait en arrivant. Les vêtements avaient été séchés au coin du feu et repassés pour éliminer les faux plis.

– Ta mère m'a dit d'apporter ça, dit-il en regardant le Rouge, puis il se tourna vers James et ajouta, l'œil triste : mais elle a dû jeter ton manteau, mec, il était foutu.

– Merci, Stanley, dit le Rouge en lui prenant les vêtements des mains et en les lançant à James. James, je te présente mon cousin, Stanley MacCarthy.

– Ouah ! Je vais pouvoir dire aux poteaux que James Bond a pioncé dans mon page, dit-il en posant deux grands yeux ronds sur James.

– Ah ? C'est ton lit ? répondit James en enfilant son pantalon. Désolé, je croyais que c'était celui du Rouge.

– C'est juste, acquiesça ce dernier. Mais je dois le partager avec Stanley, tête-bêche, comme deux sardines en boîte.

– Est-ce qu'il y a un téléphone dans le coin ? demanda James en se redressant.

– Y'en a un au troquet, répondit le Rouge. Mais ça va être fermé à c't'heure-ci. Enfin… Lou nous ouvrira si on cogne assez fort.

– Je vais avoir besoin d'un peu d'argent pour le coup de fil. Mais ne t'inquiète pas, quand tout ça sera fini, je te rembourserai.

– Pas de souci, Jimmy-boy. Fais ce que t'as à faire. Pour le reste, on verra plus tard.

Une opératrice mit James en rapport avec la résidence des Mandeville, à Regent's Park. C'est Braeburn, le majordome, qui prit la communication. Il l'informa que Perry avait longtemps attendu son appel, puis qu'il était parti avec un ami et qu'il avait demandé que James laisse un numéro où l'on pourrait le joindre au cas où il téléphonerait. James laissa le numéro du pub et appela la Mission.

Pritpal n'était pas là, mais il put parler à Tommy Chong, qui le mit au courant des derniers événements. Une fois encore, James laissa le numéro du pub, et il raccrocha.

L'estaminet était fermé l'après-midi. Lou, le propriétaire, faisait le ménage après le coup de feu de midi, balayant un verre cassé et la sciure sale.

Le Rouge et sa sœur avaient suivi la conversation de James.

– Que vas-tu faire ? demanda le Rouge.

– Je ne peux rien faire sinon attendre, répondit James, les yeux fixés sur la pendule. Si Pritpal et Perry sont bien sur le point de résoudre une nouvelle énigme, il faut les laisser faire. C'est peut-être celle qui nous permettra de découvrir où se trouve Fairburn. Mais le temps presse. On est dimanche, c'est notre dernier jour. Espérons qu'ils trouvent. Et vite.

Le Saint Planteur attendait Pritpal et Perry à l'ombre de l'orgue lourdement ouvragé qui dominait l'entrée de la chapelle.

Saint Planteur était le surnom dont les élèves avaient affublé le placeur, à cause de la crosse à pointe d'argent, inhérente à la fonction, qu'il tenait ostensiblement pendant les offices. L'immense majorité des garçons – dont ces deux-là –, ignorait son véritable nom. C'était un homme sec, au dos toujours droit, dont les cheveux étaient aussi argentés que la pointe de sa crosse.

– J'entends dire que vous vous intéressez à nos fresques, entonna-t-il d'un air pincé.

– Absolument, acquiesça Pritpal en jetant un regard circulaire à la chapelle, un édifice haut et étroit, dont l'intérieur était rythmé par un élégant alignement de piliers de pierre, supportant un plafond voûté, entièrement recouvert de bois sculpté.

Des bancs d'église ornementés de sculptures de style gothique étaient alignés de part et d'autre de l'allée centrale. Sur les murs latéraux se trouvaient les fameuses fresques.

– Elles ont été réalisées entre 1479 et 1488, expliqua le Saint Planteur d'un ton docte, puis blanchies à la chaux par le barbier de l'école en 1560. Un travail pour lequel il reçut la somme de six shillings et huit pence.

– Pourquoi les a-t-on repeintes ? demanda Pritpal.

– La Réforme, répondit le Saint Planteur. Henry VIII venait d'abolir le catholicisme et de convertir le pays au protestantisme. De ce fait, toutes les peintures représentant d'hypothétiques miracles étaient interdites.

Tout en parlant, leur guide avançait vers l'autel. Puis il s'arrêta et gravit quelques marches au pied de la fresque de la nef latérale droite. Comme Perry l'avait annoncé, les peintures étaient sombres et passées, comme un reliquat flou et approximatif d'un passé glorieux et coloré.

– Plus tard, on a recouvert les murs de panneaux de bois, poursuivit le Saint Planteur. Les fresques tombèrent ainsi dans l'oubli jusqu'en 1847, date à laquelle le plaquage de bois a été retiré. Toutefois, personne ne parut leur témoigner le moindre intérêt. Ainsi, le responsable du chantier eut-il le temps de faire décaper tout le haut du mur avant qu'un ecclésiaste n'intervienne. Pour autant, le credo jugeait toujours ces scènes inadéquates à l'œil protestant, les fresques furent donc à nouveau recouvertes. Ce n'est que depuis une époque récente que nous pouvons les admirer dans toute leur magnificence… Si j'ose m'exprimer ainsi, car, en dépit de louables efforts de restauration, des années de mauvais traitements les ont irrémédiablement endommagées.

Pritpal observa la scène peinte sur le mur. Il y découvrit plusieurs chevaliers du Moyen Âge, mais pas trace du diable.

– Les fresques de l'aile sud racontent la vie d'une impératrice mythique, dit le Saint Planteur. Celles de l'aile nord décrivent divers miracles attribués à la Vierge Marie.

– On peut les voir ? demanda Pritpal avec empressement.

– Vous pouvez.

Pritpal traversa la chapelle et s'approcha des fresques opposées. La première chose qu'il remarqua était une étrange créature nue, avec des cornes sur la tête, dont le visage avait complètement disparu sous le poids des ans.

– Est-ce le diable ? demanda Pritpal.

– En effet, répondit le Saint Planteur.

– Et quel est donc ce personnage, à son côté ?

– Ah, ça ! C'est un chevalier, sir Amoras. L'histoire est amusante. Il est dit qu'Amoras a essayé de vendre sa femme au diable, mais que la Sainte Vierge l'en a dissuadé. Je suis convaincu qu'il n'est pas le seul à avoir voulu vendre sa femme au diable, ajouta-t-il ensuite avec un petit rire narquois.

En y regardant de plus près, Pritpal vit que le chevalier était représenté en train d'échanger un contrat, ou peut-être des billets, avec la créature cornue.

Il se demanda ce qui avait bien pu le pousser à un désespoir si profond qu'il ait voulu pactiser avec Satan en personne.

James était assis près du téléphone depuis bientôt trois heures quand celui-ci sonna enfin. Sans attendre que Lou réponde, il se leva d'un bond et arracha le combiné.

– Allô ?

– James ! s'écria la voix de Perry à l'autre bout du fil. Tu-tu es vivant ! Je le savais. Mais où diable es-tu ?

– Dans l'East End. Dans un pub.

– Ah, ben, je vois… Nous, on se fait un sang d'encre et, toi, tu es au pub, menant une vie de bâton de chaise.

En deux mots, James le détrompa, puis il raconta tout ce qui s'était passé depuis qu'ils s'étaient quittés, la nuit précédente.

En retour, Perry expliqua à James ce qu'ils avaient découvert dans la chapelle.

– Amoras, tu dis ? J'ai déjà entendu ce nom-là.

– Mais oui, répondit Perry. C'était dan-dans la deuxième lettre de Fairburn. Tu te souviens pas ? Celle é-écrite en binaire. Il disait qu'il avait raconté l'histoire de sir Amoras à Charnage et q-que ça l'avait amusé.

– Mais ça ne nous avance pas d'un pouce, se lamenta James. Qu'est-ce qu'il essaie de nous dire ?

– Peut-être qu'il essaie d-de nous mettre en garde, répondit Perry. Contre un che-chevalier qui aurait pactisé avec le diable. Sir John Charnage, pour être précis. Et, dans un sens, il avait p-plus que raison. T'as eu d-de la chance d-de t'en tirer, James.

– Il doit y avoir autre chose que ça.

– Si c'est le cas, on sèche, avoua Perry.

– Où êtes-vous, là ? demanda James.

– À la gare d'Eton. Le train pour Londres part dans cinq m-minutes. Pritpal doit retourner à la M-Mission. Moi, je viens t-te retrouver au pub, pour voir si on peut tirer tout ça au clair, OK ?

– D'accord.

– Je te p-passe Pritpal. Il veut te dire un mot.

– James, un paquet est arrivé pour toi, ce matin, à la Mission. Que veux-tu qu'on en fasse ?

– Qui est l'expéditeur ?

– Je ne sais pas, répondit Pritpal. Ça a été livré par coursier.

– C'est peut-être un indice. En arrivant, ouvre-le et regarde ce qu'il y a à l'intérieur.

– Entendu.

James raccrocha le combiné et se laissa tomber sur un tabouret de bar. Il se sentait à l'agonie, vidé de toute énergie. Il avait la bouche anormalement sèche, des crampes à l'estomac et tombait de sommeil. Il avait beau faire, il ne parvenait pas à se réchauffer et frissonnait continuellement. En outre, il avait toujours aussi mal au crâne et tout lui paraissait flou et distant, comme dans un rêve. Une vive douleur le lançait au côté, et il savait que ce n'était pas à cause des coups de pied qu'il avait reçus. Non, c'était son foie qui criait supplice. Il pria pour qu'il n'ait pas subi de dommages irréversibles.

Et puis il était déçu.

Il avait tant espéré que cette dernière énigme leur permettrait de résoudre ce casse-tête, sur lequel ils avaient déjà tant sué. Las, au lieu d'éclairer leur lanterne, elle rendait les choses encore plus confuses. Ils étaient dans une impasse.

– J'ai pas mal réfléchi, dit Kelly Kelly.

– Ô Dieu, protégez-nous, l'interrompit le Rouge en levant les yeux au ciel.

– Ferme ton claquet, coupa-t-elle sèchement. Et pour une fois, écoute.

– Tu veux pas t'occuper d'autre chose ? la rembarra le Rouge. C'est une affaire entre moi et Jimmy-boy.

– Regarde-moi bien, Kelly le Rouge, répondit la fille en fusillant son frère du regard. J'en suis aussi, OK ? J'ai presque tué le mec, alors maintenant, je vais lui filer un coup de main, histoire de me racheter. Et tes commentaires, tu te les gardes, parce que, si t'étais le génie de la famille, je serais la première au courant.

Elle se tourna alors vers James.

– Qu'est-ce qu'on cherche exactement ?

– Un homme, répondit James.

– Ce type-là ? Fairburn ?

– Oui. Charnage le retient quelque part.

– C'est lui qui a construit la machine dont tu nous as parlé, c'est ça ?

– Oui.

– Et, comme t'as dit, cette machine est très grosse.

– Dans sa lettre, Peterson disait qu'elle remplirait presque une pièce entière.

– Et cette grosse machine est destinée aux Russes ?

– Oui.

– Et, à ton avis, comment ils vont s'y prendre pour la sortir du pays ? demanda Kelly.

James marqua un temps d'arrêt.

– Tiens j'avais pas pensé à ça, répondit-il avec un sourire.

– En fait, t'as pas pensé à grand-chose, hein ?

– Lâche-le un peu, plaida le Rouge. Tu connais rien à rien, Kel. Tout ce qui t'intéresse, c'est de te faire mousser devant Jimmy-boy.

– Ça te défrise que je sois plus maligne que toi, hein le Rouge ?

– Ah, ouais ? Et ben, puisque t'es si maligne, où est-ce qu'elle est cette foutue machine ?

– Sur un bateau, andouille. Impossible qu'elle soit ailleurs.

– Pff ! N'importe quoi, se moqua le Rouge.

– Pourtant, je crois qu'elle a raison, concéda James. En tout cas, ça colle. Sinon, comment feraient-ils pour l'emmener en Russie ? C'est forcé qu'elle soit sur un bateau, quelque part ou alors on est en train de la charger dessus. Il n'y a pas d'autre solution. Elle est trop grosse pour qu'on la transporte autrement. Et Charnage ne peut pas partir tant qu'elle n'est pas prête. C'est pour ça qu'il n'est pas parti plus tôt.

Un sourire illumina le visage de James qui, comme par enchantement, avait oublié toutes ses douleurs.

Grâce à cette fille, enfin ils avançaient. Difficile de dire vers où, mais au moins ils avançaient.

22

Le pneu

– Le Paradice Club est près des docks West India, dit le Rouge. Mais, s'ils veulent envoyer leur bidule en Russie, jamais ils ne partiront de là-bas. Le problème c'est qu'il y en a un paquet, des docks, et des milliers de bateaux y sont amarrés.

– Connais-tu quelqu'un qui pourrait nous aider ? demanda James.

– La plupart des types d'ici bossent au port, répondit le Rouge en levant les yeux vers la pendule. Ça va bientôt ouvrir. Mon vieux sera le premier à pousser la porte, on peut toujours lui demander.

– S'il est en état, ajouta Kelly. Mais, tel que je le connais, il aura pas encore dessoûlé du déjeuner. Et il faudra que tu parles fort, James. Il est à moitié sourd depuis l'explosion de Brunner Mond.

– L'explosion de quoi ?

– De Brunner Mond, répéta le Rouge.

– C'est quoi Brunner Mond ? demanda James, le cœur battant soudain plus vite.

– Une usine de TNT, répondit le Rouge. Pendant la guerre, c'est eux qui fabriquaient les explosifs pour l'armée. Ils en ont sorti des tonnes, et puis un jour, BOUM! Tout le machin a sauté: soixante-douze morts et des centaines de maisons détruites. La plus grosse explosion qu'il y ait jamais eu dans le pays. Tout le monde ici est au courant de l'histoire, mais ça s'est passé pendant la guerre, quand on évitait de faire les gros titres avec les mauvaises nouvelles.

– Où elle est cette usine? demanda James.

– À Silvertown, près des docks royaux.

Avant que le Rouge ait pu ajouter quoi que ce soit, James le prit dans ses bras et le serra de toutes ses forces.

– Hé! Remets-toi mon pote, s'écria le Rouge en repoussant James. Quelle mouche te pique?

– T'es génial, le Rouge. Tu viens de résoudre la dernière énigme.

– Sans déc'?

– Je croyais que je délirais, s'enthousiasma James. Mais la nuit dernière, alors que j'étais sous l'effet de l'alcool, j'ai essayé de repenser à une des énigmes de Fairburn et je suis tombé sur Brunnermond. Comme je pensais que c'était du charabia, j'y ai pas repensé. Mais c'est ça la réponse. Il faut qu'on aille aux docks royaux. C'est sûrement là que le bateau se trouve.

– Brunner Mond était situé près du dock George V, dit le Rouge. Le hic, c'est qu'il y a des centaines de navires là-bas, comment on va savoir lequel est celui de Charnage?

– Demande à p'pa, coupa Kelly en levant les yeux au ciel.

De fait, Lou venait d'ouvrir les portes du pub. La serrure n'était pas déverrouillée qu'une escouade de bonshommes avait envahi la pièce. Parmi eux, un débardeur de petite taille, ratatiné et ridé, la mine usée et fatiguée, mais dont James estima qu'il ne devait guère avoir plus de trente-cinq ans. Il avait le teint pâle et flétri, pas de dents de devant, un regard vague et mouillé comme en ont les alcooliques.

Quand il avisa James, il ferma les poings, se mit mollement en garde, et lui envoya une série de coups fictifs.

– Je suis ton homme, dit-il en crachant des relents de bière au visage de James. Allez, viens, je te paie un verre.

– On n'a pas le temps, p'pa, dit le Rouge en poussant la voix.

– Pour boire un coup, on a toujours le temps, répondit le père du Rouge en éclatant de rire.

– Mets-la en veilleuse cinq minutes et écoute, le coupa Kelly. On a besoin que tu réfléchisses.

– T'es bien la fille de ta mère, toi. Aussi méchante, vicieuse et rabat-joie qu'elle.

Et il poussa Kelly du coude et alla se poster au bar, où il commanda bruyamment une bière.

– Il sera de meilleure humeur quand il aura une pinte dans le buffet, glissa le Rouge.

Mais James était trop impatient pour ça.

– Monsieur Kelly, dit-il d'une voix forte en s'approchant du bar. J'ai besoin de votre aide.

– Voyez-vous ça ? répondit M. Kelly en portant la pinte que Lou venait de lui donner à ses lèvres.

– J'ai besoin de trouver un bateau, poursuivit James. Il est amarré dans le dock George V. Il est prévu au départ ce soir.

– Comment y s'appelle ? demanda M. Kelly en sirotant une nouvelle gorgée.

– Je l'ignore, répondit James. Peut-être un nom russe.

M. Kelly secoua la tête.

– Avec ça, tu peux te fouiller, fiston.

– Écoute, vieux pochtron, c'est important, dit Kelly en arrachant la pinte des mains de son père et en la reposant sèchement sur le comptoir. Alors réfléchis un peu, tu veux !

– Hé, la môme ! Tu sais combien y'en a des bateaux sur ces foutus quais ? Un russe par ici, un chinois par là-bas. En cherchant bien, on pourrait sûrement en trouver qui viennent de chez les eskimaux. Si t'as pas de nom, c'est sans espoir.

– *Callisto* ? tenta James. Est-ce qu'il y en a un qui s'appelle *Callisto* ?

M. Kelly fit non de la tête.

– *Nemesis* ?

Encore non.

– *Amoras* ? essaya encore James.

– Ah, ça ! Pour sûr qu'il y a un *Amoras*, répondit Kelly senior. Même qu'avant il s'appelait le *Saphir*. Il devrait lever l'ancre ce soir, pour profiter de la marée.

– À quelle heure ? demanda Kelly.

– Huit heures, ma chère fille. Huit heures.

– Et il va où ?

– Et comment diable voudrais-tu que je le sache ? tonna M. Kelly. Tu poses trop de questions, Kel, comme ta mère. Que Dieu la protège !

Le Rouge leva les yeux sur la pendule, derrière le bar, puis se tourna vers James.

– Il est sept heures moins vingt, dit-il. Ça nous laisse peu de temps.

– À quelle distance se trouve le port ?

– Huit kilomètres, répondit le Rouge. En marchant vite on pourrait y être en une heure. Faut oublier le métro, y'a pas de ligne qui va là-bas. Quant aux trams et aux bus, mieux vaut ne pas y compter. Le dimanche, c'est une denrée rare.

– Alors c'est trop tard, dit James, l'air amer. Bon sang ! J'y étais presque.

Et il tapa du poing contre le mur.

– Y'a peut-être encore une chance, dit le Rouge en se dirigeant vers la sortie.

– Comment ça ? demanda James en lui emboîtant le pas. T'as une voiture ?

– Une voiture ? s'exclama le Rouge en riant. Tu me prends pour qui ? Le mec qui a fait le casse de la banque de Monte Carlo ? Non, non, personne ici n'a de voiture.

– Alors quoi ?

– Tu vas bien voir, répondit le Rouge. En temps normal, je n'y aurais même pas songé, mais là c'est une urgence. Allez, viens, on va faire une petite visite au curé.

Alors qu'il tournait les talons pour partir, sa sœur le retint par le bras.

– T'es sûr de ce que tu fais ? demanda-t-elle. Après tout, il est pas des nôtres.

– Pas des nôtres ? répéta le Rouge, interloqué. Je te rappelle que c'est James Bond, sœurette. On est en dette.

– Mais...

– Écoute-moi bien, sœurette. Je ne suis peut-être pas aussi intelligent que toi et je mentirais si je disais que j'ai compris la moitié de cette foutue affaire. Mais y' a quand même un ou deux trucs dans ce bas monde que je tiens pour certains. Le premier c'est que Charnage est un coquin qui ne vaut pas la corde pour le pendre, le second c'est que ce mec que tu vois là est un héros. Si tu sais pas de quel côté tu es, c'est ton problème. Moi, je sais.

– Oui, oui, d'accord, mais, le Rouge...

– Boucle-la, Kel. Je sais ce que je fais.

L'air du dehors était chargé de fumée et de suie, dues aux innombrables feux de charbon du quartier. Il était également glacial et humide. James toussa douloureusement. À la nuit tombée, les rues bondées de l'East End étaient encore plus lugubres et menaçantes qu'en plein jour. Les lampadaires à gaz crachotants jetaient des pinceaux de lumière jaunâtres sur les trottoirs que, partout, les gens évitaient soigneusement, préférant rester dans l'ombre où ils menaient force conciliabules, attente d'on ne savait quoi, et guet consciencieux de la rue. Ils croisèrent ainsi un nombre infini de ces fantômes, emmitouflés dans d'informes manteaux noirs, le visage gris et inexpressif.

De temps à autre, un cri retentissait dans une allée, suivi d'un pas de course. Plus loin, James entendit un bris de verre, mais il n'eut pas le temps d'avoir peur. Il devait juste avancer, allonger le pas, forcer l'allure. Et ne surtout pas s'arrêter, car s'il s'arrêtait, il serait contraint de réfléchir, et, alors, il ne pourrait plus éluder le fait que c'était sans espoir.

Dix minutes après avoir quitté le pub, ils arrivèrent devant une grande église blanche, au porche barré d'une rangée de hautes colonnes néodoriques. Des clochards et des ivrognes attendaient le salut, assis sur les marches de l'escalier monumental, pendant que deux hommes se bagarraient dans le cimetière longeant l'édifice.

Tous trois traversèrent la rue, en contournant une charrette attelée qui passait là, et coururent dans l'église, ignorant les beuglements rauques des hommes vautrés sur les marches.

Ils tombèrent en plein office. Les fidèles chantaient un hymne, accompagnés par un orgue aussi puissant que grandiloquent. L'intérieur de l'église était austère et nu, aucun fourneau ne réchauffait l'atmosphère. Des nuages de buée sortaient de la bouche des paroissiens à chaque fois qu'ils poussaient la voix.

Le Rouge posa un index sur sa bouche et avança près du mur latéral, à l'ombre duquel il hâta le pas jusqu'à une petite ouverture située sous une rangée de hautes fenêtres à sommet arqué. Sans ralentir, il les conduisit au pied d'une volée de marches, dans une crypte voûtée.

Celle-ci était sombre et déserte. James remarqua seulement un autel dans un coin ainsi que quelques tombes, tout juste distinctes dans la pénombre.

– Je ne suis toujours pas convaincue, fit valoir Kelly.

Ignorant sa remarque, le Rouge s'avança vers une tombe d'inspiration vaguement égyptienne, avec quatre sphères à chaque angle, supportant une pyramide.

Le nom « Charles Bishop » était gravé au fronton du socle.

Le Rouge se glissa dans le petit espace entre la tombe et le mur. James le suivit et remarqua qu'il y avait deux panneaux de pierre au dos de la stèle. Le Rouge agrippa l'un d'eux et essaya de le faire coulisser sur le côté.

– Aide-moi, dit-il, grognant sous l'effort.

James obtempéra et, en joignant leurs forces, ils parvinrent à faire bouger la pierre, qui glissa avec un crissement sourd le long d'un étroit sillon creusé dans le sol. Ils découvrirent ainsi une cavité. La tombe était creuse.

D'horribles relents de putréfaction et de moisi les prirent à la gorge. Instinctivement, James se couvrit le nez et la bouche du plat de la main. Une minuscule étagère était fixée au mur, à l'intérieur de la tombe. À tâtons, le Rouge y prit un morceau de bougie et une boîte d'allumettes. Il alluma la bougie et un étroit escalier plongeant dans de sombres abysses apparut à la lueur vacillante de la flamme.

Le Rouge se glissa dans l'ouverture et descendit les premières marches. Quand James et Kelly l'eurent imité, il leur demanda de fermer la porte derrière eux. Deux poignées permirent à James d'effectuer seul l'opération.

L'escalier menait, quelques six mètres plus bas, à ce qui avait tout l'air d'être un égout. La puanteur était insoutenable et James n'osait pas baisser les yeux sur ce qui flottait dans la rigole à côté d'eux. Ils se trouvaient dans un étroit passage, séparé du collecteur principal par une grille de métal. De gros câbles couraient sur le sol. Le Rouge les suivit, courbé en deux dans l'étroit goulet. Ils quittèrent rapidement l'égout et, après quelques minutes de marche, parvinrent devant une lourde porte rouillée qui leur bloquait le passage. Un pictogramme écaillé, à tête de mort et os croisés, ornait le battant de la porte, à côté d'éclairs jaunes.

Le Rouge retira une brique du mur, dissimulant une grosse clé, qui, de toute évidence, avait été bricolée maison. Il l'introduisit dans la serrure, le verrou de la porte sauta avec un claquement sourd. Le Rouge remit précautionneusement la clé dans sa planque.

La porte s'ouvrit sans peine et tous trois pénétrèrent dans une petite pièce regorgeant de câbles électriques venant de toutes les directions. Le ronron de la haute tension emplissait l'air. Le réduit tout entier semblait vibrer.

– Faites gaffe à ce que vous touchez, prévint le Rouge d'une voix amplifiée par le confinement de l'espace.

Il ferma la porte et s'approcha d'un mur contre lequel s'alignait une rangée de boîtes de dérivation. Il retira le capot de protection de l'une d'elle, découvrant un vide, là où aurait dû normalement se trouver le transformateur.

– Toi d'abord, ordonna le Rouge en tendant la bougie à sa sœur.

Kelly s'allongea sur le sol et se glissa dans l'ouverture en se tortillant. Deux secondes plus tard, elle avait disparu. D'un signe du menton, le Rouge invita James à l'imiter. Il s'engagea dans la chatière en rampant, cherchant son chemin à tâtons. Il entendit bientôt le Rouge refermer le capot et s'engager à leur suite. James entendait les sifflements de sa respiration derrière lui.

Finalement, James aperçut une lumière au bout du goulet. Il passa la tête dans l'ouverture et découvrit Kelly Kelly qui les attendait, debout dans un escalier en colimaçon, sa bougie à la main. James la rejoignit et, levant les yeux vers le haut de l'escalier, remarqua une lourde porte condamnée depuis des années. De grosses planches étaient clouées en travers du battant.

Le Rouge émergea enfin du tunnel. Il prit la chandelle des mains de sa sœur et descendit les marches. James en compta trente avant qu'ils n'atteignent le pied de l'escalier où le Rouge actionna un interrupteur.

James était stupéfait. Ils étaient arrivés dans une pièce de belle taille, remplie jusqu'au plafond d'une impressionnante série de cadrans, de compteurs, de leviers de commande et de boutons de contrôle. L'ensemble avait l'air ancien et depuis longtemps inutilisé, comme hérité d'un passé révolu. Des rails passaient au pied de la salle de contrôle, disparaissant dans un étroit tunnel dont les bords étaient scellés de joints en caoutchouc.

Tout bien pesé, ça ressemblait à une station de métro miniature. Il y avait même une petite voiture sur une voie de garage, mais rien à voir avec un wagon de métro. Celui-ci était minuscule, ouvert, et profilé comme une balle.

– Qu'est-ce que c'est ? demanda James. On est où ?

– Le pneu. Enfin, le pneumatique, si tu préfères, répondit le Rouge. Ça date du siècle dernier.

– Ça sert à quoi ?

– À distribuer le courrier. Apparemment, il voulait couvrir Londres de machins comme ça. Enfin, couvrir sous terre quoi. Distribution express ! Celui-ci était directement relié au centre de tri de Euston, qui se trouve au-dessus. Mais ça n'a jamais vraiment bien marché et l'idée a été abandonnée. Ils ont tout fermé y'a cinquante ans et plus personne n'y a plus pensé. Mais y'a cinq ans, un bagnard en cavale, du nom de Nesbitt, est tombé dessus par hasard alors qu'il arpentait les galeries pour échapper aux cognes.

– Aux quoi ?

– Aux condés, aux flics, à la police, quoi ! Les gens d'ici se sont toujours planqués dans les égouts quand la situation devenait critique, tout comme ils utilisent certains passages souterrains pour aller en douce d'un point à un autre. Toujours est-il que ce bon vieux Nesbitt, bien que ne sachant pas trop ce qu'il avait trouvé, s'est dit que ça pouvait toujours servir. Bien sûr, quand il l'a trouvé, rien ne marchait, mais il s'est mis au boulot et il a exploré tous les tunnels, jusqu'à pouvoir établir une carte du réseau tout entier. Il a demandé autour de lui, il s'est rencardé, et il a fini par comprendre que c'était l'ancien réseau de pneumatique. Très pratique. Et encore plus pratique quand il a remis des wagons en service. Un pote à lui qui avait bossé dans les chemins de fer s'est occupé du chantier et ils ont tout remis en état. Avant, ça fonctionnait à la vapeur, avec la pression, mais eux l'ont converti à l'électricité, en pompant le courant directement sur les câbles d'alimentation qui passent pas loin. Il a fallu toute une équipe pour le remettre en marche. Maintenant ce sont les gangs qui l'utilisent, essentiellement pour transporter des marchandises, mais aussi, éventuellement, des gens. Un soir, j'ai fait boire un de mes oncles et il m'a tout craché, les accès, les codes, les mots de passe, la totale.

Tout en parlant, le Rouge avait abaissé des manettes, tourné des volants, actionné des interrupteurs. Finalement, il chaussa une paire d'écouteurs et écouta attentivement.

– Il y a un important dépôt de courrier aux docks royaux, expliqua Kelly. Pour récupérer ce qui vient par bateau. Le pneumatique va jusque là-bas.

– Tu veux dire qu'on va y aller avec un de ces machins ? s'étrangla James.

– Ouais ! répondit Kelly Kelly avec un sourire ambigu, les yeux pétillant d'une lueur malicieuse.

– Tu te sens prêt à y aller ? demanda le Rouge avec la moue qui lui était coutumière, nez plissé et bouche tordue.

– Je crois que oui, répondit James.

– Mon pote, j'sais pas en quoi t'es fait, ajouta le Rouge en grattant son épaisse tignasse écarlate. Si j'avais bu la moitié de ce que t'as avalé hier soir, j'suis même pas sûr que je pourrais encore aligner deux mots. J'te parle même pas de marcher. Alors que toi, regarde-moi ça ! Frais comme un gardon ! Ma parole, t'es en fer, ou quoi ?

– Je t'assure que je ne me sens pas vraiment frais comme un gardon, répliqua James. J'ai plutôt l'impression d'être un bout de barbaque tout juste extrait d'un bain de formol.

– Ah, ça ! pour macérer, c'est sûr que t'as macéré, dit le Rouge en riant, avant de reprendre, plus sérieusement : fais gaffe pendant que t'es là-dessus, et surveille ma petite sœur, je voudrais pas qu'il lui arrive malheur.

Il fit un clin d'œil puis enfonça un gros poussoir vert accroché au mur et s'approcha du micro.

– Ici Le Caire… je répète ici Le Caire… y'a quelqu'un… ?

Il marqua une pause, se concentrant sur ses écouteurs.

– Osiris, ajouta-t-il enfin.

– C'est le mot de passe, glissa Kelly à l'oreille de James.

– J'ai un colis pour Alexandrie, reprit le Rouge dans son micro. Tout est paré… Bien… J'attends votre signal.

Le Rouge retira son casque et s'approcha de la voie de garage.

– Venez me filer un coup de main.

James et Kelly l'aidèrent à pousser le wagonnet sur la voie principale, jusqu'à ce que son nez disparaisse dans la bouche du tunnel. L'ajustement était parfait, les dimensions de la voiture correspondant exactement à celles de la galerie.

– Comment ça marche ? demanda James.

– Pneumatique ! répondit le Rouge avec l'air d'avoir tout

dit. En fait, il y a une super grosse pompe à chaque bout de ligne, une qui te propulse et l'autre qui t'aspire. Comme un petit pois dans une sarbacane. Quand tu t'arrêteras, tu seras arrivé aux docks royaux. Kel connaît le chemin pour sortir, elle te montrera.

– Tu ne viens pas ?

– Impossible, répondit le Rouge. Il faut que je reste là pour manœuvrer le bouzin. Allez, dépêchez-vous de grimper, le top départ va tomber d'une minute à l'autre. Je vous rejoins dès que je peux.

D'énormes moteurs se mirent à vrombir crescendo. James sentait le sol trembler sous ses pieds et des vibrations courir dans les murs de brique. Un sifflement, comme le vent s'engouffrant dans l'interstice d'une fenêtre, se mêla bientôt au grondement sourd des moteurs. Brutalement, l'air devint plus frais.

James prit place dans le wagonnet, couché sur le flanc, les jambes légèrement repliées. Kelly grimpa à son tour, s'imbriquant face à lui dans le minuscule habitacle. Depuis son tableau de contrôle, le Rouge fit avancer le wagon, qui disparut dans la parfaite obscurité du tunnel.

– Mmh, c'est confortable, ironisa Kelly en pouffant de rire.

James sentit son souffle lui picoter le bout du nez. Il aurait voulu se gratter, mais tout mouvement lui était interdit. Les genoux de Kelly pressaient contre son ventre, il humait la fragrance de sa chevelure.

– Ce matin, j'ai essayé de te tuer et maintenant nous voilà douillettement installés comme deux chatons au fond de leur panier, ajouta Kelly.

– Au moins, on a plus chaud comme ça, répondit James.

– Oui, ben… Ne va pas te faire des idées.

James ne répondit pas. La seule idée qui le hantait était celle d'une bonne nuit de sommeil.

– Le Rouge nous a tellement parlé de toi, poursuivit-elle doucement, sa voix étonnamment présente dans ce noir d'encre. Jamais je n'aurais imaginé me retrouver comme ça, avec toi…

James n'eut pas le temps de répondre qu'une formidable pression s'empara du tunnel. Ses oreilles lui faisaient un mal de chien, il se tortilla tant bien que mal pour libérer une main et se boucher les narines. Il souffla pour décompresser. Ses tympans se rouvrirent juste avant qu'un souffle surnaturel n'explose dans le tunnel, projetant le wagon sur ses rails, comme une balle dans un canon.

23

Dans la gueule du loup

Impossible de dire à quelle allure ils allaient, en revanche l'impression de vitesse, à filer comme ça sans aucun contrôle au cœur de la nuit, était purement hallucinante. Le chariot n'était doté d'aucun système de suspension, ni à l'intérieur d'un quelconque rembourrage de protection, il cognait, bondissait, et virait sur ses rails, envoyant James et Kelly bouler l'un contre l'autre, secouant leurs os à les démettre. Le bruit était affreux.

Par chance, le voyage ne s'éternisa point. De fait, il s'acheva presque aussitôt après avoir commencé. Ils sentirent la vitesse décroître, puis ils heurtèrent une poche d'air qui les arrêta presque. Ils poursuivirent doucement leur route au ralenti, et émergèrent du tunnel, clignant des yeux dans la lumière.

Ils se redressèrent, s'étirèrent et frottèrent leurs coudes et leurs hanches, durement éprouvés par le voyage.

Ils étaient dans une salle similaire à celle qu'ils venaient de quitter, à ceci près que celle-ci était légèrement plus grande. Rien ne bougeait, hormis une lampe orange qui clignotait sur un mur. Kelly se précipita devant le tableau de contrôle et ajusta sa jupe d'un geste machinal. Elle étudia un court instant l'impossible variété de boutons et de cadrans, puis elle enfonça une touche.

Le vrombissement des ventilateurs mourut lentement, un lourd silence tomba sur la salle.

– Je leur ai donné le signal, dit Kelly. Pour qu'il sache qu'on est arrivés en un seul morceau.

– Si on peut dire, répliqua James en faisant l'inventaire de son squelette pour voir s'il ne manquait rien. Ce train n'est pas censé transporter des gens, n'est-ce pas ?

– Oh ! Pauvre petite chose sensible ! J'imagine que tu ne voyages qu'en première. Désolé, je n'ai pas eu le temps de faire monter le champagne et le caviar ! Non, mais franchement ! Je l'emmène à destination dans un temps record et, en plus, Monsieur râle.

– Euh... On pourrait peut-être y aller, non ? Au lieu de perdre du temps à se chamailler...

– Suis-moi, répondit sèchement Kelly. Et ne regarde pas sous ma jupe.

Un tunnel, à l'entrée scellée de caoutchouc montait vers le dépôt postal. Kelly l'ignora et conduisit James dans un conduit de ventilation, aux rugueuses parois de briques, qui grimpait en pente douce. L'ascension fut ainsi relativement aisée et, en un rien de temps, ils se retrouvèrent au sommet, fermé par une grille métallique. Kelly déboulonna rapidement un écrou et repoussa la grille.

– Magne-toi, ordonna-t-elle en s'extrayant du goulet avec l'agilité d'un serpent.

James l'imita. Elle remit la grille en place. Ils étaient dans un étroit passage, entre deux hauts immeubles. Un bout de l'allée était muré, l'autre donnait sur une grande cour.

– Reste bien près de moi, conseilla Kelly. Il y a deux gardiens de nuit avec des chiens. Le plus souvent, ils restent à la grille principale, mais il leur arrive aussi de faire des rondes.

Ce disant, elle grimpa sur un rebord de fenêtre, fit coulisser l'ouvrant vers le haut et disparut à l'intérieur. James ne tarda pas à la suivre. Il se retrouva dans un immense hangar obscur où s'entassaient des montagnes de caisses, de cartons, de boîtes, de tonneaux et de fûts divers et variés. James n'avait jamais vu un endroit pareil. Il se sentait minuscule à l'ombre de ces amoncellements gigantesques, aux allures de monts alpins. Seul un rayon de lune, filtrant d'une verrière sur le toit, permettait d'y voir un tant soit peu.

– Je connais l'endroit comme ma poche, dit Kelly en se faufilant parmi les cartons. Les gangs utilisent des passages secrets pour sortir en douce la marchandise volée. Sur dix colis qui entrent ici, ils en barbotent au moins un.

L'intérieur de l'entrepôt était un vrai labyrinthe, mais Kelly savait parfaitement où elle allait et, seulement quelques minutes plus tard, ils atteignirent l'autre extrémité du bâtiment, où elle escalada une pile de caisses à claire-voie, depuis laquelle elle grimpa sur une grue mobile. James la suivait de près, en essayant de faire le moins de bruit possible. Ils avancèrent ainsi sur la passerelle de la grue, puis Kelly s'arrêta devant une des fenêtres et l'ouvrit.

– Après vous, très cher, dit-elle avec une moue moqueuse.

– *Ladies first*, rétorqua James sur le même ton.

– J'suis pas une lady !

– C'est ce que j'ai cru comprendre, dit-il en enjambant le rebord de fenêtre.

Il émergea à l'air libre, sur le toit de l'entrepôt. Le fond de l'air était frais et il regretta de ne pas avoir de manteau. Non, au fond, ce qu'il regrettait vraiment c'était de ne pas être à Eton devant un bon petit feu, à manger des saucisses et à jouer aux cartes, avec aucun autre souci en tête que ses devoirs de latin.

De là-haut, il pouvait voir une deuxième rangée de hangars, s'étalant vers le sud jusqu'aux installations portuaires proprement dites. Les docks royaux étaient divisés en plusieurs sous-groupes organisés autour de bassins indépendants. Droit devant, l'enclave dite du roi Albert, derrière, les quais George V, enfin, à l'ouest, les docks Reine Victoria.

Les docks du roi Albert consistaient en un grand bassin fermé, de forme oblongue, long d'un kilomètre et demi, connecté à la Tamise par une série de larges canaux. Les quais du bassin étaient couverts de grues, d'entrepôts et de bâtiments industriels, prêts à entrer en action. Des dizaines de bateaux étaient en attente. Un silo à grains flottant, équipé d'un élévateur mécanique, tanguait, esseulé, au milieu de l'eau. Aux premières heures du jour, l'endroit fourmillerait de dockers chargeant et déchargeant les cargos, mais, pour l'heure, le port était pratiquement désert. Seul un petit groupe de débardeurs s'activait à décharger une barge. Un camion roulait au ralenti au bout de la jetée. À l'ouest, là où les bassins Albert et Victoria se rejoignaient, des lumières scintillaient dans la nuit. Le bruit lointain d'une machine résonnait dans l'air nocturne.

– Je n'imaginais pas qu'il y avait autant de bateaux, dit James. À ton avis, lequel est le *Amoras*?

– C'est à moi que tu demandes ? répondit Kelly. Je t'ai amené ici, c'est déjà pas mal, non ? Après tout, c'est toi le fils prodige, tu crois pas qu'il serait temps que tu fasses un peu quelque chose par toi-même ?

– Ne sois pas si dur avec moi, s'il te plaît. Ces deux derniers jours n'ont pas été faciles.

– Je sais, je voulais juste te taquiner un peu, dit-elle en s'avançant vers le bord du toit. Alors quoi ? On peut plus rigoler ?

– Crois-moi, d'habitude je ne suis pas le dernier mais, là, je ne peux pas rire, ça me fait trop mal.

– Bon, bon, très bien, je ne plaisanterai plus puisque le jeune homme ne peut pas le supporter.

– Non, non, je t'en prie, tu peux continuer. Tes blagues ne sont pas si drôles que ça.

Kelly s'arrêta et fit volte-face.

– Fais gaffe à toi, James Bond, ou je pourrais bien te jeter du toit.

– J'aimerais bien voir ça.

– Ne me tente pas. À l'heure qu'il est je pourrais être tranquille chez moi au lieu de risquer ma peau avec un gosse de riche qui ne se prend pas pour de la petite bière.

– Je n'ai jamais demandé à être accueilli en héros. Je voulais juste trouver le Rouge.

– Te plains pas, t'en as eu deux pour le prix d'un.

Et elle éclata d'un rire guttural en reprenant son chemin.

Quand ils atteignirent le bord du toit, Kelly s'agenouilla et se laissa tomber sur une passerelle couverte qui s'étirait comme un pont jusqu'au bâtiment suivant.

– J'espère que tu n'as pas le vertige, dit-elle en se courbant en deux.

James la suivit et ils filèrent sur la passerelle qui surplombait des cours, des allées et des petites bâtisses. Arrivée de l'autre côté, Kelly se laissa glisser dans la pente du toit jusqu'à une échelle descendant vers un haut mur dont l'arête était hérissée de tessons de bouteille. Pourtant, un passage où les bouts de verre avaient été soigneusement arasés, invisible depuis le sol, avait été aménagé au centre. Tous deux coururent le long du mur, puis sautèrent sur un lampadaire et se laissèrent glisser jusqu'au sol.

Kelly piqua un sprint vers le quai, James sur ses talons, tel un chien fidèle.

– Ça va, tu suis ? demanda-t-elle alors qu'ils trottinaient entre deux hangars. Je croyais que le Rouge m'avait dit que t'étais champion de course à p…

– T'inquiète, je suis, l'interrompit James. J'aimerais juste que tu ailles un peu plus vite.

– Écoutez-le, celui-là ! T'as qu'à participer aux prochains jeux Olympiques si tu veux frimer.

– En tout cas, s'ils avaient une discipline pour la jactance, tu serais sûrement médaille d'or.

Ils arrivèrent bientôt au bord de l'eau. Du toit, les bateaux paraissaient grands, en revanche, depuis le quai, ils étaient carrément impressionnants, leurs carènes s'élevant à plus de quinze mètres dans les airs.

– Droite ou gauche ? demanda Kelly.

– Euh… J'hésite.

– Tu veux qu'on fasse plouf plouf plouf ?

– Pas très scientifique.

– À quoi tu t'attendais de la part d'une donzelle écervelée qui n'arrête pas de jacter ?

– Par là, dit James en prenant à droite.

– Et pourquoi ?

– Parce que je l'ai dit.

– Pas très scientifique non plus, très cher.

– Bon, si tu insistes… J'ai vu des lumières depuis le toit. Et si l'*Amoras* se prépare à larguer les amarres, il y aura certainement de l'activité autour. En tout cas, ça vaut le coup de vérifier. Allez, viens.

– Bien, Votre Majesté.

James secoua la tête et démarra, pas mécontent de pouvoir ouvrir la route, pour changer. Il espérait seulement que son intuition était la bonne car il entendait déjà les sarcasmes acerbes de Kelly si tel n'était pas le cas.

Les lumières en question étaient beaucoup plus loin qu'il n'y paraissait. Il leur fallut marcher longuement avant d'être assez près pour voir ce qui se passait.

Une équipe de dockers était occupée à charger un cargo.

Celui-ci était de taille intermédiaire, environ sept mille tonnes, estima James, avec deux cheminées sur le pont.

Une grue montée sur rails descendait un filet chargé de caisses de bois vers le pont où un groupe de dockers l'attendait. Une lourde chaîne barrait l'accès à cette partie du port. Trois hommes en pardessus noir gardaient la zone.

James reconnut instantanément l'un d'eux. Il tira Kelly à l'ombre d'une locomotive garée sur le quai.

– C'est le majordome de Charnage, Deighton.

– Alors c'est ça ? murmura Kelly. Dis, tu peux voir le nom du bateau ?

– C'est bien l'*Amoras*, répondit James après avoir lu les lettres fraîchement peintes sur la coque.

– On fait quoi maintenant ? demanda Kelly. On passe devant les gardes en faisant semblant de se balader, on délivre ton Fairburn et on repart comme si de rien n'était ?

– Un truc dans ce goût-là.

– Avoue, t'as pas la moindre idée de ce qu'il faut faire, hein ?

– Si tu arrêtais de parler cinq minutes, je pourrais peut-être réfléchir, répondit James en regardant derrière lui. J'ai repéré des barques en passant, on pourrait peut-être en prendre une et s'approcher de l'*Amoras* depuis l'eau.

– Le pire, c'est qu'il ne plaisante pas, dit Kelly en ouvrant de grands yeux. Il va vraiment essayer de grimper sur ce foutu rafiot.

– Tu ne crois tout de même pas que je suis venu jusque-là juste pour agiter la main en guise d'au revoir quand le bateau va larguer les amarres.

– Et que diable crois-tu pouvoir faire une fois que tu seras à bord ?

– Je ne sais pas. Mais, si tu as une meilleure idée, je serais ravi de l'entendre.

Kelly réfléchit un instant avant de demander :

– Bon, elle est où ta coque de noix ?

Ils rebroussèrent chemin jusqu'à retrouver l'endroit où était amarrée une rangée de barges et de barques.

James sauta dans une embarcation et courut d'un bateau à l'autre jusqu'à en trouver un utilisable, avec une paire de rames posée au fond. Puis il inspecta les barges à la recherche d'une corde. Quand il l'eut trouvé, il retourna à la barque et se prépara au départ.

Kelly prit maladroitement place à bord, assise face à lui.

– Tu fais attention, hein ? demanda-t-elle en fixant nerveusement les eaux noires et grasses.

– On fait moins la maligne, on dirait.

– J'aime pas l'eau.

– Tu ne sais pas nager, c'est ça ?

– Bien sûr que non, coupa Kelly. Pourquoi je saurais nager ? Je suis pas un poisson…

James décrocha la corde et se dégagea du quai en se servant de sa rame comme d'une gaffe. Une fois à distance, il se mit à ramer en longeant le quai.

Derrière les bateaux au mouillage, ils étaient hors de vue des hommes de Charnage et des dockers. Malheureusement, il y avait un grand vide entre le dernier bateau et l'*Amoras*. James ralentit et s'approcha du mur que faisait la coque du dernier navire, un cargo tout rouillé baptisé *Newhaven*. Il longea le bateau sur toute sa longueur, puis rentra les rames et s'approcha silencieusement de la proue en s'aidant des mains. Debout contre la coque du cargo, il fit précautionneusement avancer la barque jusqu'à l'étrave, puis s'arrêta et se pencha pour observer le quai.

Concentrés sur les manœuvres de la grue, les débardeurs avaient pour la plupart les yeux en l'air. En outre, sous la lumière aveuglante des projecteurs, il y avait peu de chances qu'ils remarquent une petite barque, naviguant silencieusement sur les eaux noires.

James recula de quelques mètres et attrapa les rames.

– Allonge-toi au fond, ordonna-t-il à Kelly, qui s'exécuta aussitôt, sans mot dire. Je vais prendre un peu d'élan et laisser filer le bateau, en espérant que ça nous amène assez loin. Reste allongée et, surtout, pas un bruit.

Kelly opina du chef.

James prit une profonde inspiration et donna un puissant coup de rames avant de les remettre dans le bateau, et de s'allonger à côté de Kelly.

La barque dériva silencieusement à la surface de l'eau. James leva les yeux et vit la carène du *Newhaven* s'éloigner. Durant quelques instants, le ciel étoilé éclaira l'intérieur de la barque, mais, bientôt, l'ombre de l'*Amoras* les engloutit doucement et ils heurtèrent la coque avec un bruit sourd.

James se releva précipitamment et poussa un ouf de soulagement en constatant qu'ils avaient passé la proue et que, de ce fait, ils étaient hors de vue du quai. A priori personne n'avait même rien entendu car, entre les bruits de la grue et les cris des débardeurs, il régnait un puissant vacarme sur l'aire de travail.

L'obscurité était quasi totale au pied de l'*Amoras.* James leva la tête et avisa une rangée d'écoutilles, environ cinq mètres au-dessus de l'eau.

– Parfait, se murmura-t-il à lui-même.

– Quoi donc ? demanda Kelly. Qu'est-ce qui est parfait ?

– Là, regarde. Une écoutille ouverte.

– Mais on n'a pas d'échelle.

– Pas besoin, répliqua James en déroulant la corde.

Il attacha une extrémité au banc de la barque et fit un nœud coulant à l'autre. Avec un peu de chance, il réussirait à passer le nœud autour du hublot entrouvert et pourrait ainsi grimper le long de la coque du navire.

– Qu'est-ce que tu veux faire avec ton lasso ? demanda Kelly. Tu te prends pour Billy le Kid ou quoi ?

– Aide-moi plutôt, au lieu de geindre. Assieds-toi bien au milieu et essaie de stabiliser la barque pendant que je lance la corde.

Elle était tendue. De toute évidence, elle avait très peur, et tentait vainement de le cacher. Il ne lui jeta pas la pierre. Lui aussi avait peur. Et il y avait de quoi. Les trois fois où il s'était retrouvé au contact de Charnage et de ses hommes, il avait échappé de justesse à la mort. Et, là, il allait se jeter directement dans la gueule du loup. Il sentait déjà son haleine fétide.

Bah, au fond, il n'avait guère le choix.

Tant qu'il était en action, il empêchait la peur de s'emparer définitivement de lui, de le paralyser. Il fallait juste espérer que le loup ne refermerait pas ses crocs sur son cou.

Les deux premiers essais se révélèrent totalement infructueux, la corde ne touchant même pas sa cible. Le troisième, en revanche, attrapa le hublot, mais, quand il tira sur la corde pour la tendre, celle-ci retomba dans la barque.

– Le quatrième, c'est le bon, murmura James comme pour se donner du courage avant de lancer la corde dans les airs.

À croire qu'on l'avait entendu car, cette fois, la corde passa autour du hublot et se coinça sur le lourd gond d'acier.

– Je crois que ça va tenir, dit-il après avoir testé la corde de tout son poids.

– Tu sais que tu es complètement cinglé, rétorqua Kelly avec un petit sourire.

– Effectivement, c'est une éventualité. Bon, toi tu restes là et tu surveilles le bateau. Je ne serai pas long.

À ces mots, il agrippa la corde et posa un pied contre la coque de l'*Amoras.* Pas évident de grimper en rappel sur un cargo qui oscille au rythme du clapot, pourtant, au prix de quelques minutes d'efforts, il parvint à se hisser jusqu'au hublot. Il attrapa alors le dormant, s'abîmant les mains au passage sur le tranchant du rebord d'acier et tira sur ses bras jusqu'à se trouver à la hauteur de l'ouverture.

Il jeta prudemment un œil à l'intérieur et découvrit un étroit lieu d'aisances, aux murs d'un vert lavasse. Il passa les épaules et se tortilla à l'intérieur en battant des jambes, manquant de tomber la tête la première dans la cuvette des toilettes.

Aussitôt rétabli, il passa la tête par le hublot pour faire signe à Kelly et, à son grand désespoir, il la vit entamer l'ascension de la coque. Guère aidée par sa lourde jupe, elle éprouvait bien des difficultés à grimper. Le visage crispé par l'effort, et la peur au ventre, elle persévérait néanmoins. Par deux fois, ses pieds glissèrent et elle se retrouva pendue à la corde, cognant contre la coque du bateau, mais elle était tellement terrifiée à l'idée de tomber dans l'eau qu'elle se cramponna aussi solidement qu'une moule à son rocher. Finalement, elle arriva tout de même assez haut pour attraper le bras de James, qui la hissa à l'intérieur. À peine arrivée, elle s'agrippa à lui et s'écroula dans ses bras, tremblant comme une feuille.

– Ne me refais jamais ça, dit-elle d'une voix cassée.

– Il me semblait t'avoir dit de rester dans le bateau.

– T'espérais quand même pas que j'allais rester là toute seule ? Je t'ai dit que j'avais horreur de l'eau…

– Peut-être, mais il va bien falloir faire le chemin inverse, t'es au courant ?

– Je sais, soupira Kelly, le teint aussi vert que le mur des toilettes.

– Écoute, je veux que tu m'attendes ici.

– Ici ?

– Oui, ici. Ferme la porte à clé derrière moi et ne laisse entrer personne. Quand je reviendrai, je frapperai comme ça.

Joignant le geste à la parole, James frappa deux séries de trois coups rapprochés sur la porte.

– Alors seulement tu pourras ouvrir. Inutile de te dire que j'aimerais te retrouver là à mon retour, avec la corde et le bateau. Compris ?

– J'aimerais autant venir avec toi.

– J'ai besoin de toi ici. Je peux compter sur toi ?

Une étincelle belliqueuse traversa son regard.

– Bien sûr que tu peux compter sur moi. On peut toujours compter sur moi en cas de coup dur.

– J'en suis sûr, répondit James avec un sourire attendri.

Durant un instant, ils se dévisagèrent en silence. Un silence seulement rompu par l'eau qui gouttait dans la chasse d'eau scellée au mur et par les gargouillis de la vieille plomberie du bateau.

– Très romantique, tu ne trouves pas ? ironisa finalement Kelly. Ça pourrait s'appeler Romance aux gogues.

Un sourire se dessina sur le visage de James.

– Je suis content que tu ne m'aies pas tué ce matin.

– Moi aussi.

Leurs regards se croisèrent encore un instant, puis James se tourna vers la porte et l'entrebâilla prudemment. Il découvrit une longue coursive. Tout était calme. Il se glissa à l'extérieur, Kelly tira le verrou derrière lui.

Le lointain crincrin d'un poste de radio mal réglé résonnait dans les longs couloirs de l'*Amoras.* James regarda autour de lui, cherchant des repères qui lui permettraient plus tard de retrouver l'endroit. Heureusement, comme souvent dans les bateaux, il y avait des marquages aux murs et les coursives, ainsi que les portes de cabine, étaient toutes numérotées. En dépit de cet avantage, il savait à quel point il lui serait facile de se perdre dans cet immense dédale.

Il avança dans le couloir à pas feutrés, jusqu'à un escalier de cabines desservant les deux étages contigus. Il choisit de descendre et découvrit un plan du navire placardé au mur. À en croire le plan, celui-ci comportait deux cales, une à l'avant et l'autre à l'arrière. Les inspecter toutes les deux était une manière comme une autre d'entamer ses investigations. En effet, si la machine de Fairburn se trouvait bien à bord, elle se trouvait forcément dans une des cales.

Il traversa le navire à la hâte, contrôlant méticuleusement son chemin sur un plan à chaque fois qu'il en avait l'occasion. Hormis les deux fois où il courut se réfugier derrière la première porte qu'il trouva en entendant un bruit de pas, James ne croisa pas âme qui vive et, finalement, il parvint devant une porte cloisonnée marquée CALE AVANT. Il tourna la poignée, ouvrit prudemment et prit pied sur une haute passerelle métallique surplombant la cale.

Le toit était ouvert. La grue descendait un nouveau filet de chargement dans la soute. Un groupe de marins se tenait en bas, s'invectivant dans une langue étrangère que James identifia immédiatement comme étant du russe.

Pour autant, aucune trace d'une quelconque machine. James devait faire vite. En effet, le navire serait bientôt prêt à partir et, s'il n'y prenait garde, il se retrouverait en partance pour la Russie, sans aucune possibilité de retraite.

Aussi fit-il le chemin inverse jusqu'aux toilettes où l'attendait Kelly. Il frappa comme convenu, elle lui ouvrit.

– Dis donc, t'as pris ton temps ! Alors il est où ?

– Je ne l'ai pas encore trouvé, répondit James. Je voulais juste m'assurer que je serais capable de retrouver mon chemin et que tu allais bien.

– T'inquiète pas pour moi. Allez, file.

James hocha la tête et repartit aussi vite qu'il était arrivé, dans l'autre sens cette fois, vers la poupe du navire. Il eut tôt fait de trouver une porte similaire à celle qu'il avait franchie quelques minutes plus tôt. Un panneau prévenait CALE ARRIÈRE – ACCÈS STRICTEMENT RÉSERVÉ. Le symbole universellement utilisé pour prévenir d'un danger, une tête de mort au-dessus de deux os croisés, était peint sur le battant. Toutefois, sous le crâne, un mot étrange s'étalait en capitales régulières : N.E.M.E.S.I.S.

Qu'à cela ne tienne, il fallait plus qu'une tête de mort et un vocable énigmatique pour effrayer James Bond.

Il ouvrit la porte et pénétra dans la cale. Comme précédemment, il se retrouva sur une passerelle surplombant la cale. Mais celle-ci était différente.

Le toit était fermé et, au lieu d'être chargé de fret, tout l'espace était occupé par un gigantesque châssis de cuivre et d'acier, de Bakélite et de verre, criblé de voyants scintillant dans l'obscurité, et solidement arrimé à de gros câbles et à de lourdes traverses métalliques.

Il l'avait trouvée.

La machine de Fairburn.

Nemesis.

24

Nemesis

C'était immense. Bien plus gros que ce qu'il aurait jamais pu imaginer. De puissants projecteurs l'éclairaient de toutes parts, détachant sa masse imposante des sombres parois du navire.

James n'y comprenait goutte. L'énorme cube était constellé d'indicateurs, de cadrans et de boutons. Certains aspects de la machine évoquaient les rouages d'un moteur de voiture tandis que d'autres ressemblaient à des châlits en laiton ou à d'énormes machines à coudre. Le bruit était aussi singulier que l'aspect, une sorte de ronron de ventilateur associé à d'incroyables cliquetis, comme mille machines à écrire fonctionnant en même temps. C'était aussi fascinant que de regarder à l'intérieur d'une fourmilière. Chaque pièce obéissait à son propre schéma : des milliers de roues crantées, de petits pistons, de roues à gorge, de courroies et de balanciers, animés par un mouvement perpétuel. Des feuilles de papier pliées en accordéon et percées de trous sortaient sans discontinuer de gros tambours avant d'être avalées par d'insatiables portillons et de disparaître dans les entrailles de la fabuleuse machine.

L'engin possédait un air de famille avec celui que Charnage avait dans son bureau. Mais James comprenait pourquoi celui-ci l'avait qualifié de simple jouet. En comparaison, cette machine-là était colossale.

Visiblement, elle était alimentée en énergie par des courroies, sans doute actionnées par le moteur du bateau. La machine chauffait formidablement, remplissant l'espace confiné de la cale d'un air brûlant et humide. Le contraste avec l'air glacial du dehors était saisissant. James sentit des gouttes de transpiration perler à son front. Sa chemise le grattait.

Il se pencha légèrement pour avoir un meilleur angle de vue et avisa un homme effondré sur une table, à côté de la machine, la tête entre les mains. L'image même de l'abattement et du désespoir. Il avait tombé la veste et semblait fixer des yeux une sorte de compteur. Devant lui, sur la table, s'élevaient des piles de notes à côté d'un grand clavier semblable à celui d'une machine à écrire, relié à la machine elle-même par un faisceau de fils multicolores. James reconnut aussitôt la masse de cheveux désordonnée, qui faisait comme une vague sur le côté. Ce ne pouvait être que Fairburn. Un doute persistait toutefois. Si seulement il avait pu se décider à relever la tête. James ne pouvait ni appeler ni faire de signe car deux marins russes, arme au côté, le tenaient sous bonne garde.

Une porte s'ouvrit et quatre personnes firent irruption dans la cale. Ils avancèrent d'un pas décidé vers la silhouette affalée sur la table et s'entretinrent avec elle. Sir John Charnage faisait partie du groupe, il était accompagné de deux hommes râblés, au visage fermé, portant des costumes bon marché, que James n'avait jamais vus auparavant et de la mystérieuse femme croisée dans le bureau de Charnage, au Paradice Club.

L'homme assis à table se leva lentement, l'air fourbu, puis il s'étira et se tourna vers la lumière. Il paraissait dix ans de plus que sur la photo que James avait chipée dans l'appartement de Peterson, mais, pas d'erreur, c'était lui.

Alexis Fairburn, né Alexei Fyodorov.

Les deux hommes à la mine impassible l'escortèrent à l'extérieur, suivis des deux marins. Charnage et la femme restèrent seuls près de la machine où ils étudièrent avec attention un des rubans de papier.

James se décida rapidement. Il fila sur la coursive, suivant Fairburn et son escorte des yeux, tandis qu'ils franchissaient une porte à l'autre bout de la cale, en direction du centre du bateau. Il avisa une échelle scellée à la paroi et se laissa glisser le long des montants. Puis, non sans avoir vérifié que la voie était libre, il se précipita à la suite de Fairburn et des autres.

Le bruit de leurs pas sur le sol d'acier était suffisamment fort pour que James les suive sans les avoir en ligne de mire.

James se déplaçait aussi rapidement que la prudence lui permettait, essayant de faire le moins de bruit possible, et restant à bonne distance. À un moment, il crut les avoir perdus, avant de réaliser qu'ils étaient simplement montés sur le pont supérieur. Il les imita et eut tôt fait de se trouver à nouveau dans leur sillage. Enfin, les pas s'arrêtèrent. James également. Il se plaqua contre un mur et tendit l'oreille. Les hommes échangèrent quelques mots, une porte s'ouvrit et se referma aussitôt. Il attendit. Un lourd silence régnait dans le couloir, seulement rompu par le ronron régulier des moteurs du bateau, tournant au ralenti.

Les murs et les planchers vibraient doucement.

« Combien de temps ça me laisse ? »

Quel que soit le laps de temps qui lui restait, James commençait à craindre qu'il s'avère insuffisant. Il ne pouvait pas se permettre de rôder plus longtemps sur le bateau. Il devait absolument tenter de découvrir où étaient passés Fairburn et les autres. Il se figura mentalement le plan du navire. Deux coursives principales couraient de la poupe à la proue, de part et d'autre du bateau, reliées entre elles par des couloirs transversaux.

James était dans une des coursives principales, ce qui voulait dire que l'escorte avait bifurqué dans un corridor de liaison.

Il s'avança sur la pointe des pieds et jeta prudemment un œil derrière l'angle. Un des marins gardait la porte d'une cabine, assis sur un tabouret. Pendant que James regardait dans le couloir, la porte s'ouvrit brutalement et des éclats de voix se firent entendre. James retira vivement sa tête et courut se réfugier dans une pièce derrière lui. Depuis sa cachette, il vit passer trois hommes : les deux tristes sires aux costumes bon marché et le deuxième garde. Il entendit leur pas s'éloigner dans le couloir, puis s'arrêter. Une brève discussion s'engagea, bientôt suivie de pas qui approchaient. Durant un instant, James eut peur d'avoir été repéré. Mais le pas qu'il entendait n'était pas celui d'un des hommes qui aurait rebroussé chemin. Il s'agissait de la femme aux cheveux gris. Dès qu'elle eut passé l'angle, les hommes repartirent.

James poussa un profond soupir de soulagement et, pour la première fois, observa la pièce où il avait trouvé refuge : une cuisine, dont les surfaces d'aluminium brillaient sous de puissantes lumières blanches. D'impressionnantes rangées de casseroles et de poêles pendaient au mur, à côté d'un nombre affolant d'ustensiles. Un chat maigrelet était assis sur un fourneau, profitant de la douce chaleur du métal. Certainement un bon chasseur, embarqué à bord pour éradiquer l'armée de souris et de rats peuplant les cales du bateau. L'animal posa un regard hautain sur James et cligna des yeux.

James explora la cuisine. À côté d'une rangée d'éviers, un placard contenant des produits de nettoyage dont une poubelle à fermoir métallique. D'autres placards étaient remplis de produits secs, riz, haricots… De gros bocaux de farine, d'avoine, de sucre et de sel étaient alignés sur un plan de travail. Un des murs était percé de deux portes donnant accès à deux grandes réserves, dont une réfrigérée, regorgeant de quartiers de viande pendus à des crocs de boucher. La porte de la chambre froide était aussi épaisse que celle d'un coffre-fort et elle ne possédait pas de poignée à l'intérieur.

James parcourut la batterie d'ustensiles, jeta son dévolu sur une grosse louche chromée et retourna dans le couloir, avançant à pas de loup jusqu'à la coursive où Fairburn était retenu. Agenouillé près de l'angle, il posa la louche sur le sol et la poussa prudemment sur le sol jusqu'à voir l'intégralité du couloir se refléter sur la surface convexe.

Le garde sur son tabouret n'avait pas bougé d'un pouce. La femme devait toujours se trouver à l'intérieur de la cabine.

Il s'immobilisa et attendit. Les minutes s'égrenèrent.

« Allez… »

Après tout, peut-être qu'elle n'était pas entrée dans la cabine. Peut-être devait-il tenter sa chance…

« Non. »

Le marin se leva soudain d'un bond et se mit au garde-à-vous. La porte de la cabine s'ouvrit.

James fila se réfugier dans la cuisine. Quelques secondes plus tard, la femme passa par là où elle était venue.

Maintenant, il fallait agir vite.

Il sortit la poubelle, la posa sur le plan de travail à côté du fourneau et ouvrit le couvercle.

Il jeta un œil au chat.

Le chat lui rendit son regard.

– Hé, le chat ! En voilà un gentil minou, dit-il en attrapant l'animal.

Celui-ci ne parut guère apprécier le geste, mais ne se débattit pas pour autant. James le caressa gentiment

– Écoute... Ce n'est pas de gaieté de cœur, mais je n'ai rien trouvé d'autre... Pardon.

Dès que le chat comprit qu'on allait le mettre dans la poubelle, il poussa un miaulement à fendre l'âme et se mit à gigoter follement, toutes griffes dehors. James assura sa prise et fourra l'animal dans le seau avant de prestement remettre le couvercle et de rabattre le fermoir. Il avait les mains toutes griffées, mais il n'y prêta pas attention. Il porta la poubelle jusqu'à la chambre froide, soupira, et la balança à l'intérieur.

– Au secours ! hurla-t-il de toutes ses forces. Aidez-moi ! Vite ! Par ici...

Puis il poussa un long cri et se cacha derrière la cuisinière.

Prisonnier de sa poubelle, le chat faisait un raffut de tous les diables. Il miaulait, râlait, crachait, se débattait de manière hystérique pour se libérer, faisant rouler le seau, qui se cognait contre tout ce qui se trouvait sur son passage.

Des pas ne tardèrent pas à résonner dans la coursive. Le marin fit irruption dans la cuisine au pas de charge. Il s'arrêta, dégaina son arme et s'approcha prudemment de la chambre froide. James voyait son dos avancer lentement dans l'encadrement de la porte. Après un instant de répit, le chat reprit ses folles cabrioles, et la poubelle redémarra. Les bruits que faisait la pauvre créature prisonnière de son baquet étaient aussi bizarres que difficilement identifiables.

Le marin fit un pas dans la chambre froide. James bondit et le poussa de toutes ses forces à l'intérieur. L'homme se cogna lourdement à un quartier de viande. James claqua la porte et abaissa le levier.

Des coups mats retentirent contre la porte, ainsi qu'un cri étouffé, à peine audible. Personne à bord ne pourrait les entendre.

James reprit sa louche et fila à la cabine que le marin gardait jusque-là. Aucun bruit à l'intérieur. Il ouvrit la porte.

Il découvrit une minuscule cabine aveugle, meublée d'une seule couchette et d'une petite table.

Fairburn était assis au bord du lit, la tête entre les mains. Il n'avait même pas levé les yeux quand James était entré.

– Qu'est-ce qu'il y a encore ? murmura-t-il d'une voix éteinte.

– Monsieur Fairburn ?

Cette fois, l'homme leva la tête. La plus profonde perplexité se lisait sur son visage mal rasé. Il paraissait très fatigué, son gros nez et ses oreilles décollées lui donnaient un air presque comique. Pour autant, une vive lueur d'intelligence brillait toujours au fond de ses yeux voilés.

– Qui diable êtes-vous ?

– Là n'est pas la question, répondit James. Nous n'avons pas une minute à perdre. Le bateau va lever l'ancre d'une minute à l'autre et nous ne voulons certainement pas être à bord quand il appareillera.

– Je ne comprends pas. Vous êtes de la police ?

– Non, d'Eton.

– Eton ?

– Nous avons reçu votre lettre… et résolu les énigmes.

– Je ne comprends toujours pas.

– Il n'y a rien à comprendre. Je suis venu pour vous sauver.

– Mais…

– Oh ! pour l'amour du ciel, soupira James en attrapant Fairburn par le bras et en le forçant à se lever. Contentez-vous de me suivre, d'accord ? On parlera de ça plus tard. Et prenez un manteau, si vous en avez un. Il fait un froid de canard dehors.

– Oui, oui… Bien sûr…, balbutia Fairburn en attrapant un blouson avant de suivre James dans la coursive. Mais… où est le garde ?

– Au frais, répondit simplement James. Maintenant, je vous en supplie, arrêtez de parler et suivez-moi.

– Une seconde ! s'exclama Fairburn en retournant dans la cabine.

Il réapparut une seconde plus tard, une poignée de papiers à la main, qu'il fourra dans sa poche.

James pria pour être capable de retrouver son chemin jusqu'aux toilettes où, l'espérait-il, Kelly l'attendait. Ils avancèrent au pas de course, faisant une halte à chaque angle où James utilisait sa louche pour vérifier que la voie était libre. L'équipage de l'*Amoras*, conçu pour transporter du fret aussi bien que des passagers, semblait avoir été réduit à son strict minimum. Fairburn étant l'unique passager, cette partie du navire était quasiment déserte, les rares hommes d'équipage se préparant au départ.

Ils ne se perdirent qu'une fois. Heureusement, en revenant sur ses pas, James parvint à les remettre dans le bon chemin. Il sentait bien que Fairburn brûlait de lui poser maintes questions. Il l'en dissuada à chaque fois que celui-ci faisait mine d'ouvrir la bouche, insistant sur l'importance de rester parfaitement silencieux.

Ils gravissaient un escalier métallique vers un pont supérieur quand ils sentirent le bateau s'ébranler.

– On part, s'étrangla Fairburn.

– On a encore le temps, répondit James, à condition qu'on se dépêche. Ils vont devoir manœuvrer hors des docks d'abord.

Un lourd bruit de bottes coupa court à toutes leurs spéculations. Ils se précipitèrent dans une cabine.

Un petit groupe d'hommes passa dans le couloir en courant.

Ils attendirent que le calme soit revenu et ils reprirent leur route, le pont vibrant sous leurs pieds.

Ils marchaient depuis trop longtemps. Ils devraient déjà y être. James commençait à croire qu'il s'était définitivement perdu quand, tournant à l'angle d'une coursive, il découvrit la porte des toilettes.

–On y est, dit-il en frappant deux fois trois coups rapprochés.

Un mouvement, un bruit de verrou, la porte s'entrouvrit et James vit avec bonheur le visage arrondi de Kelly apparaître dans l'embrasure. Elle esquissa un sourire, mais ses yeux trahissaient son angoisse.

–Bon sang, j'ai eu une de ces frousses là-dedans, dit-elle tandis que Fairburn et James se glissaient tant bien que mal dans l'étroit réduit. Alors, c'est lui ? poursuivit-elle en détaillant Fairburn de la tête aux pieds d'un œil suspicieux.

–Oui, c'est lui.

–Ben, y paye pas de mine

–Je t'en prie, mets-la un peu en veilleuse et partons d'ici, coupa James. Kelly, tu y vas la première et tu essaies de stabiliser le bateau. Je descendrai en dernier, quand je serai sûr que Fairburn est bien arrivé.

–Hors de question que je passe par là, affirma Fairburn d'un ton définitif alors que James aidait Kelly à prendre position sur la corde.

–J'ai bien peur que vous n'ayez pas le choix, répliqua James. C'est ça ou la Russie.

–Je ne suis pas du genre sportif, vous savez.

–Ne craignez rien. Je serai clément dans ma notation. Sautez si vous n'y arrivez pas, mais si on ne quitte pas ce bateau dare-dare, on est fichus.

En dépit d'un style peu orthodoxe, Kelly réussit à descendre sans encombre, se laissant glisser dans la barque sur les derniers mètres.

– Je ne suis vraiment pas sûr d'y arriver, objecta Fairburn. J'ai une sainte horreur de la hauteur.

– Je vous en prie, supplia James. N'y pensez pas, contentez-vous de descendre.

Fairburn avisa la mine désespérée de James.

– Très bien, finit-il par répondre.

James l'aida à passer par le hublot. Fairburn se pencha en avant, attrapa nerveusement la corde, et se glissa maladroitement par l'ouverture. Bientôt, ses pieds disparurent et il tomba à l'extérieur. Son corps se balançant comme un poids mort au bout de la corde, il heurta lourdement la coque.

Le spectacle de cet homme gauche, glissant pitoyablement le long de la corde, faisait peine à voir. Il n'était pas encore à mi-course quand il lâcha définitivement prise et alla douloureusement s'écraser sur le bord de la barque, les jambes dans l'eau. Fort heureusement, le bruit de sa chute fut couvert par le grondement des remorqueurs qui tractaient l'*Amoras* hors de la rade.

Kelly remonta rapidement Fairburn à bord avant de lever la tête en direction de James.

Le cargo traînait la petite barque avec lui, augmentant graduellement sa vitesse. La corde, toujours attachée au banc, se tendit à rompre. James passa prestement par le hublot et se laissa dégringoler sans même y penser. L'instant suivant, il était arrivé.

Fairburn était recroquevillé sur lui-même, tremblant et en état de choc.

– Il survivra, dit Kelly en s'asseyant. Qu'est-ce qu'on fait maintenant ?

– On se laisse traîner par le cargo jusqu'à ce qu'on soit

hors de vue du quai. Ensuite on détache la corde et on essaie de rejoindre la terre de l'autre côté de la jetée.

Quand ils furent au milieu de la rade, James sortit le couteau qu'il portait toujours dans le talon de sa chaussure et commença à entailler la corde, dont le nœud était trop serré pour être dénoué à mains nues.

Ils flottèrent dans les remous de l'*Amoras*, et le regardèrent s'éloigner lentement.

– Je me demande où ils seront quand ils s'apercevront qu'il n'est plus à bord, gloussa Kelly.

Elle n'avait pas terminé sa phrase qu'une sirène déchira l'air. Les remorqueurs ralentirent aussitôt.

– Que se passe-t-il ? demanda Fairburn.

– Ils s'arrêtent, répondit James. On dirait que notre chance a fini par tourner.

La surface de l'eau à la poupe de l'*Amoras* se mit à bouillonner. Le pilote venait d'enclencher la marche arrière. Le navire s'immobilisa. L'instant suivant, le bateau s'illumina comme un arbre de Noël. Au même moment, on fit mouvement sur le dock. D'énormes projecteurs entrèrent en action. Des hommes avec des torches sillonnaient le quai en tous sens, poussant force coups de sifflet et coups de gueule. Finalement, une voiture démarra et fila à toute allure sur le quai.

– J'aurais mieux fait de me taire, dit Kelly d'une petite voix penaude.

– Je me disais aussi… C'était trop beau pour être vrai, ajouta James.

– On fait quoi maintenant ?

– Ne t'en fais pas. Je vais trouver quelque chose.

25

L'*Impératrice du Levant*

James fit rapidement le point. Ils devaient absolument rejoindre la terre avant d'être repérés. Impossible de retourner au quai Nord, là où le cargo était amarré, car la zone grouillait d'hommes de Charnage.

Un énorme paquebot de croisière, véritable hôtel flottant planté au-dessus des flots, était accosté au quai Sud, toutes lumières éteintes.

– C'est quoi ce bateau ? Tu le connais ? demanda James.

– C'est l'*Impératrice du Levant*, répondit Kelly, suivant les yeux de James. Il n'est plus en service. Ils vont l'emmener dans le Nord pour le démanteler.

James attrapa les rames et mit cap sur l'*Impératrice*. Bientôt, ils furent engloutis par l'énorme ombre portée que celui-ci projetait sur les eaux de la rade. James manœuvra prudemment la barque autour de sa poupe. Il y avait juste assez d'espace entre l'immense rempart que faisait la coque du navire et le quai pour qu'il y glisse le canot. Ils dérivèrent un instant dans les bruits de clapotis, puis il y eut un gros bruit sourd au moment où ils heurtèrent la paroi de métal.

– Et après ? s'impatienta Fairburn. On ne va tout de même pas rester là toute la nuit. On gèle ici.

– Pourtant, il va bien falloir, répondit James.

Des cris et des bruits de véhicules résonnaient au loin.

– Ce serait suicidaire de se risquer sur les quais, ajouta bientôt James. Charnage a sûrement posté des hommes dans tous les coins.

– Sans compter les Russes, répliqua Fairburn d'un ton las.

– Les deux qui vous ont escorté jusqu'à votre cabine ?

– Mmh mmh ! Les hommes de Menzhinsky. Guépéou, police secrète russe. À éviter comme la peste, croyez-moi, Bond. Des tueurs au sang froid. Ils sont arrivés ici en septembre pour assassiner un employé du Foreign Office, un certain Ernest Oldham. À croire qu'ils ont trouvé le pays à leur goût car ils sont restés.

– Et qui est la femme ? demanda James. Elle est avec eux ?

– C'est elle qui dirige les opérations de terrain pour le compte de Menzhinsky : colonel Irina Sedova, mais tout le monde l'appelle Babouchka, la grand-mère. Elle peut paraître inoffensive quand on la voit comme ça, mais elle est plus redoutable que tous les autres réunis.

– On peut pas rester là, dit nerveusement Kelly. On va se faire choper.

– Ne bougez pas et, surtout, pas un bruit, répondit James en levant la tête vers l'arête du quai. Je vais monter voir ce qui se passe.

– Soyez prudent, conseilla Fairburn.

– J'en ai bien l'intention, répondit James en posant les mains sur le premier des barreaux d'acier, scellés à la paroi du quai.

Il grimpa lestement les suivants, puis, arrivé près du bord, il se hissa précautionneusement jusqu'à la lisière du quai et observa les alentours. Le hasard avait voulu qu'il se retrouve non loin de la passerelle qui reliait l'*Impératrice* à terre, lui offrant ainsi une protection bienvenue.

Au loin, au bout de la jetée, il aperçut des hommes qui, apparemment, fouillaient la zone en ratissant chaque coin et chaque recoin avec leurs torches électriques. En revanche, cette partie-ci des docks semblait relativement calme. Pour l'instant.

James balaya une dernière fois le quai du regard avant de redescendre dans la barque.

– Tout va bien, dit-il. Voilà ce qu'on va faire. On va grimper en douce à bord de l'*Impératrice*, trouver un endroit sûr où se cacher durant quelques heures et, quand on sera certain que la voie est libre, on filera d'ici. Et je vous en prie, si vous avez quelque chose à redire, gardez-le pour vous. L'heure n'est pas à la causette. Contentez-vous de me suivre, et, pour l'amour du ciel, sans bruit.

Sans attendre de réponse, il fila en haut de l'échelle, rampa sur le quai et examina les alentours. Le dock était ceinturé par un grillage et gardé par deux veilleurs de nuit, assis dans une guérite, à côté d'un portail mince et branlant. Par chance, ils tournaient le dos au bateau, occupés qu'ils étaient à observer l'agitation qui régnait à l'autre bout du quai.

L'équipe de recherche était encore loin, mais elle se rapprochait.

Kelly ne tarda pas à montrer le bout de son nez. James lui fit signe de rester baissée. Elle se mit aussitôt à plat ventre et rampa jusqu'à lui. Fairburn les rejoignit quelques instants plus tard, haletant et tremblant comme une feuille.

James leva les yeux vers la passerelle.

– Prêt ?

– Autant que faire se peut, répliqua Fairburn dans un filet de voix.

– Alors on y va.

Courbés en deux, ils franchirent la passerelle au pas de

course et prirent pied sur le bateau, dans une étroite coursive ouverte sur l'extérieur.

– Il faut trouver un moyen d'entrer à l'intérieur, dit James. Vite !

Cachés derrière la rambarde, ils coururent sur le pont en essayant d'ouvrir toutes les portes et fenêtres qu'ils croisaient. En vain.

– Il paraît peu probable qu'on trouve une clé, n'est-ce pas ? fit remarquer Fairburn alors qu'ils atteignaient l'extrémité du pont, toujours à l'extérieur.

– À votre place, je ne parierais pas là-dessus, répondit James, qui avait repéré un tuyau d'incendie enroulé sur son support à côté d'un caisson frappé d'un écriteau : EN CAS D'INCENDIE.

Il ouvrit le placard et en sortit une hache.

– Vous voyez ! dit-il avec un petit sourire.

– Que faites-vous ?

– C'est un passe-partout, répondit James. Vous allez voir, ça ouvre à peu près n'importe quoi.

– Mais… Vous ne pouvez pas faire ça. C'est une effraction !

– Ah bon ? Vous croyez ? dit James en s'approchant de Fairburn. Écoutez, ce bateau va bientôt partir pour la casse. Je ne pense pas que quelqu'un vienne se plaindre à cause d'une fenêtre cassée.

Sur ces mots, James enleva sa veste, la plia en deux et demanda à Kelly de la tenir contre la vitre.

Le tissu étouffa le bruit du coup de hache. Mais il dut s'y reprendre à trois fois avant que le carreau, conçu pour résister aux fortes tempêtes de l'Atlantique Nord, ne cède. Un craquement, un autre et, finalement, la hache passa au travers de la vitre. Un bruit de verre brisé résonna à l'intérieur.

James fit tomber les derniers tessons accrochés aux montants, puis il renfila sa veste et enjamba la fenêtre.

– Il faut bien avouer qu'avec toi, on ne s'ennuie jamais, dit Kelly en l'imitant.

Ils se retrouvèrent dans un luxueux salon, avec un bar lourdement ouvragé, des murs peints et une épaisse moquette au sol, mais pas un seul meuble.

Kelly jeta un regard circulaire à la pièce et siffla de manière admirative.

– Jamais vu un truc pareil. C'est un palace ou quoi ? J'arrive pas à croire qu'ils vont démolir tout ça. C'est trop triste.

– C'est vrai, pourquoi démanteler un navire pareil ? demanda James. Il a l'air tout à fait en état de naviguer.

– Que veux-tu, les temps changent, répondit Kelly d'un ton fataliste. Aujourd'hui, il faut plus gros, plus rapide. Ils sont en train d'en construire un nouveau à Clydeside, le *Queen Mary*. Un paquebot à nul autre pareil, à ce qu'on dit.

James fouilla les placards, derrière le bar, et dénicha des bougies ainsi qu'un carton de pochettes d'allumettes portant le nom du bateau.

– Ce serait trop risqué de les allumer tout de suite, dit James en exhibant les bougies. Quelqu'un pourrait nous voir du dehors. Mais on en aura besoin quand on sera là-dessous. Maintenant, essayons de trouver un endroit où nous terrer.

– Finalement, tout ceci est plutôt excitant, déclara Fairburn.

– Espérons simplement que ça ne le devienne pas davantage, répliqua James. Pour ma part, tout ce que j'aimerais faire c'est manger un morceau et dormir.

Quinze minutes plus tard, ils étaient dans la coursive des premières classes. Deux rangées de portes fermées à clé desservaient les cabines. James en choisit une au hasard et fit aisément sauter la serrure d'un coup de hache.

– Il serait plus prudent d'éteindre les lumières, conseilla-t-il avant d'ouvrir.

Ils soufflèrent leurs bougies et se retrouvèrent plongés dans le noir. James ouvrit la porte : dans un halo de lumière argentée, ils découvrirent une vaste cabine derrière les hublots de laquelle il pouvait voir l'*Amoras*, arrêté au milieu de la rade, ses lumières brillant de tous leurs feux.

Quand leurs yeux se furent habitués à la lumière, Kelly s'exclama, le souffle court :

– Regardez ça ! Je rêve ou quoi ?

Et de fait, il y avait de quoi être émerveillé. Un petit salon meublé de sofas et de fauteuils, attenant à une chambre à coucher indépendante et à une salle de bains, leur tendait les bras.

– Je suis fourbu, dit Fairburn en tâtant le lit. Ça vous ennuie si je prends celui-là ?

– Je vous en prie, répondit James. Je vais voir si je peux trouver des draps.

En cherchant bien, il finit par trouver des cartons dans le quartier des stewards, au fond du couloir. Ils étaient scellés par des agrafes. Il en déchira un, révélant une pile de couvertures mangées par les mites. Il en donna une paire à Fairburn et une pleine brassée à Kelly avant d'aller fracturer la porte d'une autre cabine pour elle.

– Et toi ? Tu vas dormir où ?

– Vu le nombre de cabines, je n'ai que l'embarras du choix, répondit James. Mais avant, je vais essayer de trouver quelque chose à manger.

– Tu crois qu'il reste de la nourriture à bord ?

– Je ne sais pas. Tout est scellé. Mais ça vaut le coup d'essayer.

– Je viens avec toi.

– OK, répondit James. Je n'ai rien contre un peu de compagnie.

Après avoir prévenu Fairburn, ils partirent à l'exploration du paquebot.

Écumer l'*Amoras* de fond en comble avait libéré James de ses appréhensions. Confiant quant au fait qu'il retrouverait aisément son chemin, il se mit en route l'esprit tranquille. Mais l'*Impératrice* était beaucoup plus vaste que le cargo sur lequel Fairburn avait été retenu en otage et, à la seule lueur des bougies, ses coursives s'avéraient très déroutantes. Il leur fallut une bonne demi-heure avant de dénicher la cuisine du bord, un immense office, aux dimensions industrielles, conçu pour des services de plusieurs milliers de couverts.

Malheureusement, l'endroit avait été entièrement vidé. Rien dans les placards, la chambre froide était déserte et envahie par la moisissure. Certains fourneaux avaient d'ores et déjà été démontés et emportés. Ils avaient presque perdu tout espoir quand Kelly força un meuble et découvrit une pile de boîtes de conserve qui avaient échappé au nettoyage.

– Regarde-moi ça, s'exclama-t-elle. Des maquereaux, des haricots, des tomates, des petits pois, des pêches, des poires. De quoi se faire un festin royal.

James ouvrit quelques boîtes avec son couteau et ils en dévorèrent goulûment le contenu, assis sur le plan de travail. Tout était froid et insipide, mais James n'en avait cure, car il avait rarement eu aussi faim de sa vie ni aussi soif. Il but le jus des fruits avec autant de délice que s'il s'était agi de pure eau de source.

– Imagine un peu tous les endroits où ce bateau a été, dit Kelly, songeuse. Toutes les histoires qu'il pourrait raconter. Moi, je suis jamais sortie de l'East End.

– Vraiment ? s'étrangla James, effaré.

– Ben oui, vraiment. Pourquoi j'irais ailleurs, d'abord ? Je ne connaîtrais personne.

– Allez, tu es bien allé quelque part.

– À Epping Forest une paire de fois et, l'an dernier, on est tous allés à Southend. Mais jamais à l'étranger. Et toi ? Tu es déjà allé dans un autre pays ? À part la fois où tu étais en Écosse avec le Rouge.

– Euh… En Italie, en Allemagne, en Suisse, en France…

– Oui, bon ben ça va. Pas la peine de te la péter.

– C'est de ta faute. C'est toi qui as demandé, répondit James en sautant du plan de travail avant de s'essuyer la bouche d'un revers de main. Allez viens, allons nous coucher.

– Tu crois que tu vas pouvoir retrouver ton chemin ?

– J'espère. Je ne voudrais pas perdre Fairburn après tout ce qu'on a traversé pour le retrouver.

Las, cinq minutes à peine après avoir quitté la cuisine, ils étaient désespérément perdus.

– En fait, tu ne sais pas où tu vas, n'est-ce pas ? demanda Kelly alors qu'ils cheminaient dans un long couloir, au plus profond des entrailles glaciales du navire, leur chandelle faisant danser leurs ombres sur les murs.

– Il faut juste que je prenne mes repères, répondit James. Je pense qu'on aurait dû monter le dernier escalier au lieu de le descendre.

– Et moi qui croyais que tu savais ce que tu faisais.

– Arrête de geindre, Kelly. Ça ne fait qu'empirer les choses.

– Fais pas attention. J'adore ça, moi, geindre. Je fais toujours ça avec les gens que j'aime.

– Et qu'est-ce que tu fais avec ceux que tu n'aimes pas ?

– Tu connais déjà la réponse, non ?

– Tu les tabasses à mort.

– Quelque chose comme ça.

– Mmh, je suis content de t'avoir de mon côté.

– Moi aussi. C'est la première fois que je rencontre quelqu'un comme toi. Je veux dire, un rupin. Faut dire que j'en ai guère l'occasion là où je crèche. Avant de te connaître, je pensais que les bourges étaient tous des coincés, mais, toi, ça va.

Ils arrivèrent au pied d'un nouvel escalier, qu'ils grimpèrent quatre à quatre. Celui-ci conduisait à une enfilade d'immenses salles, contrastant avec les mornes couloirs qu'ils avaient traversés jusque-là. Une grande partie de la décoration avait disparu, mais il en restait assez pour se faire une idée de la splendeur passée du navire. Il y avait des rampes d'escalier en bois sculpté, de la moquette au sol et des lustres scintillants tombant des plafonds comme des cascades de diamants.

James poussa une double porte, ils débouchèrent dans une salle de bal aux murs aveugles couverts de miroirs à cadre doré à la feuille et aux plafonds habillés de motifs en stuc. D'élégantes tables rondes étaient entassées dans un coin. Une vaste scène occupait un coin de la pièce. Les chaises du dernier orchestre qui y avait joué étaient toujours en place.

Kelly balaya la pièce d'un œil émerveillé et laissa échapper un petit rire jubilatoire en virevoltant sur la piste de danse, tournoyant encore et encore jupe au vent et bras abandonnés, poussant de petits cris de bonheur.

Sa chandelle ne résista pas à ses élans lyriques. James s'approcha pour la rallumer.

– On devrait rester ici pour toujours, James. On viendrait vivre ici, je serais reine et tu serais roi. Euh... Non. Je serais impératrice et toi, prince.

– L'impératrice de l'East End, tonna James à la façon des aboyeurs qui se tiennent sur le pas de la porte des réceptions mondaines.

– Elle-même ! moqua Kelly avec un air condescendant avant de traverser à nouveau la piste de danse avec moult volutes et tournoiements. Impératrice Kelly.

– On devrait rentrer.

– Pourquoi ? Qu'est-ce qui presse tant que ça ? On n'aura

jamais l'occasion de revenir dans un endroit pareil. Enfin, je parle pour moi, car toi, peut-être… En France, en Italie ou dans un autre pays exotique. Mais, moi, qu'est-ce que je peux espérer ? Tu sais à quoi ressemble ma vie ? Non, bien sûr que non. Je m'occupe de mes frères et sœurs depuis que j'ai sept ans. J'ai arrêté l'école il y a deux ans pour aller travailler dans une fabrique de biscuits. Chez moi, on dort à quatre dans la même chambre, avec mes deux sœurs cadettes et ma tante Ruby. Je n'ai jamais vu un endroit aussi grandiose ailleurs que dans mes rêves.

Fouillant un coin de la grande pièce, elle dénicha un vieux Gramophone, qu'elle remonta avant de poser un disque sur le plateau. James se précipita.

– Écoute Kelly. Il vaudrait mieux éviter de faire ça. Quelqu'un pourrait nous entendre.

– Qui donc ? Qui diable pourrait entendre quoi que ce soit ici ? En plus, je mets pas fort.

La musique se mit à jouer.

– Fais-moi danser, dit-elle en prenant James par la main. J'imagine que tu sais danser, n'est-ce pas ?

– Un petit peu. Ma tante m'a appris quelques pas.

– Montre-moi.

James prit Kelly par la taille et ils ébauchèrent quelques pas de danse maladroits sur la piste, riant à chaque fois qu'ils se marchaient sur les pieds. Pourtant, petit à petit, leurs corps se trouvèrent et ils se laissèrent glisser sur la piste, emportés par le rythme d'un motif improvisé.

La lueur vacillante des deux chandelles, posées au centre de l'immense parquet, projetait leurs ombres géantes sur les murs et sur le plafond.

– Vous dansez divinement votre excellence, dit Kelly avec un accent faussement distingué tel qu'on n'en entend qu'au cinéma. Surtout pour quelqu'un qui porte une jambe de bois.

– Maudite guerre, répliqua James en jouant le jeu, pour le plus grand bonheur de Kelly, qui lui souriait béatement. Votre sourire est radieux, très chère. Surtout pour quelqu'un avec des dents en bois.

– Hé ! Surveille ton langage ou c'est toi qui vas te retrouver avec des ratiches en bois.

– Des promesses, toujours des promesses.

La musique s'arrêta. Des applaudissements résonnèrent près de la porte. James et Kelly sursautèrent, mais ce n'était que Fairburn.

– Je n'arrivais pas à trouver le sommeil, expliqua-t-il. Trop énervé. Je vous ai cherchés, mais vous n'étiez plus là, et puis, j'ai entendu de la musique.

– Je te l'avais bien dit, dit James en se tournant vers Kelly.

– Oh ! à votre place, je ne m'en ferais pas trop, répondit Fairburn d'un air magnanime. J'étais tout près. Je ne pense pas que quiconque ait entendu quoi que ce soit.

– Peu importe, coupa James. Plus de musique.

– Au fait, poursuivit Fairburn en s'asseyant au bord de la scène. Vous semblez disposer d'un avantage certain. En effet, vous paraissez tout connaître de moi alors que, pour ma part, j'ignore tout de vous.

– Je suis un ami de Pritpal Nandra, répondit James. On cantine ensemble.

– James Bond, s'exclama Fairburn avec un petit sourire en coin. Il n'arrête pas de parler de vous.

– C'est grâce à lui que je suis là. Il a résolu la plupart de vos énigmes.

James et Kelly rejoignirent Fairburn et s'assirent à côté de lui. La danse les avait réchauffés, ils avaient les joues rouges. Pour un peu, James se serait presque senti normal.

– Ce bon vieux Pritpal, murmura Fairburn. Il a toujours été le meilleur élément de la société des cruciverbistes. Mais, à propos, comment va-t-il ? Je vous en prie, racontez-moi tout.

Assis dans cette salle de bal au luxe désuet, à la faible lumière des bougies, James raconta toute son histoire. À quelques encablures de là, dans un bateau immobilisé au milieu de la rade, le scénario était tout autre.

26

Babouchka

Cela faisait maintenant plusieurs minutes que le colonel Sedova, également surnommé Babouchka, se tenait debout sans mot dire dans la cale de l'*Amoras*, les yeux rivés sur Nemesis, tournant ostensiblement le dos au reste des hommes.

Sir John Charnage posa les yeux sur son large dos, qu'une veste grise peinait à contenir. La jupe et les épais bas de laine qu'elle portait en dessous étaient du même gris anthracite. Ainsi posée sur ses fortes jambes de paysanne, et avec ses cheveux aussi gris que le reste de son uniforme, on aurait pu la croire sculptée dans un bloc de marbre.

Il faisait chaud là-dessous. Charnage transpirait. Il sentit une goutte de sueur couler sur son échine. Outre Charnage et Babouchka, les seules personnes présentes étaient les frères Smith : Ludwig curant ses dents gâtées d'un bout d'ongle noir, Wolfgang cajolant sa main bandée d'un geste protecteur. Il avait le teint jaune et frissonnait de manière incontrôlable, laissant parfois échapper un faible geignement inarticulé. Il aurait certainement dû se trouver à l'hôpital, malheureusement pour lui, il en avait été décidé autrement et on l'avait remis aux bons soins du médecin de bord, un gros

Russe adipeux sentant l'ail et la vinasse, qui avait grossièrement recousu ses plaies et sommairement bandé sa main amputée de plusieurs doigts.

On avait promis à Wolfgang qu'une fois en Russie, il serait pris en charge par les meilleurs médecins du pays, mais, pour l'heure, on avait besoin de lui ici.

Babouchka prit une profonde inspiration. Charnage vit sa cage thoracique se gonfler et les coutures de sa veste se tendre à en craquer. Enfin, elle se retourna, son insignifiant faciès aplati de paysanne des steppes parfaitement impassible.

– Sans Fairburn, cette machine n'est qu'un inutile tas de ferraille, déclara-t-elle d'une voix cassante.

– Nous pouvons toujours essayer de la faire marcher, objecta Charnage en essuyant la sueur qui mouillait sa moustache. Après tout, vous aussi vous avez des scientifiques, des mathématiciens...

– Ça pourrait prendre des années, le coupa Babouchka d'un ton n'incitant guère à la négociation. En plus, elle n'est même pas totalement terminée.

– Si nous ne partons pas ce soir, dit Charnage, nous ne pourrons pas lever l'ancre avant la prochaine marée. Fairburn est peut-être déjà à la police. Nous ferions mieux de partir.

– Fairburn n'a pas quitté le port, affirma Babouchka.

– Comment pouvez-vous en être si sûre ?

– Positif. J'ai des hommes qui gardent toutes les issues. Il se cache quelque part dans les docks, et nous allons le retrouver.

– J'aimerais pouvoir partager votre optimisme, répondit Charnage, faisant tout ce qu'il pouvait pour sauver les apparences alors même qu'il souffrait de la chaleur, se sentait horriblement fatigué et avait cruellement besoin d'un verre.

– Faites-moi confiance, répondit Babouchka. Je n'ai jamais commis d'erreur, ce n'est pas maintenant que ça va commencer.

Charnage la dévisagea. Il n'aimait pas cette femme. Il ne l'avait jamais aimée. Elle était dénuée de tout sens de l'humour. Elle lui rappelait une gouvernante polonaise qui s'était occupée de lui quand il était petit.

– Des erreurs, nous en faisons tous, dit-il en riant doucement.

– Certains plus que d'autres, répondit Babouchka du tac au tac en s'asseyant sur la chaise restée devant le pupitre, les mains tranquillement croisées sur ses genoux.

– Ne me regardez pas comme ça, se défendit Charnage. Si je ne m'en étais pas mêlé, vous n'en seriez pas là. Rien de tout ça ne serait là, d'ailleurs.

– Par deux fois vous avez eu le garçon à votre merci et, par deux fois, vous l'avez laissé s'échapper.

– Je veux bien admettre que, la première fois, c'était de ma faute. Je n'imaginais pas à quel point ce morveux était vicieux.

– Et la seconde ?

– Demandez à ces deux incapables, répondit Charnage en levant le menton vers Ludwig et Wolfgang.

– Un bon officier ne rejette pas la faute sur ses hommes.

– Ce sont les bons soldats qui font les bons officiers. A-t-on jamais vu un gradé gagner une bataille avec un bataillon de demeurés ?

Ludwig murmura quelque chose à l'oreille de Wolfgang, qui étouffa un juron.

– Eh quoi ? s'exclama Charnage en se tournant vers eux. Vous trouvez que je suis injuste, c'est ça ? Mais regardez-vous ! Tout ce que vous aviez à faire, c'était jeter un gamin à demi conscient dans la Tamise. Vous avez vu le résultat ?

Et il agita les doigts vers Wolfgang en roulant des yeux, se moquant cruellement de sa blessure.

– C'est vous le seul responsable, dit Babouchka d'une voix

calme et posée. Vous deviez vous occuper sérieusement de ce garçon. Votre plan n'était pas suffisamment réfléchi.

– Comment ça, mon plan n'était pas assez réfléchi ? J'aurais bien voulu vous y voir ! Qu'est-ce que vous auriez fait de plus à ma place ?

– Je l'aurais étranglé de mes propres mains, répondit simplement Babouchka. Vous n'auriez pas dû prendre de risques.

– Vous auriez pu le dire en temps voulu.

– Je ne voulais pas interférer. C'est vous qui commandiez les opérations.

– Mais, bon sang, je vous ai bien livré Fairburn sur un plateau, non ? éructa Charnage, rageur. Je lui ai fait construire cette foutue machine, non ? Vous avez obtenu ce que vous vouliez à la fin. J'ai fait mon boulot. J'ai respecté ma part du contrat.

– Si, comme vous dites, vous avez fait votre boulot, alors vous ne nous êtes plus d'aucune utilité.

– Ce n'est pas ce qui était convenu et vous le savez très bien, répondit Charnage en pointant un doigt accusateur sur la femme, toujours calmement assise. Il a toujours été question que vous me fassiez quitter ce bon Dieu de pays pour que je puisse repartir à zéro en Russie. Et n'allez surtout pas croire que vous allez pouvoir vous en tirer sans honorer notre accord jusqu'au bout. Ou vous allez m'entendre.

Pour toute réponse, Babouchka gloussa doucement, comme une gentille grand-mère babillant avec un bébé.

– Comme vous semblez méconnaître le monde tel qu'il est, John, finit-elle par dire.

– Oh, je vous en prie, épargnez-moi vos leçons, répondit Charnage en sortant son porte-cigarette de la poche de sa veste.

Il en prit une et la tassa machinalement contre le métal.

Puis il la coinça entre ses lèvres et craqua une allumette, qu'il jeta par terre ensuite.

– Si vous devez punir quelqu'un, punissez ces deux-là. Ils ont eu l'occasion de se débarrasser de ce gamin de malheur à plusieurs reprises, mais ils ont foiré à chaque fois.

– À se demander pour qui ils travaillent vraiment, marmonna Babouchka d'un air suspicieux.

– Nous travaillons pour celui qui nous paye, répondit Ludwig. Notre seul maître est l'argent, sonnant et trébuchant.

– Dans ce cas, comment s'assurer de leur loyauté ?

– Ils la prouvent en faisant ce que je leur dis, répondit Charnage en soufflant un gros nuage de fumée.

– Vous pensez sincèrement qu'ils vous sont loyaux ? demanda Babouchka, haussant les sourcils d'un air ironique.

– Écoutez, je commence à en avoir assez, se plaignit Charnage. Tout cela commence à devenir sérieusement ennuyeux. Je vous ai dit ce que je pensais. À mon avis, nous devrions lever l'ancre sans tarder et partir d'ici. Nous finirons bien par comprendre comment marche Nemesis car, plus nous restons, plus nous risquons gros. Après tout, on pourra toujours revenir chercher Fairburn plus tard.

Babouchka lança un regard à Wolfgang et Ludwig, de ces yeux qui avaient tant vu, de ces yeux qui avaient été témoins de la mort de tant d'hommes. Il y avait un message dans son regard, un message que Ludwig comprit sur-le-champ.

Charnage, trop occupé à s'éponger le visage, n'avait rien remarqué. En outre, il se sentait pris de vertiges et souffrait d'une forte migraine. Il n'avait pas dormi un seul instant la nuit précédente et il était presque une heure du matin.

– Vous n'avez jamais été autre chose qu'un pion, John, confessa froidement Babouchka. Peut-être vous êtes-vous rêvé autrement, mais, dans ce cas, vous avez eu tort. De quelle utilité nous seriez-vous en Russie ? Vous… Un joueur invétéré, porté sur la bouteille, et rejeton véreux du capitalisme le plus sauvage. Non, John, vous n'êtes jamais qu'un serviteur. Et un serviteur avisé sait toujours se mettre au service du maître le plus fort. N'est-ce pas, Ludwig ?

– Allez tous au diable avec vos histoires, dit Charnage. Moi, je vais me coucher.

Sur ces mots, il jeta son mégot par terre et l'écrasa d'un geste rageur.

Seul un petit *chlick* résonna dans l'air étouffant de la cale avant que Charnage n'émette un râle inquiétant.

Ludwig l'avait frappé dans le dos.

Charnage essaya de se retourner vers son bourreau, de dire quelque chose, mais ses muscles refusèrent de lui obéir. Il ne pouvait plus bouger. Le filet de sueur sur ses reins se mua en cascade. Un chaud liquide visqueux poissait sa chemise.

Ses jambes se dérobèrent sous lui. Il s'écroula à genoux.

– Qu'est-ce que tu as fait ? souffla-t-il dans un filet de voix.

Ludwig le contourna. Quand il apparut dans son champ de vision, Charnage vit qu'il tenait un de ses précieux apaches au creux de son poing, ses longs doigts pâles passés dans les anneaux de métal.

Mais ce n'était pas avec le poing américain qu'il l'avait frappé. Le poinçon de l'arme était sorti. Et sa lame était couverte de sang.

Ludwig prit la pochette de Charnage dans sa poche de poitrine et y essuya la lame torsadée de son apache. Puis il remit la pochette tachée de volutes cramoisies là où il l'avait prise.

– Qu'est-ce que tu as fait… ?

– Sortez-le de là, ordonna Babouchka. Et balancez-le à la mer une fois au large.

Charnage leva la tête vers Babouchka et croisa ses impitoyables yeux noirs, qui lui semblaient grossir démesurément, lui mangeant le visage avant de dévorer la cale toute entière. Deux insondables flaques d'eau noire dans lesquelles il sombra inexorablement.

Dans les entrailles de l'*Impératrice du Levant*, assis au bord de la scène d'une salle de bal à l'abandon, la discussion allait bon train entre James et Fairburn, le premier se sentant brûler d'une énergie débordante et volubile, confinant presque au délire. Pour sa part, Kelly était très fatiguée et, en dépit du feu roulant de questions entre ses deux compagnons d'aventure, elle piquait régulièrement du nez, somnolant doucement, bercée par le rythme de la discussion.

– J'ai bien dit à John que je refuserais de coopérer s'il ne me permettait pas, au moins, de rassurer mes proches en leur faisant savoir que j'allais bien, dit Fairburn. Il n'y a rien vu à redire. Après tout, il avait tout intérêt à ce qu'on ne me recherche pas. Aussi m'a-t-il laissé envoyer une dernière grille de mots croisés au *Times*, accompagnée d'une courte lettre annonçant que ce serait la dernière. Il me laissa également écrire une lettre, tout ce qu'il y a de plus convenue au proviseur, et une autre à Pritpal. Je savais pertinemment que John n'avait jamais fait ni mots croisés ni casse-tête d'aucune sorte et que, par conséquent, il ne remarquerait certainement pas les messages codés. Malheureusement, l'autre jour, alors que je travaillais sur Nemesis, ses hommes ont fouillé ma cabine et découvert un vieux brouillon et des notes que, comme un imbécile, j'avais omis de détruire. Il comprit alors qu'il avait fait une erreur.

– Vos énigmes étaient presque trop subtiles, ajouta James. Nous n'avons pas réalisé tout de suite à quel point la situation était grave. Ensuite, il était déjà trop tard.

– Dans mon idée, il était hors de question de vous mêler

à ça personnellement. Je n'avais nullement l'intention que vous partiez à ma recherche tout seuls, déclara Fairburn en secouant la tête. Je pensais que Pritpal se contenterait d'exposer les faits au proviseur et que celui-ci alerterait la police.

– Mais, si la police s'était effectivement emparée de l'affaire, objecta James, Charnage se serait débrouillé pour les envoyer sur de fausses pistes et, à l'heure qu'il est, vous seriez en route pour la Russie.

– Vous avez sûrement raison, concéda Fairburn. John a toujours été un esprit retors. Pour autant, j'ai encore du mal à croire qu'il m'ait fait ça. Vraiment, cette affaire aura été épouvantable du début à la fin.

– Puisque vous en parlez. Comment est-ce que tout cela a commencé ?

– Pour comprendre, il faut remonter à la fin de la guerre, lorsque j'étais étudiant à Cambridge. J'y ai fait la connaissance de ce pauvre Ivar, ainsi que celle de John. John était légèrement plus âgé que nous. Il avait retardé son entrée à l'université pour pouvoir aller se battre sur le front. Quoi qu'il en soit, nous sommes rapidement devenus bons amis. Nous occupions des chambres mitoyennes à Trinity et nous passions beaucoup de temps ensemble. Ivar et moi étudiions les mathématiques, John la chimie. Seule la politique nous divisait, Ivar et John étant tous deux d'ardents défenseurs du communisme. Il faut dire qu'à l'époque, dans le milieu estudiantin, ces thèses connaissaient un franc succès. Égalité pour tous ! Ensemble, bannissons la pauvreté ! Récupérons le pouvoir des mains des puissances d'argent. Faisons table rase du passé et redistribuons les richesses afin de donner leur chance à tous, y compris aux plus pauvres. En un mot, de nobles idéaux très éloignés des réalités. Car, si eux l'ignoraient, moi je savais pertinemment que les faits contredisaient les slogans. En effet, si je vivais en Angleterre, mon père et ma mère, eux, étaient toujours là-bas, en Russie. Et je savais très bien ce qui s'y passait car mon père se débrouillait pour me faire passer clandestinement des lettres. Et puis, un jour, les lettres cessèrent d'arriver et je n'ai plus jamais eu de nouvelles de mes parents.

Fairburn marqua une pause et se frotta les yeux.

– La révolution est née d'un bain de sang, reprit-il. Lénine a commencé par faire exécuter le tsar et toute sa famille. Mais il ne s'est pas arrêté là. Des choses terribles se sont passées. Les gens qui supportaient les rivaux de Lénine se sont mis à disparaître, tout comme ceux qui osaient le critiquer. L'idéal communiste est mort et Lénine est devenu un tyran comme les autres.

– Mais comment Peterson et Charnage ont-ils pu être aussi aveugles ? demanda James.

– Pourtant, croyez-moi, ce n'est pas faute d'avoir essayé de leur ouvrir les yeux. Mais Ivar était un pur mathématicien, toujours plus à son aise avec ses théorèmes qu'avec les êtres humains. Au fond, il chérissait l'*idée* du communisme et, comme beaucoup d'autres, il refusait d'appréhender la réalité de ce qui se passait là-bas. Pour John, c'était différent. Il se sentait coupable d'être né dans une famille immensément riche, qui plus est, d'un père qui exploitait les ouvriers dans son usine, au point de les faire mourir à la tâche. En outre, quand il est parti à la guerre, il a perdu toute foi en son pays. Il ne comprenait pas qu'un gouvernement, quel qu'il soit, puisse ainsi envoyer à l'abattoir ses jeunes fils. Et puis, il a été durement blessé à Gallipoli – c'est pour ça qu'il boite –, et il s'est retrouvé à l'hôpital. Ces mois à ne rien faire, sinon repousser les mouches pour éviter qu'elles ne se posent sur ses pansements, l'ont changé et, quand il a été guéri, il voulait changer le monde. Faute d'y arriver, il s'est tourné vers l'alcool et le jeu. Nous savions qu'un jour ces démons détruiraient sa vie, c'était évident. Après Trinity, j'ai perdu John de vue, mais suis resté très lié à Ivar. Un jour, celui-ci m'a parlé d'un calculateur qu'ils étaient en train de construire, avec John, une machine capable de prédire les chiffres et donc de fournir une aide précieuse aux joueurs. Je ne comprends rien au jeu. Et je ne voyais pas à quoi cette machine pouvait bien servir, mais, sur un plan purement mathématique, l'idée de construire un calculateur me semblait très intéressante.

– Je l'ai vue, s'exclama James. Dans le bureau de Charnage.

– Des Américains les ont aidés à la mettre au point, poursuivit Fairburn. De grands joueurs, originaires de New York, dont un comptable doué d'un incroyable talent pour les chiffres. Abracadabra ou quelque chose comme ça…

– Abbadabba ?

– Exactement ! Pas vraiment de mon monde, d'ailleurs.

– J'imagine. C'est un gangster.

– Les milieux du jeu et de la pègre ont toujours été étroitement liés, embraya Fairburn. John est d'une nullité crasse en affaires, en revanche, il possède un vrai talent pour s'associer aux mauvaises personnes. Les criminels l'ont pompé jusqu'à la moelle. Quand les communistes sont venus frapper à sa porte en lui promettant monts et merveilles en Russie, il les a accueillis à bras ouverts. Ils avaient entendu parler de son calculateur et ils en voulaient un.

– Dans quel but ?

– Pas pour les martingales, ça, c'est sûr, répondit Fairburn, mais bien pour le cryptage et le décodage. Car c'est bien de cela qu'il s'agit, depuis le début : le renseignement, l'espionnage. Car l'information, c'est le pouvoir. Nous autres Russes avons le goût du secret. Nous sommes très fiers de nos espions et, si l'on y réfléchit, le seul but du renseignement est de découvrir ce que l'ennemi prépare sans que celui-ci sache ce que l'on prépare soi-même. Les outils de cryptage et de décodage sont donc essentiels. Personne n'a jamais inventé un code totalement indéchiffrable, mais ce qui résiste à l'esprit humain pourrait s'avérer faisable par une machine. Une machine dix mille fois plus intelligente qu'un homme. Les Russes étaient prêts à verser une importante somme d'argent à John en échange d'une telle machine, à condition qu'elle soit à plus grande échelle que l'original, bien entendu.

– Et c'est là qu'ils ont eu besoin de vous...

– En effet, répondit Fairburn. Ivar s'est attelé à la tâche, mais il a échoué. Il n'arrivait pas à construire seul ce que les Russes voulaient. C'est alors qu'il a sollicité mon aide.

– Mais vous saviez qui était le commanditaire de Charnage, n'est-ce pas ?

– Pas au début. Mais quand je l'ai découvert, je me suis retiré. En revanche, pour John, il était trop tard. Il était bien trop impliqué, et il savait pertinemment que, s'il essayait de faire marche arrière, les Russes le tueraient. Avec eux, c'est comme ça. Aussi m'a-t-il kidnappé et forcé à terminer le travail qu'Ivar avait entrepris. Et maintenant, la Numeric Evaluating Mathematical Engine and Serial Intelligence System, alias Nemesis, est presque terminée.

– Sont-ils capables de la faire marcher sans vous ?

– Non. Du moins, pas pour l'instant, répondit Fairburn en sortant la poignée de papiers qu'il avait pris dans sa cabine, au moment de quitter l'*Amoras.* Quotidiennement, ils me demandaient de leur fournir des instructions écrites et, chaque fois, je me débrouillais pour gagner du temps, car j'avais parfaitement conscience que, dès l'instant où ils sauraient comment marchait Nemesis, je ne leur serais plus d'aucune utilité et qu'ils se débarrasseraient de moi.

– Donc la machine est inutilisable, maintenant ?

– Pendant un temps seulement. Car, d'ici un an, deux tout au plus, ils auront compris. Mais c'est un mécanisme extrêmement complexe, il leur faudra un moment avant de le décortiquer. Et puis, vous savez, nombre de scientifiques ont récemment été éliminés. Ils en forment de nouveaux actuellement, des jeunes, mais il faudra patienter avant qu'ils soient opérationnels, qui plus est, ils ont peur de faire preuve d'imagination et de créativité, car l'imagination conduit à se poser des questions et les gens au pouvoir là-bas ont horreur des questions. De fait la réponse est toujours la même. Elle consiste en une seule alternative, la prison ou la mort, dit Fairburn en se levant. Maintenant, venez, allons-nous coucher. Qui sait ce que nous réserve la journée de demain ?

Ils réveillèrent Kelly et parcoururent le peu de distance qui les séparait des cabines de première.

Arrivé dans la chambre, Fairburn observa longuement l'*Amoras*, ancré au milieu de la rade.

– John était tout à fait conscient de la terrible erreur qu'il avait faite en passant un marché avec les Russes, dit-il après un silence. Dans un sens, j'ai de la peine pour lui. Pour un peu, je pourrais presque lui pardonner ce qu'il a fait. Quand un homme est acculé, il ferait n'importe quoi pour survivre. D'ailleurs, c'est dans cet esprit qu'il a rebaptisé ce navire. *Private joke.* La confession de son crime à Dieu. Amoras, le chevalier qui a essayé de pactiser avec le diable.

James prit congé et accompagna Kelly dans sa cabine.

– Il fait un froid de canard ici, dit-elle en se glissant sous les couvertures. Reste avec moi, tu veux ? On aura plus chaud comme ça.

– Je ne sais pas…

– J'ai l'impression que, tant que je suis avec toi, rien ne peut m'arriver.

– Ne dis pas ça, répondit James. Tu vas nous attirer la poisse. En général, il suffit qu'on dise ce genre de choses pour que, cinq minutes plus tard, il y ait une grosse explosion et que tout te saute à la figure.

– Je t'en prie, dit Kelly. Je n'ai pas envie de penser à nos problèmes maintenant.

– Ne me dis pas que la téméraire Kelly Kelly a peur !

– Bien sûr que j'ai peur. Qui ne serait pas terrorisé à ma place ? En plus, je n'ai pas l'habitude de dormir seule. Je n'ai jamais passé plus de cinq minutes toute seule de toute ma vie. Allez, James Bond, viens sous les couvertures avec moi… Mais pas de fricotage, hein ?

James avait trop froid et était trop fatigué pour discuter, sans compter que – il fallait bien l'admettre –, lui aussi avait peur. Il se glissa donc dans le grand lit à côté de Kelly. Ils se pelotonnèrent sous les couvertures et ne tardèrent pas à s'assoupir dans une douce chaleur soporifique.

– Raconte-moi ta vie, demanda Kelly d'une voix somnolente. Je veux tout savoir de toi.

James lui parla de son enfance, à cheval entre la Suisse, l'Angleterre et l'Écosse, de la mort de ses parents, dans un accident de montagne alors qu'il n'avait que onze ans, il évoqua également sa tante Charmian, qui vivait dans le Kent, ainsi que les grandes lignes de sa vie à Eton.

Il n'avait pas l'habitude de se livrer ainsi. C'était le genre de sujet qu'on n'abordait jamais à l'école, où il valait mieux paraître fort si on ne voulait pas être taxé de mauviette et de petit garçon à sa maman. Aussi les discussions tournaient-elles bien plus volontiers autour des voitures, des matches de cricket, des guerres et des batailles et de qui avait cogné qui et pourquoi, plutôt que de la vie de famille. Durant les vacances, les autres garçons pouvaient toujours rentrer chez eux et se couler à nouveau dans les habits du gentil petit garçon, faire des câlins à leur mère et parler sans faux-semblants de tous les sujets qui leur passaient par la tête. Mais pas James.

Lui n'avait plus personne à qui se confier.

Pourtant, dans l'obscurité de cette cabine, à côté de cette fille qu'il connaissait à peine, il pouvait tout dire. Peu lui importa qu'elle dormît bientôt à poings fermés, en ronflant doucement. Il continua à parler longtemps, les yeux fixés sur les lumières de l'*Amoras*, se figurant Nemesis au fond de sa cale.

Il avait Fairburn, mais les Russes avaient la machine.

Cette affaire ne serait pas terminée tant que celle-ci ne serait pas en lieu sûr.

C'était du tout ou rien.

Il n'avait d'autre choix que de tenter un grand chelem.

27

Lève-toi et meurs

James avait émergé en sursaut d'un lourd sommeil sans rêve, tous les sens aux aguets.

Il avait entendu quelque chose. Des bruits de pas. La sentinelle qui veillait au fin fond des méandres de son cerveau avait, la première, détecté une menace et aussitôt envoyé un message d'alerte.

« Réveille-toi. Quelqu'un approche. Danger. »

Il s'immobilisa sur le lit, tendant l'oreille à l'affût du moindre bruit, ses yeux s'habituant doucement à la lumière de l'aube, qui envahissait peu à peu la cabine.

Et les bruits reprirent. Un léger tintement d'abord, puis un coup sourd et un froissement.

Des gens se déplaçaient sur le bateau.

Il plaqua une main sur la bouche de Kelly et la secoua doucement pour la réveiller. Elle ouvrit des yeux paniqués et tenta de se redresser, prête à se battre. James mit un doigt devant sa bouche et lui fit signe de ne pas bouger.

– Il y a quelqu'un, lui chuchota-t-il à l'oreille. Ne fais pas de bruit.

Kelly opina du chef. Au côté de James, elle avait au moins

appris une chose : s'il y a un temps pour parler, il y en a un pour se taire.

Il retira sa main et lui fit signe de le suivre.

Ils se glissèrent silencieusement hors du lit et se faufilèrent jusqu'au salon, où James colla son oreille à la porte. Rien. Mais un pas ne tarda pas à retentir sur le pont supérieur. James leva le menton vers le plafond.

– On dirait qu'ils sont sur le pont du dessus, murmura-t-il. Il faut qu'on aille chercher Fairburn.

James entrebâilla la porte et jeta un œil dans la coursive : personne. Ils filèrent dans le couloir et entrèrent dans la suite occupée par Fairburn.

Ils le trouvèrent endormi, emmêlé dans ses couvertures, l'air vieux et fatigué. James répéta la même opération qu'avec Kelly, bâillonnant Fairburn avant de le réveiller, à la différence près que celui-ci mit plus de temps à émerger. Ne sachant pas vraiment où il était, il se redressa, ses cheveux ébouriffés dressés dans tous les sens avant de finalement, toujours sonné et confus, descendre du lit et se redresser.

– Quelle heure est-il ? dit-il en regardant sa montre. Six heures !

Il frissonna et toussa. James lui enjoignit de se taire et regarda par le hublot. L'*Amoras* était toujours là, toutes lumières éteintes cette fois, disparaissant dans l'épais brouillard qui planait au-dessus de la rade.

Tous trois sortirent et avancèrent prudemment dans le couloir. Ils n'avaient pas fait trois pas que quelqu'un apparut au bout de la coursive.

Il s'agissait d'un des hommes de Babouchka, un de ces hommes au visage dur et fermé dont James avait appris qu'ils appartenaient à la police secrète. Il leva son pistolet et hurla quelque chose en russe.

James fit volte-face et avisa le second élément du binôme qui avançait vers eux à revers.

– Avec moi, cria-t-il en se précipitant dans le quartier des stewards.

En effet, la nuit dernière, alors qu'il cherchait des couvertures, il avait repéré une porte qui, priait-il, donnait peut-être sur une autre coursive.

Ces quartiers étaient dépourvus de toute ouverture. Il y régnait un noir d'encre. James tenta de se rappeler où était située la porte. Il avança à tâtons parmi le dédale de petits box en essayant de reproduire ses gestes de la veille. Ce faisant, il se cogna violemment à une couchette. Toutefois, en écartant maladroitement les bras pour reprendre son équilibre, sa main rencontra la rondeur familière d'un bouton de porte. Il tourna la poignée, la porte pivota.

– Par ici.

L'écoutille menait effectivement à une autre coursive. Un halo de lumière tombait d'une passerelle sur leur gauche.

– Courez, cria-t-il en tirant Kelly derrière lui.

Des cris en russe résonnèrent derrière eux, aussitôt suivis de bruits de bottes. Une détonation claqua. Une balle siffla au-dessus de leurs têtes, avant de faire voler en éclats une applique accrochée au plafond et de ricocher le long de la coursive en un long sifflement aigu.

– S'ils avaient voulu nous tuer, ils l'auraient fait, cria Fairburn, haletant. Ils nous veulent vivants.

– En voilà une douce attention, répondit Kelly alors qu'un nouveau coup de feu retentissait derrière eux.

James fut prompt à réaliser que le seul avantage dont ils disposaient, aussi minime fût-il, résidait dans le fait qu'ils connaissaient mieux la configuration du navire que leurs poursuivants.

Ils gravirent quatre à quatre les marches de la passerelle

menant au pont supérieur où James prit le commandement des opérations en leur faisant traverser le bateau selon un itinéraire tortueux destiné à semer le trouble dans l'esprit de leurs poursuivants.

– Votre machine peut-elle être détruite ? cria-t-il à Fairburn alors qu'ils traversaient la cuisine en courant.

– Bien sûr, répondit ce dernier. Il suffirait de taper dessus à coups de masse, mais ça prendrait du temps.

Ils gravirent une passerelle au pas de charge et se retrouvèrent à nouveau dans les parties communes de l'*Impératrice*. Apparemment ils étaient parvenus à semer les Russes. Las, en traversant un des restaurants, ils tombèrent sur deux autres hommes : un jeune marin russe et Deighton, l'épais majordome de Charnage.

– Encore toi, grogna ce dernier en reconnaissant James. Cette fois, mon garçon, tu ne m'échapperas pas.

Sur ces mots, il ferma lentement ses énormes poings et avança vers eux d'un pas lent, presque désinvolte.

Le marin esquissa un sourire carnassier et l'imita. De toute évidence, il n'était pas le moins du monde impressionné par l'association d'un frêle professeur d'université, d'un adolescent et d'une fille.

Erreur coupable.

James attrapa une chaise et fit tomber Deighton. Kelly ne fut pas en reste. Elle en attrapa une autre et la fracassa sur la tête du marin. Celui-ci eut juste le temps de lever les bras pour se protéger. On entendit les os de son avant-bras craquer sous l'impact. Il s'écroula à genoux en hurlant de douleur, hors d'état de nuire.

James et Kelly se concentrèrent alors sur Deighton, le bombardant avec toutes les chaises qu'ils pouvaient trouver. L'homme était costaud, et parvint presque à se remettre debout en dépit de la pluie de coups qui s'abattait sur lui.

Mais, profitant du fait qu'il était à genoux, James fit basculer vers lui une lourde table, dont l'arête le cueillit à la base du crâne. Il retourna au tapis… définitivement.

Tous trois tournèrent les talons et se précipitèrent vers la sortie. Mais, à l'instant de quitter la pièce, Kelly, qui courait en tête, se télescopa avec un des deux agents de la police secrète. Solide comme un roc, celui-ci encaissa le choc sans broncher avant de refermer ses bras d'acier sur la rouquine.

Erreur fatale.

Kelly devint aussitôt hystérique, donnant des coups de pied, mordant, griffant et se débattant comme une furie. L'homme la lâcha en étouffant un juron et sortit un pistolet de sa poche. James arracha Kelly des griffes de l'agent et la tira dans la salle de restaurant. Arme au poing, le Russe se lança à leur poursuite, mais James claqua la porte d'une vive poussée du pied, écrasant le poignet du Russe contre le dormant. Il lâcha son arme et retira vivement son bras.

Fairburn ramassa l'arme et tira plusieurs coups sur la porte, au jugé.

Sans attendre de savoir s'ils avaient touché l'agent du Guépéou, ils coururent vers l'autre extrémité de la pièce. Le marin tenta timidement de les arrêter, mais recula dès que Fairburn pointa le pistolet vers lui.

James se demandait où pouvait bien se trouver le second Russe. Quand il fit irruption sur le pont, il eut la réponse. L'homme avait fait le tour du navire et les attendait, arme pointée.

Fairburn appuya frénétiquement sur la détente. Pour imprécis qu'il fut – les balles giclant dans toutes les directions sauf celle du Russe –, son tir de barrage obligea néanmoins l'ennemi à se jeter derrière une cheminée de ventilation pour se mettre à couvert.

James se pencha au bastingage. Ils étaient sur le pont supérieur, en surplomb de la passerelle donnant accès au quai.

– Vite, on y est presque, dit-il en sautant par-dessus la rambarde.

Il se ramassa sur lui-même, atterrit sur la passerelle avec un bruit sourd et roula le long de la pente s'arrêtant dans les chaînes de sécurité.

Kelly ne tarda pas à suivre, se réceptionnant si lourdement sur la passerelle que celle-ci oscilla dangereusement, faisant craindre à James qu'elle ne se brise. Il n'en fut rien. Mais, quand James releva la tête, il vit le Russe se pencher par-dessus le bastingage et rattraper Fairburn par le torse.

James n'avait aucun moyen de retourner là-haut pour l'aider.

– Kelly, vite ! cria-t-il en s'agenouillant sur la passerelle, mains jointes devant lui pour lui faire la courte échelle.

Comprenant instantanément ce qu'il attendait d'elle, Kelly grimpa et James la propulsa dans les airs. Elle s'accrocha à la rambarde et, d'un retourné que n'aurait pas renié un adepte de la varappe, roula sur le pont supérieur.

Le Russe était toujours penché dans le vide, luttant avec Fairburn, bien décidé à vendre chèrement sa peau. Kelly planta ses dents dans l'oreille du premier, qui poussa un hurlement de bête blessée et relâcha son étreinte. Fairburn en profita pour se retourner et s'agripper à la veste de l'agent. Une féroce mêlée, aussi brève qu'intense, s'ensuivit. Quand James comprit enfin ce qui se passait, il vit le corps du Russe basculer par-dessus le bastingage. Après une courte chute, il cogna violemment l'arête de la passerelle et s'abîma dans les eaux sombres du port.

James n'eut toutefois pas le temps de crier victoire car, au même moment, il prit un violent tampon qui l'envoya bouler tête la première contre la passerelle. Deighton était descendu d'un étage et avait chargé hors du navire, tel un taureau d'arène. James rampa jusqu'au quai et se releva rapidement, prêt au combat. À son grand désespoir, il réalisa qu'il était cerné par d'autres marins de l'*Amoras*, qui l'attendaient.

Fairburn et Kelly furent rapidement maîtrisés et traînés à terre. Tenter de résister eût été vain. La partie était perdue et tous trois se retrouvèrent encerclés par un groupe de matelots aussi menaçants que goguenards.

– Lâche ton arme, ordonna Deighton.

La mort dans l'âme, Fairburn laissa tomber le pistolet sur le sol.

– Désolé, lui glissa doucement James. On y était presque.

– Ne vous excusez pas, répliqua Fairburn. C'était très exaltant, vraiment. Malheureusement, les probabilités ne nous étaient guère favorables.

– C'est tout le problème quand on tente un grand chelem, ajouta James. Il suffit qu'un détail vous échappe pour que tout s'écroule.

C'est alors qu'il perçut un bruit. Des voix étouffées et de lourds bruits de pas, comme un troupeau de bovins rentrant à l'étable. Les marins qui les encerclaient regardèrent autour d'eux, légèrement inquiets. Dans l'épais brouillard qui flottait au-dessus du port, il était quasiment impossible de dire d'où venaient les bruits. En revanche, il était certain que ceux-ci venaient dans leur direction.

– Qu'est-ce que c'est ? demanda Fairburn, clignant des yeux. Qu'est-ce qui se passe ?

Un bref fracas se fit entendre. James tourna la tête et constata que le portail avait été enfoncé.

Une véritable armée composée de solides dockers émergea bientôt du brouillard, la plupart armés de gourdins ou de crochets de débardeurs. Le Rouge était à leur tête, Perry

Mandeville à son côté, ainsi que quelques-unes des plus fortes têtes du Régiment abominable.

L'escouade poursuivit sa marche implacable. Le petit groupe de marins fut rapidement submergé. Face à la force brute du nombre, ils n'avaient aucune chance. Les dockers s'agglutinèrent autour d'eux et une pluie de coups de manches de pioche et de crochets s'abattit sur les matelots. Il y eut une série de bruits sourds, des cris, des jappements et le bruit nauséeux de crânes qu'on enfonce. Quelques secondes plus tard, on entendit un premier plouf. Quelqu'un venait d'être jeté à l'eau, puis un autre, et un autre. Bientôt, James se retrouva au centre d'une incroyable mêlée.

Quelqu'un l'attrapa par l'épaule. Il pivota, les poings levés. C'était le Rouge.

– On peut vraiment pas te laisser seul cinq minutes, hein ? dit-il avec un petit sourire en coin. Si quoi que ce soit était arrivé à ma petite sœur, je t'aurais tué.

– Je suis parfaitement capable de me débrouiller toute seule, merci bien, rétorqua Kelly.

– On d-dirait qu'on est arrivés juste à temps, embraya Perry. Un moment, j'ai b-bien cru q-qu'on allait rater le meilleur.

– Bon Dieu, Jimmy-boy ! s'exclama le Rouge en roulant de grands yeux. Et moi qui te trouvais snob... Ah ! pardon, mais j'étais loin du compte. Parce que ce lascar-ci, c'est le pompon.

– Que fais-tu ici ? demanda James.

– J'ai passé la moitié de la nuit à ratisser le coin pour vous retrouver, répondit le Rouge. Comme ça n'avait rien donné, je suis retourné à la maison pour demander de l'aide.

– O-on s'est rencontrés au p-pub, ajouta Perry. M-moi, je voulais p-prévenir la po-police, m-mais l'idée n'a p-pas eu l'air de susciter l'enthousiasme.

James se tourna vers Kelly. Elle était encore sous le choc.

– J'ai besoin de ton aide, dit-il. Je voudrais que tu emmènes Fairburn loin d'ici. Nous ne serons pas en sécurité tant qu'il sera sur les docks. Ramène-le chez toi. Prenez le pneumatique pour y aller, ce sera plus rapide. Installe-le. Perry va vous accompagner. Je vous retrouve dès que je peux.

– Je veux rester avec toi, répondit Kelly.

– Va, je te dis. Mets-le en sécurité. Moi, j'ai besoin de parler un instant avec le Rouge. Ne t'inquiète pas, on vous suit.

– Allez, v-viens, dit Perry en la prenant par le poignet. Quand James Bond a u-une idée en t-tête, il est inutile d-de discuter.

Et il la traîna parmi la mêlée, au milieu des hommes qui continuaient à se battre. Fairburn leur emboîta le pas, remerciant chaudement James par-dessus son épaule.

Faute de combattants, la bataille était presque terminée. Le seul homme de Charnage encore debout était Deighton, qui faisait des moulinets au-dessus de sa tête avec un crochet de débardeur en hurlant des insanités.

L'instant suivant, il s'écroula, victime d'un coup sur la nuque.

James se baissa et ramassa le pistolet que Fairburn avait abandonné.

– Toi, tel que je te vois, tu es sur le point de faire un truc crétin, hein ?

– Exact, confessa James. Je vais essayer de détruire Nemesis, la machine que Fairburn a construite.

– Je viens avec toi, répliqua le Rouge.

– Non, je me ferais trop de souci pour toi.

– Hé ! Je t'en dois une.

– Bon, concéda simplement James, sachant à quel point il serait vain de vouloir contester une décision prise en accord avec le code d'honneur du Rouge. Dans ce cas, suis-moi.

Et il enjamba la bordure du quai, descendant rapidement l'échelle jusqu'à la barque, toujours mouillée là. Il leva les yeux. Aucun signe du Rouge. Peut-être avait-il changé d'avis ? Mais non, sa familière tignasse rousse fit bientôt irruption en haut du quai et il sauta sur l'échelle, accompagné de deux malabars et d'un garçon qui ne semblait guère plus âgé que James.

– J'ai pensé qu'on pourrait avoir besoin de renfort, dit-il en sautant dans la barque. Je te présente mon oncle Ray, son poteau Harry et mon cousin, Billy Jones.

Billy lança un sourire à James. Il était plutôt beau garçon, avec des yeux aussi noirs que ses cheveux.

– Billy travaille sur les bateaux, expliqua le Rouge. Il saura nous guider. Les deux autres, c'est pour les têtes au carré.

À leur tour, Ray et Harry sourirent à l'adresse de James. Ils avaient l'air de deux fieffés cogneurs. C'est tout juste s'ils pouvaient prétendre posséder huit dents à eux deux.

Alors qu'ils s'installaient dans la barque, un marin russe tenta de grimper à bord. James le repoussa à l'eau avec une rame et ils s'éloignèrent du quai en silence, glissant sur l'eau le long de la coque de l'*Impératrice*, avant de s'engager dans la rade.

– Hé, Jimmy-boy, dit le Rouge entre deux coups de rame. On dirait que ma sœur et toi vous vous entendez bien.

Pour toute réponse, James laissa échapper un grognement.

– T'as de la chance. Pour moi, ça a toujours été une plaie.

– Tais-toi et rame.

Le brouillard flottant sur le port semblait s'épaissir. Les pâles rayons d'un soleil naissant lui donnaient une teinte jaunâtre. La visibilité était limitée à une dizaine de mètres. La silhouette de l'*Amoras* se réduisait à une tache légèrement plus sombre dans un océan de gris.

Pourtant, alors qu'ils observaient le navire, ses feux antibrouillard entrèrent en fonction et l'on entendit ses moteurs démarrer.

– Ils vont essayer de filer à la faveur du brouillard, dit James.

– Ils sont fous, trancha laconiquement le Rouge.

– Ça, je pensais que tu le savais déjà.

– Tu crois qu'on va pouvoir les arrêter ?

– On peut au moins essayer.

28

Sortir du brouillard

Alors qu'ils arrivaient en vue de l'*Amoras*, ils constatèrent que le cargo était toujours accroché aux deux remorqueurs déserts et à l'ancre. L'eau bouillonnait à la poupe du navire, alors que celui-ci commençait à avancer.

– On dirait que ces andouilles ont l'intention de sortir par leurs propres moyens, dit le Rouge. C'est déjà pas facile en temps normal, mais alors, avec ce brouillard, c'est de la pure dinguerie.

– C'est bon signe, ça veut dire qu'ils sont aux abois, répondit James.

– Certes, mais c'est pas avec cette barque qu'on va les arrêter, poursuivit le Rouge.

– On va devoir aborder le bateau et se débrouiller pour arrêter les moteurs, déclara James. La moitié de l'équipage est en train de nager dans les eaux du port, on ne devrait pas rencontrer beaucoup d'opposition.

Une passerelle avait été baissée sur le flanc de l'*Amoras*, en prévision du retour de ses hommes. James manœuvra la barque et tous les cinq grimpèrent à bord. Le cargo avançait lentement, tendant les cordes d'amarrage toujours arrimées aux remorqueurs.

Sur le pont, James et ses compagnons émergèrent du brouillard face à un marin de quart ébahi, qui tentait tant bien que mal de se réchauffer en serrant un récipient de fer blanc, rempli de thé chaud. Ray et Harry en firent peu de cas et, avant que le matelot ait compris ce qui lui arrivait, il était étendu sur le sol, inconscient. Ils dissimulèrent son corps derrière un canot de sauvetage.

– On dirait qu'il n'y a pas grand monde à la manœuvre, commenta le Rouge. Qu'est-ce qu'ils croient ? Qu'il va prendre le chenal tout seul ?

Les deux extrémités du bateau se perdaient dans le brouillard. L'air était humide et froid. Une fine pellicule de rosée recouvrait le visage de James, dont les vêtements pesèrent soudain plus lourd.

Ils avancèrent prudemment vers la timonerie, qui s'élevait comme une tour au centre du bateau. Le brouillard ne réduisait pas seulement la visibilité ; il étouffait également les sons, tant et si bien qu'un silence inquiétant régnait sur le pont désert, les moteurs semblant ronronner dans le lointain.

Ils trouvèrent une porte ouverte et pénétrèrent dans le navire.

– La machine est par là, dit James en prenant la tête du groupe.

Ils passèrent devant la cuisine, aussi peu animée que le reste du cargo. James se remémora ses péripéties de la veille, avec le chat et la poubelle. Cela lui paraissait remonter à une éternité.

Ils parvinrent à la porte de la cale arrière sans croiser âme qui vive. James l'ouvrit et ils s'avancèrent sur la passerelle.

La formidable machine était silencieuse, ses entrailles de cuivre et d'acier luisant sous les projecteurs. Deux marins montaient la garde en bas, leur arme de poing bien en évidence dans leur holster de ceinture. Dans un filet de voix,

James exposa brièvement ses intentions aux autres puis il se prépara à entrer en action.

Pendant que Ray et Harry se glissaient en bas par l'échelle, James, le Rouge, et Billy Jones enjambèrent la rambarde de la passerelle et, penchés dans le vide, se préparèrent à sauter.

Les porte-flingues tournèrent la tête quand ils virent s'avancer les deux costauds. Ils dirent quelque chose en russe et esquissèrent un geste vers leurs revolvers.

– Go ! dit James en se laissant tomber.

Le Rouge et Billy l'imitèrent. Après un court vol plané, ils heurtèrent les marins qui s'écroulèrent lourdement sur le sol. Ray et Harry accoururent pour finir le travail. Une minute plus tard, ils étaient solidement ligotés et bâillonnés.

James s'approcha de Nemesis et étudia un instant la machine dont la masse énorme remplissait quasiment toute la cale.

– Trouvez des outils, ordonna-t-il. N'importe quoi. Il faut la réduire en miettes.

Il était sur le point d'ajouter quelque chose, mais ses mots restèrent coincés au fond de sa gorge. Une main venait de se refermer sur sa cheville. Il réprima son envie de crier et baissa les yeux.

Sir John Charnage, pâle comme la mort, était étendu par terre, à l'ombre de la machine. Il baignait dans une mare de sang et une sombre traînée visqueuse maculait le sol derrière lui, là où il s'était traîné. Il ouvrit de grands yeux fiévreux et essaya de parler. James s'agenouilla près de lui. Il n'entendit que deux mots :

– Aidez-moi.

Le Rouge et James sortirent Charnage de sous la machine, puis le traînèrent jusqu'à une cloison, contre laquelle ils l'adossèrent. Billy Jones lui apporta une bouteille d'eau, qu'il but avidement.

Un instant, il parut revenir à la vie. Mais le sang coulait toujours abondamment dans son dos.

– Ils m'ont lâché, murmura-t-il d'une voix cassée, hochant vaguement la tête comme s'il avait encore du mal à y croire. Ils ont rejeté la faute sur moi. – Il planta ses yeux dans ceux de James. – C'est de ta faute.

– Non, répondit James, de la vôtre. Vous avez trahi vos amis et vous étiez sur le point de trahir votre patrie.

– Vous avez raison, grommela Charnage. Ce que j'ai fait à Ivar et à Alexis est impardonnable. Mais, croyez-moi, je n'avais pas le choix.

James eut un petit grognement désapprobateur.

– Quant à ma patrie, comme vous dites...

Charnage essaya de rire, mais cela lui était trop pénible.

– La patrie qui m'a envoyé à Gallipoli... Je n'ai aucun respect pour elle...

– Vous avez trahi tout le monde, poursuivit James.

– Ne parlez pas de ce que vous ne connaissez pas. Vous n'y étiez pas, vous, à Gallipoli. Une vraie boucherie. Les généraux et les politiciens se moquaient comme d'une guigne de ce qui pouvait arriver aux soldats ordinaires. Pour eux, c'était juste des matricules. La Grande-Bretagne ? Pff, le Grand Mensonge, oui. À les entendre, c'est tout juste si les Turcs étaient des hommes, pourtant, rien ne les différenciait de nous. C'est mon pays qui m'a trahi. Je hais cette nation, même si je réalise maintenant que les Russes ne valent pas mieux. Les hommes qui gouvernent le monde ne sont rien d'autre que des criminels.

– Qui vous a fait ça ? demanda James.

– Elle, répondit Charnage. Babouchka ! Plus les deux rats d'égout, là, les frères Smith. Mais ils ont bâclé le travail. J'ai survécu à une blessure de mortier pendant la guerre. Il en faut plus que ça pour tuer John Charnage.

Il agrippa le bras de James et le regarda de ses yeux fous.

– Mais elle n'aura pas Nemesis, n'est-ce pas ? Personne ne l'aura.

– Nous allons la détruire. Si vous nous dites comment.

– Emmenez-moi dans la salle des machines, s'étrangla Charnage en essayant de se lever. Si nous faisons monter la pression dans la turbine vapeur, elle pourrait bien céder. L'explosion enverrait tout le navire par le fond.

– C'est faisable ? demanda James en se tournant vers Billy Jones.

Celui-ci hésita un instant, l'air inquiet, mais il acquiesça néanmoins.

– Tiens, dit James en tendant au Rouge un des revolvers récupérés sur les marins. Ne l'utilise qu'en cas d'absolue nécessité. C'est toi qui prends les rênes de l'opération. Emmène Charnage à la salle des machines et suis ses instructions. Billy et les autres vont t'accompagner. Si quelqu'un tente de vous barrer le chemin, assommez-le.

– Et toi, tu vas où ? demanda le Rouge.

– Il faut que je les emmène ailleurs, répondit James en détachant les jambes des deux marins ligotés. S'ils restent là, ils vont couler.

Et il fit avancer les deux marins sous la menace du deuxième revolver. Encore sonnés, et légèrement penauds, ils obéirent docilement, trop contents qu'on les épargne.

Quelques minutes plus tard, ils émergèrent à l'air libre, sur le pont. L'homme de quart qu'ils avaient abandonné derrière le canot de sauvetage commençait à peine à reprendre ses esprits. James et ses deux captifs s'approchèrent de lui. Mimant la scène avec les mains, James lui ordonna de détacher ses camarades.

James les dévisagea tous les trois, c'étaient de vaillants jeunes hommes. Il espéra pour eux qu'ils étaient aussi bons nageurs.

Il braqua son revolver dans leur direction et fit un signe de menton vers le bastingage.

– Allez-y, sautez, ordonna-t-il.

Ils le regardèrent d'un air dubitatif, bien que le message fût on ne peut plus clair.

– Maintenant ! grogna James.

Quelque chose dans son expression leur dit qu'il ne servait à rien de discuter. Trois plouf se firent entendre au pied du bateau.

James allait tourner les talons pour rejoindre les autres quand il entendit quelqu'un approcher. Il se cacha derrière le canot.

Deux silhouettes familières émergèrent du brouillard : Ludwig et Wolfgang Smith. L'énorme tête hypertrophiée du premier était si pâle qu'elle en semblait phosphorescente. Par contraste, sa bouche ressemblait à un sombre gouffre, entouré de petites pointes marron qui, un jour, avaient été des dents. Il tenait une hache d'incendie dans ses doigts noueux. À la lueur de la lanterne qu'il avait en main, Wolfgang était aussi jaune que le brouillard. Il n'y avait guère de parties de son anatomie qui ne soient couvertes de bandages. James l'aurait presque pris en pitié.

C'est alors que le bateau fit une légère embardée vers l'avant. Les ancres des remorqueurs venaient de lâcher. James s'étala sur le pont. Deux énormes bruits sourds retentirent à l'avant quand les deux remorqueurs vinrent heurter la coque de l'*Amoras*, auquel ils étaient toujours amarrés. James se releva et emboîta le pas aux deux frères.

Bientôt, il entendit quelqu'un cogner sur quelque chose devant lui. Il s'approcha et avisa Ludwig, dans le gaillard d'avant, qui tentait de couper une corde d'amarrage avec sa hache. Wolfgang se tenait à côté de lui, frissonnant, tendant la lanterne d'une main, l'autre, celle qui était bandée, profondément enfoncée dans la poche de son pardessus.

Le bateau prit de la vitesse.

James s'approcha à pas de loup, en essayant de voir s'il n'y avait pas moyen d'arrêter Ludwig. En effet, une fois débarrassé des remorqueurs, l'*Amoras* aurait de grandes chances de s'échapper si le plan de Charnage venait à échouer.

La première corde céda. Ludwig traversa le gaillard en direction de la seconde. Il eut juste le temps de donner quelques coups de hache avant qu'un affreux choc n'ait lieu, faisant dangereusement gîter le bateau. Le barreur, naviguant à l'aveugle, s'était trop approché d'un autre bateau et la corde du remorqueur qu'il tirait dans leur sillage s'y était prise. Le navire tout entier grinça et craqua, les cordes d'amarrage se tendant au-delà du raisonnable tandis que les moteurs s'engorgeaient en hoquetant.

– Bande de crétins, grogna Ludwig avant de hurler vers la timonerie d'arrêter et d'enclencher la marche arrière.

– Qu'est-ce qui se passe ? hurla une voix en retour.

– Le remorqueur est coincé ! hurla Ludwig en faisant volte-face.

Il ouvrit alors de grands yeux. En effet, sous la violence du choc, James avait été une nouvelle fois projeté au sol, où il s'était durement cogné le crâne. Il gisait sur le pont, à demi conscient, et totalement à découvert.

– Bon Dieu ! C'est la petite peste, beugla Ludwig.

– Laisse-le-moi, marmonna Wolfgang sans desserrer les dents.

– Il est tout à toi, répondit Ludwig en lui tendant la hache.

Wolfgang posa sa lanterne et se rua vers James en claudiquant. Il en aurait presque été ridicule, s'il n'avait tenu une hache.

James se releva péniblement et décampa maladroitement, dérapant sur le pont rendu glissant par la rosée, et se cognant tous les deux pas. On aurait dit quelqu'un essayant de marcher sur une patinoire. Il regarda par-dessus son épaule. La hache levée au-dessus de la tête, Wolfgang gagnait du terrain. Il se déplaçait étonnamment vite pour quelqu'un qui avait une jambe blessée. Ses yeux brûlaient d'une haine viscérale.

Une nappe de brouillard particulièrement dense flotta sur le bateau. James n'y voyait plus rien. Avant qu'il ait compris ce qui lui arrivait, il dérapa à nouveau et chuta une troisième fois. Il était perdu, désorienté, dans le noir. Il n'entendait plus que les pas de Wolfgang qui approchait. Il chercha à tâtons un quelconque objet pouvant lui servir d'arme, mais ne trouva rien.

C'est alors que la corde d'amarrage attachée à l'avant du bateau émit une longue plainte tirant vers les aigus avant de céder sèchement. On l'entendit ensuite cingler l'air comme un extraordinaire fouet. Au même instant, l'*Amoras* tangua à nouveau, puis bondit en avant sur les flots.

Sous l'énorme tension qui venait d'être relâchée, l'autre extrémité de la corde d'amarrage monta dans les airs et vint faucher le pont du bateau. Si James n'était pas tombé, elle lui aurait sans doute arraché la tête.

Il leva les yeux vers son poursuivant. Une scène surnaturelle s'offrit à lui.

Là où aurait dû se trouver Wolfgang ne restaient que des jambes. Le tronc avait purement et simplement disparu. Les jambes esseulées chancelèrent une seconde avant de s'écrouler sur le sol. L'instant suivant, la hache retomba des airs en tournoyant sur elle-même avant de se ficher jusqu'à la garde dans la tôle du pont, à seulement quelques centimètres de James.

James frissonna, se sentant pris d'un haut-le-cœur. Ravalant sa nausée, il ferma vivement les yeux, dans l'espoir de chasser de son esprit l'image du corps mutilé de Wolfgang.

Il rouvrit bientôt les paupières et regarda autour de lui.

Aucun signe de l'autre frère. Peut-être avait-il été lui aussi victime de la corde ? Sans attendre une quelconque confirmation, il se précipita vers la timonerie. Libéré des deux remorqueurs, l'*Amoras* progressait maintenant à allure soutenue.

De toute évidence, Charnage et le Rouge n'étaient pas parvenus à leurs fins car, à fond de cale, les moteurs du cargo ronflaient à un train d'enfer. Ne restait donc plus qu'une seule solution : arrêter la marche du navire depuis le poste de pilotage.

Il croisa un marin qui courait dans la direction opposée, mais dans le brouillard, celui-ci le prit pour un membre d'équipage et il poursuivit son chemin.

Il rata presque la timonerie. Ce n'est qu'au dernier moment qu'il avisa une volée de marches blanches disparaissant dans le brouillard. Il grimpa l'escalier et jeta un œil inquisiteur au poste de pilotage.

Concentré sur sa tâche, un barreur regardait fixement l'horizon en plissant les yeux pour essayer d'y voir clair. Le capitaine, visiblement plus qu'inquiet, était debout à son côté. Alors que James l'observait, il tira violemment sur le levier des gaz, l'arrêtant sur position LENTE. Mais son geste ne parut avoir aucun effet, le navire paraissant même accélérer sa course. Le barreur adressa quelques mots à son capitaine, qui hurla un torrent d'invectives en russe dans le pavillon qui le reliait à la salle des machines.

Ne recevant aucune réponse, il se précipita hors de la timonerie, par la porte opposée à celle derrière laquelle se tenait James. Ce dernier fit alors irruption dans le poste de pilotage en criant au barreur médusé d'abandonner le navire.

Le marin le regarda s'approcher, paniqué, mais visiblement peu désireux de quitter son poste.

– Partez ! hurla James. Allez, du vent !

Soudain, il y eut un énorme fracas et James se retrouva sous une pluie de verre brisé. Une main l'agrippa par le col et le tira violemment en arrière.

Ludwig venait de fracturer la vitre avec son poing américain. Il retenait James dans le cadre du hublot brisé, l'immobilisant par une clé au cou.

Puis il actionna le poinçon de son deuxième apache et, collant son visage à celui de James, approcha la lame de son œil. James faillit défaillir sous les exhalaisons putrides qui émanaient de ses dents gâtées.

– J'aurais tant aimé prendre mon temps, murmura-t-il dans un souffle puant. Malheureusement, j'en manque. Alors fais vite ta prière. L'apache veut te souhaiter bonne nuit.

Pourtant, avant qu'il ait eu le temps de faire quoi que ce soit, une horrible détonation retentit dans les entrailles de l'*Amoras*, qui, sous le souffle, décolla littéralement avant de retomber lourdement, sa carène disparaissant dans les eaux sombres du chenal.

« Les chaudières, pensa James. Le Rouge a réussi. »

Déstabilisé par la gîte du cargo, Ludwig relâcha sa prise. James en profita pour lui envoyer un coup de coude à travers le cadre fracturé du hublot. Une deuxième explosion, encore plus puissante que la première, fit vaciller le navire, qui, cette fois, s'écroula sur le flanc, emportant Ludwig dans sa chute.

James frotta son cou endolori et regarda autour de lui. Le barreur avait disparu. L'*Amoras* coulait. Il passa timidement la tête par le hublot pour prendre des nouvelles de Ludwig et fut aussitôt accueilli par une violente détonation et le sifflement d'une balle près de sa tête. Il eut à peine le temps de reculer qu'une autre balle fusa dans le brouillard, laissant une infime traînée de vapeur dans son sillage. James se coucha par terre et, rampant sur le verre brisé, se précipita hors du poste de pilotage. Il n'avait pas atteint le pont qu'une troisième balle allait se loger dans une rambarde d'acier, non loin de lui.

Il se releva d'un bond, une balle le frôlant de si près qu'il en sentit la chaleur sur sa joue. Toute retraite par le bas étant inenvisageable, James grimpa comme il put sur le toit de la timonerie où il s'allongea à plat ventre.

Le gouvernail du bateau n'avait pas résisté aux explosions dans la salle des machines, le cargo décrivait de longs cercles dans l'eau, emporté par sa propre inertie.

James s'immobilisa, espérant secrètement ne pas avoir été repéré. Espoirs rapidement déçus puisqu'une salve de trois balles ne tarda pas à traverser la tôle avec un bruit mat, juste dans l'écartement de ses jambes. Ludwig arrosait le plafond depuis l'intérieur du poste de pilotage.

James bondit sur ses pieds et courut vers l'arrière du toit, où s'élevait un épais mât de bois, supportant l'équipement radio. Une échelle permettait d'y grimper.

Il n'y avait guère d'autre issue.

Une nouvelle balle siffla dans les airs alors qu'il escaladait les premiers barreaux. Il tourna la tête, baissa les yeux. Ludwig était en train de grimper sur le toit de la cabine. Dès qu'il vit James apparaître dans son angle de tir, il ouvrit un feu nourri, tirant avec ses deux pistolets en même temps. James s'écrasa contre le mât.

Debout sur le toit, Ludwig écarta légèrement les jambes afin d'assurer son équilibre sur la tôle branlante. Pour celle-là, il allait prendre le temps de viser.

James se rua à l'assaut de l'échelle, grimpant toujours plus haut dans l'espoir de disparaître dans le brouillard.

Mais Ludwig l'avait en point de mire. Il s'immobilisa. Appuya sur la détente. Et… rien.

Il leva précipitamment son deuxième pistolet avant que James ne soit hors de portée de l'apache, une arme essentiellement conçue pour les combats rapprochés.

Il fit feu.

Encore raté. Et, en plus, il se retrouvait à court de munitions car il ne disposait que de dix coups. En effet, bien que ses armes aient une capacité de six balles, il prenait toujours soin de laisser le chien en face d'une chambre vide, afin d'éviter qu'un coup ne parte quand les apaches étaient dans ses poches.

James était presque au sommet du mât. Les coups de feu avaient cessé, mais la partie n'était pas terminée pour autant. Il entendit le *schlink* caractéristique des petites baïonnettes.

Après quoi Ludwig monta au mât, nullement gêné par ses armes, puisque les anneaux du poing américain lui laissaient les doigts libres.

James grimpa à la pointe du mât là où il s'effilait et où s'arrêtait l'échelle. Plus haut, il y avait de longues vergues de métal qui pointaient en tous sens sur les deux pans. Il se hissa prudemment aussi haut qu'il le put.

La tête de Ludwig émergea de la nappe de brouillard, James lui cassa l'arcade sourcilière droite d'un violent coup de talon. Il étouffa un juron, mais parvint néanmoins à éviter la chute.

C'est alors que James entendit de hauts cris et qu'il tourna enfin la tête. Le monde s'était en effet un peu trop longtemps réduit à un mât radio perdu dans une épaisse couche de brouillard et, quand il ouvrit les yeux, il constata avec horreur que l'*Amoras*, livré à lui-même, fonçait droit sur la bordure d'un quai. De là où il se trouvait, il distinguait clairement les opérations de déchargement d'un petit vapeur en bois, un filet de cargo suspendu au-dessus de sa cale grande ouverte. Les hommes criaient en faisant de grands gestes. Les hurlements d'une sirène retentirent dans le port.

Mais l'*Amoras* n'en avait cure, et personne n'était en mesure de lui contester son autorité sur le cap à suivre. L'instinct de survie de James lui commanda, quant à lui, d'agripper le mât comme s'il s'agissait de la dernière bouée que la vie lui enverrait jamais. L'*Amoras* ne fit qu'une bouchée du cargo, dont la poupe de bois vola en éclats sous l'étrave d'acier. La seconde suivante, James vit arriver la grue, à une vitesse qui n'engageait pas à l'optimisme. Le filet cargo apparut comme un recours. Il sauta et s'y accrocha bestialement, avec les mains, les bras, les cuisses, les pieds et même les dents. Dans un horrible grincement, la coque de l'*Amoras* vint s'enfoncer sur la bordure du quai, le petit cargo sombrant lentement sous sa proue.

James tourna la tête : aucune trace de Ludwig. L'impact l'avait sûrement projeté loin du mât.

Mais non, lui aussi avait visé le filet de fret, il y rampait même avec l'aisance d'une grosse araignée noire.

James regarda sous lui. Beaucoup trop haut pour sauter et, qui plus est, réception plus que critique dans les débris de l'*Amoras* – qui se disloquait lentement sous eux.

Ludwig lança une vive attaque. James n'eut que le temps de retirer sa main avant qu'elle ne soit tranchée.

Soudain, le ballot de caisses en bois sur lequel ils étaient accrochés se mit à bouger, emporté par une drisse du pont principal de l'*Amoras*. Les lois de la physique le firent bientôt s'écarter du fil d'acier en tournoyant légèrement sur lui-même. Le claquement sec d'un accroc, une secousse, puis le bruit tonitruant du câble de la grue qui cède et… la grande descente.

La seconde suivante, l'énorme ballot alla s'écraser sur l'arête du pont supérieur. Ludwig et James furent projetés à l'eau. De longues feuilles sèches jaillirent dans les décombres de l'*Amoras*, quand explosèrent les caisses de tabac contenues dans le filet, qui alla finir sa course, pendu à la coque, quelques rares caisses de bois encore prises dans son maillage.

James perdit momentanément connaissance en heurtant la surface de l'eau. Quand il rouvrit les yeux, il comprit qu'il devait fuir, et fuir au plus vite. Les restes du filet de chanvre pendaient comme des guenilles au bastingage de l'*Amoras*. Il se débrouilla pour attraper une corde au passage et parvint à se hisser plus haut dans le maillage, où il s'arrêta une seconde, pantelant.

Il comprit pourtant bien vite qu'il n'était pas hors de danger. Les risques étaient même plus élevés maintenant que jamais. En effet, l'*Amoras* bougeait encore. Son étrave labourait même le quai en arrachant de gros blocs de maçonnerie dans un festival d'étincelles et de poussière. Sa poupe, levée sur les eaux huileuses du port et emportée par l'inertie du bateau, n'allait pas tarder à se rabattre sur le quai.

Dans un frisson, James se rappela ce qui était advenu des doigts de Wolfgang, « oubliés » entre deux bateaux. Avec ses sept tonnes, l'*Amoras* promettait de broyer plus que des doigts. S'il ne quittait pas très vite ce filet, il finirait réduit en bouillie dans un sandwich d'acier et de pierre.

À peine avait-il commencé à envisager le problème qu'il ressentit une vive douleur à la cheville.

Il baissa les yeux.

Ludwig.

Lui aussi était parvenu à grimper sur le filet. Et, cette fois, sa baïonnette avait touché sa cible.

Ce type n'abandonnerait donc jamais ? Ne voyait-il pas qu'ils allaient mourir ?

L'entaille n'était pas très profonde, Ludwig ne disposant pas d'un bon angle d'attaque. Pour autant, la douleur était intense. Un sang chaud se déversait dans l'épaisseur de la chaussette, déjà gorgée d'eau.

– Arrêtez ! hurla James. On va finir broyés.

Ludwig l'ignora, se hissant plus près de lui avant de décocher une nouvelle frappe. Mais, cette fois, James l'attendait. Il retira prestement son pied et roula sur le côté. La lame rata son coup et alla se ficher dans une des caisses encore accrochées au filet.

Ludwig jura et essaya de libérer son apache, dont la pointe était profondément enfoncée dans le bois. James y vit une opportunité à ne pas laisser passer. Il écrasa les phalanges du voyou sous son talon. Ludwig cria, James frappa encore, et encore, animé d'une rage dévastatrice.

Il écrasa tant et si bien les doigts de Ludwig que celui-ci ne pouvait plus retirer sa main des anneaux du poing américain. De l'autre, il devait assurer sa prise pour ne pas tomber. Il ne pouvait donc plus rien faire pour arrêter James.

Ils furent soudain avalés par l'ombre menaçante du quai, sur lequel la poupe du bateau ne tarderait pas à se fracasser. James grimpa frénétiquement au filet, faisant ce qu'il pouvait pour ne pas s'emmêler un pied dans le maillage distendu.

Le bandeau de ciel gris au-dessus de sa tête rétrécissait à vue d'œil.

Il n'y arriverait jamais.

Il sentait déjà l'imminence du choc. La masse inflexible du quai, le mouvement obstiné et incontrôlable du bateau.

James poussa un cri bestial, comme pour aider son corps à accomplir l'effort surhumain qu'il lui imposait, et, d'une folle détente, se rua vers le haut.

Il avait réussi. Il avait passé la lèvre du quai.

Il baissa les yeux et eut juste le temps de croiser le regard terrorisé de Ludwig, dont le visage fantomatique était maintenant tordu dans une expression de pure épouvante.

Au dernier moment, James détourna les yeux. Il entendit

seulement Ludwig pousser un beuglement animal, qui mourut avec le fracas de la coque venant épouser la bordure du quai.

Avec l'impact, James se retrouva projeté sur le quai, s'écrasant maladroitement dans un tas de cordages sous une pluie de feuilles de tabac, qui avaient suivi le même chemin que lui.

Une autre explosion secoua les entrailles de l'*Amoras*, qui s'enfonça plus profondément dans l'eau.

Sachant d'expérience les ravages causés par l'explosion d'une turbine, tous les dockers avaient fui la zone. James ne tarda pas à en faire autant, courant à corps perdu se mettre à l'abri.

Il n'avait pas passé le coin d'un entrepôt qu'il entendit retentir une double déflagration dont il sentit le souffle dans son dos.

Kelly le Rouge l'arrêta.

– Ben, mon vieux, j'ai bien cru que c'était la bonne…

– Vous vous en êtes tous sortis ? répondit James, haletant.

– Ouaip'. Mais c'est pas passé loin non plus. On est montés dans la barque deux secondes avant le deuxième pétard.

– Et Charnage ?

Le Rouge secoua la tête.

– Sombré avec son satané engin…

Un attroupement s'était formé autour d'eux. James était désireux de quitter les lieux avant que trop de questions ne soient posées. Il se fraya un passage dans la foule de dockers. C'est là qu'il l'entendit. Un trille aigu qui, lui sembla-t-il, lui était destiné. Il tourna la tête. La bouille en forme de cœur de Kelly Kelly, le regard anxieux et apeuré, apparut dans son champ de vision.

– Quelque chose a foiré, grommela le Rouge.

– Que se passe-t-il ? demanda James quand Kelly arriva.

– La bonne femme, répondit-elle, hors d'haleine. La grand-mère, ou j'sais plus trop quoi, la…

– Babouchka, l'aida James.

– Eh ben, elle a dû nous suivre ou j'sais pas. J'étais dans la salle des commandes avec une ou deux des filles et v'là qu'elle se pointe, accompagnée par l'un des hommes de l'*Impératrice*, celui avec le bras coincé dans la porte. Elle avait un flingue, James. Elle a assommé ton pote Perry et attrapé Fairburn par la peau du cou, quant à nous, on a réussi à se tailler.

– Où se trouve le colonel Sedova maintenant ?

– Je ne sais pas, répondit Kelly. Je ne sais pas… Je me suis planquée et j'ai attendu qu'elle reparaisse, mais elle est jamais remontée. Je pense qu'elle est toujours là-dedans avec Fairburn et Perry. Les filles surveillent l'endroit, mais ça sent pas bon, James. Pas bon du tout…

29

Les yeux du tueur

Deux filles du gang de Kelly étaient postées à l'entrée du goulet. Elles n'avaient vu passer personne.

La grille d'un conduit de ventilation était encore à moitié ouverte, James l'écarta et se glissa dans l'ouverture. Il rampa lentement jusqu'à avoir un bon point de vue sur la salle de contrôle, craignant à chaque instant recevoir une balle tirée d'en bas.

Pourtant, quand il y plongea un œil, la salle était déserte.

– Personne, cria-t-il en sautant sur le sol de pierre.

Le Rouge et sa sœur le rejoignirent bientôt.

– Ils ont peut-être réussi à sortir, finalement, suggéra Kelly.

– Pas forcément, répondit James. Regarde.

Et il tendit le doigt vers un alignement de petites gouttes de sang disparaissant dans le tunnel.

– Elle n'a pas pris le pneu, constata le Rouge. Bah, de toute façon elle aurait jamais su comment ça marchait. Écoute. Pas un bruit, les ventilos ne tournent même pas.

– On peut marcher là-dedans ? demanda James en passant la tête dans le goulet.

Le Rouge le retint par l'épaule.

– Non, non, non, mon pote. Tu ne lui cours pas après dans ces tunnels. Je te rappelle qu'elle a un flingue !

– Elle a aussi Fairburn, et peut-être même Perry. Il faut que je les suive.

Le Rouge baissa le menton, réfléchit une seconde puis se rua vers un placard.

– Tiens… Ça pourra toujours servir, dit-il en sortant deux chandelles qu'il alluma aussitôt avant d'en tendre une à James, qui regardait Kelly Kelly en souriant.

– On dirait que mon magnifique plan pour te tenir à l'écart n'a pas complètement réussi, hein ? Cette fois, autant rester ensemble, tu ne crois pas ?

– Plus tard les roucoulades, coupa le Rouge. On y va, ou pas ?

James disparut dans le tunnel. Le Rouge et sa sœur lui emboîtèrent le pas. C'était dur de marcher sur les traverses sans se tordre la cheville. En outre, ils progressaient courbés en deux, les épaules et la tête frottant régulièrement sur le plafond de brique. La femme russe progresserait d'autant moins facilement qu'elle traînait des prisonniers avec elle. Mais pouvaient-ils espérer la rattraper ? James tendit l'oreille : aucun bruit sinon le souffle régulier de leurs propres respirations.

James suivait la piste du sang. Au bout de quelques dizaines de mètres, les yeux toujours baissés vers le sol, il remarqua une allumette consumée, et un peu plus loin, une autre.

Les Russes les avaient certainement utilisées pour éclairer leur route.

Vingt minutes durant, ils crapahutèrent dans le tunnel, aussi uniforme que désert, les rangs de briques succédant aux rangs de briques. Le décor était à ce point semblable, mètre après mètre, qu'ils auraient aussi bien pu tourner en rond sans rien remarquer. Et puis le tunnel décrivit une légère courbe et, quand ils la passèrent, James remarqua quelque chose et s'immobilisa.

Une forme noire se dessinait vaguement dans la galerie. Ils s'arrêtèrent aussitôt de marcher. James se raidit, tous ses muscles tendus, comme tétanisés. Pour la première fois depuis le port, il prit conscience de ses habits mouillés et de la douleur qui lui cisaillait la cheville, là où Ludwig l'avait planté. De fait, il n'y avait pas une partie de son anatomie qui ne soit douloureuse. Sa vue se brouilla légèrement, il cligna des yeux pour reprendre pied dans la réalité.

La forme était parfaitement immobile. Elle n'avait pas bougé d'un pouce depuis que James l'avait repérée. Après de longues secondes d'attente, il risqua finalement une approche. Alors seulement, il reconnut Perry, assis en boule au pied du mur, les yeux clos, une main tenant un mouchoir ensanglanté contre son crâne.

James le secoua.

– Perry ?

– James ! s'exclama-t-il en dodelinant du chef quand il eut ouvert les yeux. Ça f-fait du-du bien de te v-voir, vieux débris.

– Dieu soit loué. Un instant, j'ai cru que tu étais mort.

– Moi ? Tu-tu plaisantes ? Me suis jamais s-senti aussi bien. La vieille chouette a fait l'erreur de-de me cogner à la tête. N'importe où ailleurs, j'aurais senti quelque chose…

Et il esquissa un rire, avant de grimacer, fermant très fort les yeux.

– Que s'est-il passé ? Où est Fairburn ?

– On-on s'est pointés dans la salle de contrôle alors que la bonne femme y-y était encore. A-avec un autre type hyper mal sapé. J'ai pensé que le mieux serait de faire le mort. Je les ai vus emmener Fairburn dans le tu-tunnel. J'ai bien essayé de les suivre, mais, pour tout te dire, je me sens un peu faible.

Je crois bien avoir perdu un litre de sang. Mais, hé ! J-j'ai fait de mon-mon mieux.

– Tu as été parfait, Perry. Parfait.

– Le problème, poursuivit Perry. C'est que… arrivé ici, j'ai pas su quelle direction prendre.

Il hocha timidement du menton vers l'embouchure d'un tunnel secondaire, sur la droite.

– Ils avaient t-trop d'avance. Je me suis sans doute évanoui… Pardon.

– Mmh… En effet. On tire à pile ou face ? En espérant qu'on ait de la chance ?

– Ou bien on se sépare, suggéra le Rouge. Tu prends Perry, moi je vais avec ma frangine.

– Entendu, répondit James.

– Nous, on continue par la voie principale, affirma le Rouge.

– T'as idée où ça mène ? demanda James en levant sa bougie à l'entrée de la galerie secondaire.

– Aucune, répondit le Rouge. Il y a peut-être un accès à la rue planqué quelque part, mais il est plus vraisemblable que tout soit muré.

– Entendu. Écoute, si vous ne les avez pas croisés en arrivant au bout, fais tourner les ventilateurs, conseilla James. Ça coupera le tunnel principal et empêchera les Russes de rebrousser chemin si d'aventure il leur en venait l'idée.

– À vos ordres, commandant, ironisa le Rouge.

– Pourquoi ne me laisses-tu jamais venir avec toi ? demanda Kelly, sa bouille en cœur prenant une teinte mordorée à la lueur de la chandelle.

– Ce n'est pas un thé dansant, répliqua James, rieur.

– Et alors…

– Je me sens responsable de Perry. Donc, si on se sépare, je vais avec lui. Logique, non… ?

James n'avait pas fini sa phrase que Kelly s'était plantée devant lui et avait collé sa bouche sur la sienne.

Le Rouge siffla, railleur.

– Et moi qui croyais que t'aimais pas les garçons, frangine !

– Oui, ben... C'est juste que j'en avais jamais rencontré un vrai avant, le rabroua Kelly. Alors ? On les allume ces ventilos ?

James les regarda un instant s'éloigner dans le tunnel.

– Elle pourrait être v-vraiment pas mal, après être passée au gant de crin.

– Elle est bien comme elle est, répondit James. Très bien, même.

– Je crois qu'elle en pince pour ta pomme.

– Excuse-moi, mais j'ai d'autres choses à penser, répondit James. Alors ? T'es prêt, cette fois ? On peut y aller ?

– Moi ? Je fais que t'attendre. Allez, en route, le Scot ! J'te quitte pas d'une semelle.

– Surtout, sois prudent, répondit James en posant la main sur le bras de son ami. Tu as déjà eu ta dose de coups. Encore une chance qu'elle t'ait seulement frappé avec son pistolet. Elle aurait pu tirer. Tu te rappelles des plaies par balle qu'on a vues au musée ? Essaie de t'en souvenir et de ne rien tenter de déraisonnable.

– Aucun souci, répondit Perry en frissonnant. Jamais je-je ne pourrai oublier ces images.

La galerie transversale était encore plus étroite que la principale, ne laissant d'autre choix à James que de progresser à quatre pattes, en tenant tant bien que mal la bougie devant lui.

– Ah, oui ! l'interpella Perry, rampant dans son sillage. J'ai f-failli oublier, dis donc... Tu-tu sais le colis qui-qui est arrivé pour toi à la Mission. Celui que t'as dis à Pritpal d'ouvrir...

– Oui, oui. Et ?

– Quand j'étais à Londres, j'ai appelé le pub et, comme tu n'étais pas là, je-je suis allé à Hackney Wick, voir Pritpal. Au cas où le pli renfermerait quelque surprise.

– C'était le cas ?

– Une paille !

– Ça venait de qui ?

– Un certain M. Flegenheimer.

– Flegenheimer ? répéta James d'un air absent.

Puis seulement il se souvint du Paradice Club et du gangster américain à la roulette. Il se raidit.

– Qu'est-ce qu'il contenait ?

– C-c'était un paquet en papier marron, t-tout bien attaché avec de la ficelle, et, à l'intérieur, trois cents livres en billets de cinq. Aucun d'entre nous n'avait déjà vu autant de fric auparavant.

James se retourna vers Perry, le visage tordu par une moue dubitative.

– Tu sais, ce week-end est plein de surprises. Le plus surprenant de toute ma vie, même.

– Pa-pareil ! rétorqua Perry.

Ils parvinrent enfin à l'extrémité de la chatière, où des barreaux d'acier disparaissaient à la verticale d'un puits. D'un geste, James ordonna le silence, puis il tendit l'oreille. Toujours rien. Babouchka et les autres avaient dû emprunter l'autre route.

Il pria pour que tout se passe bien avec le Rouge et sa sœur.

– Qu'est-ce que t'en dis ? demanda Perry.

– J'en dis qu'il faut vérifier pour être sûr.

Et il grimpa prudemment à l'échelle. Le puits arrivait dans l'angle d'une grande salle où s'entassaient de vieilles machineries en partie désossées. La chambre était partiellement éclairée par la frêle lumière d'hiver tombant d'un trou arrondi pratiqué dans le plafond. Plus loin, une lourde pièce de menuiserie protégeant l'accès à un escalier disparaissant dans le plancher – selon toute vraisemblance jusqu'aux tunnels.

Une grosse chaudière noire était scellée à l'un des murs, sa cheminée se perdant dans le plafond. Elle était toute rouillée et, à l'évidence, n'avait pas fonctionné depuis des lustres.

Il convenait donc de penser qu'ils se trouvaient dans l'ancienne salle des machines du pneumatique, avant que celui-ci ne soit converti à l'électricité.

– F-faut que tu me dises, souffla Perry en passant la tête hors du puits. Qu'est-ce que tu v-vas bien p-pouvoir faire avec autant d'argent ? Ça en fait des paires de chaussettes !

– Cet argent, je l'utiliserai à bon escient, ne t'inquiète pas pour…

Mais jamais il ne termina sa phrase. Une courte flamme avait déchiré la pénombre en même temps qu'une détonation atrocement forte avait secoué les murs. Un coup était parti. Une pluie de gravillons et un nuage de poussière tombèrent sur la tête de James. Il laissa choir sa bougie qui s'éteignit.

La pièce n'était plus éclairée que par le trou d'aération du plafond.

James bondit se mettre à l'abri derrière la chaudière. Un nouveau coup de feu lui creva les tympans. Une balle vint se ficher dans le sol, non loin de lui. S'il n'avait pas bougé, il eût été touché à coup sûr. Ses oreilles bourdonnaient. Chaque détonation le secouait aussi douloureusement qu'une attaque cardiaque.

– Jeune homme ? demanda une voix de femme, calme et posée, aux intonations russes.

James ne fit pas l'erreur de répondre, restant prudemment à couvert.

– Jeune homme, je sais que vous m'entendez, poursuivit Babouchka. Nous avons Fairburn. Nous l'abattrons si nécessaire. C'est un cul-de-sac ici. Nous retournons à la galerie principale. Si vous êtes malin, et je sais que vous l'êtes, vous ne tenterez rien pour nous arrêter.

Une légère vibration s'empara du sol pendant qu'un bourdonnement se faisait entendre. Le Rouge avait mis en route les ventilateurs. Dans le même temps, un signal d'alerte se mit à clignoter, éclairant la pièce d'une lueur orangée pendant une seconde avant de la replonger dans une semi-obscurité.

James aperçut la silhouette de Babouchka. Elle aussi l'avait vu car elle leva aussitôt son pistolet.

Il plongea de côté, roulant derrière un épais madrier de chêne. Il y eut un bang et le madrier se fendit. À quelques centimètres près, la balle eût été pour lui. Mais il n'était pas indemne pour autant puisque l'impact avait fait sauter une grosse écharde, large comme un couteau de cuisine, qui s'était plantée dans son épaule. Il se tordit de douleur. Il porta une main à sa clavicule et sentit le bout de bois dépasser. Il le retira. Sa chemise fut instantanément couverte de sang. Pire, il était certain que l'os était cassé.

« Pas bon. Pas bon du tout, même. »

Il sentit une légère brise sur ses vêtements et, la seconde suivante, un vent puissant se mit à siffler par le conduit, levant dans la pièce toutes sortes de débris et de poussières qui montaient dans les airs, aspirés par le conduit d'aération du plafond. Un ronronnement sourd, accompagné d'un battement régulier, s'empara de la chambre.

La grosse pièce de menuiserie n'était autre, finalement, qu'un caisson de protection pour l'un des ventilateurs principaux du pneumatique.

Espérant que Babouchka serait aussi déconcertée que lui par

cette soudaine intrusion, James se leva d'un bond et traversa la pièce en courant à la recherche d'une nouvelle cachette.

Le rugissement du ventilateur était assourdissant, le vent faisait tourner la tête. La lumière clignotante orange ne faisait rien pour enlever à la confusion, qui plus est, la douleur à l'épaule était insupportable. James se sentait perdre pied.

Il se réfugia derrière un pan de mur de briques, s'assit sur le sol, et prit quelques profondes inspirations, faisant de son mieux pour ralentir les battements de son cœur et pour reprendre ses esprits.

Puis il se pencha pour voir où se trouvait Babouchka, qui se révéla introuvable. Cependant, à la faveur d'un flash du signal d'alerte, il repéra l'agent du Guépéou, immobilisant Fairburn devant lui, une main plaquée sur sa bouche. L'autre pendait inerte à son côté, molle et violacée.

La lampe s'éteignit et James roula sur le sol afin de trouver un meilleur angle de vue. Quand la lumière se ralluma, il vit avec horreur Perry qui rampait par terre, le visage couvert de sang.

« Mais qu'est-ce qu'il fait ? »

James voulut l'appeler, lui dire d'être prudent, mais il ne pouvait s'y risquer – pas sans savoir où était Babouchka.

Il y eut un noir. Au flash suivant, James la vit bondir de derrière un mur et attraper Perry.

– J'ai votre ami, jeune homme, hurla-t-elle par-dessus le bruit du ventilo. Montrez-vous.

La lumière s'éteignit de nouveau. James se jeta instinctivement dans l'action, chargeant Babouchka de toutes ses forces. L'impact se produisit avant que celle-ci ne réalise ce qui lui arrivait. Tous trois vacillèrent et, en tombant heurtèrent le capot de bois du ventilateur.

James eut juste le temps de voir Perry, étendu immobile sur le sol, avant que la lumière ne s'éteigne à nouveau.

James tenta de se relever, mais Babouchka l'attrapa. D'une force insoupçonnable sous ses traits de grand-mère, elle l'arracha du sol aussi aisément que s'il s'était agi d'une poupée, puis le souleva au-dessus de sa tête avant de le lancer sur le capot du ventilateur. Il sentit les os fracturés de son épaule se toucher. Il poussa un cri.

La douleur fut si vive que son cerveau décrocha un instant.

Luttant pour dissiper les trente-six chandelles qui tournoyaient devant ses yeux, il parvint néanmoins à se remettre debout. Le bruit du ventilateur était infernal ici. Le vent virevoltait en bourrasques furieuses.

Il avisa un large puits, d'environ cinq mètres de diamètre, juste à côté. Profond de trois mètres, et traversé par une passerelle de bois en son milieu, il accueillait à sa base le ventilateur lui-même, dont les immenses pales d'acier hachaient l'air obscur avec un appétit féroce.

James se retourna vers Babouchka, qui, depuis le sol, le pointait avec son arme d'un air détendu, presque amical. En revanche, ses yeux ne mentaient pas. Et eux disaient la mort.

– Vous avez beaucoup de chance, dit-elle.

James ne voyait pas bien en quoi.

– Je voulais vous jeter dans le conduit du ventilateur, expliqua Babouchka d'une voix toujours aussi posée.

James réalisa tout d'un coup qu'il aurait dû se trouver à l'école aujourd'hui. Il fallait croire que c'était un endroit où il n'irait plus jamais maintenant. Au moins cette idée avait-elle quelque chose de réconfortant.

Plus jamais d'école.

La tristesse de ne plus revoir Noël, l'emporta aussitôt sur le fait de ne plus aller à Eton. Il regretterait amèrement cette longue soirée au coin du feu, en compagnie de sa tante Charmian, dans le petit cottage du Kent. Tout lui manquerait, le chant des chorales, la dinde, les chocolats et les noix…

Babouchka enfourna son pistolet dans sa poche et fit un signe en direction de l'homme qui retenait Fairburn. Sortirent de sa bouche quelques mots tranchants, que James ne comprit pas, mais que l'agent accueillit avec un sourire. Il lâcha Fairburn et lui assena une cruelle manchette à la base du cou, avant de repousser le corps inanimé sur le côté, où il s'effondra comme un tas de chiffons.

Le Russe sauta alors sur la plate-forme et avança vers James, les épaules basses, les mains écartées du corps.

Il allait pousser James dans le ventilateur.

Lui qui s'était déjà rêvé mille morts héroïques, il en était quitte pour un autre regret : être haché menu par un ventilateur géant ne figurant pas sur sa liste.

Il prit ses appuis et se prépara au combat.

L'homme grogna et se jeta sur lui.

Au dernier moment, James poussa sur ses jambes et se laissa tomber en arrière, avec l'espoir que ses calculs étaient les bons.

Il s'écrasa à plat dos sur l'étroite passerelle et hurla de douleur.

La poigne du gros Russe se referma sur du vent. Surpris, il vacilla un instant au bord du puits, faisant de grands moulinets avec les bras, la bouche grande ouverte.

Quand il bascula enfin, il tenta de se rattraper à la passerelle.

En vain.

Les mâchoires du ventilateur l'engloutirent sans coup férir.

James n'entendit qu'une affreuse découpe, suivie d'une série de coups sourds. D'horribles frottements montèrent bientôt du moteur, qui grinça, craqua et s'emballa follement, émettant une longue plainte stridente. Des redoutables débris de métal tordus explosèrent hors du puits.

Des gerbes d'étincelles jaillirent d'une boîte de dérivation, accrochée à la paroi. L'ampoule ambrée grésilla et, avec un énorme boum, le moteur rendit l'âme, son dernier souffle mourant lentement dans l'obscurité.

James leva les yeux. Loin au-dessus de lui, il y avait une grille, et du ciel bleu derrière.

Le brouillard s'était levé et un soleil rasant dardait ses rayons dans un océan d'azur.

Il y avait sûrement des gens là-haut, qui vaquaient à leurs occupations.

Lundi matin. Les magasins allaient ouvrir. Les rues de Londres n'allaient pas tarder à déborder de badauds courant d'une échoppe à l'autre pour effectuer les derniers achats de Noël sans avoir la moindre idée de ce qui se tramait sous leurs trottoirs.

Palpant son corps afin de déterminer si rien d'autre n'était cassé, il sentit quelque chose au fond de sa poche.

Dans le lourd silence qui suivit l'arrêt des moteurs, Babouchka s'approcha de la structure en bois et grimpa sur la plate-forme, tentant d'imaginer le carnage qu'elle allait découvrir. Le ventilateur avait dû réduire ces deux corps en charpie.

Quoi qu'il en soit, la dernière chose à laquelle elle s'attendait était de trouver un jeune homme allongé sur une étroite passerelle, les bras en croix, un pistolet à la main.

James avait longtemps oublié qu'il l'avait, mais, pour l'heure, il était fixement braqué sur la tête de Babouchka, qui esquissa un sourire désabusé.

– Mmh ! Aux échecs on dirait « pat ».

– Oui, mais c'est moi qui ai la main, répliqua James.

– Vous ne tirerez pas... Vous n'êtes qu'un enfant...

– À votre place, je n'en serais pas si sûr. Votre masque de vieille femme n'a aucun effet sur moi.

– Je ne suis pas si vieille.

– Et moi plus si jeune.

– Vous me rappelez mon propre fils, répondit Babouchka après un sourire. Un homme brave et vaillant.

– Ne me racontez pas d'histoires. Vous essayez seulement de m'amadouer. Je suis certain que vous n'avez pas de fils.

– Vous avez raison. Si on m'appelle Babouchka, la grand-mère, c'est parce que tous les jeunes Russes sont mes enfants. Tous soldats. La Russie est un beau pays, vous savez, mais qui a connu tant de drames. Vous vous y plairiez...

James comprit bien vite que ses seules intentions étaient de lui faire baisser sa garde. Elle avait repéré qu'il était faible et que ses forces le quittaient un peu plus chaque seconde. Déjà, il avait du mal à tenir le pistolet, qui tremblait au bout de son bras.

– Taisez-vous, hurla-t-il en rétablissant sa visée.

– Vous ne tirerez pas.

La question effleura l'esprit de James. Pouvait-il tuer quelqu'un ? Il se remémora les affreuses photos de la faculté de médecine, ces hommes avec la moitié du visage en moins. Serait-il capable de faire feu sur cette femme ? C'est une chose terrible que d'enlever une vie.

Il se sentit soudain très seul. Il grelotta.

Car la réponse, il l'avait.

Et Babouchka aussi. Elle l'avait tout de suite lu dans ses yeux. Ce jeune homme n'était pas comme les autres.

– Me laisserez-vous m'en aller ? demanda-t-elle doucement. En sachant que vous avez eu la possibilité de me tuer. – Elle marqua une pause. – Mais que vous ne l'avez pas fait. Car vous ne pouvez pas, n'est-ce pas ? Vous ne pouvez pas presser sur cette détente ? Alors, autant que je m'en aille. Je vous le demande de soldat à soldat. Vous avez eu ce que vous vouliez. Vous avez Fairburn et la machine est détruite.

La vue de James se troublait. Sous lui, il entendait son sang goutter sur les ruines du ventilateur.

Il y avait déjà eu trop de morts aujourd'hui.

– Allez, bafouilla-t-il d'une voix rauque.

Babouchka lui adressa un salut militaire avant de descendre dans le puits et de se fondre dans les reliques du ventilateur géant.

Enfin, c'était fini.

James ferma les yeux et s'endormit. Quelques secondes – ou quelques années – plus tard, il se réveilla allongé sur le sol de la salle des machines. Il ouvrit les yeux et découvrit la bouille de Kelly Kelly, penchée sur lui.

Ses yeux semblaient inquiets, mais sa bouche souriait. Elle était radieuse.

– Elle t'a pas mal amoché, on dirait ?

James acquiesça d'un hochement de tête avant d'ajouter :

– Je crois que j'ai la clavicule cassée.

– Je t'avais dit de pas partir sans moi, dit Kelly. Tu sais bien que t'es incapable de faire attention à toi.

Le visage de Perry apparut à côté de celui de Kelly.

– A-avec toi, o-on n'a p-pas le temps de s-s'ennuyer, hein, James ?

– Crois bien que je le déplore.

– Désolé p-pour tout à l'heure. Je m-me suis à nouveau c-cogné la tête. Finalement, ça sert de l'avoir creuse.

La voix de Perry semblait venir de très loin, de l'autre bout du tunnel.

– Hé ! Hé ! s'exclama Perry, accroche-toi m-mon poteau. T-t'endors pas. On te veut conscient p-pour sortir d'ici en un seul morceau.

– Désolé, répliqua-t-il d'une voix mourante. Je vais essayer.

– Le Rouge est parti ch-chercher de l'aide, poursuivit Perry. De s-solides gaillards.

– C'est vrai que ça me rassurerait, balbutia James.

Ils remirent James sur pied, puis Perry se précipita au chevet de Fairburn, assis au milieu du plancher, l'air hagard.

Kelly prit James dans ses bras et il sentit la chaleur de son corps.

– Parle-moi, dit-il dans un filet de voix.

– Je croyais que je parlais trop.

– Jamais. J'adore t'entendre parler. C'est le plus joli son du monde.

– Ah, ouais ? E-et moi, alors ? demanda Perry en traînant Fairburn avec lui.

– Le chant de l'alouette au retour du printemps.

– D-dois-je m-m'offenser de ce sarcasme ?

– Au moins tu me fais rire, répondit James en fermant les yeux.

Perry le rattrapa. Kelly et lui le soutinrent chacun de leur côté.

– Au f-fait, reprit bientôt Perry. Tu m'as p-pas dit.. Qu'est-ce que tu vas faire avec tout cet argent ?

– *Well*, répondit James. La Bamford & Martin est peut-être partie au paradis des voitures, mais je connais une super épave, dans l'arrière-cour d'un pub, qui aurait bien besoin qu'on s'occupe d'elle.

– Ah, petit sagouin, se moqua Perry. Tu v-vas acheter la Bentley !

***

Douze ans plus tard, à la fin de la Seconde Guerre mondiale, le commandant James Bond, réserviste volontaire de la Marine royale, conduisait son splendide cabriolet Bentley $4^{1/2}$, impeccablement restauré, vers une destination secrète, à quatre-vingts kilomètres au nord-ouest de Londres. Au fil des ans, il avait apporté quelques modifications à la voiture, lui adjoignant, entre autres, un compresseur Amherst Viliers. L'engin respirait la puissance et sa robe, du même gris que les bâtiments de M de guerre, rutilait au soleil.

La base secrète, située à Bletchley Park, n'était connue que de quelques initiés, qui n'y faisaient référence que sous son nom de code, Station X. Le secret le mieux gardé du Royaume. Et pour cause, c'était là que, quelques années plus tôt, une brillante équipe de scientifiques était parvenu à percer les mystères des encodages les plus élaborés du régime nazi.

Pour ce faire, ils avaient construit le premier ordinateur semi-programmable du monde.

L'endroit indiqué était désert. À part quelques meubles de bureau vides, plus aucune trace de la frénétique activité qui y avait régné pendant la guerre. Personne ne saurait avant longtemps ce qui s'était passé ici. Bond lui-même n'avait reçu qu'un minimum d'instructions : transférer un analyste décrypteur à Londres pour un debriefing au ministère… et faire comme si cela n'avait jamais existé.

En pénétrant dans l'entrée du bâtiment principal, il avisa un homme, debout devant la fenêtre, qui regardait la pluie tomber, perdu dans ses pensées.

Un homme que rien ne distinguait, mais qui possédait pourtant quelque chose de familier. Quand il tourna la tête du côté de Bond, lui aussi s'arrêta un instant, le sourcil froncé.

– Je vous connais, n'est-ce pas ? demanda-t-il.

– Je ne suis pas censé vous répondre. Ultrasecret

– Je sais, poursuivit l'homme. Mais je n'ai jamais été très friand de ces simagrées de romans de gare. Vous avez fait Cambridge, non ?

– J'ai bien peur que non, répondit James, avant de s'arrêter, réalisant en un éclair que l'homme qu'il avait devant lui était Alan Turing, l'étudiant qu'il avait croisé au Trinity College, douze ans plus tôt, en ce jour funeste où il avait découvert le corps du professeur Peterson.

Une apostrophe résonna à l'autre bout du hall.

– James ? James Bond ?

Deuxième surprise de la journée, l'analyste qu'il était chargé de ramener à Londres n'était autre qu'Alexis Fairburn, les cheveux gris plus ébouriffés que jamais, le nez et les oreilles toujours aussi proéminents.

Pendant le trajet de retour, à bord de la Bentley, James en apprit davantage sur Bletchley Park. Fairburn lui raconta ainsi que le centre rassemblait des dizaines de scientifiques comme lui : des mathématiciens, des analystes, des cryptologues…

– Et des accros des mots croisés ? demanda James en hurlant pour couvrir le grondement du moteur surcompressé.

– Oui, aussi, hurla Fairburn en retour. De fait, un des tests qu'on faisait subir à l'entrée consistait précisément en une grille de mots croisés particulièrement ardue.

– Drôle de façon de faire la guerre ! ironisa James.

– Vous savez, à l'avenir, les guerres seront davantage menées par des gens comme moi que par des gens comme vous.

– Ne vous inquiétez pas, ils auront toujours besoin de quelqu'un capable de faire le coup de poing, répliqua Bond en tournant vers Fairburn une mine faussement goguenarde.

– J'aimerais parler, dit Fairburn. Mais je crains de ne pouvoir le faire. Je suis tenu au secret.

– Je ne faisais que penser tout haut, vous savez. Néanmoins, je serais prêt à parier que vous travaillez sur une machine dérivée de Nemesis.

– Mes lèvres sont scellées, répondit Fairburn. Mais je peux vous dire quand même une chose. Suite à l'épisode avec les Russes, croyez bien que je ne voulais plus du tout entendre parler de super calculateurs. J'ai tiré un trait. Et puis il y a eu l'effort de guerre, les atrocités des nazis… Je voulais aider.

– Je suis convaincu qu'ils ne seraient pas allés loin sans vous.

– Oh ! non, pas moi, répondit Fairburn. Alan Turing. C'est lui, le cerveau. Ses idées sont de loin plus abouties que les miennes. Charnage a kidnappé la mauvaise personne. Imaginez qu'aujourd'hui encore j'ignore si Nemesis marchait vraiment. Il m'arrive d'en rêver. Je me revois dans l'étouffante cale de l'*Amoras*, ma machine résolvant les équations en crépitant… Ces machines, Bond. C'est l'avenir. Rendez-vous compte, on commence à peine à entrevoir leurs applications.

– En tout cas, vous pouvez être tranquille, répondit Bond. Avec moi, votre secret sera bien gardé. Pour tout vous dire, je n'ai jamais vraiment compris comment fonctionnait votre engin ni à quoi il pouvait précisément servir. Comme vous le dites vous-même, moi, je suis un fantassin. J'ai plutôt tendance à utiliser mes poings, ou une arme, face aux difficultés, ce qui me condamne pour le restant de mes jours à tenter de résoudre les problèmes que les grands esprits de ce monde ne manqueront pas de nous inventer.

Table des matières

L'auteur

Charlie Higson est né en 1958 en Grande-Bretagne. Après avoir fondé un groupe de musique dans les années 1980, il se tourne vers l'écriture. Auteur de scénarios, et interprète, de séries pour la télévision, Charlie Higson écrit également des romans à suspense pour adultes.

Découvrez les premières aventures de JAMES BOND

Opération SilverFin

Avant de devenir l'espion mondialement connu, James Bond fut un garçon de treize ans comme les autres. Après la mort accidentelle de ses parents, il intègre le prestigieux collège d'Eton où il devient l'ennemi juré de Georges Hellebore, un garçon arrogant dont le père richissime est fasciné par la science. Lors de vacances en Écosse, James fait la connaissance de Kelly, un gamin débrouillard à la recherche de son cousin mystérieusement disparu. L'enquête des deux garçons les conduit dans une propriété jalousement gardée, appartenant à Hellebore…

La mort est contagieuse

De retour à Eton, James Bond réalise qu'une mystérieuse organisation aux rituels sanglants a infiltré le collège. Et l'un des professeurs semble en faire partie ! Avant d'avoir pu en découvrir davantage, James part en Sardaigne où il rencontre le comte Ugo. Cet Italien fantasque et cruel pourrait bien être lié à l'organisation clandestine…

À suivre,
le quatrième épisode de la jeunesse de
JAMES BOND

Mise en pages : Maryline Gatepaille

Loi n°49-956 du 16 juillet 1949
sur les publications destinées à la jeunesse
ISBN 978-2-07-061148-5
Numéro d'édition : 148181
Numéro d'impression : 87236
Dépôt légal : octobre 2007
Imprimé en France sur les presses
de la Société Nouvelle Firmin-Didot